古典詩歌研究彙刊

第 二 一 輯

龔鵬程 主編

第 19 冊

清代宋詩運動研究

吳 文 雄 著

國家圖書館出版品預行編目資料

清代宋詩運動研究／吳文雄 著 ── 初版 ── 新北市：花木蘭文
化出版社，2017〔民106〕
序 2+ 目 4+282 面；17×24 公分
（古典詩歌研究彙刊 第二一輯；第 19 冊）
ISBN 978-986-404-881-6（精裝）
1. 宋詩 2. 詩評 3. 清代
820.91   106000594

ISBN-978-986-404-881-6

9 789864 048816

古典詩歌研究彙刊
第二一輯　第十九冊   ISBN：978-986-404-881-6

清代宋詩運動研究

作　　者　吳文雄
主　　編　龔鵬程
總 編 輯　杜潔祥
副總編輯　楊嘉樂
編　　輯　許郁翎、王筑　美術編輯　陳逸婷
出　　版　花木蘭文化出版社
社　　長　高小娟
聯絡地址　235 新北市中和區中安街七二號十三樓
　　　　　電話：02-2923-1455／傳眞：02-2923-1452
網　　址　http://www.huamulan.tw 信箱 hml 810518@gmail.com
印　　刷　普羅文化出版廣告事業
初　　版　2017 年 3 月
全書字數　201143 字
定　　價　第二一輯共 22 冊（精裝）新台幣 33,000 元

清代宋詩運動研究

吳文雄 著

作者簡介

吳文雄，台灣省雲林縣人，中國文化大學中國文學研究所博士。大學時期頗醉心於現代詩的閱讀與創作，退伍後進入廣告公司工作，擔任企劃文案一職，至今雖已遠離廣告業許久，仍然懷念那段夜以繼日進行腦力激盪的日子。三十三歲以後投入教職工作，先後在高職與科技大學任教。年輕時所投注於文學研究的心力，因為任教所需，轉而從事於文化加值的探索，至今所發表的學術性論文，均與廣告影片的形象修辭有關，是又舊夢重彈，當年孜孜於創意的心緒始終還在。

提　　要

　　本題所謂「宋詩運動」，是專就廣義的宋詩運動而言，以有別於道光以後的「同光體」。其時間是從明末清初至清代中期。主要的運動人物，包括有錢謙益、黃宗羲、朱彝尊（晚期）、吳之振、查慎行、厲鶚、杭世駿與翁方綱等。他們的家數與派別也許有所不同，但皆是偏愛宋詩，甚至是宗宋的。故本題旨在描述錢謙益等人於上述的期間內，如何為自南宋末年以來，即屢遭詩壇質疑其審美價值，甚至在明代時還被譏為「宋無詩」的宋詩，重新建立其正當性與合理化的辯證過程。本題所採行的研究模式，是依循其詩學邏輯推演次序所呈現出來的二元對立概念，再結合傅柯對話語的詮釋原則，將此一詩學運動的發展特徵，概分為評論功能、作者功能以及定律功能等三階段，以觀察此一詩學話語在形成過程中，其主要運動人物所採行的運動策略及其相關的詩學聲明。

　　在有關二元對立概念的邏輯推演次序上，本題先在第二章的內容部分，借由對正變概念演變的歷史考察，確認正變觀乃是指明、清兩代人就唐、宋詩進行價值辯證的最高指導原則所在。其次，在第三章的內容部分，則從此一詩學運動的評論功能出發，觀察運動初期的主要人物，選擇宋詩既從唐詩而來又變化於唐詩的策略形成過程，並從中觀察其詩學的結構原則所在。而在第四章的內容部分，則從此一詩學運動的作者功能出發，考察其主要人物就唐、宋詩之異乃是才與學之別的辯證過程，並從中觀察清人處理形象思維與邏輯思維的辯證經過。再者，有關第五章的內容部分，則從此一詩學運動的定律功能出發，考察翁方綱有意會通唐、宋詩的策略形成過程，並進而觀察其重新詮釋宋詩，而且確立宋詩為創作詩歌的定律所在的理論根據。至於第六章的部分，則是回歸到詩乃語言的藝術本身，觀察以上諸人如何標舉雅、頌之體的辯證過程，進而考察形成鋪陳排比以至正面實作的修辭手段的演變經過。而第七章的結論部分，則是總結以上諸章的論述內容，以見清代宋詩運動在詩學策略上的整體演變過程。

自 序

　　詩歌是時代的產物，時代變化的信息，往往會敏銳且細微地在詩歌中反映出來。這種反映，不僅是指詩歌的內容，也包括詩歌的形式而言。從明末清初至今的四百年間，中國社會所發生的變化，可謂頻繁而劇烈。同樣的，在這段期間的中國詩歌，也隨之發生了深刻的重大變革。這種變革，主要表現在詩歌的體式上面，即是從文言變革到白話，從舊時變革到新詩。新詩而言，它幾乎與廿世紀的演進同步發展，至今雖將近百年，其間亦曾經產生過一定的影響作用，卻看似一直面臨著實際創作與社會接受度上的困境，遠不似詩國之前所擁有的盛況及其既深且鉅的影響力量。至於舊詩，如今雖仍獲得少數人士的青睞，依舊情有獨鍾的持續創作著，但它終究不能視為今詩歌的代表，似乎又再一次印證了「一代有一代文學」的至理名言。

　　儘管如此，明末清初以至民國前夕的詩歌演變，就其發展過程及流變軌跡而言，無論在詩體的建構或者詩學的選擇上面，作為新變的經驗教訓而言，仍然有著不容忽視的價值存在。尤其這段期間，在唐音與宋調二者的交互影響下，其所呈現出來的錯綜發展現象，絕對不是一句簡單的「復古」就可作結的。其實古典詩歌在中唐以後的語言形式，便持續向著敘述化或者散文化的方向發展。因此，清人的尊唐或者宗宋，從表面上來看，似乎是毫無新意的炒冷飯之作，但深究其

在語言形式上的變化，則是朝著敘述化或者散文化的大趨勢往前邁進，尤期逐漸成為清代詩歌主流的宋詩運動更是如此，這似乎說明了歷史的發展，儘管有些曲折，甚至看似倒退，卻始終依循著已經成勢的潮流緩慢的往前推進，不容更改。因此，中國詩歌在盛唐之際，發展成嚴格的律詩體製之後，中唐以後的詩歌發展，在語言形式上，便逐漸向著相反方向的新詩邁進，似乎也是詩史發展的必然走向，是不得不然的形勢使然。

　　記得在一本學位論文的自序中，讀到作者回憶擬定博士論文的題目之初，本有意以清初詩壇的唐宋之爭作為主要研撰的方向，卻因指教授一句「十年也寫不完」的話而作罷。看完這篇序文後，掩卷沉思，不禁冷汗直流，心想自己何其大膽！如今，我竟也要為這個曾令自己冒冷汗的題目作序了，不免還是有些汗顏！因為寫就的結果，與當初所預期的，實在有些差距。由此，更令自己深刻體驗到學術的研究，真的是要「真積力久」，馬虎不得。職是之故，不得不由衷感謝指導教授皮述民先生的溫厚，在我十萬火急的況下，始奉上不忍卒睹的稿子時，老師依然和煦如許。這是同樣讓忝列教席的我感到漸愧不已的。此外，也要感謝金榮華教授、張仁青教授、胡傳安教授與何廣棪教授，在百忙之中，抽空審閱這本論文，除增補章節，修訂錯誤外，更令自己親睹諸位先生一絲不苟的治學精神，實獲益良多，我會永銘於心的。

中華名國九十一年六月　吳文雄誌於新店

目

次

第一章　緒　論

第一節　研究動機

一、前人對清詩的看法分歧

　　中國傳統詩歌發展到清代，在形態上呈現出非常複雜的情形。就數量而言，清詩超過了此前任何一個朝代。僅從選本的《晚晴簃詩匯》而言，就選入六千一百多位作者的二萬七千多首詩作。而今人錢仲聯所編輯的《清詩紀事》中，亦收錄作者五千餘位。兩書的作者身分，上自皇帝、親王，下至僧尼、歌妓，可謂遍佈社會各個階層和行業。詩歌普遍的情形，恐勝過唐代。而由此衍生而出的詩歌流派較之前代，更是超過許多。以理論的宗旨而言，就有著名的神韻、格調、肌理和性靈諸說。以地域而言，就有河朔派、嶺南派、虞山派、婁東派、浙派、秀水派、陽湖派、桐城派和湘鄉派等。若再以人分，則有西泠派、嶺南七子、燕台七子、詩中十子、南施北宋、南朱北王、惠門八子、廣凌五子、南郭五子、吳中七子、毗陵七子及粵東三子等。若再以體分，則有梅村體、宣城體、查初白體、漁洋體、同光體等。若以審美旨趣而言，在傳統詩歌中，曾經出現過的各種審美風尚與追求，幾乎都可在清代的詩壇裡見到影子。

　　雖然，清人在詩歌創作與歌理論上的努力這麼多，但主要仍然牢籠在唐、宋時代所確立下來的規律之中。其實，清人未始沒有跳脫唐、宋藩離的自覺。如在明末清初之際，即已強調一切詩文應從性情出發的詩人傅山，在〈哭子詩〉其九中，就已經喊出：

> 法本法無法，吾家文所來。法家謂之野，不野胡爲哉！相禪不同形，惟其情與才。……一掃書袋陋，大刀闊斧裁。號令自我發，文章自我開。豈有王霸業，潤色於輿臺？〔註1〕

但他仍要在舊有的五、七言詩的形式之中尋找出路。傅山是清初的遺民詩人，在朝代易鼎之際，有如此深刻的自覺，應該是最有機會別開生面的，然其詩歌的語言規範，卻仍未超出唐、宋以來的傳統。

　　而驟逝於鴉片戰爭後一年的龔自珍，不僅在政治上要求改革，在詩歌創作上，亦往往不就格律，佚宕曠邈，對近代的詩界革命，深具啓發作用。但是，從他在〈文體箴〉一文中的話來看，卻也反映出詩歌創新的不易：

> 烏乎！予慕古人之能枿分，予命弗丁其時。欲因今人之所因兮，予莜然而恥之。恥之奈何，窮其大原，抱不甘以爲質，再已成之紜紜。品天地之久定位，亦心審而後許其然。苟心察而弗許，我安能頷彼久定之云。烏乎顚矣！既有年矣！一枿一蹶，眾不憐矣。大變忽開，請俟天矣。壽云幾何，樂少苦多。圓樂有規，方樂有巨。文心古，無文體，寄于古。〔註2〕

從追求創新的自覺性而言，龔氏不能謂不高；但在體認時機未至的情況下，亦祇能抱著「請俟天矣」的期待心情，將一己的文心寄託在傳統的文體之中。

〔註1〕傅山《傅山全集》第一冊〈哭子詩〉其九（太原：山西人民出版社，一九九一年十二月第一版），頁三〇四。

〔註2〕龔自珍：《龔自珍全集類編》〈文體箴〉（臺北：世界書局，一九七三年五月再版），頁三〇〇。

其實，像龔氏這種將文體寄於古的無奈，在後來所謂「詩界革命」的領導人物中，亦復如此。龔氏是因時機未至，乃迫於無奈的接受；而梁啟超在《飲冰室詩話》中則強調：

> 過渡時代，必有革命。然革命者當革其精神，非革其形式。吾黨近好言詩界革命，雖然，若以堆積滿紙新名詞為革命，是又滿洲政府變法維新之類也。能以舊風格含新意境，斯可以舉革命之質矣。苟能爾爾，則雖間雜一二新名詞，亦不為病。〔註3〕

顯然，梁氏如此說，是針對當時好以新名詞入詞的詩壇流弊而發。惟如他所謂：「過渡時代，必有革命」的道理，似乎龔自珍所期待的「大變忽開」的時代已在眼前，而梁氏卻說：「革命者當革其精神，非革其形式」，是又往後退了一大步。在〈夏威夷遊記〉一文中，他更是明白宣示：

> 欲為詩界之哥倫布、瑪賽郎，不可不備三長：第一要新意境，第二要新語句，而又復以古人之風格入之，然後成其詩。〔註4〕

詩歌本是語言的藝術，不變革其形式，則全新的詩體便無從生成。從梁氏的話來看，正顯現出文學變遷的緩慢與糾纏。

因此，受到龔自珍啟示甚深的黃遵憲，在〈人境廬詩草序〉中就說：

> 雖然，僕嘗以為詩之外有事，詩之中有人；今之世界於古，今之人亦何必與古人同。嘗於胸中設一詩境：一曰，復古人比興之體；一曰，以單行之神，運排偶之體；一曰，取〈離騷〉、樂府之神理而不襲其貌；一曰，用古文家伸縮離合之法以入詩。〔註5〕

〔註3〕參梁啟超：《飲冰室合集》第五冊《詩話》（北京：中華書局，一九八九年三月第一版），頁四一。

〔註4〕同前註書第七冊《新大陸遊記節錄》附錄二〈夏威夷遊記〉，頁一八九。

〔註5〕黃遵憲著，錢仲聯箋注：《人境廬詩草箋注》卷首〈自序〉（上海：上海古籍出版社，一九八一年六月第一版），頁三。

就詩歌的變革而言，黃氏的這番話，將焦點擺在語言形式的表達手法上，自較梁啓超進步許多，卻仍不免給人「舊瓶裝新酒」的感覺。倒是他在〈雜感〉其二中所謂：

> 我手寫我口，古豈能拘牽。即今流俗語，我若登簡編。五千年後人，驚爲古爛斑。〔註6〕

強調若以口語創作詩歌，將是古今詩壇上石破天驚的大事。我們若從胡適提倡白話詩開始，一直到今日的新詩演變來看，黃氏當年的主張「我手寫我口」，就詩歌的語言變革而言，算是最徹底的了。

不過，強調詩歌要新創的道理，並非從黃氏纔開始提出。自古以來，可謂無代不有。由此更可說明古今詩歌的發展，其實是一條以迴旋方式往前推進的道路。往往是向前走兩步，卻又退後一步，有時候甚至退後得更多。其中夾雜著許多有關創新與復古兩者之間的拉扯與糾纏。似乎眞如龔自珍所言，一旦客觀環境成熟，詩歌自有大變忽開的時候。

從如此複雜的情形來看，主張清人詩歌中較優秀者，都可以在唐、宋詩裡找到相應的範本，便開始懷疑清代三百年左右的詩歌發展，對詩歌的創作本身或演進的情形，竟一點貢獻也沒有，似又失之嚴苛，而且是完全無視於詩歌發展的眞實情形。

其實早在清初時，著名的詩學家葉燮在《原詩》中，便已看到傳統詩歌所面臨的發展窘境。他說：

> 譬諸地之生木然：《三百篇》則其根；蘇、李詩則其萌芽由蘗；建安詩則生長至於拱把；六朝詩則有枝葉；唐詩則枝葉垂蔭；宋詩則能開花，而木之能事方畢。自宋以後之詩，不過花開而謝，花謝復開。〔註7〕

依葉氏的說法，唐詩在整個傳統詩歌裡的位置，就好像是枝葉茂盛，綠蔭垂地，正逢一片欣欣向榮之際一般，而宋詩則是已到了繁花似錦

〔註6〕同前註書卷一〈雜感〉其二，頁四二。
〔註7〕葉燮：《原詩》（內篇）下，收在丁福保所編《清詩話》（臺北：明倫書局，一九七一年二月初版），頁五八八。

的階段裡。但自此以後的歷代詩歌，不過像樹木已極盡其所能之事一樣，亦祇能春去秋來，任由花開花謝而已，再也無力另發新芽。換言之，清人如此賣力演出的結果，在整個傳統詩歌的位置裡，竟讓人有著「夕陽無限好」的感覺。而後代有像葉氏這個說法的，亦不乏其人。聞一多〈在文學的歷史動向〉中，就以頗爲嚴格的標準說：

> 從西周到宋，我們這大半部文學史，實質上只是一部詩史。但是詩的發展到北宋也就完了，南宋的詞已是強弩之末。就詩本身說，連尤、楊、范、陸和稍後的元遺山都是多餘的、重複的。以後的更不必提了。我們只覺得明、清兩代關於詩的那許多運動和爭論，都是無謂的掙扎。每一度掙扎的失敗，無非重新證實一遍那掙扎的徒勞無益而已。〔註8〕

聞氏的這些話，當然有其立足點，其影響亦不算小。其後的文學史著作，對於明、清詩歌的部分，不是略而不談，就是偏重在思想內容的分析，或者是社會、經濟等外圍因素與詩歌互動的情形探討。事實上，清人在面對這種創作的困境時，並非毫無自覺，前述如傅山等人的亟欲突破傳統，便是最爲鮮明的例子。故從文學史的角度來看，清人站在其主體位置上所應該思考的問題，便是以何種態度對待此前所有的詩歌傳統。而這些該予深思的方向，在清人的各種詩歌流派及其運機中，亦多少都有所觸及。

　　蓋從傳統詩歌的體製發展來看，唐人在六朝詩歌的發展基礎上，對詩歌格律作了大量的探索與實踐，進而確立了從《詩經》到盛唐的詩歌語言發展，是一條偏向語言格律化或詩化的途徑。但是，自中唐以下，尤其宋朝的詩歌語言，走的卻是一條向敘述化或散文化傾斜的語言途徑。若從整個文學史的角度來看，宋詩在詩歌語言上所以呈現如此的走向，其實並非異數。舉凡當時的散文、小說與戲曲等文類，也都朝著這個方向往前推進。

〔註 8〕聞一多：《聞一多全集》第十冊〈在文學的歷史動向〉（武漢：湖北人民出版社，一九九三年十二月第一版），頁十八。

　　至於詩歌敘述化或散文化在理論建構上完成時代，則是在清朝。尤其是從清初到清代中期的一場宋詩運動，其代表人物所反省的主要議題，雖是站在明人推宗盛唐的對立面進行反題的思考。然而其所援引的理論根據，則是宋詩的語言特徵。它在傳統詩學中所代表的積極意義，即是看似反形象思維以及違背盛唐時所建立的一切創作定律。因此，清代的這場宋詩運動，在建構詩歌語言上所亟欲追求的目標，正是如何正當化與合理化這個往敘述化或散文化發展的語言走向。若從詩學理論的建構來看，當翁方綱提出肌理說之時，這個自我合理化或正當化的目標，大體上已宣告完成。

　　職是之故，若說在傳統詩歌語言的演變過程中，最具有革命意義的變化，應該是從中唐開始，一直延續到二十世紀初的白話詩運動。而在這段漫長的演變過程中，將宋詩的創作成果提昇到理論的探討層次，並進而予以合理化的，就是這場宋詩運動所做出的貢獻了。雖然，真正違反傳統詩歌創作規律的語言解放，要到白話詩運動開始時，纔更具體的落實在詩歌的創作之中。但從明末清初開始，這樣的詩歌演變，其實已經悄然發動。胡適〈五十年來中國之文學〉曾說：

　　　這個時代之中，大多數的詩人都屬於宋詩運動。〔註9〕

　　雖然，他話中所指的是，應該是就宋詩中較偏向平易的部分而言。不過，宋詩所代表的語言特徵，既然是逐漸往敘述化或散文化靠近的取向，則以推尊宋詩為主的這場宋詩運動，自然要涵蓋在其中。

二、前人對宋詩運動的看法分歧

　　後代論者所謂的宋詩運動，其實有廣、狹二義之分。廣義的宋詩運動，在清代可謂源遠而流長。自錢謙益、黃宗羲、朱彝尊（中年以後）、吳之振、查慎行、厲鶚、杭世駿到翁方綱等人都是。這些人在詩歌的創作旨趣或是詩學的取徑上面，往往偏向宋詩，甚至是推宗宋

〔註9〕胡適：《胡適文存》第二集〈五十年來中國之文學〉（臺北：春風研究社，無出版年月），頁二一四。

詩的。至於狹義的宋詩運動，則是專指道光、咸豐以來的「同光體」而言。其成員包括有程恩澤、祁寯藻、何紹基、鄭珍、莫友芝、曾國藩以及稍後的陳三立、鄭孝胥、陳衍、沈曾植等人。本題所欲論述的範圍，則是針對前者而言。

　　蓋因後者之中的程恩澤，雖一直被認爲是近代宋詩運動的第一人。如陳衍《石遺室詩話》說：

> 道、咸以來，何子貞（紹基）、祁春圃（寯藻）、魏默深（源）、
> 曾滌生（國藩）……鄭子尹（珍）、莫子偲（友芝）諸老，
> 始喜言宋詩。何、鄭、莫皆出程春海侍郎（恩澤）門下。
> 〔註10〕

但是，程氏乃翁方綱的再傳弟子，其詩學自有接緒翁氏的地方。所以，郭紹虞《中國文學批評史》便指出清代宋詩運動是翁方綱肌理說的餘波。〔註11〕再者，此一宋詩運動爲後人所常提及的「學人之言與詩人之言合」的詩歌特徵及其詩旨趣，其實在錢謙益的肯定「儒者之詩」、黃宗羲的提出「文人之詩」、杭世駿的點出「學人之詩」以及翁方綱所強調的肌理說之中，早已經建構完成。〔註12〕翁氏曾說：

> 有詩人之詩，有才人之詩，有學人之詩。齊梁以降，才人
> 之詩也。初唐、盛唐諸公，詩人之詩也。杜則學人詩也。
> 然詩至於杜，又未嘗不包括詩人、才人矣。〔註13〕

將才人與詩人之詩分別與特定的時代聯繫一起，未必合理。但翁氏以杜甫爲學人詩，認爲杜甫的詩歌，實包括了才人與詩人之詩。從理論層面上來講，學人的修養可以通於詩人的修養，由學人可以成爲詩人。翁氏在這裡是把詩人學者化，把學者也詩人化了。

〔註10〕陳衍：《陳衍詩論合集》上冊《石遺室詩話》卷一（福州：福建人民出版社，一九九九年九月第一次印刷），頁六。

〔註11〕郭紹虞：《中國文學批評史》下卷第五篇第五章〈肌理說〉（臺北：盤庚出版社，一九七八年九月第一版），頁六四二。

〔註12〕參本論文第四章〈清代宋詩運動的作者功能研究〉各小節相關論述。

〔註13〕翁方綱：《復初齋文集》卷十五〈仿同學一首爲樂生別〉（臺北：臺灣大學圖書館藏，清光諸年間李以烜重校本），頁十六。

　　但是，歷來對清代宋詩運動的看法，似乎貶多於褒。時萌〈近代宋詩運動的淵源與傾向〉開宗明義就說：

　　　　宋詩運動，是泛濫於近代文學的脫離現實的詩潮。〔註14〕

這當然是指同光體而言。但在論文及此一詩體的淵源時，他又說：

　　　　宋詩運動與浙派有著血緣關係，它那以學問為詩的主見，
　　　　也是從浙派的胚胎衍變過來的，其步入形式主義的蹊徑，
　　　　也是淵源有自，也可以說，屬、錢詩格的盤硬奇詭，是為
　　　　同光體開了風氣之先。〔註15〕

事實上，一項詩學理論的提出，幾乎都是針對前一詩學的反題加以辯證的。而在矯枉的過程中，往往會有過正的情形發生，是不足為奇的。這一種宿命，似乎也為下一個準備崛起的詩學理論，提供了建立反題的機會與空間。更重要的是，評斷某一特定的詩學理論時，應針對其深具建設的部分加以闡述纔是。莫林虎在《中國詩歌源流史》一書中，就將清代的宋詩派提高到整個時代的主流地位說：

　　　　清詩的主要成就是，它對於從杜甫以來到兩宋變風變雅詩
　　　　風的繼承。儘管清詩有尊唐、宗宋之爭，而且尊唐派表面
　　　　上還數次爭到詩壇霸主的地位。但從創作實績、理論建設
　　　　與影響風潮來看，宗宋派一直是清詩的主流所在，甚至可
　　　　說宗宋派即清詩也。〔註16〕

若中唐以來的詩歌語言是趨向於敘述化或散文化的觀察是事實的話，則以上的這段引文，並不誇大。所謂「宗宋派即清詩」的結論，是符合清詩的時代走向的。

　　再者，由於清代詩歌的流派繁多，而且詩人們一生的詩歌取徑往往一變再變。這當然又映出時代風潮的不可違逆性。如王士禎早年宗唐，中年之後轉而崇宋，晚年又復歸於唐。又如朱彝尊早年推尊唐詩，

〔註14〕時萌：《中國近代文學論稿》〈近代宋詩運動的淵源與傾向〉（上海：
　　　　上海古籍出版社，一九八六年十一月出版），頁三三一、三三二。
〔註15〕同上註。
〔註16〕莫林虎：《中國詩歌源流史》（北京：中國社會科學出版社，二〇〇一
　　　　年二月出版），頁二二〇。

中年以後的詩趣，則往往與宋調一致。因此，論者對詩人的流派歸類，每有出入。如黃麗貞《中國文學概論》就將翁方綱歸爲尊唐派的著名詩人，並且說：

> 其中翁方綱覺得神韻說容易流於膚淺，所以另倡肌理説以學爲補救。就是提倡以學問爲根柢，使詩能外表空靈而内容實質充實，但都沒有人落實這種理論，淪爲一種理論而已。〔註17〕

翁氏的詩學思想，如他自己在〈小石帆亭著錄序〉中所說：「幼而遊吾里黃昆圃之門」，而「黃昆圃先生受學於漁洋」，雖與王漁洋有著直接的源流關係；而且在今存的《石洲詩話》中，也仍然保留許多翁氏以「神韻」、「興象」、「超逸」等語月且詩歌的痕跡。但如此是否即意味著他是個尊唐者，便頗值得論述。

第二節　研究模式

一、二元對立概念的推演

　　由於一場文學運動往往持續好幾代人的時間，但無論如何，它最終還是注定要轉入常規化或者是結晶化的穩定階段。故使用運動的概念，爲一場詩學話語的變革命名，其實是有助於認識這場運動在初創時期的流動性和自發性的。其次是所謂的運動，既是針對引發一個變革的過程，或者是針對一個已經進行中的變革所作出的反應而言。而所謂的變革，主要又是從辯證的角度加以考察命題的。〔註18〕

　　因此，本題在論述議題的操作步驟上，是先提出一個「白天與黑夜」的研究模式。在這裡，變化被看成是昔日文學與今日文學之間的對立活動。用簡單的符號表示，便是白天／黑夜。若換成本題討論的

〔註17〕黃麗貞：《中國文學概論》（臺北：三民書局，二〇〇一年一月出版），頁八五。
〔註18〕彼得‧伯克著，姚朋等譯：《歷史學與社會理論》〈社會運動〉（上海：上海人民出版社，二〇〇一年一月第一版），頁一〇八。

主題，便成了唐詩／宋詩。這一隱喻的原型，主要是存在於黑格爾的正題—反題—合題的辯證公式之中。這樣一種研究模式的好處，是它能夠分析演變，尤其是能夠分析急劇的變革。〔註19〕

　　若以本題第二章所欲論述的正變概念爲例。相對於唐詩而言，宋詩在清初以前，一直被明人視爲是個異質的傳統。因此，若從詩學的建構角度切入，便可發現清代宋詩運動爲了從詩學理論的層次上，賦予宋詩以正當性，便是從對傳統的「正變」概念開始反省起的。一方面質疑明人主張唐詩是正的唯一合法性，強調宋詩的變，其實與傳統詩歌亦有其相同之處，並未違背傳統。在另一方面，則又強調宋詩與唐詩的傳統自有其不同之處，試圖爲宋詩的獨立特性，找到理論上的依據。

　　至於在論述正變議題的概念範疇上，本題則以明末清初的時間範圍爲限，並且援引「代」的概念，作爲觀察這段時期有關詩學的變革概況。其中原因，係因這一階段，正好是傳統詩學發生急遽變革之時，又是明、清易鼎的動蕩時刻。無論就朝代政權的更替，或者是詩學觀念的變化而言，這種屬於白天與黑夜的取代動作都相當明顯，完全符合「代」所指涉的意義。若就「代」所蘊涵的意義性質而言，它又正好可以反映出某一種「成長的經歷」，以及在與上一代人的比較中，這一代人是如何爲自我作出集體性界定的特性。換言之，「代」所反映的，往往是在某一段時空的進程裡，作者們自覺的創造出一種有別於前一代的世界觀，或者是在關於心態方面，尋找出屬於自己同一群人所處的「共同位置」。此外，這一個概念，還可以通過特殊的「年齡組」的歸屬感，將歷史事件與結構中的變革聯繫一起，用以觀察其中的變化情形。〔註20〕

　　再者，從第三章到第五章的論述目的，雖用以觀察宋詩運動作爲一種詩學話語的變革過程。但在行文的過程中，對於主線的論述，

〔註19〕葛紅兵、溫潘亞：《文學史形態學》第五章〈文學史模式論之三〉（上海：上海大學出版社，二〇〇一年二月出版），頁一八九。
〔註20〕同註十七書〈結論〉部分，頁二〇〇。

其背後所採取的邏輯概念推演次序，依然是採用二元對立概念的研究模式。黑格爾認爲歷史上哲學系統裡各個基本概念的外在形態與特殊應用，就可以得到理念自身發展時，各個階段裡的邏輯概念。陳書錄在論述中國詩文的邏輯推演時，曾將這套說法應用到文學史的範疇裡。他認爲在中國古代詩文的演進歷史中，也有一個邏輯推演的系統次序。在這個邏輯系統的推演次序中，也有各個不同的階段。如第一階段，是發端期的先秦文學。其中《詩經》與《左傳》等爲寫實文學的源頭，而《莊子》與《楚辭》等則爲浪漫文學的源頭。至於《論語》則是儒家文化與文學的濫觴，而《老子》則是道家文化與文學的開創。又如第二階段的兩漢魏晉南北朝文學則是開展期。其中漢樂府是俗文學的發展，而《古詩十九首》等文人詩，則是雅文學的發展。至於魏晉南北朝，則由於作者主體意識的抬頭與藝術形式的發展，更出現了以儒家文學觀爲主的劉勰的《文心雕龍》及以道家文學觀爲主的鍾嶸的《詩品》等理論批評之作。到了隋唐文學，則是第三階段的由衰而盛時期。所謂盛是指主情的唐詩之盛與明道的唐文之盛，尤其聲律與風骨兼備的盛唐詩歌，更是中國正宗文學發展史上的高峰。第四階段，則是由盛而衰的宋元文學時期。相對於唐代詩文的主情明道，宋代詩文則側重在尚理明道之盛上。而元代詩文則趨於衰弱，直至元末楊維禎奮力起衰救弊，在文壇上引發正反效應，纔成爲明代詩文發展的邏輯起點。明初的高啓、宋濂與劉基等各家各派，基本上都是在楊維禎詩文的正反效應影響下，匯成返古的主流思潮。其後至二百多年後的明清之際，則由黃宗羲與顧炎武、王夫之等人總結明代詩文的邏輯推演，並開啓有清一代詩文發展的邏輯起點。換言之，以楊維禎爲邏輯起點和以黃宗羲等人爲邏輯終點的明代詩文，是屬於探究流變時期的五個階段。而清代詩文，則爲第六階段，是中國古代詩文進入全面大整合的時期。〔註21〕

〔註21〕陳書錄：《明代詩文的演變》〈結束語〉（南京：江蘇教育出版社，一
　　　　九九六年十一月出版），頁六五八、六五九。

　　若就清代宋詩運動的邏輯概念推演次序來看，正是針對嚴羽所提出的「詩有別才非關書」及「詩有別趣非關理」等兩項命題進行反題的辯證。換言之，在清代宋詩運動裡所謂的唐、宋之爭，其實即是「情與理」及「學與悟」這兩組對立概念的辯證過程。這種爭議，一直到翁方綱提出肌理說時，這兩組對立概念纔在理論上見到統一。

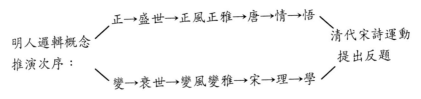

二、話語組織的三大功能

　　本題考察宋詩運動在詩學話語的自我組織過程時，所參酌的理論架構，主要是依據傅柯對話語的詮釋原則。依據傅柯的理論，所謂話語，原是語言學的詞彙，指談話時，說話者將其理念或訊息以一可以辨認而又組織完整的方式，傳送給一聽者的過程。但他則擴大其定義，將它用來泛指每一個社會或文化都有駕馭其成員思維、行動和組織的規範或條例。這些規範或條例所鑄成的無形或有形的結構，即稱之為話語。所以如此稱呼，是取其表明傳達知識訊息之義。事實上，凡社會之中的各個層面，如政、經、文、教乃至醫、商等，都有其特定的話語存在。而這些話語組合起來，即成為一網絡，該社會的所有活動，皆受其定義與限制。

　　由於話語的形成，不是一個僵化靜止的過程，其兩端永遠隱含說話者以及聽眾。換言之，話語亦受制於該時代對外在世界的一特定認知模式。因此，其間的複雜變化，不言可喻。而此一認知模式所衍生而成的知識範圍，傅柯則稱之為知識領域。由於語言是傳達知識的主要媒介，若欲探討某一知識領域中的認知模式，便可從研究話語在該領域內的作用過程入手。

　　換句話說，話語的主要特色，即在賦予訊息一個開端和結束，進而製造一個「完整」而且有其中心思想的幻象，以提供聽者迅速接納。傅柯將這種現象稱之爲「稀釋」。其用意即在暗示話語所指涉的事務已經被孤立化、簡單化了。意即話語一旦成立，就有與眾不同的意義，亦不容與未被指陳的事物狀態所混淆。而在此稀釋的功能之下，則有三個方向，可以提供檢視話語的自我組織過程：

　　第一是評論：

　　是指話語的產生，都是針對前已存在的話語的一個回響或一項詮釋。強調此一功能，可說明每一話語都是其來有自，並非偶然下的產物。而且新的話語，總是因說出一些前此而被人所注意的微言大義，而更接近眞理。此項功能在文學方面，尤爲明顯。

　　第二是作者觀的建立：

　　一項文學作品或其他各類話語，若標示作者大名，即意味著該作品爲其所創作與組織，而其中心思想亦可從作品中尋獲，但它只是一個話語的功能而非源頭，而且一項話語的產生，亦不能看作是作者一人的成就，而是超乎作者之上，是一個廣大的作者群之話語的稀釋結果。它的意義必須在與其它作品及話語互相參照印證下，纔能顯現。

　　第三是規律：

　　它所代表的是一套不言自明的眞理或定律。它是話語產生的前提，爲其意義出現的先決條件。雖然，規律於話語出現時被奉爲圭臬，但規律本身並非是一成不變的眞理。〔註22〕

　　本題第三章、第四章以及第五章的有關論述，便是援引傅柯對話語的這番詮釋，作爲理論的架構加以應用。如第三章宋詩運動的評論功能，即在觀察清人對宋詩價值的重估過程，第四章的作者功能，即在觀察清人建立以學爲詩的過程，而第五章的定律功能，則是用以觀察翁方綱建立肌理說作爲宋詩運動的整體規範的辯證過程。

<hr>

〔註22〕米歇・傅柯著，王德威譯：《知識的考掘》〈導讀〉部份（臺北：麥田出版社，一九九八年四月出版）頁二九～三三。

三、聲明模式的形成機制

其次,是話語在運作的過程中,其下總有一個軌跡架構可資依循,此即是話語形構。其所統轄的主要成員,則是形式五花八門的「聲明」。所謂聲明,它不是一個命題,而是一種功能。它需要藉由一項命題加以具體化。其主要的特色有三:

之一:它不能孤立運作,必須在由命題所形成的關係網絡中,才得以顯現其意義。

之二:形成聲明的主體,是由「主體位置」加以決定的。所謂主體位置,是要分析作者置身的所在,是何種關係的運作,使其就聲明的主體位置。

之三:由於聲明的領域,也包含了記憶的範圍,它指一些已不再被接受和討論的聲明;因此,它也不再定義一真理的本體或效力的疆域。但是,就是因為與這些不再被討論的聲明發生關係之故,如分支、變形、連貫及歷史的不連貫等的關係,纔因此得以建立。由此可見聲明存在的意義,可經由使用者加以操縱、轉換、改變、融合、重複,甚至銷毀。〔註23〕

本題在運用聲明的模式時,將從宋詩運動在話語組織的三大功能中,針對宗宋的命題,考察作者所在的主題位置以及其中的關係網絡,進而判斷其聲明的存在意義,是否已因宗宋此一命題的關係網絡改變,而遭到作者的轉換、改變或者融合等。

〔註23〕同前註書,頁四六、四七。

第二章　明末清初詩說的代變概念

第一節　代變的性質說明

一、代變的指涉意義

　　在正式討論清代宋詩運動的相關議題之前，對於明末清初之際有關「代變」的概念演變，實有先作考察的必要性。蓋此一概念對傳統詩家而言，往往是其進行創作或評論思維時，係屬於有關價值系統判斷的最高指導原則。故針對此一概念的爬梳與釐清，自然有助於本題進一步探討由此衍生而來的相關議題。

　　所謂「代變」，即更替之義。是以此易彼，以後續前的意思。如在《書經》〈皋陶謨〉中，即有「無曠庶官，天工人其代之」〔註1〕的話。而屈原在〈離騷〉之作中，也有過「日月忽其不淹兮，春與秋其代序」〔註2〕的慨嘆。可見無論就人事或時序而言，此一詞彙本身，都隱含著「變易」與「承續」的意義。職是之故，「代變」的觀念，在某些關鍵的年代裡，也就會特別的流行。

〔註1〕見《尚書》〈皋陶謨〉，收在《十三經注疏》本《尚書正義》卷四（臺北：東昇出版事業公司，無出版年月），頁一四九。

〔註2〕屈原：〈離騷〉，收在洪興祖撰《楚辭補注》卷一（臺北：漢京文化事業有限公司，一九八一年四月二十日出版），頁一八。

在《文心雕龍》〈時序〉一文中，劉勰論及文學與時代的互動情形時，就曾有過「時運交移，質文代變」〔註3〕的描述。其中「代變」一詞，便隱含「變易」與「承續」的意思。雖然，就文學史的斷代而言，未必與各個朝代的政權更替完全同步。但事實證明，在政權交替的時刻，無論是文學的語言形式或者是抒寫內容，往往就會有較大幅度的改變情形發生。這是因爲在外在時局劇烈變動的刺激之下，從「有刺激必有反應」的心理學原理來看，在某一群作者的身上，對這一概念的反應程度，自然也就會特別的明顯。最典型的例子，莫過於盛唐與中唐之交的文學現象。葉燮在〈唐百家詩序〉中，談到中唐詩歌新變的意義時就說：

> 貞元、元和時，韓、柳、錢、元、白鑿險奇出，爲古今詩運關鍵。後人稱詩，胸無成識謂爲中唐，不知此中也者，乃古今百代之中，而非有唐之所獨，後此千百年，無不從是以斷。〔註4〕

便強調中唐詩歌的新變，是古今詩運一大轉變的關鍵所在。但就朝代的分期而言，中唐祇是唐朝在安史之亂平定之後的一個時期而已。

若以清代宋詩運動而言，由於其萌芽階段正好處在明末清初政權轉移的激盪時刻，在作者心理必然對外在環境有所反應的情形下，一些開創者詮釋這一概念時的取徑，便有可能是決定此一詩歌運動將以何種面貌出現的關鍵所在。而這也正是考察清代宋詩運動的話語演變之前，必須事先考察「代變」的理由所在。

從傳統文學概念所指涉的意義範疇來看，有關「代變」一詞的意義指涉，幾乎是與「通變」及「正變」等兩個概念緊密結合一起的。關於前者所蘊含的意義性質，既是有關連續與變革之間、內因與外因

〔註3〕劉勰著，王利器校箋：《文心雕龍校證》〈時序〉第四十五（臺北：明文書局，一九八二年四月初版），頁二七一。
〔註4〕葉燮：《已畦集》卷九〈唐百家詩序〉（臺北：莊嚴文化圖書公司，一九九七年初版）。

之間以及結構與事件之間的二元對立概念的呈現。劉勰在《文心雕龍》〈通變〉篇中，論述黃帝以來九代的詠歌變遷後，便說：

> 黃唐淳而質，虞夏質而辨，商周麗而雅，楚漢侈而豔，魏晉淺而綺，宋初訛而新。……練清濯絳，必歸藍蒨，矯訛翻淺，還宗經誥。斯斟酌乎質文之間，而櫽括乎雅俗之際，可與言變通矣。〔註5〕

顯然，劉氏認為文學在歷史的投展過程中，既有其源遠流長的一面，亦有其日新月異的一面。這就是所謂「通變」。若從繼承與革新的觀點言，此即對立的統一，辯證的結合。〔註6〕

　　至於「正變」一詞的意義指涉，則是針對「通變」的問題，作出有關價值體系上的判斷。而且此一判斷的標準，不全然是從文學的觀點出發，它往往與政治或倫理等因素結合一起。故有關「代變」的問題，其實就是一個關於文學發展與文學評價的問題。如此一來，更可見事先釐清此一概念的必要性。

　　有關「通變」的概念，最早見於《易經》的〈繫辭〉中。如「通變之謂事」、「參伍以變，錯綜其數，通其變，遂成天下之文」、「變通者，趣時者也」以又「易窮則變，變則通，通則久」〔註7〕等，都是舉《易》道以說明行事應有變通，應該根據環境與條件的不同，以便因應當時的需要。至於所謂「一闔一辟謂謂之變，往來不窮謂之通」〔註8〕之句，則是從素樸的辯證思想出發，將「通變」定義成事物本身也是不斷發展變化，而且是隨時處在運動之中的義涵。這對後來的文學觀感有很大的啟發作用。

　　至於將「通變」此一概念引進文學理論的論述範疇裡，並進行而形成較有系統的通變觀的，則是劉勰的《文心雕龍》。尤其此書的〈通

〔註5〕同註三書〈通變〉第二十九，頁一九八。

〔註6〕參李日剛：《文心雕龍勘詮》，轉引自詹鍈《文心雕龍義證》（上海：上海古籍出版社，一九八九年八月第一版），頁一〇七九。

〔註7〕以上諸句均見《易經》〈繫辭〉，收在註一所引書《周義正義》卷七，頁一四九、一五四、一六五。

〔註8〕同前註一五六。

變〉篇所言，其實即是專門講述文學藝術的繼承以及革新的問題。馬茂元〈說通變〉即謂：

> 「窮則變，變則通，通則久」。是《周易》的一句名言，符合於客觀事務矛盾運動的規律。然而把它具體地運用到文學理論上，則自劉勰始。〔註9〕

由於劉氏所處的時代，一直存在著古今文體的派別之爭。對於這種爭辯，他採取了折衷主義，認為應該「勘酌乎質文之間，櫽括乎雅俗之際」，纔是「通變」的真義所在。既主張要「參古以定法」，反對「競今疏古」，又強調要「望今而制奇」。如此作法的優點，是因為「變則堪久，通則不乏」。〔註10〕像劉氏的這種態度，既有宗經的復古傾向，又有趨時的新變成分，便是將繼承與創新兩者結合一起，應該是「通變」一辭最通達的定義。

二、正變說的歷史淵源

至於「正變」這一組二元對立的概念，自古以來，論者即將其與時代的社會政治等外在因素緊密結合一起。評斷作品的價值時，往往以其所處的時代作為主要的依據。如治世之音理所當然屬「正」，而亂世之音則歸類為「變」。

而最早使用這套評價方法的，則是周朝的季札。《左傳》記載他觀賞周樂時，如歌〈周南〉、〈召南〉，他便說：

> 美哉，始基之矣，猶未也。然勤而不怨矣。〔註11〕

這是將朝政的奠基大業與人民的心態反映結合著說的。又如歌《唐》時，他則說：

> 思深哉。其有陶唐氏之遺民乎。不然，何憂之遠也。非令德之後，誰能若是。

〔註9〕馬氏之說轉引自註六所引書，頁一○七八。

〔註10〕同註五。

〔註11〕參左丘明著，楊伯峻注：《春秋左傳注》（臺北：源流出版社，一九八二年三月初版），頁一一六一～一一六五。

則是以政教之德的深具影響力量，詮釋音樂所具有的深刻內容。可見早在季札評論樂詩之際，其中已經隱含著文學對音樂等藝術，是隨著社會與政治形勢的治亂盛衰，而呈現出不同的形態與特徵的。

　　將正變與時代結合一起的評論方式，在漢人所編的《樂記》中，表現得更為明確。如〈樂才篇〉就有一段著名的文字說：

> 治世之音安以樂，其政和，亂世音怨以怒，其政乖，亡國
> 之音哀以思，其民困。〔註12〕

這是視聲音之道與國家政治的興廢治亂相通。故自漢以來的統治者，無不十分重視和關心朝野音樂所呈現的形態，以作為施政的依據。在積極方面，可以通過音樂「觀風俗，知得失」，作為「補察時政」的手段。在消極方面，因為聲音之道既與政治相通，故亦可以及早防堵禁制「亂世之音」與「亡國之音」的產生與流傳，以避免百姓受到不當的感染。

　　而在〈詩大序〉裡，其作者則進一步提出「至于王道衰，禮義廢，政教失，國異政，家殊俗，變《風》變《雅》作矣」，以及「雅者，正也。言王政之所由廢興也」〔註13〕的論斷。所謂「正」，在〈詩序〉而言，就是「雅」。而「變」，則是「發乎情，止乎禮義」的《風》、《雅》變體。而到了東漢的鄭玄時，在所著的〈詩譜序〉中，就明確將「正」與「變」對舉，視之為一組二元對立的概念說：

> 周自后稷播種百穀，黎民阻饑，茲時乃粒，自傳於此名
> 也。陶唐之末中葉，公劉亦世修其業，以明民共財。至
> 於太王、王季克堪顧天，……及成王、周公致太平，制
> 禮作樂，而有頌聲興焉，盛之至也。本之繇此《風》、《雅》
> 而來，故皆錄之，謂之詩之正經。……後王稍更陵遲，
> 懿王始受讒亨齊哀公，夷身失禮之後，邶不尊賢，自是
> 而下，厲也，幽也，政教尤衰，周室大壞，……故孔子

─────────────

〔註12〕參《樂記》〈樂才篇〉，收在註一所引書《禮記正義》卷三十七，頁
　　　　六六三。
〔註13〕參〈詩大序〉，收在註一所引書《毛詩正義》卷一，頁十六、十八。

> 錄懿王、夷王時詩，託於陳靈公淫亂之事，謂之變《風》
> 變《雅》。〔註14〕

鄭氏認爲在治平盛世，百姓有政有居之時，聖賢所作的詩樂，便是「詩之正經」。而當政教衰敗，紀綱危絕之時，百姓便會以刺怨相尋，此時的詩樂，則是變《風》變《雅》之作。對他而言，「正」與「變」這組二元對立概念的本身，就是政治形勢的變化在詩歌中的具體反映。故正《風》、正《雅》是治世之音，而變《風》、變《雅》是亂世之音。但後者也仍然是「變而不失其正」的。這是肯定變《風》、變《雅》之作，亦有其存在的價值，不似後世論者往往不承認變體的正當性。

必需說明的是，上述有關「正變」的諸家說法，雖主要係就《詩經》而言。但是，如「安以樂」、「怨以怒」等論斷，也往往爲後世援用，作爲判斷詩作的價值依據。如屈原的辭賦之作，遭後世用「怨以怒」評斷的，便大有人在，故往往被歸爲變《風》變《雅》之流。最明顯的例子，便是朱熹。在《楚詞集註》的序文中，即抱持這種價值判斷說：

> 惟其不知學于北方，以求周公、仲尼之道，而獨馳騁于變
> 《風》變《雅》之末流，以故醇儒莊士或羞稱之。〔註15〕

從道學意味如此濃厚的評論口氣來看，屈原之作當然會使朱氏引以爲羞，則其深具貶義，已不言可喻。

不過，亦有不因〈離騷〉係屬變體之作，便進而否定詩歌價值的。明代王世懋在其《藝圃擷餘》中，便從變的觀點肯定它說：

> 逗者，變之漸也，非逗故無由變。如詩之有「變風」、「變
> 雅」，便是《離騷》遠祖。〔註16〕

〔註14〕參鄭玄：〈詩譜序〉，收在註一所引書《毛詩正義》卷首，頁五、六。
〔註15〕朱熹：《朱熹集》卷七十六〈楚詞集註序〉（成都：四川教育出版社，一九九六年十月第一版），頁四〇〇八。
〔註16〕王世懋：《藝圃擷餘》，收在何文煥所編《歷代詩話》（臺北：漢京文化事業有限公司，一九八三年一月一日初版），頁七七六。

像王氏這樣的論點，便較接近鄭玄所謂「變而不失其正的意思。由於朱子在學術史上所具有的領導地位，故他對變體的貶抑態度，便深具影響。因此，傳統儒者面對此一問題時，其所取的態度，也往往都是崇「正」而抑「變」的。

再者，將「正」、「變」這組二元對立概念與堂會政治聯繫一起的說法，到了魏晉南北朝時，更促使當時的論者進一步研究歷史發展與文學變遷之間的關係。而這組概念，也就從「文體論」的範疇進到「文藝發展論」的領域之中，進而與「代變」的概念產生最直接的結合。如劉勰在《文心雕龍》〈時序〉篇中，便從「時運交移，質文代變」的觀點出發，論述上自陶唐，下迄當時的文學，往往是隨著時代變遷而演變的情況。而在前引〈通變〉篇中，劉氏論述歷代文學發展的繼承與革新時，則說：「文律運周，日新其業，變則堪久，通則不乏。」便強調新變始是保持文學創作永遠具有生命活力的定律所在。此後，論者有關「代變」等概念的範疇論述，幾乎以劉氏的思路為其基調所在，鮮有超越其藩籬的。

因此，在明末清初這個關鍵的年代裡，由於詩學本身演變的內在因素，加上朝代更替的外在因素交相激盪下，當時詩壇裡，有關「代變」的概念論述，便又趁勢興起，廣為論者們所討論。其中又以錢謙益有關這方面的論述，最值得重視。蓋因錢氏是此一時期最具關鍵影響力量的詩人。他既是總結明詩的主要作者，又是開啟清詩的導夫先路者。錢氏在詩歌史上所具有的承先啟後的角色。清人在相關論者中，已屢次提及。如喬億《劍溪說詩》就認為當時詩壇風氣所以大變，是因為受到錢氏力詆明人，又始續宋人餘緒的影響。〔註17〕而朱庭珍《筱園詩話》也認為因為錢氏厭棄前後七子的優孟衣冠，直斥明詩為偽體，尊奉韓愈與蘇軾為標準，當時風尚，乃為之一變。〔註18〕

〔註17〕喬億：《劍溪說詩》卷下，收在郭紹虞所編《清詩話續編》（臺北：木鐸出版社，一九八三年十二明初版），頁一一〇四。
〔註18〕朱庭珍：《筱園詩話》卷二，同前註郭紹虞所編書，頁二三五五。

但因錢氏身處明、清兩代交替之際，其詩學體系的形成，自難與明代的整個詩壇脫離關係。因此，在明代部分，如後五子派中的王世懋、胡應麟以及屠龍等人的代變觀，自有述及的必要外，公安派的袁中郎、袁中道兄弟及以竟陵派的鍾惺與譚元春等人的詩學，是較同時代其他論者更著意於此一概念的詩人，需予敘述的必要性當然存在。至於在清初部分，除錢謙益與黃宗羲外，以「變」爲詩學核心的葉燮，其理論架構的完整性自來已有公斷，當然更不能忽略。因此，觀以上諸人有關「代變」的看法，正是本章節的論述重點所在。

第二節　王世懋、胡應麟與屠隆的正裡求變觀

明代文學主張復古運動，主要是興起於弘治與正德時期，以李夢陽、何景明爲首的前七子手上的。《明史》〈文苑傳序〉描述此一文學復古運動時，就說：

> 弘、正之間，李東陽出入宋、元，溯流唐代，擅聲館閣。而李夢陽、何景明倡言復古，文自西京，詩自中唐而下一切吐棄。操觚談藝之士，翕然宗之，明之詩文於斯一變。
>
> 〔註19〕

由於明代弘治、正德年間，正好是社會文化發生急劇變化的時期，在此前數代，由於宦官專權，吏治黑暗，程、朱理學的流弊禁錮日深，而八股時文又是積弊嚴重。故詩壇便期待一代詩風能有所轉移。爲此，李夢陽與何景明等人便高自標幟。由李氏提出「漢後無文，唐後無詩」的復古主張。〔註20〕期待藉由古代詩文的高格逸調，能夠糾正當時萎弱平庸的風氣。故《明史》〈文苑傳〉評論李氏的文學活動時，就說：

〔註19〕張廷玉：《明史》卷二百八十五〈文苑傳序〉（臺北：鼎文書局，一九七九年十二月出版），頁一九七三。

〔註20〕參錢謙益：《列朝詩集小傳》丙集李副使夢陽條（上海：上海古籍出版社，一九九三年十月出版），頁三一一。

夢陽才思雄鷙，卓然以復古自命。弘治時，宰相李東陽主
文炳，天下翕然宗之，夢陽獨譏其萎弱，倡言文必秦、漢，
詩必盛唐，非是者弗道。〔註21〕

自此開始，以前七子爲標誌的文學復古運動便勃然興起。

一、王世貞的曲盡變風變雅說

到了嘉靖年間，李攀龍、王世貞、謝榛等後七子們，雖然於詩仍
然宗主盛唐，但已不能不有所轉變。其中原因，係因結社伊始，彼此
才情便已有所不同，自然詩論也就會有所出入。錢謙益《列朝詩集小
傳》云：

當七子結社之始，尚論有唐諸家，茫無適從。茂秦曰：「選
李、杜十四家之最者，熟讀之以奪其神氣，歌詠之以求聲
調，玩味之以裒精華。得此三要，則造乎渾淪，不必塑謫
仙而畫少陵也。」諸人心師其言，厥後雖爭擯茂秦，其稱
詩之指要，實自茂秦發之。〔註22〕

郭紹虞認爲這段論詩故事所述，即指謝榛和前七子在詩論主張上已有
些出入而言，故後七子此後便也不得不有所轉變。〔註23〕

至於最能看出其中轉變的，便是謝榛等人的正變觀。謝榛，字茂
秦，自號四溟山人，臨清人，著有《四溟集》。其《四溟詩話》開宗
明義第一條便說：

《三百篇》直寫性情，靡不高古，雖其逸詩，漢人尚不可
及。今學之者，務去聲律，以爲高古。殊不知文隨世變，
且有六朝唐宋影子，有意於古，而終非古也。〔註24〕

在引文中，謝氏明白提到「文隨世變」的詩歌定律，強調後人即使有
意爲之，也不可能寫出如《三百篇》般的詩作。值得注意的提，他還

〔註21〕同註十九書卷二百八十六〈李夢陽傳〉，頁一九八四。
〔註22〕同註二十書丁上〈謝山人榛〉，頁四二四。
〔註23〕參郭紹虞：《中國文學批評史新編》五七〈後七子派的詩論〉（臺北：
　　　　宏政圖書出版公司，無出版年月），頁三一五、三一六。
〔註24〕謝榛：《四溟詩話》卷一，收在丁福保輯《歷代詩話續編》（臺北：
　　　　木鐸出版社，一九八一年三月出版），頁一一三七。

認爲「且有六朝唐宋影子」。即不管如何，在詩中一定會有作者的時代影子。這就使詩歌的變化有了正當性。而且，被提及的時代，甚至還包括宋詩在內。在同書卷第三條中，謝氏亦說：

> 詩以漢魏並言，魏不逮漢也。建安之作，率多平仄穩帖，此聲律之漸。而後流於六朝，千變萬化，至於盛唐極矣。
>
> 〔註25〕

不僅認爲漢、魏乃至六朝的詩歌演變情形，是千變萬化。至於在盛唐階段，又是極千變萬化之能事。其中雖仍有奉盛唐爲正宗的意義，但是在結合著「千變萬化」的情況下說的，這就更引人注意了。

至於王世貞，字元美，號弇州山人，太倉人，著有《弇州山人四部稿》等書。在《藝苑巵言》中，論及六朝末年以及中唐的詩歌概況時，他便以盛衰正變的循環觀點說：

> 吾故曰：「衰中有盛，盛中有衰，各含機藏隙。盛者得衰而變之，功在創始；衰者自盛而沿之，弊纍趨下。」又曰：「勝國之敗材，乃興邦之隆幹；熙朝之佚事，即衰世之危端。此雖人力，自是天地間陰陽剝復之妙。」〔註26〕

在這段話中，王氏強調盛衰所以相銜，雖是人力使然，卻也是天地之間陰陽剝復循環的常理。同謝榛一樣，王氏從自然之理肯定詩歌有盛有衰，乃屬必然之事。

王氏主要的詩論，雖然仍以格調爲主，但是卻能夠在「正」之外，兼而承認「變」的必然性與合理性。在上引書中，他即說：

> 世人《選》體，往往談西京建安，便薄陶謝，此似曉不曉者。毋論彼時諸公，即齊梁纖調，李杜變風，亦自可采，貞元而後，方足覆瓿。大抵詩以專詣爲境，以饒美爲材，師匠宜高，掇拾宜博。〔註27〕

〔註25〕同前註。
〔註26〕王世貞：《藝苑巵言》卷四，收在註二四丁福保所輯書，頁一〇〇八。
〔註27〕同前註卷一，頁九六〇。

對於中唐以後的詩作，王氏雖仍祇給予「覆瓿」的評價。但在論《選》體時，他不僅認爲應該兼及李白與杜甫的變風之作，即連齊、梁的纖調，他亦主張自有可採的價值。

由於這種較爲寬闊的詩歌標準，使王氏亦能較理性的看待宋詩。在〈宋詩選序〉中，他即說：

> 吳興愼侍御子正，顧獨取宋詩選而梓之，以序屬余。余故嘗從二三君子後抑宋者也，子正何梓之，余何以從子正之請而序之？余所以抑宋者爲惜格也。然而代不能廢人，人不能廢篇，篇不能廢句，蓋不止前數公（指黃庭堅、蘇軾、陸游、楊萬里諸人）而已。〔註28〕

雖然，王氏強調自己的壓抑宋詩，是爲了堅持詩歌本色的「惜格」因素，但所謂「代不能廢人」云云，便已經爲宋詩開出一條活路。

至於爲了改變當時名家命意措語往往雷同的情形，在〈答周翊書〉中，他就說：

> 始僕嘗病前輩之稱名家者，命意措語，往往不甚懸，大較巧於用寡而拙於用眾。故稍反之，使庀材博旨，曲盡變風變雅之致，如是而已。至於山川土俗，出不必異，而成不必同，務當於有物有則之一語。〔註29〕

強調作者應隨著當時的客觀環境的變化而變化，甚至要學古博材，以便能夠曲盡變風變雅的詩歌旨趣。由此來看，王世貞可以說是明代格調說的轉變者。

二、王世懋的逗變說

至於末五子中的王世懋與胡應麟兩人，便是在王元美這種已拈其端的情況下，續衍其緒。至此一階段，明代復古派的轉變就越來越突出明顯了。

〔註28〕王世貞：〈宋詩選序〉，轉引自《中國歷代文論選》中冊（臺北：木鐸出版社，一九八一年四月再版），頁三二三。

〔註29〕王世貞：《弇州山人四部稿》卷一二八〈答周翊書〉（臺北：偉文出版社，一九七六年出版）。

王世懋，字敬美，號麟洲，著有《藝圃擷餘》。他的詩論主要是承繼長兄王世貞而來的，祇是他說得更爲明顯。他從神韻講格調，主張宗主盛唐之旨，不一定要在第一義之悟，而是在透徹之悟。爲了矯正格調末流的缺失，在《藝圃擷餘》中，他就說：

> 李于鱗七言律，俊潔響亮，余兄極推轂之。海内爲詩者爭
> 事剽竊，紛紛刻鷙，至使人厭。予謂學于鱗不如學老杜，
> 學老杜尚不如學盛唐。何者？老杜結構自爲一家言，盛唐
> 散漫無宗，人各自意象聲響得之。正如韓柳之文，何有不
> 從左史來者，彼學而成，爲韓爲柳。我卻又從韓、柳學，
> 便落一塵矣。輕薄子遽笑韓柳非古，與夫一字一句必趨二
> 家者，皆非也。〔註30〕

顯然，在王氏來看，學習自成一家之言的杜甫，對學詩者而言，在層次上已是落了一塵。倒不如向出之以各自的意象聲響而得名的盛唐諸家學習來得接近源頭。這是強調即使推宗杜甫之聖，更要追溯其源流之所自，纔是眞正的透徹之悟。而在另一則文字中，他則認爲詩家除需知曉詩歌的正體外，更需明白其變體：

> 唐律由初而盛，由盛而中，由中而晚，時代聲調，固自必
> 不可同。然亦有初而逗盛，盛而逗中，中而逗晚者。何則？
> 逗者，變之漸也，非逗，故無由變。如詩之有變風、變雅，
> 便是《離騷》遠祖，子美七言律之有拗體，其猶變風變雅
> 乎？唐律之由盛而中，極是盛衰之介。……學者固當嚴于
> 格調，然必謂盛唐人無一語落中，中唐人無一語入盛，則
> 亦固哉其言詩矣。〔註31〕

以上的引文，其實是其兄王世貞所謂「衰中有盛」一段文字的解釋。其中「逗者，變之漸也，非逗，故無由變」諸語，是王氏以「變」補「正」的論詩基礎。這是爲了彌補格調說逐漸趨向絕對化的缺點而提出的。所「逗」，就是逗漏，有開啓與引發的意思。在他來看，前代

〔註30〕同註十六書，頁七七八。
〔註31〕同註十六書，頁七七六、七七七。

文學總有存在著開啓後代文學的因素。如此，才能使文學的發展有連續性與變異性。文中所論，分從文體、時代與作家的角度切入。將《楚騷》、開元之時以及杜甫一人等，視爲「變風」、「變雅」之體，是「非逗，故無由變」的結果。尤其是杜甫，雖然是屬於盛唐之世，卻又和盛唐的風格有所不同。此前，如嚴羽在《滄浪詩話》〈詩評〉中已說：

> 五言絕句，眾唐人是一樣，少陵是一樣，韓退之是一樣，王荊公是一樣，本朝諸公是一樣。〔註32〕

這是強調中唐以下的詩歌變態，王氏承繼此說，亦接著說：

> 子美全集，半是大曆以後，其間逗漏，實有可言。

職是之故，他讚美杜甫的詩歌說：

> 少陵故多變態，其詩有深句，有雄句，有老句，有麗句，有險句，有拙句，有累句。自少陵逗漏此趣，而大智大力者發揮畢盡。〔註33〕

杜詩所具有的多種風格，有高出盛唐者，其餘亦不在盛唐之下，明人大多認爲杜詩是變體，因而開啓宋人門戶，故對杜詩往往有所微詞。而王世懋則有異於同代人的看法，故若將杜甫作爲唐代詩歌發展史上具有承先啓後的關鍵觀念加以引伸，王氏自然會反對一味標舉盛唐的格調之說。其《藝圃擷餘》就說：

> 今世五尺之童，纔拈聲律，便能薄棄晚唐，自傳初唐，有稱大曆以下，色便赧然。然使誦其詩，果爲初邪、盛邪、中邪、晚邪？大者取法固當上宗，論詩亦莫輕道。詩必自運，而後可辨體；詩必成家，而後可以言格。……故予謂今之作者，但須眞才實學。本性求情，且莫理論格調。〔註34〕

這段話較之前七子的格調說，可謂離經叛道。雖然，「且莫理論格調」一句，仍不能說是對格調說的揚棄，他仍然主強詩必成家後，纔能談格調，但已明顯修正前七子以來的流弊。

〔註32〕見嚴羽著，陳定寶輯校：《嚴羽集·滄浪詩話》〈詩評〉三（鄭州：中州古籍出版社，一九九七年六月第一版），頁二五。

〔註33〕同註三一、頁七七七。

〔註34〕同註十六書，頁七七九、七八○。

三、胡應麟的詩體代變說

　　至於胡應麟，著有《詩藪》。胡氏論詩的正變時，則本於前述王世懋的「非逗，故無由變」一語。一方面崇尚格調，這是文體論；一方面則論變化，這是文學發展論。此從其《詩藪》一書，於內編分體，於外編、雜編，則以時代分論之，便可見其有意以調和此二端爲職志所在。

　　在《詩藪》一書中，有關論詩主變的文字，可謂不勝枚舉。如：

> 四言變而〈離騷〉，〈離騷〉變而五言，五言變而七言，七言變而律詩，律詩變而絕句，詩之體以代變也。《三百篇》降而《騷》，《騷》降而漢，漢降而魏，魏降而六朝，六朝降而三唐，詩之格以代降也。〔註35〕

又：

> 四言不能不變而五言，古風不能不變而近體，勢也，亦時也。然詩至于律，已屬俳優，況小詞豔曲乎？〔註36〕

胡氏論詩承襲後七子復古的餘風，但持論已稍有變化，已從重視「格調」，轉而趨近「神韻」。而其所謂「詩之體以代變」一語，即言中國古代詩歌的發展演進，是受到時代的制約與影響的。時代發展，詩之體也隨之發展，產生變化。這是頗有見地的理論。有論者認爲後七子與胡氏等末五子的詩論，側重於對詩歌藝術內部嬗替傳承軌跡的考察，正填補了到當時爲止，對中國古代詩歌的研究最欠缺的部分。〔註37〕而他的轉而趨向「神韻」，又被視爲是明代從復古派轉向「性靈」說的過渡。〔註38〕然所謂「詩之格以代降」一語，則又認爲詩歌的格調是一代不如一代，這仍然不脫當時復古派的窠臼，可謂仍未盡其變。

〔註35〕胡應麟：《詩藪》〈內篇〉卷一，同註二八所引書，頁三二八、三二九。

〔註36〕同上註。

〔註37〕參廖可斌：《明代文學復古運動研究》（上海：上海古籍出版社，一九九四年十二月出版），頁二七四。

〔註38〕參張葆全：《中國古代詩話辭典》（桂林：廣西師範大學出版社，一九九二年三月出版），頁五五。

因此，儘管胡氏可以承認變，卻又不能不承認各體有各體的高格，不應取法乎下。故他自然必須再一次強調：「立志欲高，取法欲遠，精藝之衡也。」〔註39〕不僅如此，他又說：

> 曰《風》、曰《雅》、曰《頌》，三代之音也。……曰排律、曰絕句，唐人之音也。詩至於唐而格備，至於絕而體窮。故宋人不得不變而之詞，元人不得不變而之曲。詞勝而詩亡矣，曲勝而詞亦亡矣。明不致工於述，不求多於專門，而求多於具體，所以度越元、宋，苞綜漢、唐也。〔註40〕

依據胡氏這樣的說法，反於正，固然是變；但合於正，也還是變。如此一來，致力於創作詩歌者自然應該力求變化；而致力於傳述者，則不必如此。

由此可見明人的復古，竟然是將復古視爲變古的。一般反對復古論者往往以變爲論述的中心，而胡氏卻是站在變的基準點上，建設其復古的理論基礎。換言之，胡氏所的變，其實亦祇是在其所謂的正裡求變。故其詩論無論如何著意於變，卻始終不離其宗，依舊是建築在以格調說爲主的正上面。

四、屠隆的詩隨世遷說

屠隆，字長卿，著有《由拳》、《白榆》、《栖眞館》諸集。

由於屠氏詩文橫逸，全以才氣見長，爲詩之際往往能不爲格調所束縛，故其詩徑已經有折入公安派的頗向。再者，因屠氏所處的時代，上與王世貞等人相接，下又與公安派的三袁兄弟同時，而且與後者諸人均交好。故《四庫全書總目》的館臣們，評論其《白榆集》時，便說：

> 沿王、李之塗飾，而又兼涉三袁之纖佻。〔註41〕

〔註39〕同上註。

〔註40〕同註35。

〔註41〕參紀昀編：《四庫全書總目》卷一百七十九《白榆集二十卷》條（臺北：漢京文化事業有限公司，一九八一年十二月出版），頁一〇一〇。

雖然，四庫館臣們對他的評價萎瑣，但從文學發展的角度來看，他則是由七子派轉變到公安派的關鍵人物。故其論詩之際，雖亦以格調為中心，卻已不得不顧及性靈的部分。

在〈唐詩品彙選釋斷序〉一文中，對於性情在詩歌創作或評價中的關鍵意義，他就直言不諱的說：

> 夫詩由性情生者也。詩自《三百篇》而降，作者多矣，乃世人往往好稱唐人，何也？則其所托興者深也。非獨其所托者深也，謂其猶有風人之遺也。非獨謂其猶有風人之遺也，則其生乎性情者也。〔註42〕

在引文中，屠氏對於詩歌生乎性情的看法，三致其意。在他來看，唐詩所以皆為世人所樂道喜稱，它所以能夠如此悲壯可喜，都是因為詩中有著作者深切的寄託。至於這種深切感人的寄託，則又是從作者個人的性情之中生成的。至此而論，屠氏可以說是個典型的性靈論者。不管從創作心理或是閱讀行為的角度出發，他一概認為性情是關鍵所在。故他接著批評宋詩說：

> 讀宋而下則悶矣，其調俗，其味短，無論哀思，即其言愉快，讀之則不快，何也。《三百篇》博大，博大則詩；漢魏雄渾，雄渾則詩；唐人詩婉壯，婉壯則詩。彼宋而下何為，詩道其亡乎？〔註43〕

宋詩所以令人不快，是因為它的「調俗」與「味短」所致。至於原因所在，在〈文論〉中，他便說：

> 古詩多在興趣，微辭隱義，有足感人。而宋人多好以詩議論，夫以詩議論，即奚不為文，而為詩哉？……宋人又好用故實，組織成詩，夫《三百篇》亦何故實之有？用故實組織成詩，即奚不為文，而為詩哉？〔註44〕

〔註42〕屠隆：《由拳集》卷十二〈唐詩品彙選釋斷序〉，錄自註二八所引書，頁二五五、二五六。

〔註43〕同上註。

〔註44〕同前註卷二十三〈文論〉，頁三五八。

顯見面對宋詩的好以議論及故實爲詩，屠氏便又無法自拔的陷到格調論的泥淖之中，而難以自拔。從他這種揚唐抑宋的理由來看，他仍然是主格調說的。

　　不過，在〈論詩文〉中，屠氏的詩論則較前引文有明顯轉變的現象：

> 詩之變隨世遞遷。天地有劫，滄桑有改，而況詩乎？善論詩者，政不必區區以古繩今，各求其至，可也。論漢、魏者，當就漢、魏求其至處，不必責其不如《三百篇》。……論唐人者，當就唐人求其至處，不必責其不如六朝。……宋詩河漢不入品裁，非謂其不如唐，謂其不至也。……夫鮮自得，則不至也。〔註45〕

這裡的「不必區區以古繩今」一語，再次肯定了詩隨世變的道理。需注意的是，屠氏雖仍然貶抑宋詩，但其理由已不是從格調的觀點出發，而是認爲宋詩不至，才是它不值得學習的原因。所謂「不至」，依他的意思，即「鮮自得」。而宋人所以鮮自得，則是因爲作者個人爲才力所拘限的緣故。故他接著說：

> 古今之人，才智不甚遼絕，殫精竭神，終其身而爲之，而格以代降，體緣才限。俊流英彥，逞其雄心於此道，淺者欲其深，深者欲其暢，……博者欲其潔，以並駕前人，誇美後世。其心蓋人人有之，而賦材既定，骨格已成，即終身力爭，而卒莫能改其本色，越其故步而止。〔註46〕

屠氏所謂「格以代降，體緣才限」，顯然已不是從格調的角度論詩，而是從作者的性情與才氣的觀點切入。從詩歌的創作而言，這是更爲根本的問題。屠氏論詩至此，則又回溯到之前王世貞定義「格調」爲「才生思，思生調，調生格，詩即才之用，調即詩之境，格即調之界」〔註47〕時的原點。強調作者個人才智的高低，纔是決定作品格調所以

〔註45〕屠隆：《鴻苞》卷十七〈論詩文〉，錄自註二八所引書，頁三六三。

〔註46〕同上註。

〔註47〕同註26書卷一，頁九六四。

高低的關鍵所在。屠氏從這個角度切進討論詩歌，便也容易跳脫文體論的框架，自然就不會被復古說的藩籬所拘絆住。

第三節　公安派與竟陵派的窮極新變觀

綜觀明代在詩歌作與詩學理論的變遷裡，一直有學古與趨新等兩股潮流互為消長。而在此兩股潮流的相互辯證之下，其所形成的概念範疇，簡單的說，即是法與心、格調與性情、正與變等三組二元對立概念的呈現。其中所謂的法、格調與正的部分，大抵是前、後七子與後五子等復古派所堅持的概念範疇。至於心、性情與變的部分，則是以袁氏兄弟為主的公安派所力倡的概念範疇。他們是反對前、後七子的健將，對於前、七子的批評，也是當時最激烈的。

一、公安派的代各有詩說

袁氏兄弟的主將是袁宏道，字中郎，號石公，公安人，著有《瀟碧堂》、《瓶花齋》諸集，後人合刻為《袁中郎全集》。其詩論主要是在反對復古派所強調的「詩以代降」，主張以變論詩。在〈雪濤閣集序〉中，他就說：

> 文之不能不古而今也，時使之也。妍媸之質，不逐目而逐時。……唯識時之士，為能隄其隤而通其所必變。夫古有古之時，今有今之時。襲古人語言之跡，而冒以為古，是處嚴冬而襲夏之葛者也。《騷》之不襲《雅》也，《雅》之體窮於怨，不《騷》不足以寄也。後之人有擬而為之者，終不肖也。〔註48〕

因為古今時異，故〈離騷〉的變《詩經》而起，《古詩十九首》與蘇、李詩的變〈離騷〉而作，都是不得不然的情勢發展結果。這就為詩歌創作應該新變，而且不得不求新求變，找到理論的正當性。

〔註48〕袁宏道：《袁中郎全集‧袁中郎文鈔》〈雪濤閣集序〉（臺北：世界書局，一九九〇年十一月三版），頁六。

　　由此可見，變之一字，可以說是袁氏整個詩論的核心所在。像他
這種強調以時有變的論調，其根本旨意即在否定明代復古派的詩論。
如前所述，復古派的詩論亦談變，而且也承認應當變。但因盛唐詩歌
在此派的詩歌價值體系中，是居著至高無上的第一義。因此，他們只
承認盛唐以前的變是合理的。至於盛唐以後的詩體演變，因為「格以
代降」的緣故，便也欠缺審美的藝術價值，自然不值得效法。可見復
古派根本不是用發展的觀點理解詩歌當變的具體內涵。這就是其詩學
的缺陷所在。故在〈與丘長孺〉的尺牘中，袁氏便進一步提出「代各
有詩」的觀點說：

> 唐自有詩也，不必《選》體也。初、盛、中、晚，自有詩
> 也，不必初盛也。李、杜、王、岑、錢、劉，下迨元、白、
> 盧、鄭，各自有詩也，不必李、杜。趙宋亦然，陳、歐、
> 蘇、黃諸人，有一字襲唐者乎？又有一字相襲者乎？至其
> 不能為唐，殆是氣運使然。〔註49〕

與〈雪濤閣集序〉一文論古今時異的文字，是偏重在文學體製的變化
相較，此文是就文學風格的變化而言。前者是異體之變，後者則是同
體之變。但不論是體製之異或風格之異，均應該窮極新變，衝破自古
以來的一切藩籬，纔能有所發展。所以，袁氏又強調說：

> 詩之奇之妙之工之無所不極，一代盛一代，故古有不盡之
> 情，今無不寫之景。然則古何必高，今何必卑哉？〔註50〕

如此一來，他必然會走上詩歌創作應當要求藝術技巧的道路。強調一
切以華新求變為務，即使矯枉過正，亦在所不惜。在前引〈雪濤閣集
序〉中，他就說：

> 余與進之遊吳以來，每會必以詩文相勵，務矯今代蹈襲
> 之風。進之才高識遠，信腕信口，皆成律度，其言今人
> 所不能言與其所不敢言者。或曰……詩窮新極變，物無
> 遁情，然中或有一二語，近乎近俚近俳，何也？余曰：

〔註49〕同前註書《袁中郎尺牘》〈與丘長孺〉，頁一九。
〔註50〕同上註。

此進之矯枉之作，以爲不如是不足矯浮泛之弊，而闢時
人之目也。〔註51〕

同樣的論調，亦見於論述時文的理論中。如在〈與友人論時文書〉中，
他就說：

天地間眞文漸滅殆盡，獨博士家言，猶有可取。其體無沿
襲，其詞必極才之所至，其調年變而不同。手眼各出，機
軸亦異。〔註52〕

又〈時文敘〉亦說：

舉業之用，在乎得雋，不時則不雋，不窮新而極變則不時。
〔註53〕

像這種窮極新變，矯枉過正的結果，自會造成鄙俚的情形在詩壇四處
流竄。

至於有關袁宏道在詩學上的缺陷，其弟袁中道其實是有看到的。
袁中道，字小修，著有《珂雪齋集》。在其集中，爲兄長宏道辯解或
修正的話，可謂隨處可見。此從二人對於「變」的見解有所出入，便
可見一斑。如中道〈宋元詩序〉說：

宋元承三唐之後，殫工極巧，天地之英華，幾洩盡無餘。
爲詩者處窮而必變之地，寧各出手眼，各爲機局，以達其
意所欲言，終不肯雷同勦襲，拾他人殘唾，死前人語下。
於是乎情窮遂無所不寫，景窮而遂無所不收。〔註54〕

爲了不肯隨波逐流，自然要各極其變。若要不拾人牙慧，則要各窮其
趣。這是爲兄長的辯護之詞。

至於針對袁宏道矯枉過正的弊端，遠中道則以變言變的方式加以
補救，以矯正公安派的末流。其〈花雲賦引〉說：

天下無百年不變之文章。有作始自有末流，有末流還有作

〔註51〕同註48，頁七。
〔註52〕同註49〈與友人論時文書〉，頁十四。
〔註53〕同註48〈時文敘〉，頁十。
〔註54〕袁中道：《珂雪齋集》卷十一〈宋元詩序〉（上海：上海古籍出版社，
一九八九年一月初版），頁四九七。

始。其變也皆若有氣行乎其間，創爲變者與受變者皆不及
知。是故性情之發，無所不吐，其勢必互異而趨俚。趨於
俚又將變矣！作者始不得不以法律就性情之窮。法律之持
無所不束，其勢必互同而趨浮。趨于浮又將變矣！作者不
得不以性情救法律之窮，……此必變之勢也。〔註55〕

像他這樣論述變的方式，是以性靈爲中心而兼重格調。這就意味著當
時公安派的主張與作風，同樣是以詩言詩，是偏向純藝術的詩論主
張。但仍然與復古派有別，後者是所取的標準嚴格，強調第一義之悟，
主張取法乎上。而前者則是所取的標準寬鬆，強調不僅要知正，更需
要知變，並且已無所謂的第一義與第二義之分。

袁宏道〈敘小修序〉就說：

唯夫代有升降，而法不相沿，各極其變，各窮其趣，所以
可貴，原不可以優劣論也。〔註56〕

因爲公安派所主張的變，是爲達到各窮其趣的目的，故始終不肯建立
一個優劣的標準。但也唯有不建立一個優劣的標準，纔可以任由作者
各極其變，變而又變。否則，便又要回到格調的框架之中。

二、竟陵派的代求其高說

除公安派的袁氏兄弟外，竟陵派的正變觀亦有提及的必要性。

鍾惺，字伯敬；譚元春，字友夏，皆竟陵人，以選《詩歸》齊名，
時稱其詩歌作風爲竟陵派。鍾氏著有《隱秀軒集》，譚氏著有《譚友
夏合集》。後人對這派的看法，可從錢謙益《列朝詩集小傳》略窺一
二：

伯敬少負才藻，有聲公車間。擢第之後，思別出手眼，另立
深幽孤峭之宗，以驅駕古人之上。而同里有譚生元春，爲之
應和，海內稱詩者靡然從之，謂之鍾譚體。……當其創獲之
初，亦嘗覃思苦心，尋味古人之微言奧旨，少有一知半見，

〔註55〕同前註書卷十〈花雲賦引〉，頁四五九。
〔註56〕同註48〈敘小修序〉，頁六。

> 掠影希求，以求絕出於時俗。久之，見日益僻，膽日益麤，
> 膽日益麤，……其所謂深幽孤峭者，如木客之清吟，如幽君
> 之冥語，如夢而入鼠穴，如幻而之鬼國。〔註57〕

二人所以會墮入錢氏所謂「鬼趣」與「兵象」的幽僻境界，主要係
因他們強調詩歌創作應該「求古人眞詩」，纔能矯正此復古派與公安
派等因「取異於途徑」所造成的空廓與俚僻的弊端。其〈詩歸序〉
即云：

> 詩文氣運，不能不代趨而下，而作詩者之意興，慮無不代
> 求其高。高者，取異於途徑耳，夫途徑者不能不異者也，
> 然其變有窮。……此不求古人眞詩之過也。……眞詩者，
> 精神所爲也。察其幽情單緒，孤行靜寄於喧雜之中，而乃
> 以其虛懷定力，獨往冥游於寥郭之外。〔註58〕

雖然鍾氏強調每一時代的作者都有亟欲求高的意興，但僅從「詩文氣
運，不能不代趨而下」二語來看，便已透露出一股晦暗不祥的徵兆。
可以說鍾氏的代變觀，其中隱含著消極退步的因素。他爲了別出手
眼，以有別於前人，乃進而主張學習詩歌，應從古人隱藏在作品中的
精神入手。問題是鍾氏本人心所嚮往的古人精神，是孤懷獨往式的幽
情單緒。如此一來，就又走回他自己亟欲避免的取異途徑了。

　　事實上，從鍾氏自述《詩歸》一書的目的，乃在「引古人之精神，
以接後人之心目」〔註59〕的旨趣來看，可見他是曾經抱著跳脫世俗惡
套的決心的。但是勉強在古人的詩歌中求取性靈的結果，便也祇能在
古人的章句辭藻中玩索徘徊。像這種脫離現實生活的時日一久，自然
生氣全無，枯槁無味，令人如置身鼠穴與鬼國一般。因此，他一生所
極力追求的「幽情單緒」，具現在詩境中，自然也就會有促窄狹窄的
流弊產生。

〔註57〕同註 20 書丁集中〈鍾提學惺〉條，頁五七○、五七一。
〔註58〕鍾惺：《隱秀軒集》卷十六〈詩歸序〉（上海：上海古籍出版社，一
　　　　九九二年九月出版），頁二三六。
〔註59〕同上註。

在〈問山亭詩序〉一文中，鍾氏曾說：

> 勢力有窮而必變，物有孤而爲奇。〔註60〕

引文中所謂的孤奇，不就是「取異於途徑」的結果。譚元春在〈詩歸序〉中，也同鍾氏一樣，亦有這種求孤立異的言論：

> 夫人有孤懷，有孤詣，其名必孤行於古今之間，不肯遍滿寥廓。而世有一二賞心之人，獨爲之咨嗟徬皇者，此詩品也。〔註61〕

就因爲鍾譚二人對這種尖新凄寒的風格，情有獨鍾，而其所造成的深遠影響，又如錢謙益在前引書中所言，是「浸淫三十餘年，風移俗易，滔滔不返。」故錢氏纔從政治的觀察角度切入，將他們的詩歌與明代滅亡的不祥徵兆結合一起，強調鍾、譚二人已經走入魔道，能異而不能高，是「詩妖」的行徑。對詩歌而言，祇是亂源的所在，並不能夠促成詩壇的趨新與變化。〔註62〕

第四節　錢謙益的主變存正觀

一、對明人同歸狂易的批評

從前述可知，後七子、末五子、公安派以及竟陵派等，雖然亦同樣主張文學發展的事實，是呈現代變的情形。而且，爲了達到矯正前代詩歌流弊的目的，或在正裡求變，或是窮極新變。但因前者係以主正爲主，其所謂的變，僅是限隔時代的變；而後者又是唯變是從，全心趨異，最終都不免要失之偏頗，造成正與變的對立。錢謙益在《列朝詩集小傳》中，對於明末詩壇的這種怪異現象，就有頗具概性的評論：

> 中郎之論出，王、李之雲霧一掃，天下之文人才士始知疏瀹心靈，搜剔慧性，以蕩滌摹擬塗澤之病，其功偉矣。機

〔註60〕同前註卷十七〈問山亭詩序〉，頁二五四。
〔註61〕譚元春：《唐詩歸》卷首〈詩歸序〉，錄自註二八所引書，頁四一三。
〔註62〕同註57。

> 鋒側出，矯枉過正，於是狂瞽交扇，鄙俚公行，雅故滅裂，
> 風華掃地。〔註63〕

雖然掃蕩了復古派模擬成風的弊端，但因矯枉過正，卻又造成「狂瞽」與「鄙俚」盛行的詩壇亂象，以致風雅掃地。在〈王貽上詩序〉中，錢氏檢討起這股狂流所以橫行的原因時，便批評說：

> 嗟乎！詩道淪骨，浮僞并作，其大端有二：學古而贗者，影掠滄溟、弇山之膌語，尺寸比儗，此屈步之蟲，尋條失枝者也。師心而妄者，懲創《品彙》、《詩歸》之流弊，眩運掉舉，此牛羊之眼，但見方隅者也。之二人者，其持論區以別矣。不知古學之由來，而勇于自是，輕于侮昔，則亦同歸于狂易而已。〔註64〕

在他來看，正是僞學古者的依傍與妄師心者的不學等兩種人，纔造成明末詩壇風氣所以趨向狂易的原因。面對明代詩壇因爲偏勝以致充斥著「霸氣」〔註65〕的情形，可見錢氏這驟話的用意，是要將常古與師心兩者統一起來。秉持著學古而又自成一家的主變存正觀，在繼承傳統中，又不忘追求變化，以救濟時弊。故在同文中，他就讚美王貽上說：

> 貽上之詩，文繁理富，銜華佩實。感時之作，惻愴于杜陵；緣情之什，纏綿於義山。其談藝四言，曰典，曰遠，曰諧，曰則。沿波討源，平原之遺則也；截斷眾流，杼山之微言也；別裁僞體，轉益多師，草堂之金丹大藥也。平心易氣，耽思旁訊，深知古學之由來，而於前二人者之爲，皆能淘汰癥結，祓除其嘈囋。〔註66〕

雖是讚美序主之詞，若將之視爲錢氏自道之詞，亦無不可。他所強調的是多元化的融會貫通；所追華的是變，而不是似；是新，而不是異。

〔註63〕同註20書丁集中〈袁稽勳宏道〉條，頁五六七。

〔註64〕錢謙益：《牧齋有學集》卷十七〈王貽上詩序〉（上每：上海古籍出版社，一九九六年九月第一版），頁七六五。

〔註65〕郭紹虞認爲膽代因爲偏重純藝術論，故常帶一股潑辣的霸氣，用以劫除整個詩壇。同註二三書，頁三九四。

〔註66〕同上註。

可見其正變觀的性格，是杜甫式的別裁僞體，轉益多師。他視此爲淘汰明詩癥結的金丹大藥，足以被除前、後七子以至於竟陵爲止的紛擾不休。

　　錢氏論變亦如前人一樣，是採取正本清源的方式。他上溯至《易經》的說法，期待能夠捐除詩壇一切的舊習，改革其狂易不學的風氣。其〈高念祖懷寓堂詩序〉即說：

> 余竊謂詩文之道，勢變多端，不越乎釋典所謂熏習而已。……世間之熏習，念祖胚胎前光，固已學而能之矣。出世間之熏習，則念祖之于琮公，諮決扣擊者，故當朝夕事焉。而世間詩文宗旨，亦豈有外于是乎？《易》曰：「擬議已成其變化」。而至于變化，則謂之不思議，熏不思議，變而疑于神矣。〔註67〕

錢氏強調詩文之道，雖然變化多端，但仍有掌握之道，即借由長時間在學問的薰陶之下，提高自己的思想境界與學術素養，自然能夠出神入化，掌握一切變化於手中。又〈復李叔則書〉亦云：

> 夫文章者，天地變化之所爲也。天地變化與人心之精華交相擊發，而文章之變，不可勝窮。〔註68〕

又〈題徐季白詩卷後〉亦云：

> 嗟乎！天地之降才，與吾人之靈心妙智，生生不窮，新新相續。〔註69〕

文章既是天地與人心交相擊發的結果，而天地與人心的性格，又都是變化無窮的，故文章的生成，自然是變化無窮，日新月異。而且，也祇有永保文章的變化特性，文章纔能永遠確保進步。

　　在前引〈復李叔則書〉一文中，錢氏即從陸機的〈文賦〉中讀出「善變」的道理說：

> 古人詩暮年必大進，詩不大進必日落，雖欲不進不得也。

〔註67〕同註64書卷十六〈高念祖懷寓堂詩序〉，頁七五一。
〔註68〕同註64書卷三十九〈復李叔則書〉，頁一三四三。
〔註69〕同註64書卷四十七〈題徐季白詩卷後〉，頁一五六三。

> 欲求進，必自能變始，不變則不能進。陸平原曰：「其爲物
> 也多姿，其爲變也屢遷」，又曰：「謝朝華于已披，啓夕秀
> 于未振」，皆善變之說也。〔註70〕

詩歌往前推進，乃是必然之事 而推縮的原動力，則是善變。祇有不
斷求新華變，詩歌纔能與日俱新。與錢氏同屬虞山派的馮班在《鈍吟
雜錄》中，自道其作詩須知「變」的道理時，既謂此一觀點，係直接
承自錢氏的主張所得：

> 錢牧翁教人作詩，惟要識變。余得此論，自是讀古人詩，
> 更無所疑。讀破萬卷，則知變矣。〔註71〕

錢氏強調詩歌要做到靈活通透，祇有識得變的道理，纔能達到這個境
界。而杜甫所謂：「讀書破萬卷，下筆如有神」，也正是針對此事而言。

二、反對限隔時代的支離

　　但需辨明的是，錢氏所謂的「變」，其實是有異於明代前、後七
子等人的。針對復古派以「詩必盛唐」作爲評斷詩歌標準的價值系統，
在〈愛琴館評選詩慰序〉中，他就強調說：

> 詩人之妙，心靈意匠，生生不停，新新相續。〔註72〕

這是以詩人的創造力是不斷發展的事實，論證詩歌必然產生新變的必
然性與合理性。在〈答徐巨源書〉便列舉歷代的優秀詩人說：

> 枚、蔡、曹、劉、潘、陸、陶、謝、李、杜、元、白，各
> 出杼軸，互相陶冶。譬諸春秋日月，異道並行。〔註73〕

強調古代作家往往各具其態，各極其變。學習古人，就是要辨析古代
詩歌變化的源流。這就是學古與新變兼具了。故其〈題徐季白詩卷後〉
接著說：

> 有《三百篇》，則必有《楚騷》。有漢、魏建安，則必有六

〔註70〕同註68。
〔註71〕馮班：《鈍吟雜錄》卷七（臺北：新文豐圖書公司，一九八五年三月
　　　　初版），頁七一六。
〔註72〕同註64書卷十五〈愛琴館評選詩慰序〉，頁七一三。
〔註73〕同註64書卷三十八〈答徐巨源書〉，頁一三一二。

> 朝。有景隆、開元，則必有中、晚及宋、元。而世皆遵守
> 嚴羽卿、劉辰翁、高廷禮之瞽說，限隔時代，支離格律，
> 如癡蠅穴紙，不見世界。斯則良可憐愍者。〔註74〕

錢氏認爲詩才是上天所賦予的。而這種天才與作家的靈妙心智，都不
是一成不變，而是在歷史的演進中，隨之不斷的變化。同樣的，詩人
的創造力，不僅會因人而有異，亦因會時代而有異。所以，各個時代
的詩歌，也必然會呈現出各不相同的面貌。這其實是對復古派主張限
隔時代，以致支離格律的導正。

在〈虞山詩約序〉中，錢氏闡述他自己學習詩歌的成長經歷時，
曾說：

> 余少而學詩，沉浮于俗學之中，憒無適從。已而扣擊當世
> 之作者，而少有聞焉。于是盡發其曩所誦之書，泝回《風》、
> 《騷》，下上唐、宋，回翔于金、元、本朝，然後喟然而嘆，
> 始知詩之不可以苟作，而作者之門仞奧窔，未可以膚心末
> 學跂而及之也。自茲以往，濯腸刻腎，假年窮老而從事焉，
> 庶可以竊附古人之後塵。〔註75〕

在引文中，錢氏所強調的「通變」，是完全打破了時代的限隔範圍，
往上溯及《詩》、《騷》，往下則至於元、明。這是爲破除復古派不讀
盛唐以後詩歌的窠臼，也是對限隔時代的補救。他認爲不溯源流，不
通變化，劃定偶像，標舉數體，高倡模擬，不僅是忽略了流與變的關
係，亦漠視繼承與創新的必要性。因此，對於善學傳統，能集諸家之
大成的杜甫，便是他最常提及的典範。其〈曾房仲詩序〉論及學杜的
詩法時，他便說：

> 余蓋嘗奉教于先生長者，而竊聞學詩之說，以爲學詩之法，
> 莫善于古人，莫不善于今人。何也？自唐以降，詩家之途
> 轍，總萃于杜氏。大歷后以詩名家者，靡不緣杜而出。……

〔註74〕同註69。
〔註75〕錢謙益：《初學集》卷三十二〈虞山詩約序〉（上海：上海古籍出版
　　　　社，一九八五年九月出版），頁九二二、九二三。

> 然求其所以爲杜者，無有也。以佛乘譬之，杜則果位也，
> 諸家則分身也。逆流順流，隨緣應化，各不相師，亦靡不
> 相合。宋、元之能詩也，亦繇是也。〔註76〕

錢氏以後代詩家往往學杜而又不能似杜爲例，認爲這情形就如同佛家
的果位與分身一樣，其分身雖各各不同，卻無一不是佛。如用儒家的
體用說來表述，杜詩是體，而各家學杜者之詩則是用。在用上雖各自
不同，但從體上說，則又都是源自杜甫，便又無不同。

　　值得注意的是，錢氏的標舉杜甫爲例，亦可由此觀察其正變觀的
不同於前人之處。蓋在詩歌史上，杜甫的詩作，實已透露出中唐劇變
的端倪。依據後七子對文體的考察所得，晉、宋之際與中唐時期是中
國古典詩歌在審美特徵上發生重大變化的時期，也是中國古典詩歌的
發展出現根本轉變的兩道分水嶺所在。〔註77〕若僅就中唐而言，被稱
爲中國古典詩歌發展史上的里程碑的杜甫，正生活在盛唐與中唐之
交。他既是盛唐以前，中國古典詩歌發展的集大成者；又是中唐以後，
中國古典詩歌發展變化的開路者。詩歌由於古典審美理想的瓦解而出
現的分化現象，也即是從他的創作開始。由於杜甫處于將分而未分的
階段，所以幾種傾向在他詩作中均有了萌芽。〔註78〕因此，在明代的
復古派之中，如前已述及的王世懋等人，即視其詩作與《楚騷》一樣，
同爲變《風》、變《雅》之體。由此可見，被復古派視爲變體的杜詩，
顯然是錢謙益所亟欲肯定的詩歌典範。

　　此外，錢氏對於變《風》、變《雅》之體的肯定，亦可從他對溫
柔敦厚的詩教提出異於前人的新見解，窺見一斑。其〈施愚山詩集序〉
即說：

> 記曰：溫柔敦厚，詩之教也。說《詩》者謂〈雞鳴〉、〈沔
> 水〉，殷勤而規切者，如扁鵲之療太子；〈溱洧〉、〈桑中〉，

〔註76〕同前註卷三十二〈曾房仲詩序〉，頁九二八、九二九。
〔註77〕參廖可斌：《明代文學復古運動研究》第七章〈後七子的文學理論〉
　　　　（上海：上海古籍出版社，一九九四年十二月出版），頁二七五。
〔註78〕同前註書第一章〈明代文學復古運動誕生的宏觀歷史背景〉，頁二七。

> 咨嗟而研歎者，如秦和之視平公。病有深淺，治有緩急，
> 詩人之志在救世，歸本于溫柔敦厚一也。〔註79〕

依錢氏的說法，只要是志在救世，無論性情和平與否，都是合于溫柔
敦厚的詩教。而且如此解釋，亦可以在理論上解決爲何在《詩經》中，
至今仍存有激憤之音的問題。當然，錢氏所以提出新解，恐怕不只是
爲了解決詩教在正義上的矛盾而已。其更重要的目的，應該是在爲
明、清之際的變《風》、變《雅》之作，建構一個理論上的正當性，
進而爲此類詩作爭取到價值判斷上的合理性。

第五節　黃宗羲的以變爲正觀

一、正變不關作者之優劣

　　錢謙益與黃宗羲二人，一爲虞山派的創始者，一爲浙派的開山
祖，又同是清初宋詩運動的主要推展者。由於黃氏與父親黃尊素兩輩
人與錢謙益有數十年的交誼，故在詩學的淵源上，黃氏受錢謙益影響
頗深。但在肯定宋詩的方面，他則比錢謙益走的更遠。所以如此，是
因爲明代詩論家每視宋詩爲變體而加以貶抑，而黃氏則是大方推崇這
一類的變體之作。他強調同屬於變的亂世，適足以激發出作者個人充
滿愁思窮苦的眞性情。在〈陳葦庵年伯詩序〉一文中，他就說：

> 正變云者，亦言其時耳，初不關於作詩者之有優劣也。美
> 而非諂，刺而非訐，怨而非憤，哀而非私，何不正之有？
>
> 〔註80〕

黃氏認爲古人所謂的正變，雖是針對時代而言，卻無關作者詩作的價值
判斷。換言之，詩作的優劣，並不決定於時代的治亂與否，而是在於詩
人是如何反映時代的治亂？所以，祗要不是屬於諂訐憤私之類的情感，
無論是治世或亂世，詩人能美其美，或刺其惡，便應該都是正體。

〔註79〕同註 64 書卷十七〈施愚山詩集序〉，頁七六○。
〔註80〕黃宗羲：《黃宗羲全集》第十冊〈陳葦庵年伯詩序〉（杭州：浙江古
　　　籍出版社，一九九四年六月第一版），頁四五。

　　黃氏所持的理論根據，是他認爲用正變判斷詩歌的優劣，應該是後來說詩者的一己之見，此前如季札與孔子等人論述《詩經》時，其中並未見有正變的說法。在前引文中，他就接著說：

> 《風》自〈周南〉、〈召南〉，《雅》自〈鹿鳴〉、〈文王〉之屬以及三《頌》，謂之正經；懿王、夷王而下訖於陳靈公淫亂之事，謂之變《風》變《雅》：此說詩者之言也。而季札聽詩，論其得失，未嘗及變。孔子教小子以可群可怨，亦未嘗及變。〔註81〕

由於《詩經》是傳統詩歌的根本源頭，具有經典的權威性質。而季札與孔子對《詩經》的詮釋，又是自古以來最具權威性質的。因此，黃氏爲了建立變體在價值評斷上所具有的理論正當性，乃抬出孔子詮釋《詩經》的說法，應該是最具說服力的。雖然，這未必就是等於詩歌眞正的特質所在。

　　至於有關治世與亂世的正變問題，黃氏在同文中，接著說：

> 夫以時而論，天下之治日少而亂日多；事父事君，治日易而亂日難。韓子曰：「和平之音淡薄而愁思之聲要妙，讙愉之辭難工，而窮苦之言易好。」向令《風》《雅》而不變，則詩之爲道，狹隘而不及情，何以感天地而動鬼神乎？是故漢之後，魏晉爲盛，唐自天寶而後，李、杜始出；宋之亡也，其詩又盛：無他，時爲之也。即時不甚亂，而其發言哀斷，不與枯荄變謝者，亦必逐臣、棄婦、孽子、勞人、愚慧相傾、憍算相制者也，此則一人之時也。〔註82〕

他從古今詩歌的變遷事實證明，因爲自古以來亂世多而盛世少，是盛世所能激發出來的情感形態自較亂世爲狹窄。因此，亂世的情感自然較盛世的更爲感人。這是因爲作者在亂世之中的遭遇及體會，必然比盛世來得深刻，故情感也就自然較爲眞切動人。像黃氏的這種論調，實際上就凸顯出作者每有待於環境的觸發，纔能激盪出眞性情的流

〔註81〕同上註。
〔註82〕同上註。

露。至於對環境的性質界定，在他來看，亂世應該是比盛世更有助於
情感的焠鍊。所以，他在前文中，便也直接說出：

> 蓋詩之爲道，從性情而出。人之性情，其甘苦辛酸之變未
> 盡，則世智所限，易容埋沒。即所遇之時同，而其間有盡
> 不盡者，不盡者終不能與盡者較其貞脆。〔註83〕

這是將性情的是否受盡焠鍊，作爲詩歌能否傳達出深切感人的情感源
頭所在。

二、一人之身而正變皆備

其實，自宋代歐陽脩以來，有關「詩窮而後工」的命題已被後代
論者所普遍接受。黃氏繼承此說後，更進一步昌言詩人的性情，一定
要在嚐盡所有甘苦辛酸的變化之後，其中的感人力量纔能完全被激發
出來。否則，性情就算不上是徹底的「貞脆」。這種頗爲激切的言論，
當然是他受到他自己所處的時代刺激的結果。在前文中，他曾比較謝
皋羽與鄭所南於宋亡時的行爲模式後說：

> 皋羽之詩皎潔，當年所南沉卒之時，年四十三歲，至七十
> 八歲而卒，沉井以後三十五年，豈其斷手絕筆，乃竟無一
> 篇傳者。苟其井渫不食，壙羊失護，寧保《心史》之不終
> 錮乎？詩之爲教，溫厚和平，至使開卷絡咨，寄心冥漠，
> 亦是甘苦辛酸之跡未泯也。〔註84〕

顯然，黃氏不認爲溫厚和平，纔是詩教的眞義。所以，在這篇文章的
末尾，他便極力讚美陳葦庵說：

> 先生流矢影風，顧有憂色，一唱三歎，淒人心脾，讀之者
> 但覺秋風慘慄，中人肌膚。方其悲樂相生，掩卷不能，曾
> 何忌諱之可言乎？此一人之身而正變備者焉乎？……詩亡
> 然後《春秋》作，亦知詩之有不亡乎？不必舍先生之詩而
> 別求也。〔註85〕

〔註83〕同上註。
〔註84〕同上註。
〔註85〕同上註。

所謂「一人之身而正變備者」的話，黃氏在〈詩曆題辭〉中，即曾說過：

夫詩之道甚廣，一人之性情，天下治亂皆所藏納。〔註86〕

又〈寒村詩稿序〉亦說：

詩之爲道，從性情而出。性情之中，海涵地負。古人不能盡其變化，學者無從窺其隅轍。〔註87〕

在黃氏認爲，陳葦庵的詩作所以沁人心脾，正因爲在他一人身上，可以看出性情的廣闊與深邃，有如天地與大海一般無窮無盡。因此，天下的治亂盛衰，自然也就完全涵蓋在其中。由於時代的正變，完全可以從一個人身上見出。故其詩作的旨趣，便與《春秋》的性質一樣，值得大加讚賞。《春秋》一書本是聖人針砭亂世的微言之作，黃氏在此雖是治亂並舉，但對照此前所謂「亂日多」以及「愁思之聲要妙」云云，他本人實較側重在亂世情感的抒發。

因此，對於亡國人物的歌頌，黃氏也就往往極盡描摩之能事。其〈萬履安先生詩序〉就說：

天地之所以不毀，名教之所以僅存者，多在亡國之人物。血心流注，朝露同晞，史於是而亡矣。猶幸野制遙傳，苦語難銷，此耿耿者明滅於爛紙昏墨之餘，九原可作，地起泥香，庸詎知史亡而後詩作乎？〔註88〕

文中一再強調亡國人物的可貴，正是肯定亂世所具有的變性，始是詩人一己耿耿心志所以激發迸出之際。

然而，黃氏雖然肯定時代有正變之分，卻又不同意用正變作爲判斷詩歌優劣的依據。在〈黃孚先詩序〉中，他就再次歌頌亂世的變體之作說：

孚先論詩之大義，謂聲音之正變，體制之懸殊，不特中、晚，不可爲初、盛，即《風》、《雅》、《頌》亦自有迥然不

〔註86〕同前註書第十一冊《南雷詩曆》卷首〈題辭〉，頁二○三。
〔註87〕同註80書〈寒村詩稿序〉，頁五三。
〔註88〕同註80書〈萬履安先生詩序〉，頁四六。

同者。若身之所歷，目之所觸，發于心，著于聲，迫於中
之不能自已，一倡而三歎，不啻金石懸而宮商鳴也。斯亦
奚有今著之間？蓋情之至眞，時不我限也。〔註89〕

黃氏引述黃孚先論詩的大義說，即以《詩經》的《風》、《雅》、《頌》
而言，亦各有其正變與體製，進而肯定不管初、盛、中、晚唐等任何
時期的詩歌，祇要是爲作者的親身經歷，並且是發作於不能自己之
際，自然都有其價值存在。他所以特舉唐詩四期各有特色爲例，當然
是針對明代七子派所謂「詩必盛唐」的論調而發。他強調祇要是從作
者一己的眞性情所流出，時代根本不能當作評斷詩歌價值的主要依
據。因此，在前文中，他不僅進一步歌頌眞情的偉大作用，並且讚美
古人的性情，纔是眞性情說：

情者，可以貫金石，動鬼神。古之人情與物相遊而不能相
舍，不但忠臣之事其君，孝子之事其親，思婦勞人，結不
可解，即風雲月露、草木蟲魚、無一非眞意之流通。〔註90〕

當然，他所以讚美古人的眞性情，是爲了批評當時情感淺薄的嚴重情
形，根本已經到了無性情可言的窘境：

今人亦何情之有？情隨事轉，事因世變，乾啼濕哭，總爲
膚受，即其父母兄弟，亦若敗梗飛絮，適相遭於江湖之上，
勞苦倦極，未嘗不呼天也，疾痛慘怛，未嘗不呼父母也，
然而習心幻結，俄頃銷亡，其發於心、著於聲者，未可便
謂之情也。由此論之，今人之詩，非不出於性情也，以無
性情可言也。〔註91〕

就時代的正變而言，明人基本上是尊崇盛唐，以盛唐爲正，而貶抑中
唐以下是屬變的衰世。但如前述，黃氏自己既肯定亂世的作用於前，
又以眞性情作爲衡量時代的前提於後；則其亟欲以變爲正的主觀意
向，便也不言可喻了。其〈曹氏家錄續略序〉就說：

〔註89〕同註80書〈黃孚先詩序〉，頁三〇。
〔註90〕同上註。
〔註91〕同上註。

事本常也，而參合於奇節。情本平也，而附離於感憤。第
就世間之人情物理，飢食渴飲，暝雨晴曦，宛轉關生，便
開眾妙。〔註92〕

在此文中，黃氏亦是強調唯有作者親歷奇節感憤的遭遇，纔能夠使原
本平淡無奇的人情物理，在婉轉關生之中，不斷開出令人眼花撩亂的
神妙形象而源源不絕。

黃氏對變《風》、變《雅》等亂世之音的肯定，亦表現在對屈原
所作《離騷》之旨的讚揚上面。其〈樂府廣序序〉即說：

朱子之註《離騷》，以其寓情托意者，謂之變《風》；以其
感今懷古者，謂之變《雅》；其語祀神歌舞之盛者，則謂之
《頌》之變。賦則自序，比則香草惡草，興則泛濫景物，
於是《離騷》之指燦然明備。〔註93〕

本章第一節論及王世懋與胡應麟等人的正變觀時，曾揭示明人視《離
騷》爲變《風》、變《雅》之作的論調。而黃氏在此文中，雖然也依
循著明人的思考邏輯，卻又往前邁進一步，認爲朱熹的爲《離騷》作
註，不僅從解釋學上的角度，正面肯定《離騷》亦兼備變《風》、變
《雅》與變《頌》之體。在創作的手法上，所謂的賦、比、興等三大
表現手法，在《離騷》篇中亦無不具備。因此，他認爲朱氏分從《詩
經》的體裁與手法等兩條路徑，積極肯定《離騷》的經典意義與審美
價值，可以說是讓此篇所蘊藏的旨趣大白於世的主要功臣。

事實上，屈原的《離騷》之旨，曾引起漢人極大的爭議。後來，
劉勰在《文心雕龍》〈辨騷〉篇中，便概括指出：

四家舉以爲方經，而孟堅謂不合傳。〔註94〕

無論是淮南王劉安、漢宣帝劉詢、揚雄與王逸等四家，或者是班固等，
劉勰明白指出這些人對離騷的態度，無論褒或貶，或者褒貶兼而有
之，都是以聖經賢傳爲衡量的標準。換言之，即是以《詩經》的精神

〔註92〕同註80書〈曹氏家錄續略序〉，頁九九。
〔註93〕同註80書〈樂府廣序序〉，頁二二。
〔註94〕同註3書〈辨騷〉第五，頁二七。

作爲標準，是宗《詩經》以辨《騷》的。而班固在〈離騷序〉中，更是批評屈原「露才揚己」的行事與其怨誹之作顯露暴君的過錯，又不合乎《大雅》明哲保身的人生行徑，完全與溫柔敦厚的詩教之理互相違背。至於其奇譎瑰偉的神話傳說與藝術想像，更是「非法度之正、經義所載。」〔註95〕這便將屈原其人與其作全部歸類到「變」的領域之中。黃氏在此文中，不僅承認此一歸類，更是借由朱氏的注釋，讚揚《離騷》一番。尤其所謂溫柔敦厚乃詩教之旨的說法，黃氏與錢謙益一樣，都有個人的詮釋原則。除了如前所述，他極力肯定所謂「亂日多」以及「愁思之聲要妙」外，在〈汪扶晨詩序〉中，黃氏更就此一議題加以申論：

> 昔夫子以興、觀、群、怨論《詩》，孔安國曰：「興，引譬連類。」凡景物相感，以彼言此，皆謂之興。後世詠懷、游覽、詠物之類是也。鄭康成曰：「觀風俗之盛衰。」凡論世採風，皆謂之觀，後世弔古、行派、祖德、郊廟之類是也。孔曰：「群居相切磋。」群是人之相聚，後世公讌、贈答、送別之類皆是也。孔曰：「怨刺上政。」怨亦不必擬指上政，後世哀傷、挽歌、遣謫、諷諭皆是也。〔註96〕

在此文中，黃氏仍然以聖人說詩爲論據，強調興、觀、群、怨的功能論，並沒有專就特定題材而言。無論是分屬前三者的詠懷、游覽、詠物、弔古、行旅、祖德、郊廟、公讌、贈答、送別等都是。即連屬怨的哀傷、挽歌、遣謫、諷諭等，亦應抱括在其中。所以，他接著說：

> 蓋古今事物之變雖紛若，而以此四者爲統宗。自毛公之六義，以《風》、《雅》、《頌》爲經，以賦、比、興爲緯，後儒因之，比、興強分，賦有專屬。及其說之不通也，則又相兼，是使性情之所融結，有鴻溝南北之分裂矣。古之詩以名者，未有離此四者。然其情各有至處。其意句就境中宣出者，可以興也。言在耳目，情寄八荒者，可以觀也。

〔註95〕班固：〈離騷序〉，錄自註六所引書，頁一三九。
〔註96〕同註80書〈汪扶晨詩序〉，頁八二。

> 善於風人、答贈者，可以群也。悽戾爲騷之苗裔者，可以
> 怨矣。〔註97〕

黃氏認爲古今事物變化無窮，聖人以興、觀、群、怨論詩，是爲了統攝歸納上的方便，並未強分專指特定事項。何況詩歌的創作，是以作者的性情爲體，性情到了不容己時，便會自然流露出來。若眞要像後儒一般強作分解，作者的創作人可恐怕就要分裂了。職是之故，即使汪栗亭的詩作，有著「排比雕蟲，都無意好，要皆刻薄者之所爲」等問題，黃氏也依然要讚美他說：「禮不云乎：『溫柔敦厚，詩教也。』栗亭之謂乎？」〔註98〕將刻薄者汪氏所爲之作，也歸到溫柔敦厚的行列之中。

事實上，黃氏從聖人論詩是將功能與性情融成一體的角度出發，反對將溫柔敦厚與哀怨之情對立起來。這種思考邏輯，其實是植根於明末清初的時代感受使然。唯有如此，黃氏始能爲自己詩文所蓋括的亡國之痛找到理論上的依據。

在〈萬貞一詩序〉中，黃氏便將這種創作的旨趣表達得更鮮明：

> 今之論詩者，誰不言本於性情，顧非烹做銀銅鉛鐵之盡去，
> 則性情不出。彼以爲溫柔敦厚之詩教，必委蛇積墮，有懷
> 而不吐，將相趨於厭厭無氣而後已。若是則四時之發斂寒
> 暑，必發斂乃爲溫柔敦厚，寒暑則非矣；人之喜怒哀樂，
> 必喜樂乃爲溫柔敦厚，怒哀則非矣。其人之爲詩者，亦必
> 閒散放蕩，岩居川觀，無所事事而後可，亦必茗椀薰鑪，
> 法書名畫，位置雅潔，入其室者，蕭然如睹雲林，海岳之
> 風而後可。〔註99〕

在這篇序文中，他直接從性情切入，強調各家都說詩本於性情，但眞正的性情，一定要經過烽鍊始是。因此，若將溫柔敦厚解釋成有懷不吐的話，詩歌就只能表現閒情逸致，進而失去其社會政治的作用了。

〔註97〕同上註。
〔註98〕同上註。
〔註99〕同註80書〈萬貞一詩序〉，頁九〇。

何況聖人在刪詩之後，仍有令人懷想不已，觸動心弦的變《風》、變《雅》之作存在其間，便是明證：

> 然吾觀夫子所刪，非無〈考槃〉、〈邱中〉之什厝乎其間，
> 而諷之令人低佪而不能去者，必於變《風》變《雅》歸焉。
> 蓋其疾惡思古，指事陳情，不異薰風之南來，覆冰之中骨，
> 怒則掣電流虹，哀則淒楚蘊結，激揚以抵和平，方可謂之
> 溫柔敦厚也。〔註100〕

黃氏個人身受家國淪亡之痛，本其滿腔悲壯怨抑之氣，自然發爲淒楚怨結之音，強調此種情感形態，並不與溫柔敦厚的詩教相妨。他認爲這不僅是聖人所允許的，亦能使作者一己之性情得到完全的抒發。

所以，在〈朱人遠墓誌銘〉中，他又一再申論此旨說：

> 夫人生天地之間，天道之顯晦，人事之治否，世變之汙隆，
> 物理之盛衰，吾與之推盪磨勵於其中，必有不得其平者，
> 故昌黎言：「物不得其平則鳴」，此詩之原本也。幽人離婦，
> 羈臣孤客，私爲一人之怨憤，深一情以拒眾情，其詞亦能
> 造於微。至於學道之君子，其淒楚蘊結，往往出於窮餓愁
> 思一身之外，則其不平愈甚，詩直寄焉而已。〔註101〕

在文中，黃氏不僅肯定心中有所不平，就應該抒發出來。因爲這是詩歌產生的根源所在。而且，認爲即使所抒之情，只是個人的遭遇，由於其文字往往深微曲折，至於抒寫眾人的普遍情感，因不平的情形更甚於前，便無妨直接表現即可。即使激楚，亦是爲眾生之故。

像這種「直寄」的情感，其實即是他在〈馬雪航詩序〉一文中所說的：

> 詩以道性情，夫人而能言之。然自古以來，詩之美者多矣，
> 而知性者何其少也。蓋有一時之性情，有萬古之性情。……
> 孔子刪之，以合乎興、觀、群、怨、思無邪之旨，此萬古
> 之情也。〔註102〕

〔註100〕同上註。
〔註101〕同註80書〈朱人遠墓誌銘〉，頁四七○。
〔註102〕同註80書〈馬雪航詩序〉，頁九一。

顯然，黃氏所亟欲推崇的情感形態，即是前述未經強分專屬的普遍情感。這種具有並遍性質的情感特徵，不是「一人偶露之性情」，而是包括「吳楚之色澤，中原之風骨，燕趙之悲歌慷慨，盈天地間，皆惻隱之流動」〔註103〕的情感。這是一種鋪天蓋地，既有深廣的社會政治內容，又有澄徹的道德情操內涵，流動於宇宙人生之間的惻隱之情。這種情感往往是作者在動蕩的時代環境與艱難的個人處境下所逼出的性靈之氣，自然異常感人，足以貫穿萬古。

第六節　葉燮的變不失正觀

一、無事無物不變之理

在時代稍後於錢氏，而且深受錢氏影響的是葉燮。葉氏，字星期，號橫山，江南吳江人，著有《已畦集》。他是古來將「代變」這一概念發揮得最透徹的詩論家。可以說「變」之一字，即是其詩學的核心與最高範疇所在。

在《原詩》中，葉氏即認為世上一切事物都處在變化之中，即使詩歌也不能例外：

> 蓋自有天地以來，古今世運氣勢，遞變遷以相禪。古云：「天道十年一變。」此理也，亦勢也，無事無物不然，寧獨無物不然，寧獨詩之一道，膠固而不變乎？〔註104〕

葉氏以「理」與「勢」詮釋詩歌變化的正當性，認為詩歌的發展變化，不僅是必然的，而且是合理的。這是從普遍的宇宙規律推論詩歌之變的，是將變的問題放在宇宙論的框架中論證。

此外，他還從踵事增華，後出轉精與主體趨新，陳言務去等角度論證詩歌必變的必然性與合理性。前者如：

〔註103〕同上註。
〔註104〕葉燮：《原詩》卷一〈內篇〉上，收在丁福保編《詩詩話》（臺北：明倫出版社，一九七一年十二月初版），頁五六六。

> 大凡物之踵事增華，以漸而進，以至于極。故人之智慧心
> 思，在古人始用之，又漸出之，而未窮未盡者，得後人精
> 求之，而益用之出之。乾坤一日不息，則人之智慧心思，
> 必無盡與窮之日。〔註105〕

後者如：

> 原夫作詩者之肇端，而有事乎此也，必先有所觸以興起其
> 意，而後措諸辭，屬爲句，敷之而成章。當其有所觸而興
> 起也，其意、其辭、其句劈空而起，皆自無而有，隨在取
> 之心；出而爲情、爲景、爲事，人未嘗言之，而自我始言
> 之。故言之者與聞其言者，誠悅而永也。〔註106〕

這都是有別於錢謙益的從詩體本身推出形式風格之變的。事實上，葉
氏的同時人沈珩在爲《原詩》作序時，即說他是「非以詩言詩」，而
是舉凡天地間一切人事物，所以動蕩，神奇、明尚與彰機者，皆「條
引端夫倪，摹畫夫毫芒，而以之權衡乎詩之正變與諸家持論之得失。」
〔註107〕可見葉氏在論詩上的別出心裁，引人省思。

　　雖然，葉氏說詩道不可膠固不變，但他卻又認爲在詩道的演變過
程中，自有其不變的道理存在其中：

> 詩始於《三百篇》，……歷宋、元、明以至昭代，上下三千
> 餘年間，詩之質文、體裁、格律、聲調、辭句，遞升降不
> 同，而要之詩有源必有流，有本必達末，又有因流而溯源，
> 循末以返本，其學無窮，其理日出，乃知詩之爲道，未有
> 一日不相續相禪而或息者也。〔註108〕

　　詩道的變化，儘管劇烈不已，卻從未曾止息，故詩道是演進遞變
的。所謂「有源必有流，有本必達末」一語，強調其中並無盛衰與優
劣的分辨。這是專門針對只奉不變爲宗的復古派而言的。至於「因流
而溯源，循末以返本」一語，則是強調評論詩歌時，應該剖析縷分古

〔註105〕同前註，頁五六七。
〔註106〕同註104，頁五六七。
〔註107〕同註104書卷首，頁五六三。
〔註108〕同註104，頁五六五。

今作者的心思才力深淺高下，以及詩體的沿革創因及其正變成衰，然後再加以兼綜條貫，如此纔能避免自欺欺人。這是就窮極新變的公安派與竟陵派而言的。

所以，對於復古與新變兩種概念始終對立的明代詩壇，葉燮便也像錢謙益一樣，是採取批判兼而超越的態度：

> 乃近代論詩者則曰：《三百篇》尚矣，五言必建安、黃初，其餘諸體，必唐之初、盛而後可。非是者必斥焉。習之既久，乃有起而掊之，矯而反之者，誠是也，然又往往溺于偏畸之私說。其說勝，則出乎陳腐，而入乎頗僻，不勝，則兩弊。而詩道遂淪而不可救。〔註109〕

其中的「近代論者」，自然是指前、後七子的復古派而言。而「起而掊之，矯而反之」的，當然是指公安、竟陵兩派而言。為將這兩種對立統一起來，他便主張古今不宜偏廢，正變不宜專主，應該建立一種沒有對立的詩道，如此纔能得詩道之中：

> 余之論詩，謂近代之習，大概斥近而宗遠，排變而崇正，為失其中而過其實，故言非在前者之必盛，在後者之必衰。……執其源而遺其流者，固已非矣；得其流而棄其源者，又非之非者乎。然則學詩者，使從事于宋、元、近代，而置漢魏、唐人之詩而不問，不亦大乖于詩之旨哉？〔註110〕

葉氏反對將正與變二者對立起來，不僅打破了正必盛，變必衰的定律。為了肯定變，他還將變提高到能與正平起平坐的地位。這種將正變的對立概念統一、平等看待的觀點，的確為〈詩序〉以來有關此一範疇的論述，另闢出一條新路。

二、時隨詩而遞變

將正變的對立概念等量齊觀後，正變與時代之間的辯證關係，便是葉氏所必須面對並且加以處理的。接著他說：

〔註109〕 同註104，頁五六五。
〔註110〕 同註104〈內篇〉下，頁五八七。

　　且夫《風》《雅》之有正有變，其正變繫乎時，謂政治風俗
　　之由得而失，由隆而污。此以時言詩，時有變而詩因之。
　　時變而失正，詩變而仍不失其正，故有盛無衰，詩之源也。
　　吾言後代之詩，有正有變，其正變繫乎詩，謂體格、聲調、
　　命意、措辭、新故、升降之不同。此以詩言時，詩遞變而
　　時隨之。故有漢、魏、六朝、唐、宋、元、明之互為盛衰，
　　惟變以救正之衰，故遞衰遞盛，詩之流也。〔註111〕

葉氏肯定變的方式，是將《詩經》的正變，與後代詩歌的正變區隔開
來。前者是「以時言詩」，世運衰敗，雖有變《風》、變《雅》之作，
仍不失其為正。因為《詩經》是本源，只有盛而無衰。至於對後代的
詩歌而言，則是「以詩言詩」，是詩歌本身有正變盛衰，而與時代政
治的盛衰無關。如此一來，所謂的正變盛衰，便只是詩體本身的問題
而已。但如復古派論詩體時的崇正排變，亦是將正視為詩歌發展之
盛，而以變為詩歌發展之衰。如漢、魏、盛唐，上接《風》、《雅》傳
統，所以是正、是盛。而六朝、晚唐，乃至宋詩等，因背離傳統，所
以是變、是衰。但葉氏則強調：

　　歷考漢、魏以來之詩，循其源流升降，不得謂正為源而長
　　盛，變為流而始衰。〔註112〕

又在前引文中，葉氏亦稱：「非在前者之必盛，在後者之必衰」。由此，
他提出詩歌演變的規則，其實是一套由正盛而漸至于衰，再由變而復
為正盛的循環過程，而不是單純的由變而衰的過程。蓋因「正盛相沿
久而流于衰」，故必須通過新變，纔能扭轉衰勢，重趨于盛。

　　在〈汪文摘謬〉一文中，葉氏為批駁汪琬以時論之正變的錯誤觀
點，他便提出針鋒相對的論調說：

　　昔夫子刪《詩》，未聞有正變之分。自漢儒紛紛之說起，而
　　詩始分正變。宋儒往往有非其說者。今篇首曰：「蓋自毛鄭
　　之學始」，似有不足為憑之意，固無害也。又言「正變之云，

〔註111〕　同註104，頁五六九。
〔註112〕　同註104，頁五六九。

以其詩，非以其人」，是似也。然斯言也，就時以言詩而言，
周之時之詩則可，自周以後，則以其時之一言有斷斷不然
者，何也？《三百篇》之後，群然推爲五言祖，而奉以爲
正者，必曰漢之建安，彼其時何時也？權奸竊國，……其
時正耶？變耶？其詩正耶？變耶？自是以降，六朝淫靡不
足論，有唐三百年詩，有初盛中晚之分，論者皆以初盛爲
詩之正，中晚爲詩之變，所謂以時云云也。然就初而論，
在貞觀時爲正，而詩不能反陳、隋之變。……盛唐則開元
之時正矣，而天寶之時爲極變，其時李、杜、王、孟、高、
岑諸人生於開寶之間，其詩將前半爲正，後半爲變耶？……
正變之說，加之于《三百篇》，已非吾夫子本旨，而欲踵其
說於《三百篇》之後，妄爲配合支離，論時論詩，習爲陳
腐之談，何異聾者審音，瞽者變色，徒自爲囈語也。〔註113〕

葉氏以充分的例證說明政治的隆污與詩歌的正變盛衰並無必然的關
聯。因此，以時代之正變論詩亦非孔子之本意，用以解釋漢以後的詩
歌發展也就不足爲據。因爲盛世之詩未必正，而衰世之詩未必變。這
樣論調與前引《原詩》中的相關文字，可謂如出一轍。

由此可見，葉氏的正變觀，正是放在「以詩言時」的基準點上加
以詮釋的。將論述正變的重點擺在詩歌而不是時代的上面，還給詩歌
應有的獨立地位，而不是依附在時代的身上，成爲時代的附庸。在《原
詩》中，他就說：

如建安之詩，正矣盛矣，相沿久而流於衰。後之人力大者大
變，力小者小變。六朝諸詩人，間能小變，而不能獨開生面。
唐初沿其卑靡浮豔之習，句櫛字比，非古非律，詩之極衰也。
而陋者必曰：此詩之相沿至正也。不知實正之積弊而衰也。
迨開、寶諸詩人，始一大變，彼陋者亦曰：此詩之相沿至正
也。不知實因正之至衰，變而爲至盛也。〔註114〕

〔註113〕 葉燮：《已畦文集》卷五〈汪文摘謬〉（臺南：莊嚴文化出版社，一
九七九年十月）。
〔註114〕 同註104，頁五六九。

葉氏強調在正之中，本有盛衰的循環，唯有變始能趁勢再起。這是反駁「以時言詩」者，拘執於時代的成見，即使如初唐的卑靡浮豔，都視之爲正，卻不知它正是因爲積累建安以來所謂正的流弊，纔露出衰相的。至於盛唐之所以爲正盛，正因爲此時的詩人，能不爲建安的古詩，專意追求屬於盛唐自己的古詩：

> 盛唐諸詩人，惟能不爲建安之古詩，吾乃謂唐有古詩；若必摹漢、魏之聲調字句，此漢、魏有詩，而唐無古詩矣。
> 〔註115〕

可見若要以時代論詩歌的正變，則時代本身亦應該是變動的。不能以漢、魏的標準視盛唐，否則，盛唐便祇有漢魏的古詩，而無盛唐自己的古詩。

由此，葉氏進一步肯定中唐乃古今詩運的一大關鍵所在。在〈百家唐詩序〉中，他就將詩歌史上的正變觀明確運用在中唐上說：

> 吾嘗上下百代，至唐貞元、元和之間，竊以爲古今文運、詩運至此時，爲一大關鍵也。〔註116〕

事實上，葉氏的「竊以爲」，並非其獨得之秘，宋、明人在論詩時，無論角度如何，始終是以中唐爲議的中心點。而元人袁桷則有了明確的表述。〔註117〕到了葉燮身上，則是更肯定的說出罷了。至於他所一再斷言的中唐「乃古今百代之中，而非有唐所獨得」，而「中者也，詩運之中天，後此千百年無不從是以爲新」〔註118〕等，纔是他的重大發現。

所謂中唐以下的新變，即是以杜甫、韓愈、蘇軾等三人爲變的座標。這三人都是因變而盛的典範，故葉氏都給予極崇高的評價。如杜甫，他即說：

〔註115〕　同註104，頁五六九。
〔註116〕　同註113書卷八〈百家唐詩序〉。
〔註117〕　參蕭榮華：《中國詩學思想史》第七章〈祧唐禰宋〉（上海：華東師範大學出版社，一九九六年四月第一版），頁三一八。
〔註118〕　同上註。

> 杜甫之詩，包源流，綜正變，自甫以前，如漢、魏之渾樸
> 古雅，六朝之藻麗穠纖，澹遠韶秀，甫詩無一不備。然出
> 甫之詩，無一字句爲前人之詩也。〔註119〕

從引文中，可見杜甫能「因流而溯源，循末以返本」，所以「其學無
窮，其理日出」，便也能備前人詩於一身，又無一句爲前人之詩。因
此，葉氏進一步說：

> 惟數者一一各得其所，而悉出於天然位置，終無相踵沓出
> 之病，是之謂變化。變化而不失其正，千古詩人，惟杜甫
> 爲能。……杜甫，詩之神者也，夫惟神乃能變化。〔註120〕

所謂「變化」，葉氏在此作了明確的界定，即是絕無重複的各得其所。
換言之，即是由作者適性適時而爲，既不依傍，又不失正。而完全恰
到好處的，就祇有杜甫而已。所以，葉氏認爲杜甫在古今詩歌史上的
地位，簡直可以和《詩經》等量齊觀：

> 統百代而論詩，自《三百篇》而後，惟杜甫之詩，其力能
> 與天地相終始，與《三百篇》等。〔註121〕

由於杜甫的詩體能夠兼包正變，既有盛唐之音，亦有中唐之調。而兩
者又能各適其所，各得其性。故葉氏認爲他纔能有如《詩經》般的經
典地位。

對於韓愈的詩歌，葉氏亦從變的觀點加以讚美說：

> 唐詩爲八代以來一大變，韓愈爲唐詩之一大變，其力大，
> 其思雄，崛起特爲鼻祖。……而俗儒且謂愈詩大變漢、魏，
> 大變盛唐，格格而不許，何異居蚯蚓之穴，習聞其長鳴，
> 聽洪鐘之響而怪之，竊竊然議之也。〔註122〕

在杜甫身上所透露出的變端，到了貞元、元和之際的韓愈身上，則
是繼續發展此一變體的進程，直接開啓了宋代詩風。雖然推崇漢魏
與盛唐的格調者，仍然拘執於時代的牢籠，不給予韓愈正面的肯定。

〔註119〕 同註104，頁五六九、五七〇。
〔註120〕 同註104，頁五七三、五七四。
〔註121〕 同註104〈內篇〉下，頁五八三。
〔註122〕 同註104，頁五七〇。

但依葉氏之見，韓愈的成就，正是得力於他在不得不變之下的善於變化：

> 愈嘗自謂陳言之務去，想其時陳言之爲禍，必有出於目不忍見，耳不堪聞者，使天下人之心思智慧，日腐爛埋沒於陳言中，排之者比於救焚拯溺，可不力乎？而俗儒且栩栩然俎豆愈所斥之陳言，以爲祕異，而相授受，可不哀耶？
> 〔註123〕

葉氏再一次強調韓愈必變的原因，是因爲當時「排之者比於救焚拯溺」，所以不得不勉力爲之。至於關於蘇軾的詩歌，葉氏則說：

> 其境界皆開闢古今之所未有，天地萬物，嬉笑怒罵，無不鼓舞於筆端，而適如其意之所出，此韓愈後一大變也，而盛極矣。〔註124〕

蘇軾所以偉大，亦是因爲他善於變化使然。不過，其前提仍然是「適如其意」，纔是變化的合理性與必要性。可見變雖是葉氏整個詩學的核心所在，但他亟欲所強調的變，其實仍是不失其正的變，纔不致又重蹈公安與竟陵兩派專意於趨異的覆轍。

〔註123〕　同前註。
〔註124〕　同註122。

第三章　清代宋詩運動的評論功能

　　由前章論述可知，在明末清初之際，被後世論者歸類爲提倡宋詩者，其所亟欲建立的詩學系統，往往具有主變的傾向。因此，相對於明代詩壇所共同接受的盛唐之音，是早已行之數百年的普遍形式而言，爲錢謙益、黃宗羲與葉燮等人所標舉的，則是自中唐以後，纔逐漸成形的宋詩，則屬於詩歌上的特殊形式。這種特殊形式，在有清一代三百年左右的詩潮演變過程中，又由本在詩壇邊緣的位置，逐漸向中心挺進，終於扭轉自己的特殊身分，成爲當時詩歌話語中的主流。在清末民初之際，甚至躋身成爲詩壇上所流行的普遍形式。如第一章所引，胡適所謂這個時代的多數詩人都屬於宋詩運動，便是這場詩歌運動成功時的最佳寫照。

第一節　清初宗尙宋調的聲明

一、具縱橫馳驟之氣的宋詩

　　對於詩壇宗尙宋詩的風氣崛起與興盛，清人自己亦頗感訝異。這可從吳喬在《答萬季埜詩問》一書中，回答著名史家萬斯同所提的「今人忽尙宋詩如何」〔註1〕的話，窺見一斑。從萬斯同的口氣推測，似

〔註 1〕參吳喬：《答萬季埜詩問》第五條，錄自丁福保所編《清詩話》（臺北：明倫出版社，一九七一年十二月出版），頁二六。

乎清初宗宋的風氣，是在意料之外突然興起的。但卻可以嗅到此時的
宗宋之風已到了非同小可的地步。至於所以宗宋的原因，編撰《四庫
全書總目》的館臣們，則有一番解釋。如在《宋詩鈔一百卷》的提要
中，他們就說：

> 蓋明季詩派，最為蕪雜。其初厭太倉、歷下之剽襲，一變
> 而趨清新。其繼又厭公安、竟陵之纖佻，一變而趨真樸。
> 故國初諸家頗以出入宋詩，矯鈎棘塗飾之弊。〔註2〕

這是專就詩歌本身演變所形成的救弊情形而言。是以宋詩的真樸重
質，糾正明人塗飾唐詩的缺失。至於在《唐賢三昧集三卷》的提要中，
他們則評說：

> 詩自太倉、歷下，以雄渾博麗為主，其失也膚。公安、竟
> 陵以清新幽渺為宗，其失也詭。學者兩途並窮，不得不折
> 而入宋。〔註3〕

同樣是就詩歌的內部因素加以反省。祇是更明白地指出，這是明末清
初的詩壇不得不如此的選擇。似乎已隱約點出除了唐詩之外，屬於傳
統詩歌的創作領域中，便祇剩宋詩一途的必然性。又如《精華錄十卷》
的提要中，則說：「人皆厭明代王、李之膚廓，鍾、譚之纖仄，于是
談詩者競尚宋、元。」在《敬業堂集》的提要亦云：「明人喜稱唐詩，
自國朝康熙初年窠臼漸深，往往厭而學宋」。〔註4〕則是點出一種補弊
兼趨尚的詩壇風氣。

其實四庫館臣們的這番說法，是一種歷史決定論與目的論的論
述方式。是將文學的歷史，理解成在時間中奔向一個既定目的，而
且是唯一目的的過程。它否定了歷史發展的多種可能性，將已經實
現的可能性變成唯一的可能性，而且是最好的可能性。這是將歷史
的既然或是偶然，視為是事理的唯一必然，並未真正觸及宋詩所以

〔註2〕參紀昀編：《四庫全書總目》卷一百九十《宋詩鈔一百卷》條（臺北：
　　　　漢京文化事業有限公司，一九八一年十二月出版），頁一○七九。
〔註3〕同前註書《唐賢三昧集三卷》，頁一○七八。
〔註4〕同註二書卷一百七十三，頁九四七、九四八。

興盛的原因所在。若是單就詩體而言，除宋詩之外，仍還有其他諸體，如《風》《騷》、漢魏、六朝等，均可提供清人師法，未必非一定是宋詩不行。

事實上，一種詩歌話語在建構的過程中，總有一種可資依循的「話語形構」。而此一「話語形構」所包容統轄的主要成員，則是各種形式的「聲明」。所謂「聲明」，是一種「功能」。它需要一個命題，予以具體化，卻又能不爲其所役。換言之，同樣的命題，在不同情況之下，是可以表示出完全相左的「聲明」性質。至於表達「聲明」的主體，與其說是某一特定人物，不如說是某一「主體位置」。它可經由不同的發話者，在個別的時空背景之下加以填充。因此，當一項學說理論被視爲「聲明」加以探討時，其重點應放在分析作者置身的位置，以及究竟是何種關係運作導致作者就「聲明主體」的位置。〔註5〕所以，若將清初的宗尚宋詩，視爲當時部分詩人群體的一種「聲明」，則導致此一群體所以就宗宋的「主體位置」及其中的關係運作，應該就是探討清初爲何有宗宋詩風興起的方法所在。

如前章所言，若從傳統詩歌的修辭形態來看，從《詩經》到盛唐的詩歌語言發展，是一條往格律化或是詩化前進的途徑。在盛唐所發展成熟的律詩，可說是這場詩歌格律製作的完成期。故從詩歌的審美價值來看，在盛唐所完成的律詩話語，同時也代表著它是實踐詩歌格律最成功的時期。它確立了唐詩所以爲唐詩的典範。但是，在中唐以後，尤其是宋朝的詩歌語言，其往前發展演變的傾向，則是一條走向語言敘述化或是散文化的途徑。這是在面對唐詩將語言格律化推展至高峰後，宋詩所不得不做出另闢蹊徑的選擇。從二元對立概念的邏輯推演次序來看，格律化的對立面，自然就是散文化。錢鍾書在《談藝錄》中，對於唐、宋詩之分，曾有一段頗有影響力的論述：

〔註5〕參米歇・傅柯著，王德威譯：《知識的考掘》（臺北：麥田出版社，一九九八年四月初版）頁四六、四七。

> 唐詩、宋詩，亦非僅朝代之別，乃體格性分之殊。天下有
> 兩種人，斯分爲兩種詩。唐詩多以丰神情韻擅長，宋詩多
> 以筋骨思理見勝。〔註6〕

這是從詩歌的基本風貌作宏觀的考察，將唐、宋詩視爲古典詩體的兩大範式。

其實，在錢氏之前，有類似看法的，亦不乏其人。如清初邵長蘅在〈研堂詩稿序〉一文中，論述「詩不得不趨于宋」是情勢使然時，即將唐、宋詩視爲「蘊藉」與「徑露」等兩種風貌的對比：

> 楊子（地臣）之言曰：今天下稱詩慮亡不祧唐而稱宋者。
> 予曰：然詩之不得不趨于宋，勢也。蓋宋人實學唐而能逸
> 唐軌，大放厥詞。唐人尚醞藉，宋人喜徑露。唐人情與景
> 涵，方爲法斂；宋人無不可狀之景，無不可暢之情。故負
> 奇之士不趨宋，不足以洩其縱橫馳驟之氣，而逞其膽博雄
> 悍之才，故曰勢也。〔註7〕

邵式之說，頗值得論述。其一，是他亦採取詩歌範式的形態，將唐、宋詩在藝術風格上的差異，大體界定爲「蘊藉」與「徑露」的不同。其二，是他認爲祇要是「負奇之士」，自然會選擇偏向「徑露」的宋詩，作爲其個人發洩縱橫之氣的詩體，這是情勢之下的不得不然。邵氏的歸納，牽涉到作者與文體的兩個概念範疇。首先，所謂的「負奇之士」，在清初有無特別意思？其次，宋詩作爲一種詩體，其體性果眞如他所言，足以提供一逞雄博之才，以及發洩難以壓抑的噴薄之氣的空間？前者是作者才性的問題，又與作者發表聲明的「主體位置」有關。這是本節後半的論述重點，稍後將予討論。至於宋詩的體性部分，則是文體的問題。應該注意的是，文體的形成，並非是先驗的，而是受歷史文化影響的後設結果。同樣的，對文體的認

〔註6〕錢鍾書：《談藝錄》（一）〈詩分唐宋〉條（北京：中華書局，一九八三年出版），頁二。

〔註7〕邵長蘅：《青門麗稿》卷七〈研堂詩稿序〉。錄自《清代文學批評資料彙編》（臺北：成文出版社，一九七九年八月出版），頁三二八。

識，亦非完全一成不變，往往會受到時代風會的影響而有所偏重。
所以，生活在清初的邵氏，從「徑露」的角度定義宋詩的體性，應
該是意有所指的。

　　需先辨明的是，清初所謂的唐詩，實指初、盛唐詩而言。而所謂
的宋詩，則是指以唐代詩人杜甫、韓愈以及宋代詩人蘇軾等三人詩風
為代表的宋詩。這在前章論述葉燮詩學的正變觀時，已略作說明。邵
氏在上引文中所謂的宋詩，應即針對杜甫等人所代表的宋詩特徵而
言。

　　至於這三人在詩歌上的藝術特徵，歷來論者頗多。如杜甫的部
分，元稹在〈唐故工部員外郎杜君墓係銘并序〉中，特描述其詩歌語
言的特徵說：

> 至若鋪陳終始，排比聲韻，大或千言，次猶數百，辭氣豪
> 邁而風調清深，屬對律切而脫棄凡近，則李尚不能歷其藩
> 翰，況堂奧乎？〔註8〕

元稹以「鋪陳終始，排比聲韻」等八字概括杜甫排律的特色，是非李
白本人所能望其項背的。這一結論影響後代甚為深遠。被視為清代宋
詩運動的開山祖錢謙益在〈劉司空詩集序〉中就說：

> 萬曆之季，稱詩者以淒清幽眇為能，於古人之鋪陳終始、
> 排比聲律者，皆訾謷抹殺，以為陳言腐詞。海內靡然從之，
> 迄今三十餘年。甚矣！詩學之舛也。〔註9〕

顯然，錢氏從文體的因素考量，認為杜甫在排律上的特徵，適足以補
救明季以來的詩弊。

　　而在韓愈與蘇軾的部分，則以陳師道在《後山詩話》中的一些概
括之詞，最具有代表意義，後人的相關論述往往無法超越其藩籬之外：

〔註8〕元稹：《元稹集》卷第五十六〈唐故工部員外杜君墓係銘并序〉（臺
　　　　北：漢京文化事業有限公司，一九八三年十月三十一日初版），頁六
　　　　〇一。
〔註9〕錢謙益：《牧齋初學集》卷三十一〈劉司空詩集序〉（上海：上海古
　　　　籍出版社，一九八五年九月第一次印刷），頁九〇八。

> 退之以文爲詩，子瞻以詩爲詞，如教坊雷大使之舞，雖極
> 天下之工，要非本色。〔註10〕

陳氏的評論，仍從詩歌語言的文體特性出發。在他來看，韓、蘇二人之作雖工，卻因跨越文體的界限，不以詩爲詩，而是以文爲詩或以詩爲詞（其實蘇詩亦多以文爲詩），並不符合文學創作應以「本色」爲主的要求。

　　儘管如此，錢謙益在〈曾房仲詩序〉一文中，除了稱揚杜甫的詩歌，是集唐代各詩家的大成外；且認爲大曆以後以詩名家的，如韓愈詩的「盤空排奡，橫從譎詭」，也都是從杜甫變化而來。〔註11〕至於葉燮《原詩》則認爲：

> 韓詩用舊事而間以己意，易以新字者；蘇詩常一句中，用
> 兩事三事者；非騁博也，力大故無所不舉，然此皆本于杜。
> 〔註12〕

這是強調韓、蘇二人的詩中，往往有以學問爲詩的傾向。可見宋詩所具有的文體特色，是如邵氏所言，有其足以提供作者「逞其贍博雄悍之才」的空間。故黃宗羲在〈張心友詩序〉一文中，乾脆直接說：「天假之年，以文字爲詩，以才學爲詩，以議論爲詩，莫非唐音。」〔註13〕雖然，其用意是在爲清初的尊宋者爭一席之地，但他對宋詩的文體認識，以及對此一文體的期待心情，亦可從其中窺見一斑。

　　由以上概述可知，宋詩所具有的文體性質，適足以滿足清初的宗宋者對詩體的期待。這是錢謙益等人面對明代詩體的困境時，站在個人的「主體位置」上觀察後，所作出的詩歌聲明。這也就是邵氏所謂不得不然的局勢使然。

〔註10〕陳師道：《後山詩話》，收在何文煥編《歷代詩話》（臺北：本鐸出版社，一九八三年一月一日出版），頁三〇九。

〔註11〕同註9書卷三十二〈曾房仲詩序〉，頁九二八。

〔註12〕葉燮：《原詩》卷二內篇下，收在丁福保所編《清詩話》（臺北：明倫書局，一九七一年二月初版），頁五九七。

〔註13〕黃宗羲：《黃宗羲全集》第十冊〈張心友詩序〉（杭州：浙江古籍出版社，一九九三年十月第一次印刷），頁四八。

　　值得一提的是，葉燮曾就傳統詩歌的演變過程，提出著名的「花開花謝」論。在《原詩》中，他將詩體的演進史，比喻成樹木的生長過程。唐詩是「枝葉垂蔭」，而宋詩則是已到「開花」階段。至於自宋以後的詩歌變遷過程，不過是「花開而謝，花謝而復開」的一再循環而已。〔註14〕顯然，葉氏亦是將唐詩與宋詩視爲中國詩歌史上的兩大基本範式。這種從審視詩體演變所作出的「聲明」，無疑即宣示宋詩以後，再也無新範式的詩體產生的可能性。事實證明，近體詩的出現，已是古典格律詩的最終形式了。即使後來受到西學的衝擊，清人仍然本著在變中，亦有不變的道理，堅持以傳統的詩體承載新事物與新感情，力圖從中開闢新貌。

　　再者，從實際創作的藝術成效來看，元、明兩代詩人皆學唐而黜宋，雖歷時三百餘年，仍未見成功。此一創作教訓，似已說明學唐一途不通。而宋詩乃從唐人身上變化而來，依前引葉燮的說法，宋詩發軔時的時間位置，是在中唐。這是古今詩運的一大關鍵。此一中唐，不僅是唐代的中唐而已，而且是站在古今百代歷史的中間位置。故就詩史而言，這「中」正是「詩運之中天，從此千百年無不從是以爲新」，是詩歌全新轉變的契機。這是葉氏對清初宗宋派的激勵之詞。因此，清人若欲立志開拓有別於明人的新貌，以求取新變，自然當以接踵宋人步伐爲畢生職志。

二、含興廢存亡之感的宋詩

　　其次，對向來嚴於「華夷之辨」的漢族而言，所以崇尙宋調，其中應是隱含著微言大義的情感因素在其中的。這是遭逢明清易鼎的清初詩人（尤其是遺民詩人），站在文化傳統與民族情感的主體位置上，所發出的一種有關「存亡興廢」的聲明。這種聲明，既是文化傳統的蘊發，也是「民族情感的轉注」〔註15〕。這是身爲漢民族的詩人群體，

〔註14〕同註12書，頁五八八。
〔註15〕張仲謀：《清代文化與浙派詩》（北京：東方出版社，一九九七年八月第一版），頁十六。

爲了彌補自我因爲明朝滅亡所帶來有關「權力意欲」的失落，所不得不選擇的一條路徑。

如錢謙益、黃宗羲等人，就特別讚賞謝翱、鄭思肖以及林景熙等宋季遺民志的詩作，便是最足以說明此種情感的例證。錢氏在〈胡致果詩序〉中，便將詩歌提昇到歷史的高度，認爲它有足以續史、補史的作用說：

> 孟子曰：「《詩》亡然後《春秋》作」，《春秋》未作以前之詩，皆國史也。……三代以降，史自史，詩自詩，而詩之義不能不本于史。……千古之興亡升降，感歎悲憤，皆于詩發之。馴至于少陵，而詩中之史大備，天下稱之曰詩史。……唐之詩，入宋而衰；宋之亡也，其詩稱盛。皋羽之慟西臺，玉泉之悲竹國，水雲之茗歌，谷音之越吟，如窮冬沍寒，風高氣慄悲噫怒號，萬籟雜作。古今之詩莫變于此時，亦莫盛于此時。〔註16〕

錢氏肯定這類「詩史」之作，是言外有其隱衷，多寓作者忠憤之意，而且與時局有密切關聯。因此，他解釋胡致果自歸其詩旨，爲一「微」字時，便說：「傳曰：『《春秋》有變例，定、哀多微詞。』史之大義，未嘗不主于微也。」進而主張作詩的根柢，應該是「在乎天地運世、陰陽剝復之幾微」〔註17〕的關鍵時刻。在錢氏來看，詩與史不僅互爲表裡，而且詩具有史義。可見所謂「詩史」的具體內涵，對他來說，是一種源自文化傳統的蘊發。

至於這種情感的特質，則是積澱於民族情感的不得不迸發之際。在〈書瞿有仲詩卷〉一文中，他論及「所謂有詩者」的條件時，即說：「凡天地之內，恢詭譎怪，身世之間，交互緯繡，千容萬狀」的環境裡，因個人正值「志意偪塞，才力僨盈」〔註18〕的遭遇，自然會有不

〔註16〕錢謙益：《牧齋有學集》卷十八〈胡致果詩序〉（上海：上海古籍出版社，一九九六年九月第一次印刷），頁八〇〇、八〇一。
〔註17〕同前註，頁八〇一。
〔註18〕同註16書卷四十七〈書瞿有仲詩卷〉，頁一五五七。

得不發的特殊情感噴薄而出。這就是詩所以誕生的由來。而且不僅詩
是如此，錢氏之視文，亦作如是觀。其〈純師集序〉即說：

> 夫文章者，天地之元氣也。忠臣志士之文章，與日月爭光，
> 與天地俱磨滅。然其出也，往往在陽九百六淪亡顛覆之時，
> 宇宙偏沴之運與人心憤盈之氣，相與軋磨薄射，而忠臣志
> 士之文章出焉。有戰國之亂，則有屈原之《楚辭》，有三國
> 之亂，則有諸葛武侯之〈出師表〉。〔註19〕

亦同樣認為只有在「偏沴」的世運與「憤盈」的人心互相軋磨之下，
作者始可能創作出足與日月爭光、天地同存的詩歌與文章。

至於受錢謙益影響極深，又與之相知甚深的黃宗羲，亦有類似的
論述。其〈陳葦庵年伯詩序〉即極力反對以正變的角度評論詩歌說：

> （詩經之有正變），此說詩者之言也。而季札聽詩，論其得
> 失，未嘗及變。孔子教小子以可群可怨，亦未嘗及變。然
> 則，正變云者，亦言其時耳，初不關于作者之有優劣也。……
> 夫以時而論，天下之治日少而亂日多；事父事君，治日易
> 而亂日難。韓子曰：「和平之音淡薄，而愁思之聲要妙，歡
> 愉之辭難工，而窮苦之言易好。」向令風雅而不變，則詩
> 之為道，狹隘而不及情，何以感天地而動鬼神乎？是故漢
> 之後，魏晉為盛；唐自天寶而後，李杜始出；宋之亡也，
> 其詩又盛。無他，時為之也。〔註20〕

黃宗羲以聖人的權威質疑正變說的正當性，以便引出時代才是主要的
關鍵因素所在，從而肯定祇有在變的情況之下，作者的情感纔有勝出
的可能。這是將變置于正之上，認為屬於變的愁苦之音，更有其深刻
感人之處。

這種將詩人情感應與時代緊密結合一起的論調，當然有其當下的
時代意義。在〈馬雪航詩序〉一文中，即論詩人的性情當有「一時之
性情」與「萬古之性情」的分別說：

〔註19〕同註9書卷四十〈純師集序〉，頁一〇八五。
〔註20〕同註13書〈陳葦庵年伯詩序〉，頁四五。

> 詩以道性情，夫人而能言之。然自古以來，詩之美者多矣，
> 而知性者何其少也。蓋有一時之性情，有萬古之性情。夫
> 吳歈越唱、怨女逐臣、觸景感物，言乎其所不得不言，此
> 一時之性情也。孔子刪之，以合乎興、觀、群、怨、思無
> 邪之旨，此萬古之性情也。吾人誦法孔子，苟其言詩，亦
> 必當以孔子之性情爲性情。〔註21〕

這是期待詩人要將屬於自我的性情，提昇到足以引起普世共鳴，具有
共性意義的民族性情，纔符合聖人說詩的原則。黃氏個人因爲身處
明、清易鼎之際，其所親眼目睹的，是神州陸沉的千古大哀。而此一
遭遇，正是激發「萬古之性情」的時機，自然會對詩歌的創作作如此
的期待。因此，在前引〈陳葦庵年伯詩序〉一文中，所謂魏晉、天寶
與宋末云云，都不過是黃宗羲用以澆自己胸中塊壘的鋪墊比興而已。

在〈縮齋文集序〉中，黃氏評論其弟黃澤望的詩文集時，便是從
民族氣節的正義立場稱揚他的詩文說：

> 其文蓋天地之陽氣也。陽氣在下，重陰錮之，則擊而爲雷。
> 陰氣在下，重陽包之，則摶而爲風。商之亡也，〈採薇〉之
> 歌，非陽氣乎？然武王之世，陽明之世也。以陽遇陽，則
> 不能爲雷。宋之亡也，謝皋羽、方韻卿、龔聖子之文，陽
> 氣也。其時遁於黃鍾之管，微不能吹續轉鷄羽，未百年而
> 發爲迅雷。元之亡也，有席帽、九靈之文，陰氣也。包以
> 開國之重陽，蓬蓬然起於大風，風落山爲蠱，未幾而散矣。

〔註22〕

依黃氏之論，殷商與蒙元二代於覆亡之際，雖亦激發出如伯夷與叔齊
等人那樣的陽氣，以及席帽山人與九靈山人的陰氣。但因承鼎而起的
是屬陽明之世的周武與重陽開國的朱明，前者以陽遇陽，遂不能有風
雷之文的產生，至於後者則在重陽包圍之下，其陰氣所摶成之風，便
也落山爲蠱，未幾而散。只有在南宋覆亡時，謝翺等人面對承鼎而至

〔註21〕同註13書〈馬雪航詩序〉，頁九一。
〔註22〕同註13書〈縮齋文集序〉，頁一一。

的，乃是異族統治的蒙元，時代災難深重，就如「陽氣之下，重陰錮之」一樣，纔不得不激發成雷。而其弟在遭受國破家亡的命運時，也因所面對得是異族滿清的統治；在「孤憤絕人，徬徨痛哭於山巓水澨之際」，便也將胸中所蘊蓄的「天地之陽氣」〔註23〕，進而激發成迅雷之文。

顯然，在黃宗羲的價值系統裡，其所亟欲肯定的，是像迸發於南宋覆亡之際，面對異族時所蘊蓄而成的迅雷之文。這類文章的情感特質，所以勝過元末席帽等人者，甚至較商末的〈採薇〉更爲強烈，而爲他所堂青睞。是因爲後兩者所將面對的新朝，都是同屬我類的漢族所統治，而前者則是非我族類的異種。正是在這種鮮明的民族思想催促之下，纔令人相信當黃宗羲面對其弟迅雷般的文章與自己的時代遭遇時，其所凝聚而成的激情，勢必曾經浮現而且盤繞在心中良久。

所以，黃宗羲作〈謝臯羽年譜遊錄注序〉時，自然會特別欣賞產生於宋亡之際的謝臯羽的文章，讚美它們是天地之間至情至性的好文章：

> 夫文章者，天地之元氣也。元氣之在平時，昆侖旁薄，發自廊廟，而豈浹幽遐，無所見奇。逮乎厄運危時，天地閉塞，元氣鼓盪而出，擁勇鬱遏，坌憤激訐，而後至文生焉。
> 故文章之盛，莫盛於亡宋之日，而臯羽其尤也。〔註24〕

謝氏的文章所以是天地間的至文，黃宗羲認爲其中的關鍵因素，應是「厄運危時」的時代環境使然。這種無所逃於天地之間的無奈，一定使其心中不能自已的激憤之情，亟欲尋找發洩的出口。雖然，這是謝氏本人的一己之情，卻也是在天地閉塞時，不得不發的一股元氣。所以，也是一股歷久而彌新的「萬古之情」。

職是之故，對於變風變雅之作的肯定，黃宗羲也就更加的旗幟鮮明了。其〈萬貞一詩序〉即說：

〔註23〕同前註。
〔註24〕同註 13 書〈謝臯羽年譜遊錄注序〉，頁三二。

彼以爲溫柔敦厚之詩教，必委蛇頹墮，有懷而不吐，將相
趨於厭厭無氣而後已。……然吾觀夫子所刪，非無〈考槃〉、
〈丘中〉之什厠乎其間，而諷之令人低徊而不能去者，必
於風變雅歸焉。蓋其疾惡思古，指事陳情，不異薰風之南
來，履冰之中骨，怒則掣電流虹，哀則淒楚蘊結，激揚以
抵和平，方可謂之溫柔敦厚也。〔註25〕

相對於錢謙益而言，黃氏所主張的這種如掣電流虹般的淒楚情感，
顯然更爲激切蘊結，更強調哀怒之情的抒發。所以如此，恐怕也只
能從他所面對的，是一種明清易代以及華夷易位的歷史大悲來看，
始能明瞭。錢氏雖也身處其中，但他畢竟是貳臣的身分，感受必定
不如黃宗羲般強烈。這也是爲何在〈萬履安先生詩序〉中，黃氏要
說：「天地之所以不毀，名教之所以僅存者，多在亡國之人物」〔註26〕
的原因了。

像這種因國亡異族時，所喚起的迅雷式的哀怒情感，自然需要選
擇相應的詩體，纔能滿足作者一己內心鬱積已久，亟欲噴發而出的熱
烈情愫。這也是爲何黃氏的寫景詩每有唐音，而抒情之作卻反採宋調
的原因吧。故全祖望在〈湖上社老曉山董先生墓版文〉中，便說：「有
明革命之後，甬上蟄遁之士，甲于天下，皆以蕉（憔）悴枯槁之音，
追蹤月泉諸老。」〔註27〕文中所謂的「月泉諸老」，即指南宋遺民「月
泉吟社」中人。而「憔悴枯槁之音」，自然是要指向來即被歸納爲「變
風」與「變雅」之音的宋詩了。

若再從吳之振與呂留良等人編選《宋詩鈔》一書所呈現的宋調性
質來看，就更明白不過了，清初宗宋一派所以有取於直樸的宋詩，其
用意是爲了寄寓心中鬱勃不平之氣。這可從同屬宋詩運動健將的翁方
綱對此書的批評，窺見一斑。翁氏在《石洲詩話》中，即指責《宋詩

〔註25〕同註13書〈萬貞一詩序〉，頁九〇。
〔註26〕同註13書〈萬履安先生詩序〉，頁四七。
〔註27〕全祖望：《全祖望集彙校集注》〈湖上社老曉山董先生墓版文〉（上海：
　　　　上海古籍出版社，二〇〇〇年十二月第一版），頁八五〇。

鈔》的選錄標準「過于偏枯」，只「專于硬直一路」。又說此書：「不取濃麗，專尚自然」，「總取浩浩落落之氣」。甚至直斥這樣的選詩標準，是「目空一切，不顧涵養之一莽夫所爲，于風雅之旨殊遠。」〔註28〕翁氏雖亦提倡宋詩，但是，由於其所處的時局，已經進入相對穩定的乾隆全盛時代，不似明、清之般的充滿肅殺之氣。故從翁氏的指責來看，正可以說明吳、呂等人獨獨標舉偏離風雅之旨甚遠的宋詩，其用心正是因爲時代遭遇的因素，不得不站在抒發個人民族正義的主體位置上，提出一種充滿興廢之感的詩歌聲明。

　　事實上，這種深具華夷之辨與故國之思的創作意識，在呂留良的詩作中，表現得更爲突出。在〈讀薇苫〈桐江隨筆〉次韻奉題〉一詩中，他即說：

　　　　井底書還記漢年，壁中經不受秦煙。翻從佛院存吾道，且
　　　　把神州算極邊。德祐以來當別論，永和之際愧諸賢。但看
　　　　古在斯文在，何用茫茫問醉天。〔註29〕

井底書，即指《鐵函心史》一書。是用宋遺民鄭思肖於易代之際，將所著《心史》以鐵函封緘，沉於深井中之本事。而壁中書，則是指在漢武帝時，魯恭王爲擴建宮殿而拆毀孔子舊宅，於夾壁中所見古文《尚書》、《禮記》、《春秋》、《論語》及《孝經》等書。論者咸謂諸書係秦皇焚書時所藏。在本詩中，呂氏開宗明義即用此二典，其意指乃在辨華夷之義上，已至爲明顯。而第三句的「存吾道」是承上兩句之義，應是指堅持華夏的正統意識而言。至於第五句，則是指德祐二年春天，臨安城破，南宋宣告滅亡一事。呂氏所以認爲德祐以後「當別論」，是因爲蒙元本是邊夷，於宋末入主中原後，原來的華夏正統遂告中斷。因此，纔不得已說出「神州算極邊」的話，以求自解。可見這裡的蒙元代宋一事，實是暗指滿清的滅明而言。這與歷史上的其他改朝

〔註28〕見翁方綱：《石洲詩話》卷三，收在郭紹虞所編《清詩話續編》（臺北：木鐸出版社，一九八三年十二月初版），頁一四二〇、一四二一。
〔註29〕呂留良：《呂晚村雜著》〈讀薇苫〈桐江隨筆〉次韻奉題〉（臺北：臺灣商務印書館，一九七七年三月臺一版），頁一〇六。

換代不同。滿人雖是邊夷，但是明朝的滅亡，使華夏正統面臨存亡絕續的關鍵時刻。呂氏的這種觀點，與前揭黃宗羲在〈縮齋文集序〉中，認爲南宋亡時的謝翺之詩是陽氣，而由蒙元入明時的席帽與九靈之文則屬陰氣的辯證，是如出一轍的。在最後的兩句，呂氏則反用張衡在〈西京賦〉中，天帝乘醉以鶉首之地賜秦的醉天典故，謂高天茫茫，問天亦無補的本事，強調即使如此，祇要保住這脈斯文，華夏終有回復正統之日。其在詩中闡明自己一心之所繫者，仍是圍繞華夷之辨的文化核心問題上面。

　　同樣的題旨，亦見於七古長篇〈題如此江山圖〉前的小序中：

> 《如此江山圖》，宋末陳仲美畫。按序，南渡時候有如此江山亭，在吳山，宋遺民畫此圖以志意，有「紫芝生題」四字。國初元人張光弼昱與客登山亭悲歌，于道士史元中家得此卷題之，始有序有詩，其悲亡同不知所亡之異矣。亭今無考，而畫傳，和詩者無論宋元，渾作興廢之感。予又題焉，恐後人之齊視並論也，歌以述之。〔註30〕

對強烈感受到亡國之痛的呂氏而言，當山河正自有異時，不僅詩可以作興廢之感，即連畫作，甚至亭臺樓榭等建物，也都能深寓此意於其中。所以，如「其悲亡同不知所亡之異」一語，便是再次強調蒙元的代宋與明朝的滅元不可以等同視之。至於「恐後人之齊視並論」一句，則是諄諄叮嚀宋與明，纔是奉正朔的正統所在，元與清兩朝仍只是閏位而已。其關注的焦點，仍是放在華夷之辨的核心問題上。

　　像這種將興廢之感寄寓在宋詩的微言大義，從尊唐者往往挾朝廷名義以進行一場宋詩非盛世清明之音的反撥動作上，亦可見到端倪。清世宗在《大義覺迷錄》中，便曾引呂留良的文集謂：「德祐以後，天地一變，亙古所未經。」又引其詩句謂：「若論五百年間事，紫色蛙聲總正傳。」從雍正特別注目此事來看，呂氏在遭逢亡國之痛後，其終日所念茲在茲的，仍然是明朝滅亡於異族之事。所以將滿清的閏

〔註30〕同前註書〈題如此江山圖〉序，頁四九。

位，視作是以間色的紫奪朱的正色，亦是以蛙聲的邪音紛擾正聲。因此，雍正在同書中，便一再直斥呂氏說：

> 朕向來謂浙省風俗澆漓，人懷不逞，如汪景祺、查嗣庭之流，皆以謗訕悖逆，自伏其辜，皆呂留良之遺害也。

又曰：

> 數年以來，朕因浙省人心風俗之害可憂者甚大，早夜籌畫，仁育義正，備極化導整頓之宏心，近始漸爲轉移，且歸于正。若使少爲悠忽，不可亟加整頓，則呂留良之邪說誣民者，必致充塞膠固于人心而不可解，而于天經地義之大閑，泯沒淪棄，幾使人人爲無父無君之人矣。〔註31〕

雍正直指汪景祺等人的悖逆行爲，主要是受到呂氏的影響。此一嫁禍論斷，正說明呂氏從民族大義的主體位置上所發出有關華夷之辨的聲明，已造成滿清政權的不小壓力。這種壓力的具體內涵，是直接反省君權的正當性，自然會影響國本綱常的穩定狀態。故雍正說它是「天經地義之大閑」，其力量是足以危及統治權的延續。正因爲呂氏是如此的堅持華夷之辨，身後纔遭受剖棺戮屍的無情命運。

因此，在〈答張菊人書〉中，呂氏便也在民族情感的激發之下，將宋詩視爲民族精神與故國文化的載體說：

> 自來喜讀宋人書，爬羅繕寫，積有卷帙，又得同志吳孟舉互相收拾，目前略備。……又宋人文爲世所厭薄，即有好事者，亦揀廟燒香已耳。再經變故，其漸滅盡絕，必自宋人書始。今幸于吾一聚焉，不有一備之，流傳之，則古人心血漸滅自我矣。因與孟舉叔侄講求選刊，以發其端，以破天下宋腐之說之謬，庶幾因此而求宋之全。蓋宋人之學，自有軼漢唐而直接三代者，固不繫乎詩也。又某喜論《四書章句》，人遂以某爲宗宋詩，嗜時文，其實皆非本意也。

〔註32〕

〔註31〕清世宗：《大義覺迷錄》卷四（臺北：文海出版社，一九八五年出版）。
〔註32〕呂留良：《呂晚村文集》上冊〈答張菊人書〉（臺北：臺灣商務印書館，一九七七年三月臺一版），頁七九。

從文末口吻可知，這段話應是針對《宋詩鈔》一書傳開後所作的直接反應。而所謂的宋學，則是指宋人的經學與理學，尤其是程朱的理學。可見《宋詩鈔》的出現，實是他與吳之振等人出于勝國遺民為保留故國文獻的懷舊動機，而欲以宋詩作為承續三代文化傳統命脈的所在。這種主體意識影響所及，在詩體的演進上，往往更具有總結既往與開創未來的雙重功能。

其實，清初詩壇視宋詩為「變風」、「變雅」之音的現象，即使到了宋詩熱已經蔓延全朝野時，仍未稍有改變。這是因為隱藏於其中有關民族大義的「權力意欲」，清王朝的權力核心一直是有意識得到的。施潤章在〈佳山堂詩序〉一文中，為馮溥《佳山堂集》作序時，即從「論詩文之道，與治亂終始」的角度出發，界定宋詩為「非盛世清明廣大之音」。〔註33〕依施氏的推論，設若屬於衰世之音的宋詩在清初盛行，則康熙一代豈是清明的盛世？當然，從詩體的演進來看，每一朝代於開國之初的數十年中，幾乎都曾產生一種歌時頌聖的詩文風氣。如唐初的沈、宋詩體，宋初的西崑體以及明初的臺閣體，均因此應運而生。而在康熙即位之初，東南、西南漸次平定，國力日漸恢復，正是需要臺閣體之時。因此，在力主唐首，貶抑宋詩的毛奇齡的《西河詩話》中，便可見到康熙君臣壓抑宋體詩的情形。如在詩話中，毛氏就曾記載：

> 益都師相（指文華殿大學士兼吏部尚書馮溥）嘗率同館官集萬柳堂，大言宋詩之弊，謂開國全盛，自有氣象。頓驚此佻涼鄙弇之習，無論詩格有升降，國運盛衰，于此繫之，不可不飭也。〔註34〕

時逢盛世，馮溥站在統治者的立場，從詩歌風尚與時代政治的關係出發，把宋詩熱提昇到政治的層次來看，自然不容許適合抒發興亡盛衰

〔註33〕施閏章：《施愚山集》第一冊〈佳山堂詩冊〉（合肥：黃山書社，一九九二年十一月第一版），頁一三二。

〔註34〕毛奇齡：《西河詩話》卷五，收在《叢書集成續編》文學類二〇〇（臺北：新文豐圖書公司，一九八九年出版）。

之感的宋詩，成爲詩壇的主流，進而要求整飭，是可以想像得到的。如同書又載錢中諧因寫宋體詩而被康熙抑置乙卷的事件，毛氏自己便認爲是康熙本人對於詩壇宋詩熱的抑制：

> 初、盛唐多殿閣詩，在中、晚亦未嘗無有，此正高文典冊也。近學宋詩者，率以此爲板重而卻之。予入館后，上特御試保和殿，嚴加甄別。時同館錢編修，以宋詩體十二韻抑置乙卷，則已顯有成效矣。〔註35〕

其實毛氏本人，本爲明末志士，曾以布衣參與西陵軍事。軍敗後，走山寺爲浮屠以活命。至康熙時，禁網得解，乃以制科得檢討。全祖望在〈蕭山毛檢討別傳〉中，即曾對其晚節不終一事，加以嚴屬譴責說：「其所最切齒者爲宋人，宋人之中所最切齒者爲朱子。」「乃其集中最後有〈辨忠臣不死節〉文，則其有關名義，尤可驚愕。」〔註36〕若從毛氏一生前後的行徑推論，其所以嚴斥宋體詩的態度，是很難令人不與其政治意圖聯想一起的。

依據王士禛在《漁洋詩話》中所載，毛氏生平不喜東坡詩。在京師時，主倡宋詩的汪懋麟，曾舉「春江水暖鴨先知」語毛氏曰：「如此詩，亦可道不佳耶？」毛氏竟憤慨說：「鵝也先知，怎只說鴨？」毛氏在《西河詩話》中記載此次論爭時，仍自我辯護說：「爲閣不能，且爲堂皇，慎勿爲草野，況藩溷乎？……水中之物皆知冷暖，必先之以鴨，妄矣。」〔註37〕從如此主觀武斷的妄論來看，顯然在毛氏眼裡的宋詩，是「草野」，亦是「藩溷」，是不足以登堂皇臺閣之作的。就其其心跡而言，當如前引「初、盛唐多殿閣詩，在中、晚亦未嘗無有」所言，是其個人政治意圖的心理投射，亟思借由對蘇軾詩句否定，進而否定宋詩。由此更可證明毛氏的尊唐抑宋，根本無關個人喜好或是詩學觀念上的差異，而是他的順風承旨使然。從這種朝野對宋詩往往

〔註35〕同剛註書卷七。

〔註36〕同註 27 書〈蕭山毛檢討別傳〉，頁九八七、九八八。

〔註37〕王士禛：《漁洋詩話》卷下第七〇條，收在註 12 丁福保所編書，頁二一六。

採取對立的態度來看，便可反證在清初詩壇中的宗宋聲明，其中是隱含著深刻的民族情感與政治內涵的。

第二節 錢謙益的即看宋人也好說

一、名唐實宋的推纘宋緒

　　清初的興起宋詩熱潮，其實是跟錢謙益對宋詩的正面評論，有著直接的關係。當時論述此一詩壇現象者，便已將宋詩熱潮的火種，劃歸由錢氏所點燃。如詆毀宋詩最力的毛奇齡在〈蒼崖詩序〉中，就認為詩壇興起的宋詩熱潮，是深受錢謙益的影響使然：

> 推其故，大抵皆惑于虞山錢氏之說，揚宋而抑明，進韓、
> 盧，而卻李、杜。〔註38〕

說錢謙益揚宋而抑明，這種論調並不算錯，卻缺乏準確性。由第二章論述錢氏的主變存正觀部分可知，他的詩學格局極為通達，是唯變是宗，不拘限時代的。但是，毛氏界定他為清初宗宋詩風的導源者，則是中的之論。尤侗在〈彭孝緒詩文序〉一文中，也有相同的看法說：「大抵雲間詩派，源流七子，迨虞山著論詆譏，相率而入宋、元一路。」〔註39〕雲間詩派係以推尊唐詩為其論詩宗旨，在遭到錢氏的批評之後，詩壇轉而趨效宋調，是頗符合詩學內在的演變，往往是以二元對立概念進行邏輯辯證的原理。喬億在《劍溪說詩》卷下，亦有類似的言論說：

> 明詩屢變，咸宗六代、三唐，固多偏體，亦有正聲。自錢
> 受之力詆弘、正諸公，始纘宋人餘緒，諸詩老繼之，皆名
> 唐而實宋，此風氣一大變也。〔註40〕

〔註38〕毛奇齡：《西河文集》卷十一〈蒼崖詩序〉（臺北：臺灣商務印書館，一九六八年出版）。

〔註39〕尤侗：《尤太史西堂全集》卷三〈彭孝緒詩文序〉（北京：北京出版社，二〇〇〇年出版）。

〔註40〕喬億：《劍溪說序》卷下，收在註二八郭紹虞所編書，頁一一〇。

以錢氏在當時詩壇的地位而言，發揮扭轉詩壇風氣的影響力量，是絕對有可能的。

　　從尤、喬二人的論述來看，足見錢謙益在這場宋詩運動的初期所扮演的重要角色。如對於明代復古派的詩論，錢氏在三十七、八歲以後，的確是大力「著論詆譏」的。至於對宋人的態度，他雖是「始續宋人餘緒」，在論詩之際，確曾多次取徑宋人，卻並非獨鍾宋詩。他對晚年復歸于唐詩的王士禛，是曾抱予「代變」的高度期待的。〔註41〕

　　儘管時人對錢氏與清初宗宋詩風的緊密關係，有上述的看法。除了馮武在二馮評閱《才調集》一書的凡例中，曾提及錢氏說過：「即看宋人也好」〔註42〕的話之外，卻不見他本人有更明確的宗宋之辭。時人對他所以有如此的看法，是因他屢屢撰論反對嚴羽與明代前、後七子的推宗盛唐詩歌。兩相對照之下，自然會予人錢氏是獨倡宋詩的印象。實際上，他論詩是宗宋而不詘唐的。然而，在主正宗唐仍盛的詩壇上，將主變的宋詩與唐詩並舉，外界會有如此看法，是可預料得到的。不過，從「即看宋人也好」的語氣推論，錢氏的用意，除為了凸顯其詩學的取徑，是以力破藩籬，不限隔時代的融古通今為主外，在當時宗唐的時代風潮裡，是隱含著對宋詩的價值，有必要進一步重估的用意在。因為，唯有時人對宋詩的價值予以重估，使其能與唐詩等量齊觀，纔能打破限隔時代的毛病，祇是錢氏的口氣過於輕淡而已。當然所以有這的口氣，從喬億說當時詩壇宗宋者，往往「名唐而實宋」，似乎亦可感受到是來自尊唐者的龐大壓力使然。

　　從前述清初的宗宋聲明可知，錢氏所以推崇宋末詩作的原因之一，是因這類作品中，隱含著文化傳統與民族情感的微言大義。可見他論詩的重點，應是在詩作本身的情感特質，而非時代隸屬的因素。

〔註41〕參註 16 書卷十七〈王貽上詩集序〉，頁七六五。
〔註42〕轉引自孫立：《明末清初詩論研究》（廣州：廣東高等教育出版社，一九九九年三月第一版），頁三〇七。

對於這點，錢氏強調此正是決定是否「有詩」的關鍵所在。在〈書瞿有仲詩卷〉中，他即說：

> 余常謂論詩者，不當趣論其詩之妍媸巧拙，而先論其有詩無詩。所謂有詩者，惟其志意偪塞，才力憤盈，如風之怒于土壤，如水之壅於息壤，傍魄結軫，不能自喻，然後發作而爲詩。凡天地之內，恢詭譎怪，身世之間，交互緯纑，千容萬狀，皆用以資爲詩，夫然後謂之有詩。夫然後可以協其宮商，辨其聲病，而指陳其高下得失。如其不然……則終謂之無詩而已矣。〔註43〕

文中錢氏認定詩歌的本質是言志抒情。故決定詩與非詩的條件，是性情而不是形式風格。妍媸巧直等形式風格，必先看有無性情的遭遇，才具有成爲眞詩的意義。否則，徒具形貌，仍然不是詩。因此，一旦是詩，不論政治是詩，愛情亦是詩；歡娛是詩，悲痛也是詩；士人的歌詠是詩，民間的勞動嘔歌亦是原。在〈書瞿有仲詩卷〉中，錢氏就說：

> 夫詩者，言其志之所之也，心之所之，盈于情，奮于氣，而擊發于境風識浪奔昏交湊之時世。于是乎朝廟亦詩，房中亦詩，吉人亦詩，棘人亦詩，燕好亦詩，窮苦亦詩，春哀亦詩，秋悲亦詩，吳詠亦詩，越吟亦詩，勞歌亦詩，相春亦詩。〔註44〕

在〈王元昌詩序〉一文中，他也說：

> 古之作者，本性情，導志意，……途歌巷春，春愁秋怨，無往而非詩也。〔註45〕

爲了標舉性情纔是詩歌的根本，以救濟明人以來過分強調格調所造成的流弊，錢氏特將詩歌的範圍擴大到無所不包。祇要是眞性情，所有的遭遇，都是詩歌的材料，所有形諸文字與聲音的作品，也都是詩。

〔註43〕同註18。
〔註44〕同註16書卷十五〈愛琴館評選詩慰序〉，頁七一三。
〔註45〕同註9書卷三十二〈王元昭詩序〉，頁九三二。

二、不廢宋、元詩的各暢其言

　　像錢氏這種強調抒情言志是詩歌本質的論調，自然會強調要突破詩體與時代的限隔，肯定各種詩體，都有其各個的價值存在。在〈題徐紀白詩卷後〉中，他即說：

> 嗟乎！天地之降才，與吾人之靈心妙智，生生不窮，新新
> 相續。有三百篇，則必有《楚騷》，有漢魏、建安，則必有
> 六朝，有景隆、開元，則必有晚唐及宋元。〔註46〕

他從眞性情必有眞面目，論證每一詩人必變。從創造力的不斷發展，論證每一時代必變的合理性，進而間接肯定宋、元詩自有其存在的詩歌價值與意義。

　　各時代的詩歌，既有其存在的價值與意義，則各個詩人的存在價值與意義，也應作如是觀，紛紛予以肯定，纔算合理。在〈范璽卿詩集序〉中，錢氏對於當時詩壇的標榜作家成風便提出評論說：

> 今之譚詩者，必曰某杜，某李，某沈、宋，某元、白。其
> 甚者，則曰兼諸人而有之，此非知詩者也。詩者，志之所
> 之也。陶冶性靈，流連景物，各欲其所欲言者也。……沈
> 不必似宋也，杜不必似李也，元不必似白也，有沈、宋，
> 又有陳、杜也。有李、杜，又有高、岑，有王、孟也。……
> 各不相同，各不相兼也。〔註47〕

依錢氏所言，人的性情不同，面目自然有異，而形式風可也就必然會因不同的作者而有著各種面貌的差異。像錢氏這種強調詩差異性的論調，必然會進一步使他質疑宋末嚴羽將唐詩分爲初、盛、中、晚四期，卻又獨尊盛唐詩，而貶抑中、晚唐詩的說法。其〈唐詩英華序〉就說：

> 世之論唐詩者，必曰初、盛、中、晚，老師豎儒，遞相傳
> 述。揆厥所由，蓋創于宋季之嚴儀，而成于國初之高棅，
> 承僞踵謬，三百年于此矣。夫所謂初盛中晚者，論其世也，

〔註46〕同註16書卷四十七〈題徐紀白詩卷後〉，頁一五六二。
〔註47〕同註9書卷三十一〈范璽卿詩集序〉，頁九一〇。

論其人也。……世之薦樽盛唐，開元、天寶而已。自時厥
後，自郲無識者也。誠如是，則蘇、李、枚乘之后不應復
有建安、有黃初、正始之后，不復應有太康、有元嘉，開
元、天寶已往，斯世無煙雲風月，而斯人無性情，同歸于
墨穴木偶而後可也。〔註48〕

其實，嚴羽的唐詩四期說，是就一定時期必有時代的共同特徵而言。
但錢氏不僅否定這個事實，也否定他貶抑中、晚唐詩的價值判斷。前
者當然有待商榷，至於後者則是錢氏個人詩學取徑的呈現。所以如
此，是因錢氏係以作者主體因素的不同，推論詩歌必變的必然性與合
理性。自然會以較嚴羽更爲通達的態度，肯定每一時代的詩歌面目。
如錢氏的這種論調，對於當時的尊唐者而言，認爲他從肯定中、晚唐
詩，進而肯定宋詩，無疑即是推尊宋詩。其實這是故意窄化錢氏的詩
觀，其中免不了夾雜著派別之爭的因素。

　　但仍需辨明的是，錢氏所肯定的宋詩，是有其個人的特定取向，
並非對所有宋代詩人均表青睞。這當然與詩歌的取徑有關。瞿式耜〈牧
齋先生初學集目錄後序〉對其詩歌的源流便有所描述說：

先生之詩，以杜、韓爲宗，而出入于香山、樊川、松陵，
以迨東坡、放翁遺山諸家，才氣橫放，無所不有。〔註49〕

由於以上諸家係其詩歌源流之所自，從主觀情意的契合推論，自然非
此諸人莫屬。

　　事實上，錢氏對於個己所心儀的宋人，在著作中亦往往有所說
明。在〈復遵王書〉中，他即說：

眉山之學，實根本六經，貫穿兩漢諸史，眼迣弘奧，故能
凌獵千古。〔註50〕

他所以肯定蘇軾，是因爲蘇氏知道爲詩與學問之間的根本問題。這是
錢謙益三大詩學支柱之一的呈現。但是，他亦批評蘇詩說：「坡老論

〔註48〕同註 16 書卷十五〈唐詩英華序〉，頁七○六。
〔註49〕瞿式耜：〈牧齋先生初學集目錄後序〉，收在註九書目錄後，頁五二。
〔註50〕同註 16 書卷三十九〈復遵王書〉，頁一三五九。

詩，亦頗多匠心矯俗，不可爲典要之語。」〔註51〕則認爲在論詩的細心與苦心方面，尚有未到之處，則是蘇氏的缺點，評論可謂切中肯綮。

至於對宋詩的開山祖師杜甫本人，錢氏的態度可謂衷心佩服，一切以杜爲宗，不敢有任何批評之辭。他平生最喜歡引用杜甫〈戲爲六絕句〉之六的「別裁僞體親風雅」一句。如在《讀杜小箋》中的「別裁僞體，以親《風》《雅》，文章流別，可謂明矣。」便認爲這八字是辨明文章流別的最好途徑，可見其鍾情於杜甫詩學的程度。〔註52〕平日習誦杜詩，亦念茲在茲，而有《杜詩錢注》、《讀杜小箋》、《讀二箋》等心得之作。而在個人的創作方面，更是以杜甫爲宗，認爲詩歌至杜甫身上，可謂極盡變化之能事。在前引的〈曾房仲詩序〉中，他即說：「自唐以降，詩家之途轍，總萃於杜氏。大曆後以詩名家者，靡不由杜而出。」甚至進一步以佛乘爲喻，認爲：「杜則果位也，諸家則分身也。」可謂推崇備至，將詩家最高的境界與成就，均歸於杜甫一人。

但是，對於當時及後來多爲宗宋詩人所推尊的黃庭堅，錢氏則有較多負面的看法，在《讀杜小箋》中，他就說：

> 余嘗妄謂自宋以來學杜詩者，莫不善於黃魯直。評杜詩者，莫不善於劉辰翁。魯直之學杜也，不知杜之眞脈絡，所謂前輩飛騰，餘波綺麗者，而擬議其橫空排戛，奇句硬語，以爲得杜衣缽，此所謂旁門小徑也。辰翁之評杜也，不識杜之大家數，所謂鋪陳終始，排比聲韻者，而點綴其尖新儁冷，單詞隻字，以爲得杜骨髓，此所謂一知半解也。
> 〔註53〕

錢氏雖然肯定自宋以來學杜詩的人，莫不善於黃庭堅。卻認爲對於杜甫的「眞脈絡」，黃氏仍有所隔閡，只專注在「奇句硬語」的旁門小徑上著力，徒逞「綺麗」之能事而已，詩歌的格局未免受到拘限。

〔註51〕同前註。
〔註52〕同註9卷一百七《讀杜小箋》中，頁二一七一。
〔註53〕同註9卷一百六《讀杜小箋》上，頁二一五三。

　　值得注意的是，錢氏在檢討黃庭堅學習杜詩所出現的偏差現象時，特別強調飛騰，纔是杜甫的眞脈絡所在。所謂「飛騰」，也即是他認爲劉辰翁評杜詩時所未見到鋪陳排比。不管是飛騰或是鋪陳排比，都能避免專在詞句上逞能的偏失。在錢氏來看，這種旁門小徑最容易築起藩籬，造成流派，而此正是他所亟欲避免的窠臼。所以，在同文中，錢氏就說：

> 弘、正之學杜者，生吞活剝，以尋撦爲家當，此魯直之隔日瘧也，其黠者又反脣於江西矣。〔註54〕

顯然，字句聲調等形跡之外的內蘊，纔是錢氏認爲詩歌最根本的部分。

　　至於南渡以後的宋詩，錢氏最厭惡的，莫過於江湖詩派。在〈王德操詩集序〉中，他就說：「詩道之衰靡，莫甚於宋渡以後，而其所謂江湖詩者，尤爲塵俗可厭。」所以可厭的原因，是因詩人一旦將詩歌視爲登龍門術，與榮華利害結合的下場，欲其再有清新高雅之作，勢必不可得：

> 以詩人啓干謁之風，而其後錢塘湖山，什伯爲群，挾中朝尺書，奔走閫臺郡縣，謂之閫圖。……彼其塵容俗狀，塡塞於腸胃，而發作於語言文字間，欲其爲清新高雅之詩，如鳴鶴而鸞嘯也，其可幾乎？〔註55〕

在〈馮定遠詩序〉中，他就強調古代詩人往往有著「獨至之性，旁出之情，偏詣之學。」在舉世滔滔之際，仍然特立獨行：

> 軟美圓熟，周詳謹愿，榮華富貴，世俗之所嘆羨也，而詩人以爲笑；凌厲荒忽，敖僻清狂，悲憂窮塞，世俗之所詬姍也，而詩人以爲美。人之所趨，詩人之所畏；人之所憎，詩人之所愛；人譽而詩人以爲憂，人怒而詩人以爲喜。〔註56〕

故他認爲詩歌的定律是：「詩之必窮，而窮之必工，其理然也。」祇有在不得不發的情況之下，所爲之詩，始是眞詩。這是對宋代歐陽脩

〔註54〕同前註。
〔註55〕同註9卷三十三《王德操詩集序》，頁九四六。
〔註56〕同註9卷三十二《馮定遠詩序》，頁九三八。

以來，所謂「詩窮而後工」一說的繼承，也是錢氏提倡「世運」說的理論根據。

　　職是之故，對於宋末的遺民詩，他自然要推崇備至。其關鍵因素，不在朝代的更替，而是這些遺民之作，「如窮冬沍寒，風高氣慄，悲噫怒號，萬籟雜作。」所以，他纔肯定「古今之詩莫變于此時，亦莫盛于此時。」可見在激昂悲壯的氣概之下，其所噴薄而出的眞情，始是錢氏所關注的詩歌焦點。翁方綱在《石洲詩話》中論及此時，則曰：

> 南渡自四靈以下，皆摩儗姚合、賈島之流，纖薄可厭。《谷音》中數十人，乃慷慨頓挫，轉有阮、陳、杜少陵之遺意。此則激昂悲壯之氣節所勃發而成，非從細膩涵泳而出者也。〔註57〕

祇有激昂悲壯的氣節，纔能噴薄出慷慨頓挫之作。翁氏是清代宋詩運動的理論完成者，此番評論，實與錢氏相契合，可以互相印證。

　　錢氏在〈復李叔則書〉一文中，自述其詩學的重大轉變時曾說：「年四十，始知講求古昔，撥棄俗學。」〔註58〕所謂「古昔」的詩學取向，儘管有所取於各代詩人。然而，「別裁僞體」與「轉益多師」兩項原則，則始終是他所一貫堅持的態度。若說情有獨鍾者，亦僅杜甫一人而已。因爲在他而言，杜甫是集古今之大成者，是這兩項原則的徹底宣導與實踐者。爲此，在〈答唐訓導論文書〉中，他就澄清明人所認識的杜甫，並非是其本色說：

> 弘、正之間，有李獻吉者，倡爲漢文杜詩，以叫號於世。舉世皆靡而從之矣，……其所謂杜詩者，獻吉之所謂杜，而非少陵之杜也。〔註59〕

換言之，在他看來，如前述的鋪陳排比，纔是杜詩的精髓所在。就如他在〈曾房仲詩序〉中，將居在無上乘的「果位」判給杜甫，而其他諸家，則是「分身」而已。若以正變的概念來看這些分身與杜

〔註57〕同註28書卷四，頁一四四三。
〔註58〕同註16卷三十九〈復李叔則書〉，頁一三四三。
〔註59〕同註9卷七十九〈答唐訓導論文書〉，頁一七〇一。

甫之間的關係，杜甫是集正變之大成者，而諸家皆由杜甫詩中變化而來。這就是錢氏所謂的「逆流順流，隨應變化，各不相師，亦靡不相合」。

由此，他乃進一步提出「宋、元之能者，亦由是也」的看法。明確指出宋詩之「能者」，所以有藝術價值，係因他們皆由杜詩那裡衛生變化而來。若說錢氏個人有提倡宋詩的意向，其意涵也應被理解成提倡由杜詩變化而來的宋詩，方屬確論。故在〈答唐訓導論文書〉中，他便說：「本朝自有本之詩，而今取其似唐而非者為本朝之詩，人盡蔽固其心思，廢黜其耳目。」即是這種強調既要有自己面目，又要對傳統有所承繼的通達心理的反映。從馮班在《鈍吟雜錄》中提及錢氏「每稱宋、元人，矯王、李之失」〔註60〕的話可知，錢氏的不廢宋、元，其用意乃為排擊明代七子派的詩論而張本，並非要特別標舉宋詩。但因錢氏在當時詩壇極具影響力量，他對前、後七子等人標舉盛唐的摧陷廓清，加上在前揭的幾種宗宋聲明的影響之下，尊宋者乃逐漸取尊唐者的詩壇地位而代之。至於宋詩竟成為後來反擬古者競相趨從的詩體，進而形成一場持續三百年左右的宋詩運動，恐是錢氏本人所始料未及的。

第三節　黃宗羲的善學唐者唯宋說

一、為詩者當自暢其歌哭

黃宗羲生於萬曆三十八年（一六一○），晚於錢謙益二十八歲。黃、錢兩人的相識，約在天啓四年，是黃氏十五歲時，常隨父親黃尊素夜過錢邸論述時事而得識錢氏的。翌年，黃尊素遭魏忠賢閹黨以坐贓之罪拷死。崇禎九年（一六三六），牧齋應黃氏之請，排續尊素生平大略，作〈山東道監察御史太僕寺卿黃公墓誌銘〉一文。在明亡入

〔註60〕馮班：《鈍吟雜錄》，轉引自錢仲聯編《清詩紀事》第三冊（南京：江蘇古籍出版社，一九八七年二月第一版），頁一二五八。

清後，兩人交誼日深。有兩件事可推論他們之間的情誼深厚。其一是黃氏在〈天一閣藏書記〉中，曾記載清順治七年（一六五〇）三月，自己造訪絳雲樓時，錢氏「約余爲書伴侶，閉關三年，余喜過望。」〔註61〕這事在《思舊錄》中，有頗爲生動的記述：

> 絳雲樓藏書，余所欲見者無不有，公約余爲老年讀書伴侶，任我太夫人菽水，無使分心。一夜，余將睡，公提燈至榻前，袖七金贈余曰：「此内人（即柳夫人）意也。」蓋恐余之不來。是年十月，絳雲樓焚，是余之無讀書緣也。〔註62〕

由此可見，錢、黃二人忘年之交的情誼。其二是據《思舊錄》所記，康熙三年（一六六四），錢氏自知臥病不起，見黃氏來訪，即以喪葬事相託，並強行代草三篇文稿，於黃氏行前，更招至枕邊以文集編定一事相託曰：「惟兄知吾意，歿後文字不託他人。」〔註63〕在《南雷詩曆》〈錢宗伯牧齋〉一詩中，黃氏有詩悼錢謙益說：

> 四海宗盟五十年，心期末後與誰傳？憑裀引蜀燒殘話，囑筆完文抵債錢（自注：問疾事，宗伯臨歿，以三文潤筆抵喪葬之費，皆余代草）。紅豆俄飄迷月路，美人欲絕指箏絃（自注：皆身後事）。平生知己誰人是（自注：應三四句）？能不爲公一泫然（自注：應五六句）。〔註64〕

從託身後事來看，可知錢氏對黃宗羲的信任與親厚之情。而黃氏對錢謙益的尊崇，亦在詩中完全表露無遺。如在《思舊錄》中，黃氏亦將錢謙益與王漁洋並列說：「主文章壇坫者五十年，幾與弇州相上下。」〔註65〕在詩與文中，均一再致意，可見對錢氏之心悅誠服。

　　黃氏不以詩名於世，而不一生亦不專意於詩。在〈詩曆題辭〉中，他即自述作詩都是在「不容讀書之處」。而其目的也不過是爲了「以

〔註61〕同註 13 書〈天一閣藏書記〉，頁一一一。

〔註62〕同註 13 書第一冊《思舊錄》錢謙益條（臺北：里仁書局，一九八七年四月二十日出版），頁三七五。

〔註63〕同前註。

〔註64〕同註 13 書第十一冊《南雷詩曆》卷二〈錢宗伯牧齋〉，頁二六一。

〔註65〕同註 62，頁三七四。

銷永漏，以破寂寥」而已。〔註66〕但其詩論，卻頗有個人觀點，對於當時的宗宋詩風，產生過不可小覷的影響力量。從有關他與錢謙益兩人的關係密切來看，其詩學取徑，頗與錢氏接近。但是，若就揭示宗宋的旨趣而言，他則是較錢氏更往前邁進一步。

如錢謙益一樣，黃氏在論詩時，亦主張當以性情優先。有性情，則無處不是詩，人人都可以是詩人。其〈明文案序上〉即說：

> 凡情之至者，其文未有不至者；其文未有不至者也，則天
> 地間街談巷語，邪許呻吟，無一非文；而游女田夫，波臣
> 戍客，無一非文人也。〔註67〕

這段文字簡直是與錢謙益在〈愛琴館評選詩慰序〉中所謂的「朝廟亦詩，房中亦詩」云云，如出一轍。在黃氏來看，只要有性情，任何形式都可以算作是文。這雖是就文而言，但亦可視爲其詩論，因爲他在論詩時，亦是持著相同看法。其〈寒村詩稿序〉即說：

> 詩之爲道，從性情而出。性情之中，海涵地負。古人不能
> 盡其變化，學者無從窺其隅轍。此處受病，則注目抽心，
> 無所絕港。而徒聲響字句之假借，曰此爲風雅正宗，曰此
> 爲一支半解，非愚則妄矣。〔註68〕

性情是爲詩之體，無所不蘊，無窮無盡，而從廣大無所不包的性情中所流出的詩歌，自然亦是無窮無盡，變化不已。這是黃氏以性情爲優先的詩歌創作論。

站在此一觀點上，黃氏自然會對擬注聲調字句者有所批評。在〈景州詩集序〉一文中，他即批評自明朝高廷禮以來的格調主張說：「夫詩以道性情，自高廷禮以來，主張聲調，而人之性情亡矣。」〔註69〕更激進的是，他不只認爲明人不寫性情，甚至認爲當代人根本就無性情可寫。在〈黃孚先詩序〉中，他即強烈批評說：

〔註66〕同註64書卷首〈題辭〉，二〇三。
〔註67〕同註13書〈明文案序上〉，頁一七。
〔註68〕同註13書〈寒村詩稿序〉，頁五三。
〔註69〕同註13書〈景州詩集序〉，頁一四。

今人亦何情之有？情隨事轉，事因世變，乾哭濕啼，總爲
膚受。即其父母兄弟，亦若敗更飛絮，適相遭于江湖之
上。……由此論之，今人之詩，非不出于性情也，以無性
情之可出也。〔註70〕

今人縱使有情感，但這種情感卻僅停留在表面上，隨事而發。事過境
遷之後，隨即杳然無蹤，可謂膚淺至極。所以，在他看來，今人的無
詩，不僅是因爲今人缺乏情感而已，根本問題是今人已無深刻的情感
體驗可言。再加上明、清易鼎的時代因素衝擊下，對於一般士人的通
木不仁或故作姿態，黃氏自然是要發出如此深沉的激憤之詞了。

　　職是之故，黃氏要人論詩，即先從詩的眞僞論起。所謂眞僞的標
準，即不僅性情是自己的，即連詩歌的面目，也要是自己的面目。如
此纔是眞正的眞。否則，即是僞詩。在〈金介山詩序〉中，也即強調：

夫以己之性情，顧使之耳目口鼻皆非我有，徒爲殉物之具，
寧復有詩乎？〔註71〕

可見黃氏不僅要從作者的性情論斷詩歌的眞僞，也要從詩作的形式風
格論斷詩歌的眞僞。其〈詩曆題辭〉便認爲：

是故論詩者，但當辨其眞僞，不當拘以家數。若無王、孟、
李、杜之學，徒借枕籍咀嚼之力以求其似，蓋未有不僞者
也。一友以所作示余，余曰：「杜詩也。」友遜謝不敢當。
余曰：「有杜詩，不知子之不詩者安在？」友茫然自失。此
正僞之謂也。〔註72〕

詩歌最終是要以語言形式示人的，若無作者自己的藝術面貌，僅在形
式上求取近似古人，必然會因喪失自己獨特的風格，而陷入僞詩的行
列之中。因此，他批評當時流行的唐詩，只是假唐詩而已。在〈姜山
啓彭山詩稿序〉中，他就先批評明人的不善學習杜甫，只學得其皮毛
而已：

〔註70〕同註 13 書〈黃孚先詩序〉，頁三〇。
〔註71〕同註 13 書〈金介山詩序〉，頁八七。
〔註72〕同註 66。

> 以少陵爲獨得，卻撥置神理，襲其語言事料而像之，少陵
> 之所謂詩律細者，一變爲粗材。〔註73〕

其次，再從缺乏學問的根柢批評明人的學唐，是「名爲宗唐，實祸何
而郊李，祖李而宗王。然學問稍有原本者，亦莫不厭之。」認爲明人
只是以老杜作爲彼此互相標榜的招牌而已，實無關學杜之事。最後則
出以梗概之氣，以中流砥柱自我稱許說：「吾越自來不爲時風眾勢所
染……越非無詩，無今日之假唐詩也。」〔註74〕由此可見，黃氏胸中
對於詩歌的取徑，其實是自有定見的。

因此，他便進一步質疑終日拘泥家數，主奴唐、宋的人，只是替
他人爭長短而已。其〈范道原詩序〉就說：

> 今人好議論前人，……至於言詩，則主奴唐宋，演之而爲
> 北地、太倉、竟陵、公安。攻北地、太倉者，亦曾有北地、
> 太倉之學問乎？攻竟陵、公安者，亦曾有竟陵、公安之才
> 情乎？拈韻把筆，胸中空無一物，而此數者名目，擾擾盤
> 結，不可但已，究之出其所作，好醜仍是其人本色，未能
> 於數目中有所增加也。……道原主持風雅，但勸世人各做
> 自己詩，切勿替他人爭短爭長，則詩道其昌矣。〔註75〕

不管是好或醜，黃氏認爲只要是自詩家的個人本色，有自己的面目，
自然有其價值存在。否則，議論前人，祇是爲人作嫁，完全無益於自
己的詩歌。在〈天嶽禪師詩集序〉中，他亦說：

> 詩自齊、楚分途以後，學詩者以此爲先河，不能究宋、元諸
> 大家之論，纔曉斷章，爭唐爭宋，特以一時爲輕重高下，未
> 嘗毫髮出於性情，年來遂有鄉愿之詩。然則學者亦惟自驗於
> 人禽，爲詩者亦惟自暢其歌哭，於世無與也。不然，刺辨紛
> 然，時好之燄，不可向邇。此無他，兩者皆以進取聲名爲計，
> 睥睨庸妄貴人於蹄涔盃杓之間，不得不然也。〔註76〕

〔註73〕同註13書〈姜山啓彭山詩稿序〉，頁五七。
〔註74〕同前註，頁五八。
〔註75〕同註13書〈范道原詩序〉，頁六六。
〔註76〕同註13書〈天嶽禪師詩集序〉，頁六四。

在引文中，他依然強調詩歌是要從作者自己的性情之中流出，要自暢個
人胸中的悲喜。若只在尊唐與宗宋的派別之間爭執，祇爲一時詩名的高
下，不過是爲求個人聲名而盤算，所作的詩歌亦只能算是鄉愿之詩罷
了。雖能得意於世俗的應酬之間，卻不可能有個人獨特的藝術面貌出現。

　　值得注意的是，黃氏在前引文中，特舉杜詩爲例，恐另有其一番
用意在。蓋影響他詩學最深的是錢謙益，而錢氏的詩學就如前所言，
即是奉杜甫爲圭臬，一切唯杜甫是宗。但是，黃氏對於牧齋的這樣詩
學取徑，卻是有所批評。在〈靳雄封詩序〉中，他論述明、清百年之
間，學唐詩者凡有三變，即說：

> 百年之中，詩凡三變：有北地、歷下之唐，以聲調爲鼓吹；
> 有公安、竟陵之唐，以淺率幽深爲秘笈；有虞山之唐，以
> 排比爲波瀾。〔註77〕

他不僅認爲錢氏的獨尊排比鋪陳一法，是未見到杜詩的眞正脈絡所
在。而且，若僅凸顯這一特點，其結果又將祇是重蹈明人覆轍而已：

> 雖各有所得，而欲使天下之精神，聚之於一塗，是使詐僞
> 百出，止留其膚受耳。〔註78〕

恐怕又與七子派及公安派一樣，都是以某種特定的形式風格爲天下
倡，使天下詩歌都爲一種形式風可所挾持。像這樣的結果，還是又使
後代詩人爲了屈從形式風格，進而犧牲了作者自己的性情。故在前引
的〈姜山啓彭山詩稿序〉中，黃氏即認爲錢謙益的學唐，仍只是「形
似」而已，和七子派、公安派等人一樣，都是「不善學唐」者：

> 其間公安欲變之以元、白；竟陵欲變之以晚唐；虞山求少
> 陵於排比之際。皆其形式，可謂之不善學唐者矣。〔註79〕

可見黃氏無論是創作詩歌或是評論詩歌，自始至終所堅持的，都是一
切以作者的性情爲準的。有性情，便是好詩，便有藝術價值。反之，
則否。他可說是徹頭徹尾的性情論者，性情可說是其詩學的結構原則。

〔註77〕同註13書〈靳雄封詩序〉，頁五九。

〔註78〕同前註。

〔註79〕同註73，頁五八。

二、宋、元詩的各有優長

至於在黃氏的眼中，所謂善學唐者，在其論著中，亦有說焉。在《南雷詩歷》的〈題辭〉中，他即從作者主體因素的不同，推論詩歌必須有變化的合理性與其必然性，進而批評專宗盛唐的說法：

> 古今志士學人之心思願力，千變萬化，各有至處，不必出
> 于一途。今于上下數千年之中，而必欲一之以唐，于唐數
> 百年之中，而必欲一之以盛唐，盛唐之詩豈不佳？然盛唐
> 之平奇濃淡，亦未嘗歸一，將又何所適從耶？〔註80〕

在黃氏而言，盛唐詩歌本身既已是繁花似錦，未定於一色；若要後人獨以盛唐為宗，則盛唐諸家面目已各自不同，又當如何取捨？何況後代的各個作者才氣萬端，各有所長，亦各有所適，在情勢上，自難定於一尊。因此，他就特別欣賞宋詩。因為宋詩對於唐代諸體，均能有所學習，並未獨尊其中任何一體。其〈姜山啓彭山詩稿序〉即謂：

> 天下皆知宗唐詩，余以為善學唐者唯宋。顧唐詩之體不一，
> 白體、崑體、晚唐體。白體如李文正、王充之，……少陵
> 體則黃雙井專尚之，流而為豫章詩派，乃宋詩之淵藪，號
> 為獨盛。歐、梅得體于太白、昌黎，……晚唐之中，出於
> 自然，不落纖巧凡近者，即王輞川、孟襄陽之體也。雖鹹
> 酸嗜好之不同，要必必游萬仞，瀝液群言，上下於數千年
> 之間，始成其為一家之學，故曰善學唐者唯宋。〔註81〕

顯然，黃氏提倡宋詩的心態，亦是多元而開放的。他並不象錢謙益那樣，衹侷限於少數幾個大家。這也可見他為何對於錢氏獨尊杜甫的鋪陳排比一途，頗有微辭的原因所在。

因此，針對錢氏所批評的江西詩派與永嘉四靈，黃宗羲則就抱持比較寬容的態度予以肯定。其〈錢退山詩文序〉即認為：

> 至於有宋，折衷以汗漫廣莫為唐，永嘉以脰鳴吻呋為
> 唐，……學郊、島者，謂之字面詩，入主出奴，謠詠繁興，

〔註80〕同註66。
〔註81〕同註73。

莫不以爲折衷群言。然良金華玉，並行而不悖。必欲銖兩
以定其價，爲之去取，恐山川之靈氣，割裂于市師之手矣。
〔註82〕

由引文中可見，黃氏所以欣賞宋詩，是因爲宋詩能夠多面向的繼承唐
詩繁複富麗的各種特色，能兼賅唐詩的各種體貌。其〈宅邑馬義雲詩
序〉便舉楊誠齋爲例說：

昔誠齋自序，始學江西，既學後山五字律，既又學半山老
人，晚乃學唐人絕句，後官荊溪，若有所悟，遂謝去前學，
而後渙然自得。〔註83〕

像楊萬里這種遍學諸家，然偉又能自覺的盡棄諸家，有所自得的學詩
行徑，正是黃氏所謂「宋人善學唐」的實例。可謂完全符合他所倡導
的詩歌要性情與面目都是自己的主張。

　　值得注意的是，黃氏甚至進一步將自嚴羽以來，向爲尊唐派所詬
病的宋詩特徵，也都歸納到唐詩的行列之中。在〈張心友詩序〉中，
他即謂：

天假之年，以文字爲詩，以才學爲詩，以議論爲詩，莫非
唐音。〔註84〕

主學重理，本是後代論者用以概括宋詩的主要特徵。嚴羽所謂：「詩
有別材，非關書也；詩有別趣，非關理也」〔註85〕的名言，即針對此
而發的。至於後代論者謂黃氏提倡宋詩，亦往往以此爲持論的依據。
其實，黃氏如此說，是在「唐詩之論亦不能歸一」的前提下，順勢所
得的結論。

　　由此可見，黃氏特別凸顯「以文字爲詩，以才學爲詩，以議論爲
詩」的宋詩特點，並非要在當時以唐詩爲主的審美價值係統之外，另

〔註82〕同註13書〈錢退山詩文序〉，頁六五。
〔註83〕同註13書〈安邑馬義雲詩序〉，頁69。
〔註84〕同註13。
〔註85〕參嚴羽著，郭紹虞校釋：《滄浪詩話校釋》〈詩辨〉（一）（臺北：河
　　　　洛圖書出版社，一九七九年十二月一日再版），頁二三。

外建立一個宋詩傳統與之對抗。且以當時詩壇的氣候而言，根本不足以建立具有宋詩特徵的審美價值系統。雖然，自明代以來，宗唐派的流弊，在清初已盡現無遺。但敵視宋詩的態度，仍未有所稍減。陳子龍在〈皇明詩選序〉中，即說：

> 或謂：詩衰於齊、梁而唐振之；衰於宋、元而明振之。夫齊、梁之衰，霧縠也。唐黼黻之，猶同類也。宋、元之衰，砂礫也。明英瑤之，則異物也。〔註86〕

像陳氏以這樣激切的口氣，直稱宋詩爲「異物」恐怕已不祇是因爲詩學取徑不同使然，而是派別作祟的意氣之爭了。可見對宋詩採取一種非我族類的貶抑情緒，仍籠罩著當時的整個詩壇。故黃氏在前揭文中開頭即說：

> 詩不當以時代而論，宋元各有優長，豈宜溝而出諸於外，若異域然；即唐之時，亦非無蹈常襲故充其膚廓而神理蔑如者：故當辨其眞與僞耳，……此固先民之論，非余臆說，聽者不察，因余之言，遂言宋優于唐，夫宋詩之佳，亦謂其能唐耳，非謂舍唐之外，能自爲宋也，於是縉紳先生間謂余主張宋詩。噫！亦冤矣。

他以「宋詩之佳，亦謂其能唐」爲理由，反駁當時誤解自己提倡宋詩的「縉紳先生」。但重點是宋詩所以有價值的理由，既是在於它「能唐」。然則，「能唐」的具體意涵爲何？便有必要加以追究。故他接著說：

> 唐詩之論不能歸一。宋之長鋪廣引盤摺生語，有若天設，號爲豫章宗派者，皆原於少陵，其時不以爲唐。其所謂唐者，浮聲切響，以單字隻句計巧拙，然後謂之唐詩，故永嘉言「唐詩廢久，近世學者已復稍趨於唐」。滄浪論唐，雖歸宗李、杜，乃其禪喻；謂詩有別材，非關書也，詩有別趣，非關理也，亦是王、孟家數，於李、杜之海涵地負無

〔註86〕陳子龍：《陳子龍文集》卷二十五〈皇明詩選序〉（上海：華東師範大學出版社，一九九八年十一月第一版），頁三五九。

　　與。至有明北地摹擬少陵之鋪寫縱放，以是爲唐，而永嘉
　　之所謂唐者亡矣。是故永嘉之清圓，謂之非唐不可，然必
　　如是而後爲唐，則專固狹陋甚矣。豫章宗派之爲唐，浸淫
　　於少陵，以極盛唐之變，雖有工力深淺之不同，而概以宋
　　詩抹摋之，可乎？

在這一段文字中，他特別以宋代的江西派以及明代的尊唐者爲例，說
明後代對唐詩的認知，均有不同的詮釋方式。換言之，所謂的「唐詩」，
在解釋學上的定義，係完全取決於接受者的接受角度而定。在他看
來，若說明代永嘉的清圓是「唐詩」，甚至以杜甫的鋪寫縱放爲摹擬
對象的北地，也算是「唐詩」。那麼深受杜甫詩歌影響，又極盡盛唐
變化之能事的江西詩派，自然也應該是「唐詩」纔是。

　　這樣的論調，其實即是黃氏向來主張多元而開放的詩學體現。若
再參考他批評錢謙益特別標舉杜甫的鋪陳排比，是不知唐詩的行徑來
看，更可以進一步確定他對所謂宋詩的特徵所以肯定的理由，應該是
他認宋詩的優點，正在於它能遍學諸家，又能自覺的盡棄諸家，有所
自得的緣故。

　　在文末，黃氏曾特別讚美張心友的「好學深思」，亦是因爲後者
的詩學取徑，正與他所期待的完全一致。他認爲張氏能夠「不以解褐
爲究竟，余所論著，矻矻手抄不已，李、杜、王、孟諸家文集，亦觀
余批點以得其指趣。」就詩歌的家數而言，王維、孟浩然二人，本來
就與李白、杜甫的「海涵地負」有別，而張氏能在讀完他的批點之後，
領悟其中旨趣，不正是落實他所力倡的「折衷群言」，「渙然自得」的
詩學主張？

　　錢鍾書在《談藝錄》中曾說黃宗羲實喜歡宋詩，祇是因爲「心中
有激」，卻又因爲「人言可畏，厥詞遂枝」〔註87〕將錢氏的說法與清
初的宗宋聲明一節所論相互對照，的確有跡可循。而且，黃氏在詩歌
創作上，寫詩往往有唐音，至於抒情之作，則每出之以宋調，似乎亦

〔註87〕同註 6 書第四二條補訂一，頁一四四。

透露其中相關的訊息。但若僅從作者的創作心理而論，錢說似乎又嫌不足。蓋正如黃氏自己所言，詩體各有其優長，後世每謂唐詩適於寫景，而宋調則合於抒情。因此，像他這種分別為寫景和抒情的不同題材，尋找適合的詩體來看，正好印證他讚美張心友的觀點，是他個人在批點李、杜、王、孟諸家後，自得其中旨趣的具現。有關這一論點，簡而言之，即是所謂的「分體各師」。是不必拘泥於唐詩，能從其中變化出來，卻又能與之相合的境界。其〈寒村詩稿序〉即說：

> 寒村之詩出，人皆笑之，……以其不似唐也。余以為惟
> 寒村始可以言唐詩矣，似不似之論，所以去之更遠。……
> 上天下地曰宇，古往今來曰宙，自有此宇，不能不宙。
> 今以其性情下徇家數，是以宙減宇也。又障其往來者，
> 而使之索是非於黃塵，是以宙減宙也。今人論詩，大概
> 如是。寒村之性情，瀰汰秋水，表裡霜雪，故其為詩，
> 不必泥唐而自與唐合。有識者自當遇於心理所得，則余
> 言亦贅矣。〔註88〕

依黃氏之義，寒村的詩作所以不拘泥於唐詩，卻又能與唐詩相合，全因作者本人的性情，具有一種「瀰汰秋水，表裡霜雪」的特點之故。黃氏曾謂：「詩之為道，從性情而出。性情之中，海涵地負。」這是他論詩的主要觀點，前面已有論述。需注意的是，他顯然在唐詩與這種由性情流出的真詩之間劃上等號。換言之，唐詩即是性情之詩，即是「風雅正宗」。既然性情像海涵地負般的廣大豐富，然則代表性情之作的唐詩，也就該具有多樣不一的各種藝術面貌。

事實上，在黃氏的論著中，如〈詩歷題辭〉的「盛唐之平奇濃淡，亦未嘗歸一」、〈姜山啓彭山詩稿序〉的「顧唐詩之體不一」以及〈張心友詩序〉的「唐詩之論不能歸一」等，均一再強調唐詩具有多樣面貌的藝術特色。至於他在評論李白與杜甫二人的詩風時，則如〈張心友詩序〉所言的「海涵地負」等，都說明黃氏如此不厭其煩的再三強

〔註88〕同註68。

調唐詩的多樣特徵，原因無他。他所要標舉的，正是一種純粹由性情出發，具有作者個人面貌的詩歌。唐詩所以值得推崇，正因爲有此一特色。

職是之故，與其說黃氏所謂的「善學唐者唯宋」，是當時尊宋者在以唐詩爲主的詩壇上不得不如此考量的策略運用，倒不如說宋詩的善學唐詩，是因宋詩所具有的「折衷群言」特色，正與唐詩的「轉益多師」一樣，都能在遍學諸家後，又能自覺的盡棄諸家，創造出有所自得的多種藝術面貌，纔是他本人所亟欲傳達的詩學主張。否則，他既批評錢謙益的提倡杜甫張排比一途，將使「詐僞百出」，自己豈又能夠重蹈家數的窠臼？

儘管黃氏的強力爲宋詩翻案，其意並不在標舉宋詩；卻也像錢謙益的不廢宋詩一樣，兩人在後來的清詩演變中，都被劃歸爲開啓清代宋調的先聲。尤其是黃氏本人，除了大聲呼籲肯定宋詩的價值之外，更參與吳之振編輯《宋詩鈔》的工作。這部宋詩選集在康熙十年付梓後，隨即由吳氏帶到北京宣傳，終於將已是蠢蠢欲動的宋詩熱潮推向高峰。甚至在後來的二十年間，宋詩已經取代唐詩成爲風行全國的詩體。

第四節　《宋詩鈔》派的宋詩變化於唐說

一、宗唐詩人的紛紛轉向

宋詩熱潮在清初的逐漸加溫，應該是在康熙初年以後的事情。這從當時的主要詩人已紛紛轉而趨向宋調的現象，便可窺見其中消息。清初的宋詩運機在錢謙益與黃宗羲等人欲言又止式的揭櫫之下，在康熙初年時，便已有蠢蠢欲動的跡象。王士禎本人在中年的轉向宋詩，就是最具代表性的例證。

早歲宗唐，中年以後轉而倡宋，晚年復歸于唐的王士禎，在作於康熙三十三年（一六九四）的〈鬲津草堂詩集序〉中，曾描述自己在康熙初年進入詩壇時的情形說：

> 三十年前，予初出，交當世名輩，見夫稱詩者，無一人不
> 爲樂府，樂府必漢〈鐃歌〉，非是者弗屑也。無一人不爲古
> 選，古選必〈十九首〉公讌，非是者弗屑也。〔註89〕

這是康熙三年（一六六四）時，王氏所見的詩壇景象，顯然，推宗漢、
魏的復古詩論，仍在雲間派與西泠派的推波助瀾之下，成爲詩壇的一
股風氣。但接著他說：

> 二十年來，海內賢知之流，矯枉過正，或乃欲祖宋而祧唐，
> 至於漢、魏樂府古選之遺音，蕩然無復存者，江河日下，
> 滔滔不返。有識者懼焉。

將「三十年前」與「二十年來」二語對照，可知王氏所說詩壇祖宋祧
唐至於矯枉過正的時間，應該是在康熙一、二十年的期間。若再與吳
之振於康熙十年攜帶甫編就的《宋詩鈔》入京宣傳來看，此後的十年
期間，正是宋詩熱潮如日中天般蒸騰全國之際。

　　當然，王氏是在晚年復歸於唐詩時，纔寫就此序的。故對此前所
流行過的宋詩熱潮頗不以爲然。但在康熙二年（一六六三）時，他曾
寫下〈戲仿元遺山論詩絕句三十二首〉。在第十六首中，對於遭致復
古派不屑的宋、元詩人，王氏便作出肯定的評價說：

> 《鐵崖樂府》氣淋漓，淵穎歌行格盡奇。耳食紛紛說開、
> 寶，幾人眼見宋、元詩？〔註90〕

又田雯《古歡堂詩話》亦說：

> 客有問較門者曰：「詩學宋人何也？」答曰：「子幾曾見宋
> 人詩，只見『雲淡風輕』一首耳。」〔註91〕

〔註89〕王士禎：《帶經堂集》卷六十五〈鬲津草堂詩集序〉，轉引自《中國
　　　　歷代文論選》下冊（臺北：木鐸出版社，一九八一年四月再版），頁
　　　　五七。
〔註90〕王士禎：〈戲仿元遺山論詩絕句三十二首〉，錄自吳世常編《論詩絕
　　　　句二十種輯注》（西安：陝西人民出版社，一九八四年十一月第一
　　　　版），頁一七二。
〔註91〕田雯：《古歡堂詩話》，收在註28郭紹虞所編書，頁七二〇。

在這則詩話中，田氏更明白點出王漁洋對於當時膚附唐人者了無生氣
的不滿。由此均可見王氏論詩其實是不廢宋、元的。雖然，施閏章在
〈漁洋山人續集序〉中，曾對將王氏此時的詩徑歸諸宋人一說表達不
滿：

> 客或有謂其祧唐而祖宋者，予曰不然。阮亭蓋疾夫膚附唐
> 人者了無生氣，故間有取於子瞻。而其所爲蜀道諸詩，非
> 宋調也。……學三唐而能自豎立者，始可讀宋元。〔註92〕

施氏是主唐者，故自認有代替王氏辨明所謂「祧唐祖宋」一事的必要
性。然而，既說王氏所以如此，乃爲救濟學唐者的膚廓使然，則宋、
元之詩在此時已得到尊唐派主要詩人的正面回應，顯然已是不爭之
事。其實，在康熙四年（一六六五）時，王氏於揚州曾有《詠史小樂
府》之作。據孫枝蔚〈王阮亭詠史小樂府序〉所記：

> 吾讀詠史之作，又深喜其可以勸學焉。阮亭公詩發源漢、
> 魏，傍及宋、元。今自云效鐵崖，乃似欲過于鐵崖。〔註93〕

王氏自謂此一詠史組詩之撰作，係仿效楊維楨的詩體而成。可見漁洋
山人在此時的詩歌創作，兼採宋、元的情況是越來越明顯了。

　　至於康熙六年（一六六七）時，王氏從揚州回到北京，任禮部主
客司主事。此時他已躍西詩壇的主導地位，從此便活躍于北京的詩
壇。俞兆晟在〈漁洋詩話序〉中，記載王氏回憶自己的詩學歷程時說：

> 中歲越三唐而事兩宋，良由物情厭故，筆意喜生，耳目爲
> 之頓新，心思於焉避熟。明知長慶以後，已有濫觴；而醇
> 熙以前，俱奉爲正的。當其燕市逢人，征途揖克，爭相提
> 倡，遠近翕然宗之。〔註94〕

在這段文字中，王氏明言所以有取於宋詩，是因喜新厭舊的審美原則
使然。這正可以和施閏章的「疾夫膚附唐人者了無生氣」一語互相印

〔註92〕同註33書第四冊〈漁洋山人續集序〉，頁一四二。
〔註93〕孫枝蔚：《溉堂集》下冊〈王阮亭詠史小樂府序〉（上海：上海古籍
　　　　出版社，一九七九年十二月第一版），頁一〇三九。
〔註94〕俞兆晟：〈漁洋詩話序〉，同註37書，頁一六三。

證。至於所謂「燕市逢人」，即指在北京提倡宋詩而言。從「遠近翕然宗之」推論，恐怕一股宋詩熱潮亟欲席捲當時的北京詩壇，已是到了不可遏抑的地步。

到康熙八年（一六六九）時，王氏在北京〈冬日讀唐宋金元諸家詩，偶有所感，各題一絕于卷后，凡七首〉。在這七首詩中，他讚美蘇軾的詩歌是「淋漓大筆」；論及黃庭堅時，則說「瓣香只下涪翁拜」；剛陸游「狂來醉墨染弓衣」的元氣醞飽，使他心嚮往之。至於元好問與虞集二人，王氏謂前者是「畫欄桂樹古今愁」，而後者，則以「漢廷老吏」稱揚其招隱之作。〔註95〕無不正面肯定蘇軾、黃庭堅、陸游、元好問與虞集等人的詩作。

舉凡一種文學變革的發生影響作用，乃至成為無法阻擋的巨大風潮，均可從當時的主要作者身上，是否已經出現轉向的癥兆，見出端倪。綜觀上述，王士禛見到無一人不為樂府與古詩的詩壇景象，進而在北京逢人時，所見均是爭相提倡宋詩的情形，再到他自己的大力讚揚蘇軾與黃庭堅等人。這一條頗為清楚的演變脈絡，讓我們看見清初的宋詩熱潮，是如何從星星之火轉而成為可以燎原的變化過程。

事實上，不僅王氏本人無法抵擋這個逐漸迎面而至的宋詩風潮，在當時的其他著名詩人，也紛紛在這股風潮的挾持之下，改變了自己的詩徑。如在康熙九年（一六七〇）時，汪懋麟進入北京後，其詩作即受到逐漸在京師成形的宗宋風氣影響，而徘徊在韓愈、白居易、蘇軾與陸游等人之間。在《百尺梧桐閣詩集》的〈凡例〉中，他就說：

> 庚戌官京師，旅居多暇，漸就頹唐，涉筆于昌黎、香山、東坡、放翁之間。原非邀譽，聊以自娛。詎意重忤時好，群肆譏評。〔註96〕

〔註95〕所引諸詩句參王士禛著，惠棟、金榮注：《漁洋精華錄集注》（濟南：齊魯書社，一九九二年一月第一版），頁四八八～四九三。
〔註96〕汪懋麟：《百尺梧桐閣詩集》〈凡例〉，收在《近代中國史料叢刊》第三編第四六輯（臺北：文海出版社，一九八八年十月出版），頁二。

由汪氏這一段話可知，當時北京的詩風，應是尊唐與宗宋的傾向都
有。但從所謂的「頹唐」一詞與「群肆譏評」的情形來看，尊唐者在
當時的詩壇勢力，仍較居上風。

至於到了康熙十年（一六七一），對宗宋的詩風而言，則是一個
關鍵的年份。從康熙二年著手編輯的《宋詩鈔》，終於在是年刊刻完
成。吳之振隨即攜帶大量的《宋詩鈔》入京贈人。同一年，其他主張
宋詩者，如葉方藹、孫枝蔚也都入京。到康熙十一、二年間，宋犖屢
次入京的結果，便是其詩學傾向因為京師宗宋之風的盛行而起了變
化。在《漫堂說詩》中，宋氏自述其詩學的歷程時，即謂：

> 康熙壬子、癸丑間屢入長安，與海內名宿尊酒細論，闖入
> 宋人吟域。〔註97〕

壬子、癸丑年是康熙十一、二年間（一六七二、一六七三），也是《宋
詩鈔》問世的第二、三年。由此可見，此時北京詩壇的宗宋風氣，似
乎已有風行草偃的影響力量。宋氏在同書中並說：

> 明自嘉、隆以後，稱詩家皆諱言宋，至舉以相訾謷，故宋
> 人詩集，庋閣不行。近二十年來，乃專尚宋詩。至余友吳
> 夢犖《宋詩鈔》出，幾於家有其書矣。〔註98〕

《漫堂說詩》一書定稿于康熙三十七年（一六九八），前溯宋犖所謂
「近二十年，乃專尚宋詩」諸語，則至遲到康熙十八年，北京詩壇的
宗宋風氣已經擴展至全國。納蘭性德在〈原詩〉中，對於由北京迅速
延燒至全國的宋詩熱潮，就曾具體描述說：

> 十年前之詩人，皆唐之詩人也，必嗤點夫宋。近年來之詩
> 人，皆宋之詩人也，必嗤點夫唐。萬戶同聲，千車一轍。
>
> 〔註99〕

〔註97〕宋犖：《漫堂說詩》第一三條，收在註12丁福保所編書，頁四二○。
〔註98〕同前註第二條，頁四一六。
〔註99〕納蘭性德：《通志堂集》卷十四〈原詩〉（上海：上海古籍出版社，
　　　　一九七九年出版）。

納蘭氏是宗唐者，從「萬戶同聲，千車一轍」八字是可嗅到些許的敵意。但由此反而可加說明當時宗宋勢力的如日中天，甚至似乎已有些弊端產生。朱彝尊在〈葉李二使君合刻詩集序〉中，對於當時詩壇作者紛紛轉趨宋調，以致粗鄙硬直的流弊叢生，就說：

> 今言詩者，每厭棄唐音，轉入宋人之流派。高者師法蘇、黃，下乃效及楊廷秀之體。叫囂以爲奇，俚鄙以爲正，譬之於樂，其變而不成方者與？〔註100〕

雖然朱氏本意乃在斥責當時宗宋詩風所形成的流弊，但也正好反襯出當時詩壇宗宋風尚的不可攖其鋒。

二、宋詩乃出其所自得

所謂「《宋詩鈔》派」，主要是從傳播的角度加以界定。《宋詩鈔》一書是從康熙二年（一六六三）開始編撰，至康熙十年（一六七一）正式出版。同年並由吳之振大量攜帶入京分贈友好，以致造成宋犖所謂「幾于家有其書」的轟動熱潮，而且還因此延燒全國二十年，仍未見冷卻。由此情形來看，吳之振等人的標舉宋詩，正是以傳播者的角色，藉由此書的刊行，期待宋詩本身所象徵的符號意義，能借由人際傳播的過程中，對當時的受傳者無論在詩歌創作或評論的行爲選擇上，產生一定程度的影響，進而逐漸形成一種彼此約定的社會規則。

《宋詩鈔》一書的編選，以至刊行，除了吳之振、吳自牧叔姪和呂留良之外，黃宗羲亦曾於康熙二年四月起，前後三年館于呂留良的水生草堂中，參與蒐討勘訂的工作。到康熙十年的冬天，吳之振至北京，將此書分贈友人。從刻於《黃葉村莊詩集》卷首的贈行詩來看，送吳之振從京返鄉的贈詩作者，計有二十八人。如徐乾學、王士祿、王士禎、陳祚明、陳維岳、田雯與陸元輔等當時在京頗有影響力的人物，皆列名其中。而從這些人的贈行詩中，亦可見到當時尊宋的風潮，

〔註100〕 朱彝尊：《曝書亭集》卷三十八〈葉李二使君合刻詩集序〉（臺北：世界書局，一九八九年四月再版），頁四六七。

已隱然形成一股文學運動的趨勢。如王崇簡的「卓識開千古，從今宋有詩」、姜希轍的「刪詩初定宋，作賦久推楊」、陳祚明的「丹黃十載心目勞，南北兩宋撰集就。名家大篇各林立，鏤板傳人百世壽」、黃瓚的「刪詩存有宋，高論欲爲宗」、衛既齊的「宋詩百餘卷，大雅賴不墜」、高珩的「莫云刪后便詩亡，百代詞人各擅場」、嚴沆的「刪詩存兩宋，開卷有餘情。莫嫌身衣褐，紙貴洛陽城」以及田雯的「風雅扶元、宋」等都是。〔註101〕其中王崇簡與陳祚明二人是尊唐者，而主宋的部分，則以田雯的態度最爲積極熱烈，一連寫了五首贈行詩，可見此書在當時所造成的轟動。

　　事實上，此書刊行之前，詩壇曾因自明代數百年來尊唐黜宋的影響，每苦於集難求。宋犖在前引中即說：「明自嘉、隆以後，稱詩家皆諱言宋，至舉以相訾謷，故宋人詩集，庋閣不行。」當時，除一些宋人選宋詩的集子外，清代以前的宋詩選本，只有李蓘所編《宋藝圃》與曹仝學所編《石倉歷代詩選》兩種。但從選錄的標準來看，正如吳之振在〈宋詩鈔〉中所言，以上兩種選本都未給序詩應有的獨立價值：

> 自嘉隆以還，言詩家尊唐而黜宋，宋人集覆瓿糊壁，棄之
> 若不克盡，故今日蒐購最難得。……萬曆間李蓘選宋詩，
> 取其遠離于宋而近附乎唐者；曹學佺亦云：「選始萊公，以
> 其近唐調也」，以此義選宋詩，其所謂唐，終不可近也，而
> 宋人之詩則亡矣。〔註102〕

在吳氏來看，像李、曹二人這種選詩的標準，等於視宋詩爲唐詩的附庸。故他在《宋詩鈔》中亟欲揭露的選錄標準，便是要將宋詩視爲一獨立的詩體看待。職是之故，吳氏特別強調宋詩雖變化於唐，卻是個「皮毛落盡，精神獨存」的獨立詩體：

> 黜宋者曰腐，此未見宋詩也。宋人之詩，變化於唐，而出

〔註101〕諸引用詩句均見吳之振：《黃葉村莊詩集》卷首（臺北：臺灣大學圖書館藏，清康熙年間刻本）。

〔註102〕吳之振：《宋詩鈔初集》卷首（北京：中華書局，一九八六年十二月第一版），頁三。

> 其所自得，皮毛落盡，精神獨存。……故今之黜宋者，皆
> 未見宋詩者也。〔註103〕

從王漁洋的「幾人曾見宋、元詩」到吳氏的「皆未見宋詩」，都可看
出當時對宋詩的缺乏認識，是因無宋人詩集可看使然。但即使能見
者，就像李、曹二人一樣，卻仍因尊唐的意識長期在胸中作梗，還是
無法給予宋詩獨立的藝術空間：

> 雖見之而不能辨其源流，則見與不見等。此病不在黜宋，
> 而在尊唐。蓋所尊者，嘉、隆後之所謂唐，而非唐、宋人
> 之唐也。唐非其唐，宋非其宋，以爲腐也固宜。〔註104〕

就像黃宗羲一樣，吳氏強調當時對唐詩與宋詩的認識，都是誤讀的結
果，根本對它們的眞正面目一無所知，自然會造成流弊叢生。顯然，
吳氏的用意，亟欲對宋詩建立起在解釋學上的新義。他說：

> 宋之去唐也近，而宋人之用力于唐也尤精以專，今欲以鹵
> 莽剽竊之說，凌古人而上之，是猶逐父而禰其祖，固不直
> 宋人之軒渠，亦唐之所吐而不饗非類也。……然則詩之不
> 腐，未有如宋者矣。今之尊唐者，目未及唐詩之全，守嘉、
> 隆間固陋之本，皆宋人已陳之芻狗，踐其首脊，蘇而爨之
> 久矣。顧復取而籩衍文繡之，陳陳相因，千喙一唱，乃所
> 謂腐也。……嘉、隆之謂唐，唐之臭腐也。宋人化之，斯
> 神奇矣。唐、宋人之，唐、宋之神奇也。嘉、隆後人化之，
> 斯臭腐矣。〔註105〕

他在文中強調詩壇未能正視宋詩的審美價值，是以明人之唐衡量宋
詩，而不是以唐、宋之唐衡量宋詩。他推崇宋人的學習唐詩，不僅
能見到後者的精華部分，而且專心一意的從其中變化而出。這就從詩
歌源流的考辨，否定明人尊唐的正確性。這種思考邏輯仍與黃宗羲一
樣，所不同的是，吳氏更將黃宗羲的「能唐」再往前推進一步，認爲
宋人的學唐，不僅用力專精，而且已達到不腐能化的神奇境界。可見

〔註103〕 同上註。
〔註104〕 同上註。
〔註105〕 同上註。

他與呂留良等人編選《宋詩鈔》的目的，正是要將宋詩完全從唐詩的附庸地位中獨立出來，讓世人正視宋詩所以爲宋詩的眞正面目：

> 余與晚村、自牧所選蓋反是，盡宋人之長，使各極其致，故門戶甚薄，不以一說蔽古人。非尊宋於唐也，欲天下黜宋者得見宋之爲宋如此。〔註106〕

吳氏在序末宣示要將宋人的所有優點，全面發揮到極致，不立門戶，亦不以一家之說，掩蔽前人的觀點。像他這樣的論調，既承繼錢謙益與黃宗羲等人不標舉宗派的主張，對於宋詩的宣揚，更完全拋開「尊宋於唐」的萎瑣心態，亟欲全力揭示宋詩的正當性與獨立性，此又超越了錢、黃二人的拘限。對於宋詩運動的推展，到此應該可以說已經完全拋開唐詩的陰影，走出屬於宋詩的一片天地。從這個角度來看，這篇序文應該被視爲清代宋詩運動自立門戶的獨立宣言。

　　由於吳氏是抱持著如此強烈宣傳宋詩的意識入京，再加上《宋詩鈔》一書的風行，當時有關宋詩的蒐集與整理，便也在這種氣氛之下，跟著蔚爲一股風潮。如黃虞稷刻有《南宋詩小集二十八家》，其後又與周亮工之子周在浚編有《徵刻唐宋秘本書目》。而朱彝尊亦有宋人小集四十餘種，其後朱氏又與紀映鐘、魏禧等發表《徵刻唐宋秘本書啓》。從順治到康熙年間，可見的宋詩選本已有很多，如吳綺的《宋金元詩永》，陳焯的《宋元詩會》、周之麟、柴升的《宋四名家詩》、顧貞觀的《宋詩刪》、徐乾學的《傳是樓宋人小集》等，正如雨後春筍般爭相刊行。直到康熙以帝王之尊選編《宋金元明詩選》一書面市，至此有關宋詩的推廣、幾已成爲民間與朝廷共同攜手的文學運動了。

　　當然，吳民入京的目的，不僅是在傳布《宋詩鈔》一書而已，更在宣揚他宗宋的詩學主張。這可從他與詩友間的相互酬唱之作，見出端倪。如在康熙十一年（一六七二）時，趁他歸往石門時，汪懋麟在《百尺梧桐閣詩集》卷十中，即載有〈送孟舉歸石門用昌黎東都遇春韻〉一詩相贈曰：「論詩喜宋人，豈獨唐爲盛。吐詞洵驚眾，俗耳不

〔註106〕　同上註。

敢聽。」〔註 107〕又如與陳廷敬論詩時，吳氏在《黃葉村莊詩集》卷二即有〈過陳說岩學士所酒對酌〉一詩，記載當時的情景說：「把酒此間誰可共？論詩今日幾成家」〔註 108〕等句。至於在七古之作中的〈送友人南歸〉〔註 109〕，則歷數平生交游，更有詩壇點將錄之概。由此，均可想見時值少壯之年的他，值入京之際，因為《宋詩鈔》一書所造成的轟動，復又遍交當時詩壇名人，在指點評說之際，所自然流露出來的意氣風發之概。由此，若推論吳氏這次入京宣傳宋詩的舉動，較錢謙益與黃宗羲等人更為成功，當不為過。

　　事實上，吳氏的早年之作，亦非宋體。陳融在《顒園詩話》中，既曾針對其詩學轉折說：

　　　自牧少與夢舉同學，俱效伯敬隱秀軒體。年十六七始交呂
　　　晚村，又共摹初盛唐，後乃變入蘇、黃之室。〔註 110〕

可見吳氏是在與呂留良結識之後，兩人於舉槃論詩之際，乃逐漸轉入宋調的。有關這段歷程的轉折，從呂氏與葉燮二人先後為《黃葉村莊詩集》所寫的序文中，便可見出究竟。呂留氏的序文，係為吳氏早期之作《尋暢樓詩稿》而發，自與定稿後的《黃葉村莊詩集》的詩風有所不侔：

　　　夢舉之詩，神骨清逸而有光豔，著語驚人，讀者每目潤而
　　　心蕩，如觀閻立本、李伯時畫，天神仙官，旌導劍佩，驂
　　　駕之飾，震慴為非世有。〔註 111〕

所謂「神骨清逸而有光豔」對，實適用於晚唐詩風。可見呂氏尚及見吳氏早年未被刪去之作，故這段評論，自然與現存的詩作風貌有些出入。而葉序則作於《黃葉村莊詩集》編定之時，故與現存的詩風相合：

〔註 107〕　同註 96 書卷十〈送孟舉歸石門用昌黎東都遇春韻〉。
〔註 108〕　同註 101 書卷二〈過陳說岩學士所酒對酌〉。
〔註 109〕　同註 101 書卷四〈送友人南歸〉。
〔註 110〕　陳融：《顒園詩話》，轉引自註 60 錢仲聯所編書，頁三七九二。
〔註 111〕　同註 32 書〈尋暢樓詩稿序〉，頁三四三。

> 孟舉之詩，新而不傷，奇而不頗。敘述類史遷之文，言
> 情類宋玉之賦。五古似梅聖俞，出入于黃山谷；七律似
> 蘇子瞻，七絕似元遺山。語必刻削，調必鑿空。此其概
> 也。不知者謂爲似宋，夢舉不辭；知者謂爲不獨似宋，
> 夢舉亦甚愜。蓋夢舉之能因而善變，豈世之蹈襲膚浮者
> 比哉！〔註112〕

在葉燮而言，吳氏的詩作優點，正在於「轉益多師」上面，能將黃庭
堅與蘇軾等兩大宋詩的家數融於一爐之中。既有新與奇之得，又無粗
悍偏頗之失。這種作詩的取徑，雖與前述黃宗羲「分體各師」一樣。
但需分別清楚的是，葉氏評論吳詩時的審美標準，已全部放在似宋與
不似宋的焦點上，不像黃宗羲仍在「能唐」的框架中徘徊不已。葉燮
本人在《原詩》中，曾極力反對分唐界宋，對專好宋詩者且亦有所諷
勸，但這應是針對明代偏舉唐詩時的流弊所必然採取的態度。而且如
前面論及葉燮的正變觀時所述，他的標舉杜甫、韓愈與蘇軾三人，可
說是爲清代詩學在解釋上建立了三大支柱與典範。若再觀察他在《己
畦詩集》中的詩作，手法與格調可謂純出宋詩，瘦勁之風甚且超過吳
氏。而由吳集中可知，兩人不僅交往數十年，且唱和之作甚多，同一
韻腳往往至於四疊五疊，則清初的宋詩運動中，葉燮亦可謂是推波助
瀾者之一。

　　吳氏在《黃葉村莊詩集》中的論詩詩，其實頗多。如〈次韻答梅
里李武曾〉，即強烈傳達尊崇宋詩之意：

> 王李鍾譚聚訟場，牛神蛇鬼總銷亡。風驅雲障開晴昊，土
> 蝕苔花露劍芒。爭詡三唐能嚌胾，敢言兩宋得升堂。眼中
> 河朔好身手，百戰誰來撼大黃。〔註113〕

由此詩可知吳氏對宋詩的態度是大纛高舉，儼然有一夫當關之勢。而
對尊唐黜宋者，則是加以揶揄兼抨擊，完全不像黃宗羲那樣的迂迴顧
忌。又如〈陸鶴亭赴孝豐廣文任次韻贈之〉中的「力屏西泠刪俗派，

〔註112〕　葉燮：《己畦集》卷八〈黃葉村莊詩集序〉。
〔註113〕　同註101書卷四〈次韻答梅里李武曾〉。

功摩北宋張吾軍」〔註114〕之句，則直以宋家軍自許，以對抗當時尊唐的西泠詩派。再者，如〈次韻答昆山王甫瞻〉其二：

> 漫道無涯卻有涯，爲招朗月寫襟懷。著書只合求吾好，鼓瑟何緣與俗諧。孰向橫流成砥柱，即論跬步有梯階。滄浪持律分諸體，也及誠齋與簡齋。〔註115〕

詩末自注：「甫瞻詩學尊唐貶宋，故末句戲及之。」單從這幾句自注中，即可見吳氏鮮明的尊宋態度。而詩中的「只合求吾好」與「砥柱」諸語，則可見他誓作中流砥柱，甘冒逆俗之大忌而不諱的決心。至於有關嚴羽論詩的力詆蘇、黃二人，後世論者每視爲歷代攻伐宋詩之始。而吳氏於此，則以子之矛攻子之盾的辯論方式，直謂嚴羽個人雖極力抨擊宋詩，但其詩亦兼採楊萬里與陳後山之風，翻案之筆可謂堅實。

其他如〈次韻答毘陵楊古度〉：

> 兩宋詩篇古墨香，刪除幾滌俗人腸。

後注：「與尊公並有宋詩之選。」又如〈陸鶴亭赴孝豐廣文任次韻贈之〉其四曰：

> 力屏西泠刪俗派，功摹北宋張吾軍。〔註116〕

則直以尊唐黜宋者爲俗子，將恢復宋詩的歷史地位視爲己任。而從〈送林石來舍人敕封琉球〉其二的詩句：

> 漁洋學士論詩格，箭括車箱未易通。〔註117〕

更可見吳氏面對當時儼然已是詩壇領袖的王漁洋，自己亦不稍假借的姿態。至於〈疊昌黎韻答借山上人〉所言：

> 近代盛詩家，瀾翻各機軸。……學語辨唐宋，踞坐稱老宿。鈍根守舊蹊，巧徑夸捷足。搴旗氣蹴張，當敵勢瑟縮。〔註118〕

〔註114〕同註101書卷六〈陸鶴亭赴孝豐廣文任次韻贈之〉。
〔註115〕同註101書卷七〈次韻答昆山王甫瞻〉。
〔註116〕同註101書卷七〈次韻答毘陵楊古度〉。
〔註117〕同註101書卷四〈送林石來舍人敕封琉球〉。
〔註118〕同註101書卷七〈疊昌黎韻答借山上人〉。

則亦如黃宗羲一樣，吳氏對於分唐界宋亦持反對的態度。但這是在當時環境之下，面對明代獨標舉唐詩時的流弊所必然採取的反應。但在尊唐者眼中，吳氏的這種行徑，已無異是爲宋詩張目。即使如此，他在詩中提倡宋詩的果決與自信，則更勝黃宗羲與葉燮諸人。

　　對於宋詩派中最有爭議的江西詩派，吳之振亦於詩中直言願作「江西社里人」的定見，一點也沒有閃躲迴避之意。如〈次韻答榭浮病中見簡二首〉其二：「玉堂戲寫清臞句，便作江西社里人。」又〈次韻酬嘉善魏禹平〉：「招攜同入江西社，俗眼何曾別愛憎」及〈次韻答錢唐馮文學〉：「能描摩詰詩中畫，肯作江西社里人」等均是。〔註119〕不唯如此，吳氏亦時以江西詩法相倡。如〈論詩偶成十二首〉其六即謂：「一寸風波一寸天，瀾翻雙槳渡晴川。若于熟處尋生處，詩思何妨上水船。」又如〈次韻答汪璞霞舍人〉中的「行卷羨君參活句，華顚笑我作陳人」等句中的「尋生處」與「參活句」諸語，都是最能代表江西詩派的典型詩法的。〔註120〕

　　由於《宋詩鈔》一書的廣爲流傳，吳氏在詩壇上的影響力量，即使在他由京返鄉後，仍然持續擴散中。當時亟思與之結交，進而品評月旦詩歌的，仍是大有人在。像吳氏這種頗爲廣闊的交游酬唱，對方興未艾的宋詩運動，當然有其積極正面的助益。從他詩集中頗多次韻之作，便可知他不僅與浙東詩人如黃宗炎等人彼此唱酬之外，同時又與浙西詩人如查愼行等人的接觸，亦相當頻繁。在〈次韻答鹽官查夏重〉中，吳氏便有詩句云：

　　　論詩別藥吾無論，其奈難留十日何。〔註121〕

可見查氏曾就詩法的問題請教過他。查愼行是後來浙派的領袖詩人之一，從兩人這段酬唱的因緣來看，吳氏對浙派的結合與清代宋詩運動

〔註119〕　同註101書卷三〈次韻答榭浮病中見簡二首〉其二。另卷六〈次韻酬嘉善魏禹平〉。
〔註120〕　同註101書卷八〈論詩偶成十二首〉其六。另卷八〈次韻答汪璞霞舍人〉。
〔註121〕　同註101書卷三〈次韻答鹽官查夏重〉。

的推展，都是主要的關鍵人物。

再者，《宋詩鈔》一書所以能夠廣爲流傳，吳氏本人的戮力宣揚，當然居功厥偉。然而，若就此書在編寫過程中的貢獻而言，則當以呂留良的出力最多。從詩選選刻伊始的擘劃組織者，到編選過程的東道主，幾乎都是以呂氏一人爲主。吳氏在《宋詩鈔》的〈凡例〉中，即曾描述諸人一起生活於水生草堂時的情形說：

> 癸卯之夏，余叔任與晚村讀書水生草堂，此選刻之始也。
> 時甬東高旦中過晚村，姚江黃太沖亦因旦中來會，聯床分
> 檠，蒐討勘訂，諸公之功居多焉。數年以來，太沖聚徒越
> 中，旦中修文天上，晚村雖相晨夕，而林壑之志深，著書
> 之興淺。余兩人補掇校讎，勉完殘稿，思前后意志之不同，
> 書成展卷，不禁慨然。〔註122〕

吳氏追憶當時選刻的地點爲水生草堂，此堂位置即在呂留良的家園中。由此可知，康熙二年至五年之間，吳、呂、黃諸人一直留在呂氏的家中編書。直至康熙五年時，黃宗羲辭去呂家館事，而呂亦在同年棄諸生籍，專意于程朱之學。〈凡例〉所謂「前后意志之不同」，即指此二事而言。故《宋詩鈔》一書最後終能完成，雖確出於吳氏之手；然亦因其中有此段轉折，纔會令他每念及此，便「不禁慨然」。

值得一提的是，呂留良雖因個人前後志意的不一而退出編書的團隊。但據錢鍾書在《談藝錄》中考得《呂用晦緒集》可知，在《宋詩鈔》一書中的小傳，凡八十三篇，出於呂留良之手者，計有八十二篇。如王安石、蘇軾、黃庭堅、陳後山、陳與義與楊萬里等大家，都在呂氏的品定之列。〔註123〕由此可見呂氏對宋集用力之勤。而且如前引陳融所言，吳之振的詩學轉向，主要亦受呂氏的啓發與影響。

因此，呂氏在集中每每表現出提倡宋詩的意向。如〈次韻答太沖見寄〉：

〔註122〕 同註102書卷首〈凡例〉，頁六。
〔註123〕 同註6書第四二條補訂一，頁一四四。

　　乾坤定向人材轉，文字豈隨年代卑。誰向高峰深海過，天
　　風不斷紫濤吹。〔註124〕

像這種強調變化的詩觀，自然會讓呂氏不甘臣服於尊唐的牢籠之中。
而在〈寄晦木次太沖韻〉一詩中，他則說：

　　閒抄宋律還時派，自刻方書惱俗醫。〔註125〕

詩中將「時」與「俗」對舉，復又「抄宋律」、「刻方書」，則呂氏的
提倡宋詩之意，不言可喻。而在〈子度歸自晟舍以新詩見示〉的長詩
中，對於明代前、後七子、竟陵派、雲間派與西泠十子的主張，均不
假辭色，極盡撻伐之能事：

　　……依口學舌李與何，印板死法苦不多；濫觴聲調稱盛唐，
　　詞場從此訛傳訛。七子叢興富著作，沙飯塵羹直剽掠；攀
　　龍無忌恣欺狂，世貞拉雜儀自博。景陵兩儈矯俗弊，不學
　　無術惡其鑿。至今流毒各縱橫，狺吽齟齬聚族爭。雲間未
　　已西陵起，一吠百和迷形聲。古來朽骨不能言，夜台魂嘯
　　天乎冤。音亡談歇長安矣，千秋萬世那可論。〔註126〕

既稱前、後七子之作，不過是依口學舌的印板死法而已，又以「兩儈」
稱呼鍾、譚二人，並將明亡之責，歸疚於詩派的紛爭之上，評論儘管
粗疏，卻正襯顯呂氏對明代以下訛稱盛唐之風的厭惡態度。因此，他
往往以擺脫以上諸派的影響與朋友互勉，而特標舉夔州以後的杜甫以
及蘇軾與陸游的爛漫詩風互勉，強調諸人詩作完全符合詩歌源流：

　　吾有老友容庵氏，古今詩格何所比。漢魏六朝唐宋元，偶
　　然落筆某某似。昔年從子從君游，學詩學杜學夔州。爛漫
　　東坡與放翁，指端歷歷有源流。因嘆容庵眞博雅，腹中多
　　書手瀟灑。我輩時人那得知，外間藉藉何爲者。

當然，呂氏對清初宋詩運動的最大貢獻，是在於將個人對傳統的故國
之思與華夷之辨的情感聲明寄寓在宋詩中，此於前已有論及，茲不贅
述。

〔註124〕同註29書〈次韻答太冲見寄〉，頁五三。
〔註125〕同註29書〈寄晦木次太沖韻〉，頁六八。
〔註126〕同註29書〈子度歸自晟舍以新詩見示〉，頁四二。

　　從前述可知，在《宋詩鈔》派極力推動下，宗宋詩風儼然成爲當時詩壇的主流，卻也因此招來諸多的批判與反省，其中甚至不乏曾經闌入宋調的健將。此一現象，一方面當然襯顯出宋調已是當時詩壇的主流趨勢，一方面則預示宋詩運動至此一階段，亦因流弊已現，而有修正的必要。

　　如朱彝在前引〈葉李二使君合刻詩序〉中，即針對當時宋詩運動的矯枉過正，提出批判。文中所謂「轉入宋人之流派」一語，自然是宣告清初以來的宋詩運動，至此時的影響力量顯然已經超越尊唐派者。但是，「叫囂以爲奇，俚鄙以爲正」的麤直流弊，亦已經在詩壇到處流竄。在他來看，這是「變而不成方」的結果。〔註127〕故在〈王學士西征草序〉中，朱氏仍然主張唐詩纔是「正」，宋詩「不過學唐人而變之爾，非能軼出唐人之上」。學詩應該以唐人的「正」爲根本始是。所謂：「學詩者當以唐人爲徑，比遵道而得周行者也。」〔註128〕而在〈橡村詩序〉中，朱氏即以唐詩爲標準，一一列舉宋詩的不足之處。他批評黃魯直的詩往往太過生硬，陸務觀則過於繁縟，至於范致能的氣勢偏弱，九僧與四靈等人又太過拘執，格局往往逼仄，而楊廷秀與鄭德源二人太趨於俚俗，劉潛夫、方巨山、萬里等人因筆意太盡，以致詩作了無餘意。〔註129〕對於當時屢爲詩壇所爭追逐的宋代作者，一一檢閱其不足之處，大有撥亂反正之勢。值得注意的是，在前引〈王學士西律草序〉中，提及學詩的途徑時，他即說：

　　　學詩者當以唐人爲徑，……唐之有杜甫，其猶九達之逵乎？……正者極于杜，奇者極于韓，此躋乎三峰者也。〔註130〕

顯然，朱氏是視杜甫與韓愈二人爲唐詩的典範所在，是一切頂峰的頂峰。若將此與前章所述葉燮認爲杜甫、韓愈與蘇軾是古今詩歌三大變化的座標對照著看，似乎已能就此推論當時詩壇，已經視宋調爲獨立

〔註127〕　同註100。
〔註128〕　同註100書卷三十七〈王學士西征草序〉，頁四五九。
〔註129〕　同註100百卷三十七〈橡村詩序〉，頁四八四。
〔註130〕　同註128。

於唐詩之外的詩體。儘管朱氏仍謂：「學詩者當以唐人爲徑」，但杜韓諸人，其實是宋調的先導者。

此外，如王士禛亦同樣察覺到這股宋詩熱潮所帶來的負面效應。在〈黃湄詩選序〉中，他即針對當時越演越熾的唐宋之爭提出批評說：

> 近人言詩輒好立門户，某者爲唐，某者爲宋，李、杜、蘇、黃，強分畛域，如蠻觸氏之鬥于蝸角，而不自知其陋也。
> 〔註131〕

則直言詩壇復陷入強立門派的淺陋格局之中，是不智之舉。又如在前引的〈鬲津草堂詩集序〉中，更將矛頭指向宗宋詩派的偏頗行徑，強調此一祖宋祧唐的結果，是矯枉過正，使得漢、魏以來的樂府與古選之音，蕩然無存。〔註132〕自明代前、後七子以來，至於清初的雲間派，均極力貶斥宋詩。故清初這股宋詩熱朝的興起，自然是對此一尊唐潮流的「矯枉」。但其弊端，則在於遺棄了漢、魏與初、盛唐的傳統，這又是「過正」。因此，王士禛便有了兼融唐、宋詩的意向，以力挽尊宋祧唐的偏頗風氣。

有趣的是，從朱彝尊與王士禛兩人一生的詩學轉變，正可見當時尊唐與宗宋者的勢力消長情形。朱氏在中年以後，因身世遭遇之故，爲詩每作宋調；卻仍然堅持唐音始是正調，呼籲學詩者當取徑唐人。而王氏一生的詩學，則歷經尊唐、學宋以及兼融唐、宋的三個階段。他們的詩學轉變，與清初宋詩運動在尊唐與宗宋的議題辯證上的步調頗爲一致，正可用以說明主流作家與詩潮之間的互動情況，往往是互爲因果的。因此，從二人對宋詩熱潮的批判加以觀察，則自吳之振入京以後的二十年間，宋詩在全國流行的情況，便可思過半矣。

〔註131〕王漁洋：《帶經堂全集》第三編《漁洋文》卷二〈黃湄詩選序〉（臺北：臺灣大學圖書館藏，七略書堂校刊）。

〔註132〕同註89。

第四章　清代宋詩運動的作者功能

第一節　從詩非關書到以學問爲詩

一、嚴羽等人的「詩非關書」說

　　從清初宋詩運動的邏輯推演次序來看，如前節所論，從黃宗羲到以吳之振爲主的《宋詩鈔》派，在詩學的評論策略上，是循著從求唐、宋之同走到辨唐、宋之異，進而超越唐、宋的辯證過程。如果剝掉這個詩歌辯證系統裡的外在形態與特殊應用，便可發現到所謂的唐、宋之爭，其實即是「情與理」及「才與學」這兩組概念的辯證過程。至於引爆這場概念之爭的始作俑者，無論是明代或清初的詩論家，無不指向宋末的嚴羽。

　　針對宋末詩壇的流弊，嚴羽在《滄浪詩話》〈詩辨〉中，對於學詩者在創作上的取徑，曾經提出建議說：

> 夫學詩者以識爲主：入門須正，立志須高，以漢魏晉盛唐
> 爲師，不作開元天寶以下人物。若自退屈，即有下劣詩魔
> 入其肺腑之間，由立志之不高也。〔註1〕

在文中，嚴氏便將盛唐與中唐截然劃分，認爲學詩要取法乎上，只有博取盛唐以上名家，纔是「正路」，纔能「直截根源」，「單刀直入」

〔註1〕參嚴羽著，郭紹虞校釋：《滄浪詩話校釋》〈詩辨〉（一）（臺北：河洛圖書出版社，一九七九年十二月一日再版），頁一。

〔註2〕。若取徑於開元、天寶以下的中唐，便會因為立志不高，容易走火入魔。這是宋以後詩壇推尊盛唐而貶抑中唐的代表說法。由於中唐又是宋詩取徑的本源；因此，嚴氏之說，實是推尊唐詩而貶黜宋詩。在〈詩辨〉第四條中，嚴氏更以禪宗分大、小乘為喻，以第一義褒揚盛唐以上之詩，而以第二義貶黜中唐以下之詩，認為宋詩是淺小者的小乘禪，以重申推尊盛唐的詩學旨趣：

> 禪家者流，乘有大小，宗有南北，道有邪正，學者須從最上乘，具正法眼，悟第一義。若小乘禪，聲聞辟支果，皆非正也。論詩如論禪：漢魏晉與盛唐之詩，則第一義也。大曆以還之詩，則小乘禪也，已落第二義矣。〔註3〕

在〈詩辨〉第五條中，對於前揭詩旨，嚴氏則表達堅決不悔之意說：

> 嗟！正法眼之無傳久矣。唐詩之說未唱，唐詩之道或有時而明也。今既唱其體曰唐詩矣，則學者謂唐詩誠止於是耳，得非詩道之重不幸邪！故予不自度量，輒定詩之宗旨，借禪以為喻，推漢魏以來，而截然謂當以盛唐為法。雖獲罪於世之君子，不辭也。〔註4〕

在〈答出繼叔臨安吳景仙書〉中，他更是出之以斬截的口吻，自信於以禪喻詩的詩說謂：

> 僕之〈詩辨〉，乃斷千百年公案，誠驚世絕俗之談，至當歸一之論。其間說江西詩病，真取心肝劊子手。以禪喻詩，莫此親切。是自家實證實悟者，是自家閉門鑿破此片田地，即非傍人籬壁，拾人涕唾得來者。李杜復生，不易吾言矣。
> 〔註5〕

由這封信可知，嚴羽的以禪喻詩之說，主要係針對江西詩人的流弊而發。事實上，若說《滄浪詩話》一書主要是針對此派詩人的末流而發，亦不為過。在〈詩辨〉第五條中，嚴氏即說：

〔註2〕同註1。
〔註3〕同註1書，頁六。
〔註4〕同註1書，頁二四、二五。
〔註5〕同註1書附錄，頁二三四。

> 近代諸公乃作奇特解會，遂以文字爲詩，以才學爲詩，以
> 議論爲詩。夫豈不工，終非古人之詩也。……且其作多務
> 使事，不問興致，用字必有來歷，押韻必有出處，讀之反
> 復終篇，不知著到何處。其末流甚者，叫噪怒張，殊乖忠
> 厚之風，殆以罵詈爲詩，詩而至此，可謂一厄也。然則近
> 代之詩無取乎？曰，有之，吾取其合於古人者而已。……
> 至東坡、山谷始自出己意以爲詩，唐人之風變矣。山谷用
> 工，尤爲深刻，其後法席盛行，海內稱爲江西宗派。……
> 一時自謂之唐宗，不知止入聲聞辟支之果，豈盛唐諸公大
> 乘正法眼者哉？〔註6〕

嚴氏雖肯定「以文字爲詩，以才學爲詩，以議論爲詩」，合乎「工」
的要求，亦有可取之處，卻因爲與強調「興致」的古人之詩不合，以
致末流叫囂怒張，造成一場詩壇的浩劫。因此，爲矯正時弊，他便由
此提出著名的「妙悟」之說。

在〈詩辨〉第四條中，嚴羽即曾針對宋人以文字爲詩，以才學爲
詩，以議論爲詩的現象，拈出爲詩之道，不在學力，乃在於「妙悟」
的命題說：

> 大抵禪道，惟在妙悟，詩道亦在妙悟。且孟襄陽學力下韓
> 退之遠甚，而其詩獨出退之之上者，一味妙悟而已。惟悟
> 乃爲當行，乃爲本色。〔註7〕

所謂「妙悟」，就是詩歌創作時所應採取的形象思維。〔註8〕嚴羽認爲
詩歌在創作之際，是不借助於才學，也不借助於議論的。而這樣的特
點，也正是孟浩然的詩歌價值所以在韓愈之上的原因所在。因此，在
〈詩辨〉第五條中，他便更進一步闡釋詩歌的本質及其與書及理之間
的辯證關係說：

> 夫詩有別材，非關書也。詩有別趣，非關理也。然非多讀
> 書，多窮理，則不能極其至。所謂不涉理路，不落言筌者，

〔註 6〕同註1，頁二四。
〔註 7〕同註1，頁一〇。
〔註 8〕有關「妙悟」一詞的釋義，郭紹虞有番詳論，見註1書，頁二〇。

上也。詩者，吟詠情性也。盛唐諸人唯在興趣，羚羊挂角，
無跡可求。故其妙處透徹玲瓏，不可湊泊，如空中之音，
相中之色，水中之月，鏡中之象，言有盡而言無窮。〔註9〕

由此可見嚴羽亦主張多讀書，多窮理，對詩境的臻於極致是有所幫助
的。但是，在他來看，詩歌主要是「吟詠情性」，所以要排除「理路」
與「言筌」等邏輯思維。換言之，詩歌所以爲詩歌，是注重即目而不
重用事，是崇尚直尋而不崇尚補假的。純粹出之以形象思維的「別材」
與「別趣」，纔能使詩歌「透徹玲瓏」，達到「言有盡而意無窮」的境
界。由此可見「別材」與「別趣」之說的共同點，是不爲學累，不受
理障之意。不爲學累，自不易有餖飣之弊；不受理障，就不會執著，
不致以邏輯思維代替形象思維，僅知以文字爲詩，以才學爲詩，以議
論爲詩。在〈詩評〉第九條中，他更是比較了歷代在詩中處理「理」
的情況說：

詩有詞理意興。南朝人尚詞而病于理，本朝人尚理而病于
意興，唐人尚意興而理在其中，漢魏之詩詞理意興，無跡
可求。〔註10〕

顯然，嚴氏並不反對在詩中言理，只是主張詩人在處理「理」的問題
時，應該做到像唐人一樣的「理在其中」，甚至如漢、魏人一般，詞、
理、意、興等四者渾融一體，完全「無跡可求」。

從以上論述可知，爲了矯正江西詩派的流弊，嚴羽重新張揚了「吟
詠性情」的傳統命題，提出「妙悟」之說，以反對宋末的以文字爲詩、
以才學爲詩和以議論爲詩所造成的弊端。他大力伸張唐詩的「興趣」，
嚴格區分盛唐與中唐，截然的提出作詩當以盛唐爲法，不該作開元、
天寶以下的人物，認爲祇有如此，纔是取法乎上，纔是識得第一義，
纔是學詩的正途。

因此，若從詩歌系統的邏輯推演次序來看，明代的詩學思想，正
是遙承嚴羽的「妙悟」主張而來的。嚴羽的《滄浪詩話》一書，幾乎

〔註9〕同註1，頁二三、二四。
〔註10〕同註1書〈詩評〉（九），頁一三七。

可說是明人論詩時所必引以爲據的法典。此書的根本宗旨及其推尊盛
唐而貶抑宋代的詩學傾向，在有明一代的詩壇裡，從初期的高廷禮到
末期的胡應麟身上，都得到了最大限度的發揮與開展。可以說明代詩
學思想的主流，主要是針對嚴羽所提出的詩論主張，進行縱深式的挖
掘與申論。

　　以高氏的《唐詩品彙》一書爲例。其在明代詩學思想發展上具有
的開啓意義，是首先提出推尊嚴羽而宗法盛唐的主張。在〈凡例〉中，
高氏便宣稱：

> 先輩博陵林鴻嘗與余論詩曰：「上自蘇、李，下迄六代，漢
> 魏骨氣雖雄而精華不足，……唯李唐作者可謂大成。然貞
> 觀尚習故陋，神龍漸變常調，開元、天寶間神秀聲律粲然
> 大備，故學者當以是爲楷式。」予以爲確論。後又采集諸
> 賢之説，及觀滄浪先生之辯，益以林之言可徵，故是集專
> 以唐爲編。〔註11〕

高氏與林鴻、嚴羽等，都是今福建人。他這種承繼嚴羽，推宗盛唐的
詩學取徑，是使明代在詩學思想方面，上有別於宋，而下有異於清的
標誌所在。所以，明末謝肇淛《小草齋詩話》便說：「明詩知所以宗
夫唐音者，高庭禮（棅）之功也。」〔註12〕

　　在同書〈敘目〉中，高氏則進一步闡發他個人對唐詩的「正變」
觀說：

> 唐詩之變漸矣。隋氏以迎一變而爲初唐，貞觀、垂拱之詩
> 是也；再變而爲成唐，開元、天寶之詩是也；三變而爲中
> 唐，大歷、貞元之詩是也；四變而爲晚唐，元和以後之詩
> 是也。〔註13〕

唐詩有初、盛、中、晚之分，雖是高氏綜合前人的意見而成；但至此

〔註11〕高廷禮：《唐詩品彙》〈凡例〉，轉引自《中國歷代文論選》中冊（臺
　　　　北：木鐸出版社，一九八一年四月再版），頁二四三。
〔註12〕謝肇淛：《小草齋詩話》卷一（臺南：莊嚴文化出版社，一九九七年
　　　　出版）。
〔註13〕同註11書。

就屬他講得最爲明確，再加上《唐詩品彙》一書流傳頗廣，此一四分法也就自然成爲明人以及後代所遵循採用。

此外，在〈敘目〉中，高氏還認爲：「天寶喪亂，光岳氣分，風概不定，文體始變。」〔註14〕顯然，高氏是以安史之亂作爲唐詩的分水嶺，視盛唐爲正，以中唐以下爲變，這是很有見地的看法，即連反明最甚的清人，也無從置喙。如第二章所揭，從社會政治層面的「正變」論詩，乃始于漢儒之手；到了高氏，則完全從藝術風格與詩歌本身的成就上分別「正變」。就詩學史的發展而言，這是一種批評視野上的進步。它將漢儒以來屬於「文體論」的範疇，推進到以「文藝發展論」爲審視焦點的領域之中，其影響可謂極其深遠的。因此，在《明史》〈文苑二〉中，撰者即謂《唐詩品彙》一書是：「終明之世，館閣宗之」〔註15〕，以揭示其深遠的影響力量及其鮮明的官方主流色彩。而明人論詩的重心，也就因此從著重詩歌內容轉移到偏向詩歌形式的藝術性上面。

至於繼高氏而起的，則是茶陵派的李東陽。同前者一樣，在〈麓堂詩話序〉中，他對嚴羽亦表達推崇備至之意說：

> 近世所傳詩話，雜出蔓辭，殊不強人意。惟嚴滄浪詩談，深得詩家三昧。〔註16〕

由此可見其詩學旨趣。在《麓堂詩話》中，他便直言其主張宗唐，又明確罷黜宋詩的論調說：

> 唐人不言詩法，詩法多出宋，而宋人於詩無所得。……其高者失之捕風捉影，而卑者坐于黏皮帶骨，至於江西詩派極矣。惟嚴滄浪所論超離塵俗，眞若有所得，反覆譬說，未嘗有失。〔註17〕

〔註14〕同前註。

〔註15〕張廷玉：《明史》卷二百八十六〈列傳〉卷一百七十四（臺北：鼎文書局，一九七九年十二月初版），頁一九八一。

〔註16〕李東陽：《麓堂詩話》，收在丁福保輯《歷代詩話續編》（臺北：木鐸出版社，一九八三年九月初版），頁一三六八。

〔註17〕同前註，頁一三七一。

李氏在文中認為宋人於詩無所得的主要原因，是因為太講究詩法的緣故；而超脫塵俗的嚴羽所提出的詩論，正足以矯正此種弊端。因此，他接著又徵引了嚴氏的「別材」、「別趣」之說，強調讀書與窮理未必有關詩趣：

> 「詩有別材，非關書也；詩有別趣，非關理也。」然非讀
> 書之多，明理之至者，則不能作。論詩者無以易此矣。彼
> 小夫賤隸婦人女子，真情實意，暗合而偶中，固不待於教。
> 而所謂騷人墨客學士大夫者，疲神思，弊精力，窮壯至老
> 而不能得其妙，正坐是哉。〔註18〕

並且提出近似嚴羽「第一義」之說的觀點，認為宋、元詩在詩中只能算是「第二義」，是「小乘禪」而已：

> 六朝、宋元詩，就其佳者，亦各有興致，但非本色，只是
> 禪家所讚「小乘」，道家所謂「尸解仙」耳。〔註19〕

而在《懷麓堂集》〈鏡川先生詩集序〉一文中，他則進一步主張作者應該跨越六朝、宋元詩，而以漢、唐為師纔是：

> 漢、唐及宋，格與代殊，逮乎元季，則愈雜矣。今之為詩
> 者，軼宋窺唐，已為極致。兩漢之體，已不復講。〔註20〕

李氏援引嚴羽這些著名的話頭，當然是為了表達對嚴氏尊唐絀宋之詩論的肯定，其最終旨意則在強調情意纔是詩歌的根本。祇要如此，即使讀書不多，明理不至，也還能暗合偶中。否則，徒以堆砌事實，論述道理為能事，便無法達到詩歌的妙境。

　　儘管李東陽援引嚴羽的詩論，雖旨尊唐絀宋；但他對於宋、元詩的評價，雖然是「非本色」也，卻還是給予二者「各有興致」的肯定。所以，《明史》〈文苑〉中就說：「弘、正之間，李東陽出入宋、元，溯流唐代，擅聲館閣。」〔註21〕但是，到了七子派詩學的開山者李夢

〔註18〕同註16書，頁一三七八。
〔註19〕同註16，頁一三八三。
〔註20〕李東陽：《懷麓堂集》卷二十八〈鏡川先生詩集序〉（臺北：世界書局，一九八六年出版）。
〔註21〕同註15書卷二百八十五〈列傳〉第一百七十三（文苑一），頁一九七三。

陽身上，對宋詩的態度，則較李東陽更爲鄙薄。在〈潛虬山人記〉一文中，李夢陽述及自己詩學的轉變歷程時，即曾謂：「山人商宋梁時，猶學宋人詩。會李子客梁，謂之曰『宋無詩。』山人於是遂棄宋而學唐。」〔註22〕而其所以棄宋學唐的原因，從王廷相在〈空同集序〉中所引可知，李夢陽曾謂王氏曰：「學其似不至矣，所謂取法乎上而僅中也，過則至且超也。」〔註23〕可見其意實本於嚴羽的「學者須從最上乘，具正法眼，悟第一義」之說，仍是嚴氏的影響所致。錢謙益在《列朝詩集小傳》〈李副使夢陽〉條中，曾說：「獻吉生休明之代，負雄鷙之才，儁然謂漢後無文，唐後無詩，以復古爲己任。」〔註24〕而《明史》〈文苑〉在評論李東陽部分之後，亦接著說：「李夢陽、何景明倡言復古，文自西京，詩自中唐而下一切吐棄。操觚談藝之士，翕然宗之，明之詩文於斯一變。」〔註25〕所謂典型的明代詩學思想，自此可謂已經正式宣告形成。不過，仍須辨別清楚的是，同樣都是宗法盛唐，七子派係取其「格調」，而嚴羽則著眼于盛唐諸公的「興趣」，其中是有所偏重的。此從李夢陽在〈缶音序〉中認爲：「宋人主理不主調，于是唐調亦亡」〔註26〕，便可知端倪。

但是，從前章論述明末詩論的正變觀可知，到了明代末年，自李東陽以來推尊盛唐的風氣，已有些轉變的跡象。這些跡象，主要是來自七子派的後學中，已有些「異端」崛起，而嚴羽的詩論，便也在此時開始接受當時詩壇的反省與挑戰。這些「異端」，包括王世貞、王世懋與胡應麟等人。其中王世貞可以說是明代「格調」說的轉變者，而其弟王世懋則在乃兄已拈其端的情況之下，再推波助瀾，

〔註22〕李夢陽：《空同先生集》〈潛虬山人記〉（臺北：偉文圖書出版社有限公司，一九七六年出版）。
〔註23〕王廷相：《王廷相集》〈空同集序〉（北京：中華書局，一九八九年九月出版），頁四二三。
〔註24〕見錢謙益：《列朝詩集小傳》上冊（丙集）〈李副使夢陽〉條（上海：上海古籍出版社，一九九三年一〇月第一次印刷），頁三一一。
〔註25〕同註21。
〔註26〕同註22書卷五十二〈缶音序〉。

以延其緒。王世貞在其〈鄒黃州鷦鷯集序〉中，便自稱早年頗信守鍾嶸與嚴羽之說，而「今乃悟其不盡然」，並宣稱：「有眞我而後有眞詩」〔註27〕。像王氏這樣的宣告，儼然已是公安派的主張了。而王世懋則在《藝圃擷餘》中，拈出「非逗，故無由變」的主張，並認爲「必須盛唐人無一語落中，中唐人無一語入盛，則亦固哉其言詩矣。」〔註28〕這番言論，主要是針對杜甫而言。另外，在同書中，他亦曾謂：「少陵故多變態」〔註29〕，但是，明代卻是對杜甫微詞最多的時代。由此可見，七子派的主流詩學，演變至此時已有些轉變的跡象。儘管如此，王氏在同書中論及宋詩不善使事時，則仍取徑於嚴羽，援引禪家語謂：

> 善使故事者，勿爲故事所使。如禪家云：「轉《法華》，勿爲《法華》轉。」使事之妙，在有而若無，實而若虛，可意悟，不可言傳，可力學得，不可倉促得也。宋人使事最多，而最不善使事，故詩道衰。〔註30〕

此外，如胡應麟的詩學主張，則在繼王世懋而起後，雖仍然承襲後七子復古的餘風，但持論亦稍有變化，已從重視「格調」轉而爲「神韻」。但在論及嚴羽時，仍然奉之爲圭臬。在《詩藪》〈內篇〉中，他便宣稱：

> 漢唐以後，談詩者吾于宋嚴儀卿得一悟字，于明李獻吉得一法字，皆千古詞場大關鍵。第二者不可偏廢，法而不悟，如小僧縛律，悟而不法，外道野狐耳。〔註31〕

推重李夢陽之法與嚴羽之悟，是明代七子派詩學的基本特徵，胡氏特稱之曰「千古詞場大關鍵」。由此可知，嚴羽主張「妙悟」的詩說，

〔註27〕王世貞：《弇山堂別集》〈鄒黃州鷦鷯集序〉（臺北：學生書局，一九六五年出版）。

〔註28〕王世懋：《藝圃擷餘》，收在何文煥輯《歷代詩話》（二）（臺北：漢京文化事業有限公司，一九八三年二月初版），頁七七六、七七七。

〔註29〕同前註。

〔註30〕同註28，頁七七五。

〔註31〕胡應麟：《詩藪》〈內篇〉卷五，錄自《中國美學史資料彙編》（臺北：明文書局，一九八三年八月初版），頁一五二。

即使到了明末，其影響仍可謂至深且鉅。而在同篇卷二中，胡應麟於檢討宋人作詩好用事理的缺失時，亦仍採取嚴羽爲後人所熟知的話頭謂：「禪家戒直、理二障，蘇、黃好用事而爲事使，事障也。程、邵好談理而爲理縛，理障也。」〔註32〕

至於許學夷在其費時二十年，十易其稿的《詩源辨體》卷十七中，仍然大力讚揚嚴羽說：「嚴滄浪云詩有詞理意興，南朝人尙詞……數語，言言中竅然。」〔註33〕許氏的詩學，與胡應麟相近，持論亦多本於嚴羽與胡應麟，既推崇漢、魏與盛唐，復稱：「古今論詩者，不得不以滄浪爲第一。」〔註34〕從這樣崇隆的讚譽，仍然顯示著嚴羽的詩說在當時詩壇的地位，依舊是相當穩固，而且普遍爲論者所接受與遵循。

由以上論述可見，在明人看來，這些問題的關鍵，是在於詩歌的本質既是形象思維，則詩歌的語言當出之以形象化，不能採邏輯思考的方式，將仍屬概念式的事理直接表達在詩歌的語言上面。因此，明人從李東陽開始，便都從文體的角度切入，正好點出唐詩所以區別宋詩的主要差異點所在。而這也正是清代宋詩運動在詩學的概念辯證上，與明詩最大的不同點之所在。

事實上，明人之中未始沒有反駁嚴羽「非關理」之說的。如劉仕義在《新知錄》中，雖然同意「詩有別才非關學」的觀點，但對於別趣非關理的說法，則特舉杜詩以理勝的例子反駁說：

> 杜子美詩所以爲唐詩冠冕者以理勝也。彼以風容色澤放蕩情懷爲高，而吟寫性靈爲流連光景之詞者，豈足以語三百篇之哉？〔註35〕

杜甫被宋人尊爲「詩聖」，其詩作類有「詩史」的豔稱。至於「詩聖」的尊號，是從儒家的經典立場出發，而「詩史」則是從詩作內容所承

〔註32〕同前註書〈內篇〉卷二，頁一五二。
〔註33〕許學夷：《詩源辨體》卷十七（北京：人民文學出版社，一九八七年十月初版），頁一七五。
〔註34〕同前註，頁一七二。
〔註35〕劉仕義：《新知錄》，錄自註1書郭紹虞釋文，頁三四。

載的事與理來加以詮釋的。因此，劉氏以理勝作爲杜詩所以居唐詩之冠的原因，從「聖」與「史」的角度來看，自有其道理存在。因爲這樣，纔是符合《詩經》所謂的風雅之旨。至於嚴羽所主張的風容色澤，他則認爲只是流連光景之詞而已，並不符合《詩經》的要求。問題是將嚴羽所標舉的「興趣」，僅僅視之爲風容色澤般的淡然，恐怕是嚴氏本人所不能接受的！

二、錢謙益等人的「詩關學」說

　　像劉仕義這種挾《詩經》的經典權威以批駁他人的作法，到了錢謙益時，便被拿來作爲合理化詩關事理的主要依據。錢氏在〈唐詩英華序〉中，即說：

> 嚴氏以禪喻詩，……其似是而非，誤人箴芒者，莫甚於妙悟之一言。彼所取于盛唐者何也？不落議論，不涉道理，不事發露指陳，所謂玲瓏透徹之悟也。《三百篇》，詩之祖也，「知我者謂我心憂，不知我者謂我何求」，「我不敢效我友自逸」，非議論乎？「昊天曰明，及爾出王」，「無然歆羨，無然畔援，誕先登于岸」，非道理乎？「胡不遄死」，「投畀有北」，非發露乎？「赫赫宗周，褒姒滅之」，非指陳乎？〔註36〕

《詩經》是古今所有詩歌的源頭，其價值在漢代時，早經儒生們提昇至經典的地位。因此，錢氏援引《詩經》中有關「議論」與「道理」的內容，從理論上確立「事」與「理」都是詩歌固有的內容特徵來看，是極具權威作用的。雖然，《詩經》所具有的內容特徵，未必就是等於詩歌的本質。

　　而在明末眞正開始大肆抨擊嚴羽「妙悟」之說的，也是從挾《詩經》以自重的錢謙益開始。由於錢氏所處的時代，正逢朝代更替的大動蕩，而推宗盛唐的詩風又流弊盡現，故錢謙益在前引文中，便頗不以爲然的說：

〔註36〕錢謙益：《牧齋有學集》卷十五〈唐詩英華序〉（上海：上海古籍出版社，一九九六年九月第一次印刷），頁七〇七、七〇八。

> 世之論唐詩者，必曰初、盛、中、晚，老師豎儒，遞相傳
> 遞。揆厥所由，蓋創于宋季之嚴儀（羽），而成于國初之高
> 棅。承偽踵謬，三百年于此矣。

錢氏所以嚴厲批評嚴羽的唐詩四期說，其中因素，在第二章中已論
及。但是，他點出這套說法係創始於嚴羽，而集成於高廷禮，並且承
偽踵謬了三百年，便已將此前詩壇數百年來走上歧路的罪過，完全認
定嚴羽是始作俑者。至於嚴氏偽謬的地方，在錢謙益來看，正如同文
中所言，是因為「目翳者別見空華，熱病者旁指鬼物，嚴氏之論詩，
亦其翳之病耳。」這是因為嚴羽純粹出之以主觀抽象的論詩手法，是
故作迷離恍惚之語，以自欺欺人。因此，他認為嚴羽的病根，正在於
其標舉「妙悟」之言，以禪道比擬詩道，對於所謂「第一義」的盛唐
之詩，則只取「不落議論，不設道理，不事發露指陳」的「玲瓏透徹
之悟」，仍舊是停留在純粹藝術的理論上，用以攻擊宋詩偏往純粹藝
術的詩歌傾向。所以，在此一序文的末尾，錢氏便大聲疾呼說：「其
症傳染于後世，舉目皆嚴氏之眚也，發言皆嚴氏之譫也，而互相標表，
期以藥天下之詩病，豈不懼哉。」

在錢氏來看，當時詩壇的弊病，正如他在〈虞山詩約序〉中所批
評的是：

> 不樂而笑，不哀而哭，文飾雕繪，詞雖工，而行之不遠，
> 美先盡也。〔註37〕

這是不從生活體驗出發，不以真性情作詩。所以，即使在盛唐詩中，
理解到詩中不應堆砌典實，賣弄學問，盡發議論，但仍僅在藝術形式
上著手，發而為迷離恍惚之論，亦只能獨獨標舉透徹玲瓏的「妙悟」之
說了。

而在〈唐詩鼓吹序〉中，錢氏也有相同的論述。他將明代三百年
以來，積弊已深的詩學，完全歸咎于嚴羽的不良影響：

〔註37〕錢謙益：《牧齋初學集》卷三十二〈虞山詩約序〉（上海：上海古籍
出版社，一九八五年九月第一次印刷），頁九二二。

> 蓋三百年來，詩學之受病深矣。館閣之教習，家塾之程課，
> 咸稟承嚴氏之《詩法》、高氏之《品彙》，耳濡目染，鐫心
> 刻骨。學士大夫，生而墮地，師友薰習，隱引然有兩家種
> 子盤互于藏識之中。迨其後時知見日新，學殖日積，洄旋
> 起伏，祇足以增長其邪根謬種而已矣。〔註38〕

錢氏認為學士大夫們長久以來接受嚴氏之說薰染的結果，心目中僅認
得嚴、高二人所認可的審美標準，即使以後的學問雖能與日增長，但
也只是加深其深植內心的邪根謬種罷了，並無助於他們在心靈與眼界
上的開展。所以如此的原因，錢氏在同文中認為：

> 唐人一代之詩，各有神髓，各有氣候。今以初、盛、中、晚
> 釐為界分，又從而判斷之曰：此為妙悟，彼為二乘，此為正
> 宗，彼為羽翼。支離割剝，俾唐人之耳目，蒙冪於千載之上，
> 而後人之心眼，沉錮于千載之下，甚矣詩道之窮矣。

在他來看，嚴羽強分唐詩為四期，又將之作為審美標準的判斷，獨標
舉盛唐為正宗，是其所謂「妙悟」的最佳呈現，便將整個唐詩完全割
裂得支離破碎，使後人的心眼無法看清唐詩的全貌，其實是各自有各
自的真髓，亦各自成其氣候的。也因此，即使學殖再富，依舊無補於
詩歌堂廡的擴大。故在〈嚴印持廢翁詩稿序〉一文中，錢謙益便也贊
美嚴印持所作的詩歌說：「作為詩歌，往往原本性情，鋪陳道理，諷
諭以警世，而託寄以自廣，若釋然于功名身世之際。」〔註39〕這是肯
定詩歌於吟詠性情之外，不僅可以用來鋪陳道理，將作者所欲傳達的
諷諭呈現出來，以作為警世之用，也可以借由作者內心的託寄，以開
拓自我的心眼。

　　而另一位宋詩運動的推展者黃宗羲，在〈張心友詩序〉中，對於
嚴羽只標舉王維、孟浩然式的盛唐，則表達不滿之意說：

> 滄浪論唐，雖歸宗李、杜，乃其禪喻，謂「詩有別才，非
> 關書也；詩有別趣，非關理也」，亦是王、孟家數，與李、

〔註38〕同註36書卷十五〈唐詩鼓吹序〉，頁七〇九。
〔註39〕同註37書卷三十三〈嚴印持廢翁詩稿序〉，頁九五一。

杜之海涵地負無與。〔註40〕

在這段文字中，黃宗羲意在批駁嚴羽所謂的盛唐，並非是盛唐的完整面貌。因為在黃氏認為：「唐詩之論亦不能歸一」，「豫章宗派之為唐，浸淫於少陵，以極唐之變」，所以，「以文字為詩，以才學為詩，以議論為詩，莫非唐音。」黃宗羲如此揭示盛唐的全貌，當然是要為自己主張「詩不當以時代論，宋元各有優長，豈宜溝而出諸於外」〔註41〕的宗宋旨趣張目。因此，他認為王、孟的家數與李、杜的海涵地負自有不同，是因為內容不同，自然造成風格的不同。嚴羽雖然也極力推尊李、杜，但是不能理解李、杜的真正精神所在；即使僅就藝術技巧的層面而言，亦無法見到二人的真正面目。所以，許印芳在〈滄浪詩話跋〉中，對於嚴羽詩說的不足之處，曾有一段評論謂：

> 嚴氏雖知以識為主，猶病識量不足，僻見未化，名為學盛
> 唐，準李杜，實則偏嗜王孟沖淡空靈一派，故論詩惟在興
> 趣，於古人通諷諭、盡忠孝、因美刺、寓勸懲之本意，全
> 不理會，並舉文字、才學、議論而空之。〔註42〕

許氏在引文中所謂的「於古人通諷諭」云云，正好可以做為黃宗羲所以肯定「以文字為詩，以才學為詩，以議論為詩」的用意，是在於「通諷諭、盡忠孝、因美刺、寓勸戒」的部分作最佳註腳。

而同屬於虞山派陣營的周容，則將竟陵派的弊病與嚴羽的詩學聯繫一起。在《春酒堂詩語》中，他即說：

> 詩有別材，非關書也；詩有別趣，非關理也。此嚴滄浪之
> 言，無不奉為心印。不知是言誤后人不淺。請看盛唐諸大
> 家，有一字不本於學者否，有一語不深於理者否，嚴說流
> 弊，遂至竟陵。〔註43〕

〔註40〕黃宗羲：《黃宗羲全集》第十冊〈張心友詩序〉（杭州，浙江古籍出版社，一九九三年十月第一次印刷），頁四八。

〔註41〕同前註。

〔註42〕許印芳：〈滄浪詩話跋〉，引陳定玉輯校《嚴羽集》（鄭州：中州古籍出版社，一九九七年六月第一版），頁四四二。

〔註43〕周容：《春酒堂詩話》，收在郭紹虞編《清詩話續編》上冊（臺北：木鐸出版社，一九八三年十二月初版），頁一〇七。

虞山派開山祖錢謙益在《列朝詩集小傳》〈鍾提學惺〉條中，曾以「寡陋無稽」及「學殖猶淺」〔註44〕等語，批判竟陵派的鍾惺與譚元春。馮班在《鈍吟雜錄》中，亦曾謂：「鍾敬伯創弘、正、嘉、隆之體，自以為得性情之正，人皆病其不學。」〔註45〕可見認為不學是竟陵派的通病，是當時人普遍的看法。而周氏將竟陵派所以不學的根源，更溯自嚴羽的提倡「妙悟」之說，則是由於竟陵派的詩學，是主張「單情幽緒」〔註46〕式的性靈，這原本是針對七子派與公安派的詩學弊端而提出的，但因其中有所謂「引古人之精神」〔註47〕的訴求，所以其精神便與嚴羽的「別材」、「別趣」有相通之處。再者，在錢謙益批評嚴羽是「承偽踵謬三百年」的說法前導下，自然會將竟陵派所以俗化的這筆賬算到嚴羽的頭上。

　　同樣將竟陵派的弊病與嚴羽的詩學聯繫一起的，還有朱彝尊本人。朱氏與浙派詩人有著息息相關的因緣，往往被後世論者誤作是浙派開山祖。其《靜志居詩話》〈徐𨥏〉條論及嚴羽的詩說時則謂：

> 嚴儀卿論時，謂「詩有別材，非關學也」。其言似是而實非，不學牆面，焉能作詩？自公安、竟陵派行，空疏者得以藉口，果爾，則少陵何苦讀書破萬卷乎？興公藏書甚富，……故其詩典雅清穩，屏去掎浮淺俚之習，與惟和足稱二難。以此知興觀群怨，必學者而後工。今有稱詩者，問以七略四部，茫然如墮雲霧，顧好坐壇坫說詩，其亦不自量矣。〔註48〕

朱氏對嚴羽「妙悟」一說的批判，有別於前揭的錢謙益與黃宗羲二人，

〔註44〕同註24書下冊〈鍾提學惺〉條及附見譚解元元春，頁五七一、五七二。
〔註45〕馮班：《鈍吟雜錄》，收在丁福保編《清詩話》（臺北：明倫出版社，一九七〇年十二月），頁三五。
〔註46〕鍾惺：《隱秀軒集》卷第一六〈詩歸序〉（上海：上海古籍出版社，一九九二年九月第一次印刷），頁二三六。
〔註47〕同前註。
〔註48〕朱彝尊：《靜志居詩話》卷十八〈徐𨥏〉條（北京：人民文學出版社，一九九〇年一〇月第一版），頁五四九。

錢、黃二人均從「通諷論、盡忠孝、因美刺、寓勸戒」的角度著眼，
以肯定詩中落議論，設道理，發露指陳的正當性；而失彞尊則以杜甫
的「讀書破萬卷」爲例證，強調學問在詩中的關鍵作用。同樣的論述，
亦見於其《曝書亭集》〈棟亭詩序〉中。在文中，朱氏仍將當時詩家
的不學，完全究責於嚴羽的身上說：

> 今之詩家空疏淺薄，皆由嚴儀卿「有別才非關學」一語啓
> 之，天下豈有捨學言詩之理？〔註49〕

值得注意的是，嚴羽的原文本作「非關書也」，朱彞尊則引爲「非關
學也」。將「書」易爲「學」，是後人所以對嚴說容易產生異議的主
要原因。沈德潛在《說詩晬語》中，就曾爲嚴羽辯白說：「嚴儀卿有
『詩有別才，非關學也』，謂神明妙悟，不專學問，非教人廢學也。」
〔註50〕至於被視爲宋詩派理論家的朱庭珍，在其《筱園詩話》卷一
中，則謂：

> 近代詩家宗嚴說而誤者，挾枯寂之胸，求渺冥之悟，流連
> 光景，半吐半吞，自矜高格遠韻，以爲超超玄著矣。不知
> 其言無物，轉墜膚廓空滑惡習，終無藥可醫也。〔註51〕

則亦點出嚴羽這種虛無飄渺的「妙悟」之說，在作玄妙恍惚之際，容
易造成後學者養成「膚廓空滑」的淺薄習性。事實上，前述李東陽以
嚴羽之說矯正宋人於詩無所得的弊端時，雖亦強調非讀書明理，則不
能作詩；但是，他又將小夫賤隸與學士大夫對舉，認爲「暗合而偶中，
固不待於教」，像這樣的言論，恐怕已爲後世作詩開啓可以「不學」
的大門了！

　　準此，若從嚴羽當時所處的詩壇環境來看，他作「書」的原義，
應該是針對江西詩人在詩中過分講究「來歷」與「出處」的流弊而發；

〔註49〕朱彞尊：《曝書亭集》卷三十九〈棟亭詩序〉（台北：世界書局，一
　　　　九八九年四月再版），頁四八四。
〔註50〕沈德潛：《說詩晬語》卷下第四○條，同註44丁福保所編書，頁五五。
〔註51〕朱庭珍：《筱園詩話》卷一，收在註43郭紹虞所編書下冊，頁二三
　　　　八二。

至於朱彝尊易爲「學」字，則是針對明末以來空疏淺陋的風氣而起。在〈胡永叔詩序〉中，朱彝尊即認爲公安派與竟陵派的根本弊病，是不講求學問：

> 自明萬曆以來，公安袁無學兄弟矯嘉靖七子之弊，意主香山、眉山、降而楊、陸，其辭與志未有大害者也。景陵鍾氏、譚氏，從而甚之，專以空疏淺薄詭譎是尚，便于新學小生操奇觚者，不必讀書識字，斯害有不可言者矣。〔註52〕

可見朱氏的有意誤引嚴氏之語，係爲糾正公安派以來不講究學問的時弊。因此，像他這種對嚴羽詩說的偏差詮釋行爲，應是其個人的「期待視野」影響其接受行爲的結果。當然也是自明末清初以來，整個時代對「博通群經」有所期待，反映在個人身上的縮影。職是之故，崔旭在《念堂詩話》中，針對朱彝尊所提出的批評回應說：

> 朱竹垞詩：「詩篇雖小技，其源本經史；必也萬卷儲，始足供驅使；別材非關學，嚴叟不曉事。」按《滄浪詩話》：「詩有別才，非關學也。然非多讀書，多窮理，則不能極其至。」竹垞但擔上二語譏之，徒欲自暢其說，則厚誣古人矣。〔註53〕

其實，就崔旭所徵引的朱彝尊這首詩來看，與嚴羽的「別材」、「別趣」說，其中並無任何的衝突點。朱氏的「始足供驅使」一句，其所強調的，應是有關創作主體在情操、學養與精神方面的陶鑄，甚至是有關創作技巧上的學習。換言之，學習他人的創作經驗 是有助於創作主體提昇自己的審美修養與表現能力的；但是，卻不是要在詩中未經形象轉換的直接表露出學問。就詩歌的本質而言，無論如何，形象思維纔是眞正的關鍵所在。可見崔氏所謂的「自暢其說」四字，其實是明白點出朱彝尊心中的眞正用意，乃是對當時詩壇的彌漫不學之風有感而發纔是。

〔註52〕同註49書三十九卷〈胡永叔詩序〉，頁四八一。
〔註53〕崔旭：《念堂詩話》，錄自註1書郭紹虞釋文，頁三一。

　　而將學問與作詩緊密結合一起，且是徹底實踐「以學問爲詩」、「以考據爲詩」的汪師韓，在其《詩學纂聞》〈讀書〉條中，亦針對嚴羽有關「別材」與「別趣」的主張，提出批評說：

> 嚴滄浪曰：「詩有別材，非關書也。詩有別趣，非關理也。」後人傳誦其語。然我生古人之後，古人則有格有律也，敢曰不學而能乎？……《傳》曰：「不學博依，不能安詩。」讀詩且不可不博依也，而顧自比於古婦人小子之爲詩也哉？〔註54〕

汪氏在文中特別貶低婦人小子之詩的價值，以自高其位。這不免令人想起李東陽曾以小夫賤隸與學士大夫對舉，並謂「暗合而偶中，固不待於教」的言論。可見汪氏此論，亦是針對明末以來公安派等不學的流弊而言，是有所爲而發的，所以便故意曲解嚴羽的本義。

　　至於其他的相關論調，如黃道周在《漳浦集》〈書雙荷庵詩後〉中所謂的：

> 此道關才關識，才識又生於學，而嚴滄浪以爲詩有別才，非關學也，此眞瞽說以欺詆天下後生，歸於白戰打油釘鉸而已。〔註55〕

也是從作者如不學，則所作之詩，將淪爲白戰打油釘鉸的境地，以批評嚴羽的詩論。顯然，黃氏亦忽略嚴羽僅說「非關書也」，並未說「非關學也」；而且即使是指「學」而言，亦著重在糾正當時的詩弊，亦是有爲而發。

　　由此可見，儘管自錢謙益以來的諸多大家，均極力反對嚴羽有關「別材」與「別趣」的有關主張，卻仍然未撼動這套自宋末以來已行之數百年的定律。換言之，錢氏等人並未在理論上眞正提出針對嚴說而發的反面命題，反而祇就其在詩學中，有關「多讀書」的一面加以

〔註54〕汪師韓：《詩學纂聞》〈讀書〉條，收在註45丁福保所編書，頁四四○。

〔註55〕黃道周：《漳浦集》卷二十三〈書雙荷庵詩後〉，錄自註1書郭紹虞釋文，頁三○、三一。

突顯而已，並未眞正觸及其詩學要害之所在。其實，嚴羽詩論的最大問題，即如前引錢謙益與黃宗羲所論，他僅僅標舉「第一義」的盛唐，而在「海涵地負」的盛唐之中，又特別側重王維、孟浩然式玲瓏透徹的盛唐，而忽視了盛唐詩歌還有其他的諸多面貌。所以，儘管嚴羽雖亦極力推尊李白與杜甫，卻因爲了矯正宋詩的流弊，李、杜二人的眞正面目反而不是他所亟欲強調並加以彰顯的部分。

　　由以上論述可知，清初時期的論者，無論尊唐或崇宋於檢討明末竟陵派以下詩家所以不學的原因，每每究責於嚴羽的「別材」與「別趣」之說。而斯時所關注的焦點，又與明人有異；是從明人最感興趣的「興趣」之說，轉移到「非關書」或「非關學」的身上。尤其是宋詩運動的幾位推動者，在這方面表現得更是明顯。值得注意的是，此一關注焦點的轉變，也正好標誌著自清初以來的宋詩運動，至此已經改變從錢謙益到吳之振爲止，爲了爭取宋詩的正當性，進而在詩壇上掀起一場尊唐或尊宋之爭的詩學策略，已經告一段落。取而代之的，則是進入到以「才與學」爲主要議題之爭的階段性策略上面。但這並非意味著如錢謙益、黃宗羲等宋詩運動的首倡者，在其詩學論著中，有關「才與學」的論述付之闕如。事實上，如錢謙益本人即將學問視爲詩歌創作的三要素之一；而黃宗羲也曾明白揭示「多讀書，則詩不期而自工」的道理。祇是就詩學話語製作的策略而言，由於在吳之振攜帶《宋詩鈔》入京以後的二、三十年間，尊宋派在詩壇的聲勢，不僅逐漸的能與尊唐派者互相抗衡，甚至已經出現凌駕其上的態勢。因此，在關注的焦點上，尊宋派自然會修正屬於「唐宋之爭」的階段性策略，而由嚴羽所引發的才與學之爭的議題，便也順理成章的成爲下一個階段的詩學策略。至於此一策略的主要目的，即在建構一個「以學問爲詩」，甚至是「以考據爲詩」的詩歌創作的理論基礎。事實上，此一詩學特徵，不僅最能代表清代宋詩運動所具有的典型意義，而且在整個清代詩學的演進過程中，也應是最具有時代特色的部分。

第二節　錢謙益的博學爲學詩之法說

如前述，清初的宋詩運動在詩學概念的邏輯推演方面，主要是立足於嚴羽的「非關書」與「非關理」的反面命題上，強調多讀書、多窮理的一面。這種強調以「學問」爲中心的詩歌創作論，在提出「學人之詩」的浙派身上，表現得最爲明顯。而其中深具階段性意義的代表作者，則有黃宗羲、朱彝尊、查慎行、厲鶚、杭世駿與汪師韓等人。以下諸節的內容，即針對上述人物作相關議題的論述。不過，如第三章第四節所述，浙派的實際創始人黃宗羲在詩學思想上，深受錢謙益的影響，加上後者在詩歌史上，又扮演著「總結明詩」與「開創清詩」的關鍵角色；儘管錢氏未必如浙派那樣肯定宋詩，但宋詩爲時人所注意，卻是與他有著莫大的關係。再者，浙派肯定學問是影響詩歌的正面因素之一以及所謂「儒者之詩」的提出，其實在錢氏的著作中，都早已存在。因此，有關此一章節的議題論述，自然也應該從錢謙益開始，始合乎文學史實際演變的情形。

一、性情學問參會是爲詩之道

學問在錢謙益的詩學思想中，其份量雖居在性情與世運二者之後，但要確保後者的不致流於偏枯與輕薄，則必有待前者的積儲與沉澱。在〈尊拙齋詩集序〉一文中，錢氏便將性情與學問二者的對待關係作了一番論述：

> 夫詩之爲道，性情學問參會者也。性情者，學問之精神也。學問者，性情之孚尹也。春女哀秋，士悲物化，而情麗者譬諸春蠶之吐絲，夏蟲之蝕字。文人學士之詞章，役使百靈，感動百神，則帝珠之寶網，雲漢之文章也。執性情而棄學問，采風謠而遺著作，輿歌巷諺，皆被管弦；挂枝打棗，咸播郊廟；舉天下用妄失學爲有目無睹之徒者，必此言也。……吾斷以孝升之詩，爲文人學士緣情綺靡之眞詩，性情學問，化工陶冶，可以療擧世之

　　詩病，不獨專門名家而已。〔註56〕

又如〈陸敕先詩稿序〉：

　　讀敕先之詩者，或聽其揚徵騁角，以按其節奏；或觀其繁
　　絃縟繡，以炫其文彩；或搜訪其食蹠祭獺，採珠集翠，以
　　矜其淵博；而不知其根深殖厚，以性情爲精神，以學問爲
　　乎尹，蓋有志於緣情綺靡之詩，而非以儷花鬥葉，顛倒相
　　上者也。〔註57〕

上引二文中，錢氏強調對詩歌的創作而言，性情與學問彼此是互爲表
裡的。性情是使學問得以致用的精神所在；而在學問的薰陶淬煉之
下，性情也纔能夠如玉般晶瑩透徹。如果僅取性情而遺棄學問，以爲
僅靠著巷歌謳吟之流，或祇是咬文嚼字的雕琢工夫，即可以被之管
弦，流播朝野，便是庸妄不學之徒的藉口。

　　顯然，錢氏是針對明末以來盡棄古學的膚淺率易之風而發的。即
使他在行文時，是性情與學問並舉，但亟以學問救性情之流弊的用
心，是相當明顯的。此由前文中除強調「孝升之詩，爲文人學士緣情
綺靡之眞詩」外，並特別以「可以療舉世之詩病，不獨專門名家而已」
諸語作結可知。

　　此外，其〈愛琴館評選詩慰序〉更加明白強調說：

　　古之爲詩者，學溯九流，書破萬卷，要歸於言志永言，有
　　物有則，宣導情性，陶寫物變。學詩之道，亦如是而止。
　　〔註58〕

在錢氏認爲，古人作詩之前，往往需要積儲學問，等到有所心得後，
發而爲詩，自然就能達到「有物有則」的境界。如此一來，對作者而
言，除能宣導情性，曲盡物變之外，在內容上又能夠言之有物，至於
在藝術形式方面，也能完全符合法度的要求。

〔註56〕錢謙益：《牧齋有學集文鈔補遺》〈尊拙齋詩集序〉，轉引自胡幼峰：
　　　　《清初虞山派詩論》（臺北：國立編譯館，一九九四年十月出版），
　　　　頁七二。
〔註57〕同註36書卷十九〈陸敕先生詩稿序〉，頁八二五。
〔註58〕同註36書卷十五〈愛琴館評選詩慰序〉，頁七一三。

　　至於將學問與詩歌結爲一體，視作詩如爲學的，莫過於〈婁江十子詩序〉一文了。文章一開始，錢氏即借由「里中二三子」之口，道出：「詩病深矣，今且抹摋韓、孟，詆諆歐、梅，如狂如易，不可爲矣。」〔註59〕可見此文的撰寫，亦是針對明代以來詩壇流於狂易的弊端而發。接著錢氏便從古人爲學，乃先從學《詩》入手爲論據說：

> 古之爲學者，莫先於學《詩》。《詩》也者，古人之所以爲
> 學也，非以《詩》爲所有事而學之也。古之人，十有三年
> 學樂誦《詩》舞勺，成童舞象，春誦夏弦，秋學《禮》，冬
> 學《書》。其於學《詩》也，沒身而已矣。師乙之論聲歌也，
> 自歌《頌》歌《雅》以逮于歌《齊》，各有宜焉。自寬柔靜
> 正，以逮于溫良能斷之德，各有執焉。清濁次第，宮商相
> 應，辨其體則有六義，考其源則有四始五際六情，故曰：
> 溫柔敦厚，《詩》教也。古人之學《詩》者如是。〔註60〕

古人學《詩》，乃視爲沒身之學。終其一生，始於學《詩》，終於學《詩》，並堅之以志意，繼之以歲月，復又學《書》學《禮》，以便考鏡源流，辨明體制。究其用意，即在尚志養氣，藉由學習經史，以堅進個人意志，開闊胸襟，提高見識。這是視學《詩》爲昇華生命境界的學問，而不是一般的堆垛材料而已。因此，錢氏接著便也批評當時的詩壇說：

> 今之爲詩者，不知《詩》學，而徒以雕繪聲律剽剝字句者
> 爲詩，才益駁，心益麤，見益卑，膽益橫，此其病中於人
> 心，乘于劫運，非有反經之君子，循其本而救之，則終于
> 胥溺而已矣。〔註61〕

若未針對創作主體的才膽識見方面，苦下功夫培養，僅在聲律字句上琢磨，自然容易霸氣橫溢胸中。針對明代詩壇充斥著這種目空一切的習氣，錢氏主張應從根本之處救濟，始見成效。故他讚美婁江十子的詩是：「直而不倨，曲而不屈，抑之而奧，揚之而明，曲直繁瘠，廉

〔註59〕以下各段引文均同註 36 書卷二十〈婁江十子詩序〉，頁八四四、八
　　　四五。
〔註60〕同註 59。
〔註61〕同註 59。

肉節奏，非放心邪氣所得而犯干也。」〔註62〕並且稱揚十子的爲人，
是「威儀庠序，發言有氣，離經辨志，相觀而善，非有意爲謏聞動眾
者也。是夫也，其有志于古之學詩者乎？」認爲如此，纔是「古學之
典要，亦救世之針藥也。」〔註63〕錢氏以上的論述，其實是將爲詩與
爲學以及個人的尚志養氣連成一串。換言之，就詩歌的創作主體而
言，它們是三位一體的。

　　同樣的論調，亦見於〈周孝逸文稿序〉一文中：

> 曹子桓云：「文以氣爲主。」李文饒舉以爲論之要。而余取
> 韓、李之言參之，退之曰：「氣，水也，言浮物也。水大，
> 而物之浮者大小畢浮；氣盛，則言之短長，與聲之高下者
> 皆宜。」此氣之溢于言者也。習之曰：「義深則意遠，意遠
> 則理辨，理辨則氣直，氣直則詞盛，詞盛則文工。」此氣
> 之根于志者也。根于志，溢于言，經之以經史，緯之以規
> 矩，而文章之能事備矣。不養氣，不尚志，翦刻花葉，儷
> 鬥蟲魚，徒足以傭耳借目，鼠言空，鳥言即，循而求之，
> 皆無所有，是豈可以言文哉！〔註64〕

曹丕所謂的氣，強調的是作者的個性；而韓愈的氣，則是就文章的語
言而言；至於李翊的氣，乃根源於作者的志義。錢謙益則綜合三說，
形成他個人尚志、溢言、重氣與經經緯史的養氣之說。其用意即是針
對他在〈華聞修詩草序〉所言：

> 今之爲詩者，聲利鈞心，繁華鑠骨，壯氣攻其中，而償盈
> 張其外，其爲誘且脅也亦多矣。〔註65〕

係爲抵抗外在聲利繁華的誘惑。在〈高念祖懷寓堂詩序〉中，他即曾
借用佛家所謂的「熏習」一語論述此一問題說：

> 余竊謂詩文之道，勢變多端，不越乎釋典所謂熏習而已。有
> 世間之熏習，韓子之所謂「無望其速成，無誘于勢利，養其

〔註62〕同註59。
〔註63〕同註59。
〔註64〕同註36書卷十九〈周孝逸文稿序〉，頁八二五、八二六。
〔註65〕同註37書卷三十二〈華聞修詩草序〉，頁九二七。

根而俟其實，加其膏而希其光」者是也。有出世間之熏習，佛氏所謂「應以善法扶助自心，應以法水滋潤自心，應以境界淨治自心，應以精進堅固自心，應以忍辱坦蕩自心，應以智證潔白自心，應以智慧明利自心」者是也。〔註66〕

錢氏分別引韓氏與釋家之語，強調詩文之道，雖然變化多端，但仍有掌握之道，即需要超越一切聲利名勢的引誘，忍耐寂寞，不求速成，唯專心一志培養根柢、豐潤膏實，借由長時間在學問與養氣的薰陶之下，提高自己的思想境界與學術素養，使自己的道德倫理之氣與文章之氣匯流為一。

事實上，錢氏所以如此重視學殖與養氣，又與其所極力稱揚的世變之至文的產生，有著直接的關係。牧齋平生所讚賞的詩歌，無過於作者在面對千古興亡升降之際，滿懷感嘆悲憤，不能自已，然後噴薄而出的元氣之作。其〈虞山詩約序〉即說：

> 古之為詩者，必有深情畜積于內，奇遇薄射於外，輪囷結轖，朦朧萌折，如所謂驚瀾奔湍，鬱閉而不得流；長鯨蒼虬，偃蹇而不得伸；渾金璞玉，泥沙掩匿而不得用；明星皓月，雲陰蔽蒙而不得出。於是乎不能不發之為詩，而其詩亦不得不工。〔註67〕

作者胸中的鬱勃不平之氣與壓抑激憤之思，在懷才不遇，是非顛倒的澆薄之世，自然會在深情感蕩之際，流露於君臣朋友之間，將其對是非善惡的理性之辨，轉化成自然深厚的忠愛之情。所以能夠如此，依錢氏之見，是因為平日培養的學殖與正氣充塞胸中使然。如前引的〈周孝逸文稿序〉中，他便認為周孝逸的深情感蕩，必然表現在君臣朋友與紙墨之間：

> 孝逸志義敦篤，以片言為死生，故其為文多燕趙悲歌韓魏齊節之風，語及于捐生立節，送死字孤，骨肉交騰，聲淚俱發，檣風陣馬，凌獵于紙墨之間，此非所謂王直氣壯，

〔註66〕同註36書卷十六〈高念祖懷寓堂詩序〉，頁七五一。
〔註67〕同註37書卷三十二〈虞山詩約序〉，頁九二三。

溢于詞而根于志者與？進而求之韓、李之學不遠矣。〔註68〕

又如在〈華仲通詩文集序〉中，錢氏亦將君臣父子等倫理道德與詩文
會通一起，強調華仲通的詩文不僅博通雄健，甚且志氣苞塞，滿紙涕
淚，令人爲之動容：

> 梁溪華仲通爲高忠憲公高足弟子，忠憲壹行，蔚爲醇儒，
> 忠憲歿而仲通之言立。爲詩文，博通雄健，發揚蹈厲，以
> 言乎君君臣臣、父父子子、華華夏夏、天人古今之間，如
> 列符契，如懸鏡鑑，胸有成文，借書于手，志氣苞塞，涕
> 淚沾漬，非以翰墨爲勳勣、詞賦爲君子也。〔註69〕

因此，在〈十峰詩序〉中，錢氏更是明白的將理學、氣節與詩文並論，
用以稱譽序主礎日子說：

> 礎日爲理學氣節文章中人，故其爲詩也，志意發越，元氣
> 盤鬱，粹然一歸於中正。〔註70〕

在文末，牧齋並總結詩歌的用途，強調作詩並非祇是雕聲繪律的小技
而已，而是足以扶正綱常，關係世運的大道：

> 夫詩本以正綱常、扶世運，豈區區雕繪聲律，剝剶字句云
> 爾乎？……嗚呼！詩道大矣，非端人正士不能爲，非有關
> 於忠孝節義綱常名教之大者，亦不必爲。讀礎日之詩以觀
> 礎日之人，礎日其眞理學文章中人也。

凡此，即是錢謙益所謂學習經史，厚殖學養，有功能詩歌創作的第一
層意義。

二、對儒者之詩的肯定

由前一小節的論述中，已可見到學問在錢謙益的詩學體系中所具
有的關鍵位置。因此，就詩學的內在演進機制來看，由於經史之學的
提倡，必然引出對學人之詩的正視與肯定。在〈顧麟士詩集序〉中，
錢氏便強調儒者之詩所具有的啓發作用：

〔註68〕同註64，頁八二六。
〔註69〕同註36書卷十九〈華仲通詩文集序〉，頁八一七。
〔註70〕同註36書卷十九〈十峰詩序〉，頁八三〇、八三一。

> 余惟世之論詩者，知有詩人之詩，而不知有儒者之詩。《詩
> 三百篇》，巡序之所陳，太師之所繫，採諸田畯紅女塗歌巷
> 謠者，列國之《風》而已。曰《雅》曰《頌》，言王政而美
> 盛德者，莫不肇自典謨，本于經術。言四始則〈大明〉爲
> 水始，〈四牡〉爲木始，〈嘉魚〉爲火始，〈鴻雁〉爲金始。
> 言五際則卯爲〈天保〉，酉爲〈祈父〉，午爲〈采芑〉，刻爲
> 〈大明〉。淵乎微乎！非通天地人之大儒，孰能究之哉？荀
> 卿之詩曰：「天下不治，請陳佹詩。」炎漢以降，韋孟之《諷
> 諫》，束廣微之《補亡》，皆所謂儒者之詩也。〔註71〕

錢氏爲了建立儒者之詩的正當性，即從《詩經》中援引論據，強調學
人之詩始終是詩的一支，並非後世論者的個人之見而已。在他看來，
《風》祇是採自列國的塗歌巷謳而已，不若《雅》與《頌》二者，是
源自典謨，本於經術，關係王政與讚美宗廟盛德的大道。其中有關描
繪天地與人事之間的道理，可謂精微淵深。若非博通的大儒，又有誰
能夠達到這樣的境界呢？這是牧齋含蓄的表達他個人推尊《雅》、《頌》
而將《風》邊緣化的用心。事實上，自清代以來的尊宋詩者，爲了有
別於明人的尊唐詩，往往歸返於先秦之世，頻向《詩經》汲取理論的
根據，以便能夠號令天下詩壇。加上宋詩有著以學問爲詩，又喜發議
論的性格傾向，凡尊宋者終將如錢謙益一樣，爲了將宋詩正當化，乃
不得不走向正視甚且推尊《雅》、《頌》而冷落《風》的道路。但這並
不意味在他的心目中，唐詩便應歸屬於《風》的這一類，進而推斷他
有著貶抑唐詩的意思在。如前章所論，錢謙益與黃宗羲等人屢次強調
唐詩有著各種不同的面貌，甚至連明人所獨尊的成唐詩亦復如此，並
不能僅以一種藝術風格就要牢籠天下詩人。因此，在強調荀子之言與
漢代的儒者之詩，其旨趣均與《雅》、《頌》相同後，錢氏便從古今均
所認同的唐詩切入，主張唐人之精於詩者，無不博通經學：

> 唐之詩人，皆精於經學。韓之〈元和聖德〉，柳之〈平淮夷
> 雅〉，《雅》之正也。玉川子之〈月蝕〉，《雅》之變也。後

〔註71〕以下各引文皆同註36書卷十九〈顧麟士詩集序〉，頁八二三。

> 世有正考父，考校商之名《頌》，以〈那〉爲首，其必將有
> 取于此。而世之論詩者莫能知也。〔註72〕

無論明、清兩代詩人，無不肯定唐詩在古今詩歌中，是處於頂峰的位
置；即連後者爲了推崇宋詩，亦要表明它是從唐詩變化而來。因此，
若唐詩中亦有所謂的儒者之詩，則更能確認自己的主張於不墜。故不
管是韓愈、柳宗元的合於正雅之詩，或者是盧仝所爲的變《雅》之作，
在牧齋來看，後代若有如正考父者，在考校《商頌》之際，也必將有
取於韓氏等人的作品。

　　依錢氏的邏輯推論來看，在唐人中有精於經學的儒者之詩，既無
疑義，則在明末清初之際，若亦有人創作從唐詩變化而來的儒者之
詩，順理成章的，自有其被當時詩壇所接受的道理。職是之故，他讚
美顧麟士說：

> 麟士於有宋諸儒之學，沈研鑽極，已深知六經之指歸，而
> 毛、鄭之詩，專門名家，故其所得者爲尤粹。其爲詩蒐羅
> 杼軸，耽思旁訊，選義考辭，各有來自。雖其託寄多端，
> 激昂俛仰，而被服雍雅，終不詭于經術。目之曰儒者之詩，
> 殆無愧焉。〔註73〕

無論詩作所呈現的，是作者託寄多端，激昂憤切的旨趣，祇要其雍雅
合則，自然是軌於經術的儒者之詩。所以，在結語中，錢謙益便明白
點出其選詩的標準說：

> 余采詩于本朝，於松得陶宗儀九成，於崑得龔詡大章，皆
> 以通經博古，蔚爲儒宗。俗學波流，先民不作，垂三百年，
> 而麟士崛起，與二君子相望于江鄉百里之間，其可不表而
> 出之哉！余故特爲之論者，庶幾後之論詩者，於經學蕪穢，
> 《雅》、《頌》廢壞之後，而猶知有儒者之詩，則自余之目
> 麟士始也。〔註74〕

〔註72〕同註71。
〔註73〕同註71。
〔註74〕同註71。

就如本序文在開頭時，牧齋即為當時的文風下結論說：「萬曆之季，時文日趨于邪僻。」可知此文亦是為時弊而發。而在此段引文中，他則更進一步強調「俗學波流，先民不作」的弊端，已浸浸然三百年久矣。為今救濟之道，則是重新歸經術於醇雅，扶起已隳壞許久的《雅》、《頌》之制。這也是他所以稱頌顧麟士的詩是儒者之詩的主要用意。

　　除此文之外，如對陳確庵詩的讚賞，錢謙益亦依循此一標準，一而再的為文重申其意。在〈陳確庵集序〉中，他就說：

> 確庵子繼銅川之志，歸〈伐木〉之章，茅薝土階，講道勸義，固將以贊《易》為司命，《元經》為賞罰，六經七制之能事，研之深，講之熟矣。苞塞演迤，作為詞章，本天閟，揆人紀，蓋莫不有畏天悲人，自古在昔之思焉。〔註75〕

在〈從游集序〉中，他又說：

> 確庵子獨抱遺經，居今而稽古。諸子彬彬文質，括羽鏃礪，當戎馬蹂躪之日，處荒江茅屋之中，衣裳襜如也，劍佩鏘如也。其稱詩也，佚而不偷，怨而不怒，商歌羽音，聲滿天地，以是為可以樂而窮，窮而老也。率是而行，古學可以絕而復續，先王之詩可以變而克正。〔註76〕

這兩篇文章的用意，可謂如出一轍，無不將學與詩並舉，進而強調其中的因果關係。錢氏認為詩人祇有植根於經術的蘊奧，本於天理，揆諸人事，進而宣導志意，考論德業，再出之以詞章之作，自然滿紙皆是畏天悲人之情，即使有商羽之音，雖佚而怨，卻是不偷不怒，完全符合《詩經》返變歸正的旨趣。

　　雖然通經博古，可以如錢牧齋所言，致詩歌於《雅》、《頌》的境地。但是，詩歌畢竟是語言的藝術，它仍然要從語言本身判斷其價值之所在。換言之，儒者之詩當與詩人之詩合而為一，不能重蹈宋代道學家作詩的覆轍。學與詩之間的語言轉換，仍是主要關鍵所在。針對如何學詩的問題，錢氏則強調「轉益多師」與「別裁偽體」

〔註75〕同註36書卷二十〈陳確庵集序〉，頁八四八。
〔註76〕同註36書卷二十〈從游集序〉，頁八五一。

兩種途徑，纔是根本之道，而不應是斤斤計較於章句聲律本身的修辭技巧而已。

在〈徐元歎詩序〉一文中，錢牧齋就說：「自古論詩者，莫精於少陵別裁偽體之一言。」〔註77〕認為杜甫的主張「別裁偽體」，是古今論學詩之道中最精要的一句話。在〈馮巳蒼詩序〉中，他則進一步闡述其中的要義說：

> 孟子不云乎：君子深造之以道，欲其自得之也。又曰：博學而詳說之，將以反說約也。余以為此學詩之法也。抒山之言曰：取由我裒，得若神表。文外之旨，但見情性，不睹文字。嚴羽卿以禪喻詩，歸之妙悟，此非所謂自得者乎？說約者乎？深造也，詳說也，則登山之蹊，渡水之筏也。「讀書破萬卷，下筆如有神」、「別裁偽體親風雅，轉益多師是汝師」，得之者妙無二門，失之者邈若千里。此下學之徑術，妙悟之指歸也。〔註78〕

錢謙益為了證明自己所舉的杜甫之言學詩之法，乃貴在「轉益多師」與「別裁偽體」不誣，便將孟子的深造自得及博學返約之說，與皎然的神表之說、嚴羽的妙悟之說，以及杜甫自己的「讀書破萬卷」及「下筆如有神」等全部會通為一。強調作詩，首先是要博學深造，以便能夠轉益多師，其次則要返約自得，如此始能別裁偽體，除去後代模擬因襲的假詩，做到去偽存真的地步，在下筆之際，也纔能如神助一般，妙悟的篇章不斷。

值得注意的是，從此篇序文來看，錢氏似乎同意了嚴羽的妙悟之說，其實不然。嚴羽所強調的妙悟，是針對屬於第一義的盛唐而言，是截斷源流，阻隔時代的作法。其捨筏達岸的學詩途徑，是偏重在以詩學詩的方法，其結果自然容易形成後學者擬在格調上下工夫的流弊。而這正是明人所蹈的覆轍，錢氏豈會視而未見，他的用意不外是順著嚴羽這個著名的話頭，強調在轉益多師之際，仍要注意別裁偽體

〔註77〕同註37書卷三十二〈徐元歎詩序〉，頁九二四。
〔註78〕同註37書卷四十〈馮巳蒼詩序〉，頁一〇八七。

的工夫，如此纔不會被下劣的詩魔所侵蝕。換言之，如《詩經》等經史之作，不僅是詩歌的源頭所在，其中更有早期的詩歌形態隱括其中。學習經史，即等於從詩歌得最根源處一路學習下來。就錢謙益而言，這纔是真正的「第一義」之所在，也是學詩的根本途徑。在〈題杜蒼略自評詩文〉一文中，他曾說：

> 詩文之道，萌折于靈心，蟄啓于世運，而苗長于學問，三者相值，如燈之有炷、有火、有油、有火而燄發焉。[註79]

用「萌折」、「啓蟄」、「苗長」形容靈心、世運、學問在詩文創作中的作用，並強調三者相值，標舉興會，難非彼此。其實如前一小節中所強調的，以錢謙益個人所處的時代及其用心而言，能令詩歌苗長，進而得以經世致用的學問，恐怕纔是他的終極關懷所在。否則，亦不必大費周章的重新標舉《雅》、《頌》的作用，稱揚古今的儒者之詩了。

第三節　黃宗羲的多讀書則詩自工說

一、依托學派而起的姚江詩派

　　雖然，黃宗羲對浙派而言，每有發凡起例的作用，但其初衷本人無意於詩人，更無意於詩派的建立。但是，他後來所以會成為浙派的實際創始人，則與其講學活動有著密切的關係，浙派初期的詩人可謂多屬黃氏講學時的弟子。換言之，浙派是依托在浙東學派身上，纔逐步發展起來的。

　　黃宗羲的講學活動，主要是在康熙二年（一六六三）至康熙十八年（一六七九），即他五十四歲至七十歲的這段時間[註80]立志於紹述劉蕺山之學，有暇則以詩文自娛。全祖望〈梨洲先生神道碑文〉記載黃宗羲此期間的講學盛況，則說：

〔註79〕同註 36 書卷四十九〈題杜蒼略自評詩文〉，頁一五九四。
〔註80〕吳光：《清初啓蒙思想家黃宗羲傳》，收在註 40 書第十二冊附錄，頁一二八。

東之鄞，西至海寧，皆請主講，大江南北，從者騈集，守令亦或與會。已而，撫軍張公以下階請公開講，公不得已應之。〔註81〕

依今人論述所得，黃宗羲的及門弟子，大都是康熙六、七年間，在寧波與紹興等地參加「證人講會」者。這一時期的浙派，以地望言，可稱浙東詩派，依師承言，則可稱梨洲詩派，而這詩派正是在學派的基礎上形成的。計從康熙四年起，陸續執弟子之禮於黃氏門下的，已有三十一人。在康熙十五年時，黃宗羲應海昌縣令之邀，赴海昌講學二月，又在此地培養了一批弟子。其中可考者，計有查慎行、查嗣瑮、陳鬻、陳熹、陳勛、陳詵、陳謙、陳訏、陳奕昌、楊中訥、沈海村、許三禮等十三人。以上所列四十四位弟子，或經或史，或詩或文，所長不一，但多有詩集或詩文集傳世。〔註82〕此外，還有黃宗羲之弟黃宗炎、黃宗會，子黃百家及和黃宗羲乎師友之間的李鄴嗣、高斗魁、呂留良、吳之振等人，則為這一詩派的中堅力量。

以上所述諸人，因是依托於浙東學派而起；而此學派的特點，又是為人重節義，為學主經世致用，其所長尤在史學，故彼此間的「同門意識」特重。查慎行在詩中，凡是提及鄭梁與仇兆鰲諸人時，總加注曰：「與余同出黃門」或「與余俱出姚江門下」。〔註83〕黃宗羲在〈高旦中墓誌銘〉中，則引萬履安之語謂：「讀書之法，當取道姚江，子交姚江而後，知吾言不誣耳。」〔註84〕不僅可見黃宗羲對弟子們的深遠影響，亦可見他本人對自己學問取徑的自信。而浙派便也是在這種以黃宗羲為軸心所凝聚而成的向心力推動之下誕生的。

〔註81〕全祖望：《全祖望集彙校集注》〈梨洲先生神道碑文〉（上海：上海古籍出版社，二○○○年十二月第一版），頁二一二。
〔註82〕參張仲謀：《清代文化與浙派詩》（北京：東方出版社，一九九七年八月第一版），頁八一。
〔註83〕同前註。
〔註84〕同註40〈高旦中墓誌銘〉，頁三一四。

－145－

　　儘管黃宗羲本人無意爲詩人，但其詩學理論與詩歌創作，卻爲浙派的形成與發展奠定了理論基礎與基本的創作傾向。在明末清初之際，不乏爲宋詩翻案的人，但眞正爲唐宋詩之爭揭開序幕的人，仍非黃氏莫屬。宗宋一派所以能自成一軍，形成與宗唐詩者的分庭抗禮之勢，與黃氏的呼籲與提攜大有關聯。

　　黃氏除參與《宋詩鈔》的蒐集與勘訂工作外，更爲了肯定宋詩的存在價值，先提倡宋、元詩各有優長，又說宋詩之佳亦在能唐，並且強調唐詩原非一體，宋詩亦從唐詩而出云云，甚至在〈史濱若惠洮石硯〉一詩中，直稱：「吾家詩祖黃魯直」〔註 85〕，雖然其用意主要是爲了糾正此前評價唐、宋詩時所發生嚴重偏差現象，不在於揭舉宋詩與唐詩相互抗衡，凡此都已見前述，不再贅述。

　　值得一提的是，在這些爲宋詩翻案的過程中，黃宗羲未始沒有過自立詩派的念頭。在〈景州詩集序〉一文中，他即曾隱約揭示類似的旨趣說：

> 余嘗輯《姚江逸詩》，千年以來，稱詩者無慮百人；而其爲詩者三人而已：宋高菊磵、明宋無逸及景州是也。……顧他年有定姚江詩派者，菊磵爲詩祖，景州則又爲黃氏之詩祖，當不舍吾言而取定於前人矣。〔註 86〕

可見黃氏是曾有意將詩派之名擬定爲「姚江詩派」的，後來也因爲此派的影響逐漸擴大，便也就不限於姚江一地，亦不限於浙東一區了。但是，原本南雷蒐討姚江逸詩的用意，亦僅在於欲以詩作補葺史事不足的學術用途上。在〈姚江逸詩序〉中，他即說：

> 孟子曰：「詩亡然後《春秋》作。」是詩之與史，相爲表裏者也。故元遺山《中州集》竊取此意，以史爲綱，以詩爲目，而一代之人物，賴以不墜。錢牧齋倣之爲《明詩選》，處士纖介之長，單聯之工，亦必震而矜之，齊蓬戶於金閨，風雅兗鉞，蓋兼之矣。……數百年以來，海內文集，列屋

〔註 85〕同註 40 書第十一冊《南雷詩曆》〈史濱若惠洮石硯〉，頁二七四。
〔註 86〕同註 40 書，頁十五。

兼輆，而姚江獨少。……此後見諸家文集，凡關涉姚江者，
必爲記別，其有盛名於前者，亦必就其後裔而求之。如是
者數十年矣，以其久，故篋中之積，多有其子孫所不識者。
〔註87〕

以詩補史，使一代人物不在歷史的洪流中被遺漏，是錢謙益與黃宗羲
等人重要的學術思想。從文中自述可見，黃氏在數十年裡孜孜不倦的
蒐羅史料，鉤稽遺文的身影來看，更可以襯顯出此一詩派與學術的淵
源之深遠。而在〈謝莘野詩序〉一文中，黃宗羲更列舉了七位後進詩
人的姓名說：

顧近年以來，浙都風氣一大變。略舉如鄭禹梅、萬貞一、
陸紾俟、姜友棠、周弘濟、裘殷玉、謝莘野諸子，要皆稱
心所出，瑕瑜不掩。〔註88〕

謝莘野等七人，都是黃宗羲的入室弟子，像這樣一一列名，大有檢閱
陣容的態勢，而「稱心所出」一語，更是隱約道出在他的心中，其實
是頗有自任教主的味道的。

即使論述古文時，黃宗羲亦顯露同樣的心跡。在〈高元發三稿類
存序〉中，即謂：

甬上古文詞，自余君房、屠長卿而學者之論亡矣。……吾
嘗與萬悔庵極論作者之指，是時不以爲非者有高子元發，
即取有明十數家手選而鈔之，大意多本於余，遇余有所論
著，亦必手鈔之。當極重難返之勢，余又無祿位容貌，如
震川所云巨子者足爲人所和附。嗟乎！余何以得此於元發
哉！今去其時曾不二十年，而甬上諸君子皆原本經術，出
爲文章，彬彬然有作者之風者不下六七人，余、屠雲霧，
忽焉開霽。〔註89〕

所謂「巨子者足爲人所和附」，雖感慨自己無祿，不足以引領風氣；
但是，從「大意多本於余」與「余、屠雲霧，忽焉開霽」二句又可推

〔註87〕同註40書〈姚江逸詩序〉，頁十、十一。
〔註88〕同註40書〈謝莘野詩序〉，頁九三。
〔註89〕同註40書〈高元發三稿類存序〉，頁一。

知，他對於自己在弟子心目中的地位及影響力，其實亦是難掩心中得意之情的。

如本章第一節所論，黃宗羲反省嚴羽的詩說時，主要是著眼於唐詩的面目非一，不能僅以一種風格號令天下詩壇，宋詩自該有其應有的詩歌地位。由是，他便進一步主張對古今風格各異者，應抱持「有品藻而無折衷」的態度。在〈錢退山詩文序〉中，黃氏即說：

> 慨自唐以前，爲詩者極其性分所至，銚心劇腸，畢一生之力，春蘭秋菊，各自成家，以聽後世品藻。如鍾嶸之《詩品》，辨體明宗，固未嘗墨守一家以爲準的也。至於有宋，折衷之學始大盛。江西以漢漫廣莫爲唐，永嘉以齪鳴吻呋爲唐，……入主出奴，謠詠繁興，末不以爲折衷群言。然良金華玉，並行而不悖，必欲銖兩以定其價，爲之去取，恐山川之靈氣，割裂於市師之手矣。……（退山）其於古今作者，有品藻而無折衷，蓋不欲定於一家以隘詩路也。〔註90〕

所謂「有品藻而無折衷」之義，即是要辨識各家創作的風格特徵，揭示其各自存的價值，以爲後人廣泛借鑑與學習之用；而不是欲以一己的私意是此非彼，依個人主觀隨意去取。換言之，他是要任令各種風格的詩歌並行，如此纔能擺脫模擬抄襲，墨守一家的弊病。

二、詩在經史百家之中

黃宗羲既主張這種要求視野開闊與才識宏達的詩學取向，便不得不進而提出多讀書的主張，在「有品藻而無折衷」的原則之下，達到像杜甫的「轉益多師」那樣的學詩之法。在〈曹實庵先生詩序〉中，他便提出學問對創作詩歌的必要性說：

> 今之爲詩者，曰：必爲宋，必爲唐。規規焉俛首躡步，至不敢易一辭，出一語，縱使似之，亦不足貴。於是識者以爲有所學即病，不若無所學之爲得也。雖然，學之至而後可無所學，以無所學爲學，將使魏、晉、三唐之爲高山大

〔註90〕同註40書〈錢退山詩文序〉，頁六五、六六。

> 川者，不幾蕩爲丘陵糞壤乎？故程不識之治兵也，正部曲
> 行伍，營陳擊刁斗，軍不得自便，敵不敢犯；李廣行無部
> 曲，行陳人人自便，不擊刁斗自衛，敵辛犯之，無以禁。
> 即學詩者之明驗矣。〔註91〕

爲了糾正擬古的時弊，黃氏認爲其中的關鍵，並不在於放棄學習，從而割斷個人與傳統之間的聯繫，而是應該儘量與之取得聯繫。至於聯繫方法，他認爲應該是擷取多元開闊，靈活運用，而捨棄狹窄單一，呆板凝滯。所以，在文末中，他讚美曹實庵的詩說：

> 先生之詩，以工夫勝，古今諸家，揣摩略盡，而後歸於自
> 然，故平易之中，法度歷然，猶不識之治兵也。不求與古
> 人合而不能不合，不求與古人異而不能不異，謂之有所學
> 可也，謂之無所學亦可也。〔註92〕

英人艾略特論述個人與傳統之間的關係時，曾強調在成熟的詩人身上，過去的詩歌亦是他個性的一部分。而過去則是現在的一部分，也受到現在的修改。眞正的創新，必須深切意識到不斷變化的傳統的存在，並且意識到自己也是傳統的一部分。爲了建立起與傳統的有機聯繫，詩人必須以消滅自己的個性爲目標，視自己爲消化和提煉傳統素材的媒介。〔註93〕分別身處於古今與中外兩個不同時空背景的人，竟有如此類似的言論，則學問之於創作詩歌的重要性不言可喻了。

　　職是之故，黃宗羲強調作詩之前，應該以轉益多師的態度深切面對傳統。在〈安邑馬義雲詩序〉一文中，他曾強調學習古代大家的重要性說：

> 夫人而能爲詩，則自信其詩。於是僻固狹陋，盤結胞胎，
> 即使陶、謝詔之於前，李、杜、王、孟鞭之於後，不欲盼
> 其帷席，是安得有詩乎？〔註94〕

〔註91〕同註 40 書〈曹實庵先生詩序〉，頁八四。

〔註92〕同前註。

〔註93〕參托·斯·艾略特：〈傳統與個人才能〉，收在《艾略特文學論文集》
　　　　（南昌：百花洲文藝出版社，一九九四年九月第一版），頁一～十一。

〔註94〕同註 40 書〈安邑馬義雲詩序〉，頁六九。

但是專取大家之詩而學爲詩，仍是不夠的。如杜甫都還說過：「讀書破萬卷，下筆如有神」的名言，所以在《南雷詩曆》的〈題辭〉中，黃氏更擴大學習傳統的對象，舉凡經史百家等，都應該包括在閱讀的範圍之中：

> 蓋多讀書，則詩不期工而自工；若學詩以求其工，則必不可得。讀經史百家，則雖不見一詩，而詩在其中。若只從大家之詩，章參句鍊，而不通經史百家，終於僻固而狹陋耳。〔註95〕

詩家作詩，不能僅就大家的章句參練揣摩而已，否則，仍會淪爲咬文嚼字的雕琢小技而已。而是要以深廣的學口爲作詩的根本，以豐富個人的修養與胸襟。在〈姜友棠詩序〉中，他即認爲學習傳統，並非祇是在古人的章句上下功夫而已：

> 不知昔人之所不上下於千古者，用以自治其性情，非用以取法於章句也。姜白石云：「異時泛閱眾作，病其駁也，專志於魯直。居數年，一語噤不敢吐，始大悟學即病顧不若無所學之爲得。」夫所學則爲己矣。〔註96〕

雖然強調要多學習傳統，但又不是無所自得的駁雜之學，而是要收納諸己的性情之學。黃氏這裡的論調，實則是與此前錢謙益所謂的博學返約之說如出一轍的。

需一提的是，黃氏在論著中並不泛用「學問」二字，而是將其範圍定義在經史百家上面。其用意亦在強調即連學問亦要廣泛儲存擷取，以爲詩用。在〈馬虞卿制義序〉中，他即說：

> 昔之爲詩者，一生經、史、子、集，盡注於詩。夫經、史、子、集，何與於詩？然必如此而後工。時文亦然，今顧以時文爲師，經、史、子、集，一切溝爲楚、漢，且並諸儒之理學，視之爲塗毒鼓聲。窮經之學，顧如是乎？〔註97〕

〔註95〕同註40書第十一冊《南雷詩曆》〈題辭〉，頁二〇三。
〔註96〕同註40書〈姜友棠詩序〉，頁八九。
〔註97〕同註40書〈馬虞卿制義序〉，頁七〇。

他不僅主張爲詩者應當研讀經史子集，以便積學儲寶；即連要寫好登上舉業捷徑的時文，亦莫此不由。在前揭的〈高元發三稿類存序〉中，他也將同樣的道理應用在古文的創作上說：

> 甬上諸君子皆原本經術，出爲文章，彬彬然有作者之風者
> 不下六七人，余、屠雲霧，忽焉開霽。

將經術與文章並舉，可見黃宗羲認爲創作古文的前提，亦是先要將胸襟與涵養放在「經術」上面，如此纔能有彬彬之風。這又說明了黃氏雖然主張經史子集四部書都應該盡力閱讀，然而需要注意的是，其中並非沒有輕重緩急的次第之分，而是要以閱讀經史爲首要之務。在〈高旦中墓誌銘〉，他便強調讀書的次序說：

> 讀書當從《六經》而後《史》、《漢》，而後韓、歐諸大家。
> 浸灌之久，由是而發爲詩文，始爲正路。舍是則旁蹊曲徑
> 矣。……文雖小伎，必由道而後至。〔註98〕

在引文中，黃宗羲除了明白揭示積學以儲寶的順序，應是先《六經》，然後是《史記》、《漢書》，然後纔是韓愈、歐陽脩等古文諸大家外，又強調文章這種雕蟲小技，也是需要合於道，纔算是到達極至的目標。其〈李杲堂先生墓誌銘〉對於有關文章創作的綱領就說：

> 文之美惡，視道離合。文以載道，猶爲二之。聚之以學，
> 經史子集。行之以法，章句呼吸。無情之辭，外強中乾。
> 其神不傳，優孟衣冠。五者不備，不可爲文。〔註99〕

在此文中，黃氏所總結的五大創作要素，係就古文而言。然從前揭的〈高旦中墓誌銘〉來看，將之擴及到詩歌的創作，亦無不可。雖然，文末明言「五者不備，不可爲文」，但並非意味黃宗羲是把五者之間的關係同等看待，並無主次的區分。如其中的「道」，是統攝的核心所在，而其他四者的順序，應是「情」與「學」次之，而「法」與「神」又次之。至於「情」與「學」二者間的次序，從浙派係依托浙東學派而起，以及黃宗羲提倡學問時，每每將經史置於詩歌之前來看，則「學」

〔註98〕山註 40 書〈高旦中墓誌銘〉，頁三一四、三一五。
〔註99〕同註 40 書〈李杲堂先生墓誌銘〉，頁四○一。

的重要性當在「情」之前，已不言可喻。在〈後葦碧軒詩序〉中，他同錢謙益一樣，提出詩歌當有文人之詩與詩人之詩的區分：

> 古來論詩有二，有文人之詩，有詩人之詩。文人由學力所成，詩人從鍛煉而得。大篇麗句，矜奇鬥險，使僻固而狹陋者，茫然張口。至若「空梁」、「春草」，意所不得，正復讀書萬卷，豈能採拾，此先生之詩所以可貴也。〔註100〕

雖說「空梁」、「春草」等即目之景，即使讀書萬卷亦未必能採拾得到云云，然黃氏真正的用意，並非在於貶抑讀書的必要性，反而是在強調「鍛煉」的重要性。至於能有令僻固狹陋者為之瞠目咋舌的「大篇麗句」，在他看來，正是文人所以得力於學問之處，否則又如何能夠馳騁得了。

由此可見，黃宗羲仍然認為詩若要工，仍需以讀書為要。值得注意的是，錢謙益所揭示的「儒者之詩」，與黃宗羲所強調的「文人之詩」，在浙派的後期，則變本加厲演變成為「學人之詩」，作者為了一逞學力之快，已到了無以復加的地步。但是，從詩學思想的演變來看，黃宗羲有關詩歌與學問兩者之間如何對待的論述，同其前輩錢謙益一樣，都為後來的宋詩運動在發展成「以學問為詩」的詩歌話語上，有著「導夫前路」的啟示作用。

第四節　朱彝尊的豈有捨學言詩之理說

一、論詩必以取材博為尚

朱彝尊（一六二九～一七○九），字錫鬯，號竹垞，晚號小長蘆釣魚師，又號金風亭長，江秀水（今嘉興）人。康熙十八年己未（一六七九）召試學鴻詞，官翰林院檢討。博經通史，擅長詩詞古文，著有《明詩綜》、《曝書亭集》、《騰笑集》等。一般論者述及浙派的人物時，每將其詩學的源頭溯自朱氏身上，並奉他為浙派的創始人，這其

〔註100〕同註40書〈後葦碧軒詩序〉，頁六。

實是一種誤解。〔註101〕但是，儘管朱氏在詩學的取徑上，主張唐詩，
對宋詩的批評且不遺餘力；惟需辨別清楚的是，朱彝尊所推崇的唐
詩，其實是推崇杜甫式的唐詩；而其所不滿的宋詩，則是特就宋詩的
流弊而言。在他的詩學裡，他依然承繼了傳統詩學的正變觀念，以辯
證唐詩與宋詩之間有關詩歌審美及其藝術價值判斷的問題。

　　在〈丁武選詩序〉一文中，朱氏檢討當時詩壇的弊病時，即推崇
唐詩是「正」，而以「變」界定宋詩說：

> 三十年來，海內談詩者知嫉景陵邪說，顧仍取法于廷禮；
> 比復厭唐人之規幅，爭以宋爲宗。……彼目不睹全唐人之
> 詩，輒隨響附聲，未知正而先言變，高詡宋人，詆唐爲不
> 足師，必曰離之始工，吾未信其持論之平也。〔註102〕

詩家所以爭逐崇宋，是因未能見到唐詩全貌，不識唐詩纔是學詩正途
之故。因此，面對當時延燒全國的宋詩熱潮，亦祇能隨響附聲而已，
誤以爲棄唐就宋，即是尋得詩法，卻忘記宋詩亦是從唐詩變化而來。
而在同卷的〈王學士西征草序〉中，竹垞則進一步推尊杜甫的海涵地
負，是最能代表唐詩之正的；並直接批判宋詩的末流，雖是從唐詩變
化而來，卻是不善於學的錯誤示範：

> 學詩者以唐人爲徑，比遵道而得周行者也。唐之有杜甫，
> 其猶九達之逵乎？……正者極于杜，奇者極于韓，此躋乎
> 三峰者也。宋之作者，不過學唐人而變之爾，非能軼出唐
> 人之上。若楊廷秀、鄭德源之流，鄙里以爲文，詼笑嬉褻
> 以爲尚，斯爲不善變矣。〔註103〕

值得注意的是，朱氏除堅持唐詩屬正，特尊崇杜詩乃是正的極致，是
詩國中的康莊大道，任何體裁在杜詩中所呈現的景象，無不是九通八
達，馳騁無礙外，則又張揚韓愈的詩作，乃是奇的極致，認爲此二人

〔註101〕　有關朱氏被誤作浙派創始人的異議，可參張仲謀在註82書中的論
　　　　　述，頁三四～三七。
〔註102〕　同註49書卷三十七〈丁武選詩序〉，頁四五七。
〔註103〕　同註49書卷三十七〈王學士西征草序〉，頁四五九。

的詩作，均是唐朝詩界的頂峰所在。我們若隱去此段引文的作者之名，會以爲這是尊宋者的言論。蓋在錢謙益、黃宗羲、葉燮等人的著作中，類似的言論可謂俯拾即是；甚至明代自末五子以後，亦往往視杜甫等，乃促使唐詩所以逗變的關鍵人物。這是竹垞與尊宋者的交集所在。至於對宋末詩人的非議，則同嚴羽所言者如出一轍，而他在集中，則專就此一部分大肆抨擊。同樣認爲唐詩有多種面貌，亦強調宋詩係由唐詩變化而來，尊宋者特就其善學者予以張揚，而朱氏則從其不善學的部分極力攻擊。可見後者所以將焦點集中於此，係針對當時延燒全國的宋詩坊已出現鄙俚粗露的流弊而發。

因此，在〈胡永叔詩序〉中，朱氏便進一步主張學詩當進於古，以取法乎上，纔不致背離雅馴的詩歌要求：

> 學詩者當進於古。師三百篇，庶幾近於漢。師魏晉，乃幾於唐。未有師宋元而翻合乎群雅者。〔註104〕

又在〈李上舍瓦缶集序〉中亦云：

> 上舍務以六代三唐爲師，勿墮宋人流派。〔註105〕

明人尊唐，捨盛唐之外無他，故清人批評明人無詩。如今，尊宋者亦復如此，除宋、元詩外，一概未見。這是朱氏已看到爲尊宋者所以批評明人不學的覆轍，又在當時的詩壇重新上演。故他一再殷切叮嚀學詩者不可墮入宋人分門別派的弊端，應該取法乎上，追溯源流，務以《詩經》、漢、魏以及三唐爲師法的對象。若僅拘執於學習宋、元的詩家，不僅無法臻於群雅之作，恐怕亦祇能得其下流而已。這是從學詩的門徑上，檢討尊宋者又淪爲與明人一樣不學的流弊之中。

雖則如此，朱彝尊並非全然否定宋詩的藝術價值。在〈鵲華山人詩集序〉中，他是肯定宋詩的作者中，自有其「神明」的一面：

> 今之言詩者，……厭棄唐人，以爲平熟，下取蘇、黃、楊、陸之體制，而又遺其神明，獨拾瀋滓。〔註106〕

〔註104〕 同註49書卷三十九〈胡永叔詩序〉，頁四八一。
〔註105〕 同註49書卷三十九〈李上舍瓦缶集序〉，頁四八二。
〔註106〕 同註49書卷三十九〈鵲華山人詩集序〉，頁四八〇。

時人群起學宋詩之際，獨遺棄其神明而不知，反而卻鍾於糟粕，視如珍珠，這就是竹垞所謂的不善學。

由以上所摘引的數則文字可知，朱彝尊在詩學上的取徑，其實是與錢謙益頗為接近的。既極力推尊杜甫，又不全然否定宋詩的價值。然如楊萬里等人以及江湖詩派的粗率熟滑，則皆為二人所同聲厭惡。唯其間仍有所差異，蓋明人與朱彝尊均視正變為詩歌價值判斷的標準，屬正的唐詩，自然要勝過屬變的宋詩；而錢謙益本人則認為正變僅是時代風會的差異，不能因此而崇唐抑宋，宋詩亦自有其存在的藝術價值。

再者，若從朱彝尊的學詩歷程來看，在前引〈鵲華山人詩集序〉中，他曾自敘其一生的學詩經歷謂：

> 予少而學詩，非漢魏六朝三唐人語勿道，選才也良以精，稍不中繩墨則屏而遠之。中年好鈔書，通籍以後集史館所儲，京師學士大夫之所藏，必借錄之。……歸田以後，鈔書愈力，暇輒瀏覽，恒資以為詩材，于是緣情體物，不復若少時之隘。予故論詩必以取材博者為尚。〔註107〕

所謂的「少而學詩」云云，應是指其受到七子派的詩學影響而言；至於中年以後，在詩學的取徑上，則發生較大的變化，致力於學問的傾向越來越明顯；並且認為博學多聞，在創作詩歌時的取材，自然即能廣博，而詩作的格局，也就越來越具規模，不似少時的狹隘。同樣的，若僅就「中年好鈔書」以後的文字來看，而不問其作者為何？真會誤解成這是浙派中人的成長告白。因此，《四庫全書總目》的館臣們在〈提要〉中，便曾就朱彝尊此一時期的詩風變化，作出描述說：

> 至其中歲以還，則學問愈博，風骨愈壯，長篇險韻，出奇無窮。趙執信《談龍錄》論國朝之詩，以彝尊及王士禎為大家，謂王之才高，而學足以副之；朱之學博，而

〔註107〕 同前註。

才足以運之，及論其失，則曰：朱貪多，王愛好，亦公

論也。〔註108〕

可見當時論者對於朱彝尊在中年以後的詩作，不管是才足以運學的

得，或是貪多的失，均認爲其學問淵博是主要的關鍵所在。朱庭珍在

《筱園詩話》中，對於竹垞善用書卷的本領講得更是明白：

朱竹垞詩，書卷淹博，規格渾成，才力雄富，工候湛深，

造詣實過阮亭，惟時有疏於法處。……其使事精確處，分

寸切合，具見用書本領，亦他人所罕及。與阮亭齊名，如

老、韓同傳，非魯、衛也。〔註109〕

朱庭珍甚至舉竹垞詩句爲例証，認爲可以和嚴羽的妙悟說互參：

滄浪主妙悟，謂：「詩有別材，非關學也，詩有別趣，非關

理也。然非多讀書，多窮理，則不能極其至。」是言詩中

天籟，仍本人力，未嘗教人廢學也。竹垞謂：「必儲萬卷於

胸，始足以供驅使。」意主於學，正可與嚴說相參。何必

執片語以詆古人，而不統觀其全文哉！〔註110〕

用博辯的韓非比擬貪多的朱彝尊，依然是將論述的焦點放在朱氏本人

所具備的，而且亦是其所強調的「博學」上面。需注意的是，像朱氏

這種不斷往「學問」方向傾斜的詩學取向，對同居於浙地的浙派作者，

應該是有其正向的刺激作用的。翁方綱在〈評漁洋精華錄〉中就說：

山谷詩境質實，……竹垞學最博入詩，全以博學入詩，宜

其愛山谷矣。然竹垞卻最不嗜山谷。〔註111〕

這樣的說法，是直接點出清代宋詩運動中的主要接受人物黃庭堅與朱

彝尊之間的微妙關係，雖然翁方綱亦知朱氏雅不喜黃氏之詩。可見文

學影響的傳遞，往往有非當事人所能預期以及左右的。

〔註108〕 見紀昀編：《四庫全書總》卷一百七十三《曝書亭集八十卷附錄一
卷》條（臺北：漢京文化事業有限公司，一九八一年十二月初版），
頁九四八。

〔註109〕 同註51書卷二，頁二三五七、二三五八。

〔註110〕 同註51書，頁二三二七、二三二八。

〔註111〕 翁方綱：〈評漁洋精華錄〉，轉引自錢仲聯編《清詩紀事》第五冊（南
京：江蘇古籍出版社，一九八七年二月第一版），頁二七○一。

　　身爲朱彝尊的表弟，從朱氏游學甚久的浙派前期作手查愼行，在
其爲竹垞的《騰笑集》作序時，雖曾指出朱詩的風格，一生雖有所變
化，以唐爲宗，仍是其詩學指趣所在：

> 其稱詩最早，格亦稍稍變，然終以有唐爲宗，語不雅馴者
> 勿道。〔註112〕

其後初白又爲《曝書亭集》作序時，亦指出朱氏之詩雖泛濫於杜、韓
之間，卻始終以落入宋人淺近爲戒：

> 其稱詩以少陵爲宗，上追漢魏，而泛濫于昌黎、樊川，句酌
> 字斟，務歸典雅，不屑隨俗波靡，落宋人淺近蹊徑。〔註113〕

二序雖然明白指出竹垞在面對當時已漫延全國的宋詩熱潮，其態度是
不屑的。其中原因，應是宋末的「淺近」流弊已經復現當時詩壇。不
過，查氏也明白指出朱彝尊的詩學格局，是以杜甫爲主軸，然後旁涉
漢、魏與韓愈等人。而其中的杜甫與韓愈，均屬是唐人而開宋調者，
這便使浙派與朱氏之間有了相通的管道。由此可知，朱彝尊與浙派的
關係，有如杜甫、韓愈二人與宋詩的關係，前者雖無心於爲後者開創
局面，卻對後者都有不容忽視的啓迪之功。所以，在乾隆年間，吳樹
虛爲浙派詩人翟灝的《無不宜齋稿》一書作序文時，即說：

> 吾浙國初衍雲間派，尚傍王、李門戶。秀水朱太史竹垞，尚
> 根柢考據，擅詞藻而驅彎衙，士夫咸宗之。儉腹咨嗟之吟，
> 擯棄不取，風雲月露之句，薄而不爲，浙詩爲之大變。〔註114〕

吳氏回顧清初以來浙派詩的流變時，提到朱彝尊的部分，特拈其注重
學問與考據的詩學取向，並謂一時詩人深受影響，浙詩之風乃大變於
前。此段論述，專從竹垞在文學史上的影響著眼，而不拘執於派別的
依違，正與朱氏一生不分門別派的詩學思想一致，可謂最爲通達。事
實上，早在清初之際，嶺南詩人屈大均在〈送朱上舍〉一詩中，已對
朱氏中年以後的詩風轉變提出個人的看法說：

〔註112〕　查愼行：〈騰笑集序〉，同註49書，頁五。
〔註113〕　查愼行：〈曝書亭集序〉，同註49書，頁二。
〔註114〕　吳樹虛：〈無不宜齋稿序〉，同註111轉引書，頁二六九八。

> 參差似兄《騰笑集》，損琥同開風氣先。逃唐歸宋計亦得，
> 韓蘇肯讓揮先鞭。〔註115〕

在詩中，屈氏既明言朱彝尊在開風氣之先上的先導作用，又以「逃唐歸宋」四字點出其中年以後詩風趨宋的轉變事實。其實不管這種桃乎唐音而襯于宋調的詩學轉變，是否只是「暗合」〔註116〕而已；就文學史的演變來看，誠如前引邵長衡於〈研堂詩稿序〉中所言：「負奇之士不趨宋，不足以洩其縱橫馳騁之氣，而逞其贍博雄悍之才，故曰勢也。」邵氏在文中不僅概括了唐詩與宋詩之間的風格差異，並分析清人所以疏離唐詩而親近宋詩的主要原因，係由於若不取徑於後者，便不足以逞個人一己之才，以泄胸中縱橫之氣。〔註117〕由此可見在時代風會的裹挾之下，潮流既成，作者也就往往不由自主，是很難逆勢而爲的。

其實朱彝尊的詩風所以有此轉變，或許正與他在康熙十八年清廷首開博學鴻詞科之試，並從此仕清，其後卻又在史館飽受排擠，終致罷官的進退失據一事，有所關聯！在〈黃徵君壽序〉中，他即曾向黃宗羲告罪說：「予之出，有愧於先生」，並「冀先生之不我拒也。」〔註118〕像這種徬徨悔恨的心情，對才學兼具的他而言，恐怕只有藉著向「徑露」的宋詩，纔能夠在一逞「贍博雄悍」的詩才之際，發洩心中的「縱橫馳騁之氣」了。在〈荇溪詩集序〉中，朱氏自述其詩歌創作的演變歷程時，就曾意有所指的說：

> 一變而爲騷誦，再變而爲關塞之音，三變而吳儈相雜，四變而爲應制之體，五變而成放歌，六變而作漁師田父之語。
> 〔註119〕

〔註115〕 居大均：《屈大均全集》第一冊〈送朱上舍〉（北京：人民文學出版社，一九九六年十二月第一版），頁二〇八。
〔註116〕 張仲謀力主朱氏這種轉變的情形，祇是暗合而已，並非有意如此。同註82書，頁三七。
〔註117〕 詳論見第三章第一節，頁81。
〔註118〕 同註49書卷四十一〈黃徵君壽序〉，頁五〇一。
〔註119〕 同註49書卷三十六〈荇溪詩集序〉，頁四五四。

這段文字體現了竹垞前後期的詩歌內容以及與之互相聯繫的格調轉變，雖與他從抗清、游幕、仕清，乃至歸田的心情轉折不能一一對號入座，但就創作心理學的角度來看，朱氏在中年以後的詩歌每出之以宋調，不能說與他從仕清終致歸田的心情無關吧。

值得一提的是，清人對宋詩的態度，始終是微妙複雜，充滿矛盾性質的。如錢謙益是清代宋詩運動的先河，他既反對七子派與竟陵派，卻又不滿於宋詩。喬億在《劍溪說詩》論錢氏時，即點出這種微妙說：

> 明詩屢變，咸宗六代三唐，固多僞體，亦有正聲。自錢受之力詆弘、正諸公，始纘宋人餘緒，諸詩老繼之，皆名唐而實宋，此風氣一大變也。〔註120〕

而黃宗羲是浙派鼻祖，此派後來又成爲推動宋詩運動的主要健將，但他對於宋詩亦是頗有微詞。如此相較之下，朱彝尊雖極受後來宋詩運動者的推重，甚至將他視爲宋詩運動的發端者之一，而其中年以後的作品風格，也接近宋詩，但他在言論上，卻始終是推揚唐詩而貶抑宋詩。又如到了清代中期以後，主張以考據爲詩，高談肌理論調，直接將宋詩運動推向理論高峰的翁方綱，在《石洲詩話》中，對於《宋詩鈔》一書所呈現的風格，亦深致不滿之意。因此，不管是「逃唐歸宋」或者是「名唐實宋」，在時代風會的巨大磁吸作用之下，一般詩家是很難置身於外，而不被捲入這場詩歌運動的漩渦之中的。所以，對於朱彝尊在詩學立場上的爭議，也應該作如是觀，纔較穩當。他所以被推尊爲浙派的先導人物，於清代宋詩運動的推展上居其功，恐怕都是時勢之所趨的必然效應。就如前引邵長衡的話一樣，是不得不如此使然。

二、詩源經史的雅醇要求

如前所述，朱彝尊向以博學多聞，兼擅詩文著稱於當時。《清史稿》在其本傳中即謂：「當時王士禎工詩，汪琬工文，毛奇齡工考據，

〔註120〕　喬億：《劍溪說詩》卷下，收在註43郭紹虞所編書下冊，頁一一〇四。

獨彝尊兼有眾長。」〔註121〕當一人之身，爲數種所善所匯集時，自
然就不免會有互相灌注的情形發生。因此，在朱氏的詩文中，屢見主
張詩歌應以經史爲根柢的呼聲，也就不足爲奇。如〈齋中讀書十二首〉
之一即謂：

> 詩篇雖小技，其源本經史，別才非關學，嚴叟不曉事。顧
> 令空疏人，著錄多弟子。開口笑楊陸，唐音總不齒。吾觀
> 趙宋來，諸家匪一體。東都導其源，南渡逸其軌。紛紛流
> 派別，往往近魑魖。群公皆賢豪，豈盡昧其旨。〔註122〕

如前所述，竹垞所以攻擊嚴羽「別才非關學」之說每不遺餘力的主要
原因，是因爲他認爲嚴氏的妙悟之論，開啓了後世詩家空疏讕陋的惡
習。此論點於此，亦全然揭露。此一風氣所形成的「魑魖」詩風，是
他十生爲詩時所深惡痛絕的。在《曝書亭集》中，他便不只一次的點
出這種流弊的嚴重性。

在〈葉李二使君合刻詩序〉一文中，朱氏就將非難的矛頭直接對
準宋詩派所造成的流弊說：

> 今之言詩者，每厭棄唐音，轉入宋人之流派。高者師法蘇、
> 黃，下乃效及楊廷秀之體。叫囂以爲奇，俚鄙以爲正，譬
> 之于樂，其變而不成方者歟。〔註123〕

竹垞的詩學是推尊杜甫的正與韓愈的奇的，但當時的詩風，卻是「叫
囂以爲奇，俚鄙以爲正」；儘管詩家們均自詡從杜甫與韓愈的詩中變
化而來，卻因不善變而有「不成方」的流弊。在〈汪司城詩序〉中，
他則認爲時詩風的庸熟，已經令人不忍卒睹到欲作噁的地步。究其原
因，亦是因詩家們的學問過於淺薄所致：

> 今之詩家不事博覽，專以宋楊、陸爲詩，庸熟之語，令人
> 作惡。〔註124〕

〔註121〕 《清史稿》卷四百八十九〈朱彝尊傳〉，收在孟森編《清代史料彙
　　　　　編》下冊（香港：益漢書樓，一九七七年四月出版），頁三六○三。
〔註122〕 同註49書卷二十一〈齋中讀書十二首〉之一，頁二六一。
〔註123〕 同註49書卷三十八〈葉李二使君合刻詩序〉，頁四六七。
〔註124〕 同註49書卷三十九的〈汪司城詩序〉，頁四八二。

職是之故，在〈鵲華山人詩集序〉中，朱彝尊自述其學詩的歷程後，便讚美鵲華山人說：

> 鵲華山人善詩，……所鈔書比予更富。其取材也博，宜其詩之雅以醇，閎而不肆，合宋元作者之長，仍無戾於漢魏六朝三唐人之作也。……故予論詩，必以取材博者為尚。〔註125〕

朱氏認為鵲華山人的詩歌所以能得雅醇之美，全拜博學之賜。所以，也才能在將宋、元作者的優點匯聚於一身之後，又能不與漢、魏、六朝、三唐的審美標準有所違背。從本條資料所引，亦可證明朱彝尊並不全然排斥宋、元的詩作，但其中主要的關鍵，則在於能否變化成功上面。能成功，即得雅醇之美；否則，必定龐鄙到令人作嘔的慘境。

至於在〈錢舍人詩序〉中，朱氏亦以相同的審美標準讚美錢方標的詩作說：

> 其辭雅以醇，其志廉以潔，其言情也，綺麗而不佻。〔註126〕

同樣的讚美之辭，亦出現在〈叢碧山房詩序〉中。在評論龐塏的詩歌時，朱彝尊便說：

> 誦其詩，雅而醇，奇而不肆，合乎開元、天寶之風格，北地之言詩者，未能或之先也。〔註127〕

既崇之以雅正，又讚之以奇則，這就是「醇」的境界。綜括以上所引資料，無不在揭示朱氏是在其「醇雅」的審美標準要求之下，建構出詩家必須「博學」的創作要求。只要違反此一審美標準的「龐鄙」、「叫囂」、「庸熟」等，則一概在鄙棄之列。至於治療的藥方，朱彝尊所開出的藥帖，就是「博學」而已。故在〈棟亭詩序〉一文中，他就特別指出：

> 今之詩家空疏淺薄，皆由嚴儀卿「有別才非關學」一語啓之，天下豈有捨學言詩之理？〔註128〕

〔註125〕 同註106。
〔註126〕 同註49書卷三十七〈錢舍人詩序〉，頁四五五。
〔註127〕 同註49書卷三十九〈叢碧山房詩序〉，頁四六○。
〔註128〕 同註49書卷三十九〈棟亭詩序〉，頁四八四。

這是將不學的罪過，全歸於嚴羽的隻字片語上。就如前所揭，翁方綱曾謂竹垞學問最博，全以博學入詩，但卻又最不喜愛講究學問的黃山谷。雖然，朱氏與江西派同樣講求博學，而且亦都以學問入詩，但在〈題王給事又旦《過嶺詩集》〉中，朱氏卻毫無閃躲的表露出他對黃庭堅的厭惡之感：

> 邇來詩格乖正始，學宋體制嗤唐風。江西宗派各流別，吾
> 先無取黃涪翁。〔註129〕

其中原因，正如他在前揭的〈橡村詩序〉及〈書劍南集后〉中所認爲的，黃庭堅的詩歌往往「太生」所致。蓋詩歌若「太生」，就容易有「麤鄙」的流弊出現。這正好跟他所推尊的「雅醇」標準是互相牴觸的。這就是黃庭堅所以不見賞於朱氏的主要原因。

　　儘管如此，出身學人又以「博學」見長的朱彝尊，仍因以學問爲詩及推宗杜甫的立場，與浙派的氣息相通，而有功於當時宋詩運動的推展。若純就詩歌的創作而言，將朱彝尊與黃宗羲二人相提並論，後者對宋詩運動的發展而言，雖有發凡起例的作用，但其人本無意於詩歌及詩派的建立；而前者在詩歌的創作成就上，是遠勝過黃氏的。若以詩歌創作作爲號召的影響而言，顯然前者亦是勝過後者的。而事實上，在朱彝尊出現詩壇之際，別具特色的浙派詩歌也繞聲威大作，蔚然成風。

第五節　查愼行的詩關學不學說

一、淵源南雷的積學主張

　　查愼行（一六五〇～一七二〇），初名嗣璉，字夏重，後更今名，字梅余，號初白，浙江海寧人。康熙四十二年癸未（一七〇三）進士，官翰林院編修。爲黃宗羲門人，著有《敬業堂集》。查氏在詩學思想上，與清初的宋派發生聯繫，其實頗早。從文獻資料來看，應是從他

〔註129〕同註49書卷十三〈題王給事又旦《過嶺詩集》〉，頁一六六。

在聽聞錢澄之深于詩，乃前往講問之際開始。方苞〈翰林院編修查君墓誌銘〉一文中，即曾據一己之所聞，描述初白的學詩起始說：

> 余始入京師，查氏負才名者數人，而君尤獲重語。朋齒中以詩名者，皆若爲君屈。君少聞吾邑錢先生飮光深於詩，即沂江，繫舟樅陽，造田間講問，逾時而歸。錢先生數爲余道之。〔註130〕

錢澄之是桐城詩派的開創者，於詩宗宋。因此，從查氏往往「逾時而歸」的勤學情形來看，若推求他當年於宋詩是頗爲契合的，當不爲過。此後，在三十三歲時，則又從黃宗羲學《周易》。在〈送同年宋山言視學兩浙〉中，查氏對黃宗羲的學行即有一段稱揚：

> 吾鄉十一郡，山海饒氣象。自昔不乏才，名賢出輩行。……自從婺學衰，科舉變時尚。姚江矯斯弊，絕學揭孤倡。傳習到南雷，淵源大流倡。經經緯以史，文筆兩浩蕩。秀水及慈蹊，頡頏庶相伉。爾來復誰繼，耆老日凋喪。災畬任榛蕪，多士安可仰。君生公相家，儒雅世宗匠。商聲振河嶽，金石比清亮。人稱詩滿囊，自喜書壓摒。此行執文枋，獨力狂瀾障。梗枏豫章材，厥乎視乎養。植根在積學，條蔓芟冗長。〔註131〕

這段文字不僅可視爲明末清初時期的浙江學術史來看，亦是查愼行個人詩學淵源的告白。在文中，初白既點名舉業是浙江學術所以衰落的原因，更上推王守仁與黃宗羲二人則是浙派所以中興的功臣。此後，則由朱彝尊等人踵武繼起，予以發揚光大。論及詩學的部分，則採用了標準的浙派話語，以黃庭堅爲例，將詩歌與學養並提，強調詩歌的根柢，全在積學上面。

　　值得注意的是，雖然查氏的以黃宗羲爲師，是將其重點放在《周易》的學習上面，並因此而有《周易玩辭集解》的經學之作。但是，

〔註130〕方苞：《方苞集》卷十〈翰林院編修查君墓詩銘〉（上海：上海古籍出版社，一九九三年五月第一版），頁二七五。

〔註131〕查愼行：《敬業堂詩集》卷四十〈送同年宋山言視學兩浙〉（上海：上海古籍出版社，一九八六年十一月第一版），頁一一三七。

如前所揭，南雷既是清初詩壇裡宗宋的大纛，往往被視爲浙派的初祖；因此，師弟二人講求學術之餘的詩文酬唱，必然進一步深化查氏在詩學上，繼啓蒙於錢澄之後，又更往宋詩的方向傾斜的取向。如〈宿梨洲夫子武林寓舍即次先生丙辰九日同遊舊韻二首〉之一：

> 湖山憔悴哭新阡，何意蕭齋榻許連。燈火夜長楓葉雨，杖黎秋老菊花天。孤蹤汗漫三年外，萬事荒唐一笑前。話到昆明殘劫罷，又緣久別卻凄然。

又同首之二：

> 徑路先須辨陌阡，眼中榛莽正鉤連。肯攜芸蠹隨書局，任放醯雞覆甕天。出處心情三聘後，滄桑人物兩朝前。先生高臥貧何礙，流俗知音恐未然。〔註132〕

從此二首詩可知，初白對於黃宗羲等人於明清易鼎之際的落寞心情，是頗能領略的。因此，宋詩中所特有的蕭瑟楚情調，在這裡也就特別的鮮明。

再者，是查愼行與朱彝尊二人的兄弟情誼。由於朱氏是初白的表哥，查氏又曾從竹垞游學多年，期間且曾爲朱氏的《騰笑集》與《曝書亭集》分別作序。二人亦師亦友的親密交誼，在《敬業堂詩集》中，均留下鮮明的記述。如〈與張漢瞻次侯大年韻〉：

> 竹垞今名家，從君賞文格。每逢最佳處，輒爲浮大白。自抱萬卷書，羞隨五侯客。〔註133〕

又如〈柬朱竹垞表兄時移居古藤書屋〉：

> 整妲牙籤萬卷餘，誰言家具少千車。僦居會向春明宅，好借君家善本書。〔註134〕

詩末自注：「宋次道居明春坊，家多藏書皆校三、五遍，推爲善本。士大夫喜讀書者，多居其側，以便借抄。當時春明宅值比它處僦值常高一倍。」復如〈次韻答李秦川〉：

〔註132〕 同前註書卷四〈宿梨洲夫子武林寓舍即次先生丙辰九日同遊舊韻二首〉，頁一一九。

〔註133〕 同註131書卷五〈與張漢瞻次侯大年韻〉，頁一六○。

〔註134〕 同註131書卷六〈柬朱竹垞表兄時移居古藤書屋〉，頁一七五。

衰年注蟲魚，如蠹蝕書史。……當今大雅宗，四海歸繡
水。……一老導其源，揚瀾賴多士。……余雖分拙劣，夙
好附群紀。〔註135〕

「一老」句下自注：「一老謂竹垞先生。」從以上的三首詩中，不僅
可見兄弟二人時相四處尋覓藏書，並且攜手前往的情形。查氏對朱彝
尊在當時詩壇地位的尊崇與折服，亦在詩中表露無遺。

因此，當朱氏因遭排擠而辭京致仕時，查慎行內心的寂寥，便也
完全在詩句中，毫無隱諱的呈現出來。如〈看花之會已成七律三章朝
來嵩木分牋屬賦七言歌行再作一首〉：

朝陽簷前報乾鵲，起赴城西看花約。東家借得寒驢騎，快
比揚州身跨鶴。……憶昨初來年尚壯，歡場往往貪酬醉。
松林古寺摩訶庵，幾度陪遊履相錯。侍郎歸老尚書歿，前
輩風流久寥廓。我留紫陌十經春，白髮隨梳旋隕擇。〔註136〕

「幾度陪遊履相錯」句下自注：「乙丑丙寅間，屢隨大司空朱公、少
司馬楊公遊此。詩中記述在看花賞景之際，查慎行憶及壯年時，曾陪
侍朱氏等人穿梭在松林古原的身影，便不禁感慨系之了。故在遭逢竹
垞逝世之後，初白一人踽踽於世途之感倍增，詩中也就充滿了寥落孤
獨的情懷。如〈哭朱大司空〉六首之一的「忽得彌留信，驚疑欲問天。
更誰承絕學，忍遽奪名賢。」及之三的「衣褐初相見，雲泥不啻過。
自蒙公賞識，一任俗譏訶。才退江花夢，神傷薤露歌。轉緣期許歌，
脈脈負慚多。」〔註137〕均可見二人於詩於學兩方面，皆頗能相契的
情誼。而在〈殘冬展假病榻消寒聊當呻吟語無倫次錄存十六首〉之九：

海內連年喪老成，南傷秀水北新城。讀書自要師前輩，知
己誰能託後生。〔註138〕

〔註135〕 同註131書卷三十六〈次韻答李秦川〉，頁一〇一〇。
〔註136〕 同註131書卷十九〈看花之會已成七律三章朝來嵩木分牋屬賦七言
　　　　 歌行再作一首〉，頁五三三。
〔註137〕 同註131書卷八〈哭朱大司空〉六首，頁二二五。
〔註138〕 同註131書卷四十〈殘冬展假病榻消寒聊當呻吟語無倫次錄存十六
　　　　 首〉之九，頁一一六五。

一種頓失前輩倚恃的蒼涼感歎，更令查氏「託後生」的淒切之情油然
而生。詩歌往往是情感相契的眞實傳達，從前引諸詩中，均可見朱彝
尊在詩學上對查氏的影響程度，恐更勝過錢澄之與黃宗羲二人。姚鼐
在〈方恪敏公詩後集〉中，描述查愼行的詩風轉變時，曾說：

> 少時奔走四方，發言悲壯；晚遭恩遇，敍述溫雅，其體不
> 同者，莫如查他山。〔註139〕

事實上，若將查愼行的一生經歷與朱彝尊相比，除了缺少抗清一樣
外，其餘兩人皆頗有相通之處。因此，就詩歌的轉變而言，查氏亦如
竹垞一樣存在著前後明顯的差別。再加上朱氏在中年以後的詩每作宋
調的情形而言，則初白晚年的詩學旨趣，便也不言可喻了。

二、苦心力到的學詩之法

綜上述所言，查氏的詩學取徑，在錢澄之、黃宗羲與朱彝尊等三
人的深刻影響之下，傾向於宋詩一途，自是可以預期的。但如〈自題
癸未以後詩稿四首〉之四所言：

> 拙速工拙任客誇，等閒吟遍上林花。平生怕拾楊、劉唾，
> 甘讓西崑號作家。〔註140〕

亦僅能視作是他自己對十年館閣創作生涯的反省，不足以作爲其宗宋
的悖論。他的不願意學習楊億與劉筠等人的西崑體，正是表明他對詩
歌的取向，是自有定見的。這點從他詩集中的相關詩作，均可見到與
浙派其他作者一樣，強調讀書積學，以學問培養詩材的主張。如在〈題
陳季方詩冊〉中，他即闡明爲詩之道說：

> 詩風日以盛，詩義日以乖。忽於波靡中，豁達耳目開。之
> 子非絕俗，而難與俗絕。所關學不學，豈繫材不材。春華
> 人亦實，秋實人亦采。華實所以然，根株故有在。〔註141〕

〔註139〕姚鼐：《惜抱軒全集・文後集》卷一〈方恪敏公詩後集序〉（臺北：
世界書局，一九八四年七月三日），頁二〇三。
〔註140〕同註131書卷四十〈自題癸未以後詩稿四首〉之四，頁一一六七。
〔註141〕同註131書卷四十〈題陳季方詩冊〉，頁一一五九。

在詩中，他明言作詩的關鍵，根本不在「材不材」的問題，而是在「學不學」的關鍵點上。只有勤奮積學，纔能溯明源流，與一般專務於依傍的俗學劃清界限。在〈酬別許暘谷〉中，他仍然持著同樣的觀點，用以反對當時模擬成風與互相標榜的詩壇惡習：

> 蘭苕翡翠大海鯨，相去中間幾霄壤。天資必從學力到，拱把桐椅視培養。方今儕輩盛稱詩，萬口雷同和浮響。或模漢魏或唐宋，分道揚鑣胡不廣。何曾入室溯源流，未免窺樊借依傍。我持此喻嗤者眾，同志吳中乃得兩。〔註142〕

查氏舉亮麗如翡翠般的飛禽與大海中的巨鯨相較，強調要詩家若要遨遊馳騁於九衢的大道之中，一定要有深厚的學力始能致之。亦唯有如此，纔能一空依傍，獨立於眾口一聲的詩壇之中。在〈題項霜田讀書秋樹根圖〉一詩中：

> 讀書未必皆識字，涉獵耳目爲窮探。此生枉伴蠹魚老，飽蝕卷帙寧非貪。文成有韻或吞剝，事出無據徒掊揎。熟從牙後拾王李，纖入毛恐求鍾譚。橐駝馬背所見少，自享敝帚矜者簪。雷同不滿識者笑，人盡能此燕無函。蘭苕翡翠稍秀異，什伯略可數二三。時情只取供近玩，崇雅刪鄭誰能語。我持此論眾大怪，相誡勿聽無稽談。……問君此境豈易到，確有皆級難旁參。向來正得讀書力，閉戶萬卷曾沉酣。源流正變瞭指掌，北斗在北南箕南。光開飛電十行下，機發伏弩千鈞擔。搜奇抉險富詩料，然後所向無矛錟。庭空樹老得秋早，霜色染葉黃於柑。一編信手愛露坐，何用白石藏書庵。〔註143〕

此詩的觀點，仍在揭櫫讀書，纔是培根固本的唯一途徑，而反對「吞剝」與「掊揎」的作詩方式。其中對於王、李、鍾、譚等明人的批評，是專就其模擬格調與小家數而言，意在排斥七子派與竟陵派的空疏不學及偏狹鬼趣。主張只有閉戶讀書，飽蝕卷帙，讓耳目沉酣於萬卷之

〔註142〕　同註131書卷十一〈酬別許暘谷〉，頁三〇二。
〔註143〕　同註131書卷十九〈題項霜田讀書秋樹根圖〉，頁五二五。

中，一窮涉獵之極，進而對於古今詩歌的源流正變，均能瞭若指掌，如此纔能搜奇抉險，擁有取之不盡的豐富詩料。亦唯有到此地步，作起詩來，自然就能如「光開飛電」一般，下筆即見千鈞之勢。因此，在〈三月十七夜與恆齋月下論詩〉中，查氏便也說：

> 力欲追正始，旁喧厭淫哇。向來《風》《騷》流，汎濫無津涯。可傳必有故，長松出樊柴。明明正變途，花葉殊根荄。須求作者意，勿使本分乖。〔註144〕

在他看來，追溯詩歌的源流，主要是爲了明察正變。要詩作能夠傳世，成爲出樊柴的長松，就要不設邊界的，讓自己汎濫於廣大的學海之中，這樣一來，纔能洞察《風》、《騷》作者的創作原旨。

像查愼行這種重「學」而輕「才」的詩學主張，其所反映出來的，自然如錢謙益等人一樣，也必然會重視學人之詩。故在評價時人與自己的詩作時，順理成章的，學問便成爲主要的衡量標準了。如在〈上大司成翁鐵庵先生〉一詩中，即強調經史始是經國大略之所在，詞章則餘事而已：

> 經史植本根，史書攬大略。詞章及文藝，餘事柎承萼。必若計栽培，先須破報格。力圖古制復，事異虛明博。〔註145〕

又如：〈得談未庵沙河卻寄〉：

> 寧非讀書力，出手見根柢。乃知賢豪人，未可私意擬。〔註146〕

是強調古今賢豪全在讀書上見眞章，並非專恃一己之力，純以私意擬定詩境的。又如：〈梁藥亭以端溪紫玉硯贈行〉：

> 我詩苦非豪，邊幅守封洫。近來猶懶惰，故步荒學殖。〔註147〕

則是強調自己的詩作乃是從苦思中鍛煉而得，如此纔能合乎有物有則的要求。又如：〈愷功將有塞外之行邀余重宿郊園賦此志別〉：

> 憶子從我游，翩翩富辭章。十三見頭角，已在成人行。今

〔註144〕 同註131書卷十四〈三月十七夜與恆齋月下論詩〉，頁三八七。
〔註145〕 同註131書卷七〈上大司成翁鐵庵先生〉，頁一九〇。
〔註146〕 同註131書卷七〈得談未庵沙河書卻寄〉，頁二〇六。
〔註147〕 同註131書卷九〈梁藥亭以端溪紫玉硯贈行〉，頁二三六。

　　來猛績學，下筆猶倉老。穿及韓、蘇，結撰卑齊、梁。居
　　然希作者，恥與時頡頏。〔註148〕

亦在揭示詩境所以蒼老，全在作者的猛力積學之上；既要融匯韓愈與
蘇軾等人詩旨，又要力避齊梁詩體的卑下之弊，如此繾能超軼世俗之
上，不與一般詩家爭上下。凡此均可見其作詩的用意，不管是讚美他
人，或是自我反省，無一不在強調學殖繾是對詩歌創作具有絕對影響
的關鍵因素所在。

　　職是之故，查慎行在詩中所呈現出來的學人身影，其具體形象也
就益發鮮明。如〈抄書三首〉對一：「人言冬是歲之餘，自分生涯伴
蠹魚。比似王筠猶有媿，白頭方解手抄書。」詩中自注：「南史王筠
愛左氏春秋，凡三過五抄，餘經皆一過，未嘗倩人假手。」〔註149〕
這是初白對自己於寒冬歲末之際，仍然孜孜於抄書的形象側寫。故在
卷十九〈以詩乞王麓臺給諫畫山水〉所附王原祁的次韻之作，即謂：

　　龍山查先生，峭壁青松架。讀書百鍊鍊，等身與古化。清
　　健更瑰奇，韓、蘇之流亞。〔註150〕

像查慎行這種典型的學人形象，講他從廿歲至五十三歲之間，花了三
十年歲月所撰成的《補注東坡編年詩》五十卷中，最能窺見一斑。《四
庫全書總目》的館臣們評論此書時，即在〈提要〉中說：

　　初，宋犖刻《施注蘇詩》急遽成書，頗傷潦草。又歸本霉
　　黯，字跡多難辨識，邵長衡等憚于尋繹，往往臆改其文。
　　或竟刪除以滅跡，並存者亦失其真。慎行是編，凡長衡等
　　所竄亂者，並勘驗原書，一一釐正。又于施注所未及者，
　　悉蒐采諸書以補之。其間編年錯亂，及以他詩闌入者，悉
　　考訂重編。……別以年譜冠前，而以同時倡和散附各詩之
　　後。……考核地理，訂正年月，引據時事，元元本本，無
　　不具有條理。非惟邵注新本所不及，即施注原本亦出其下。

〔註148〕同註 131 卷十七〈愷功將有塞外之行邀余重宿郊園賦此志別〉，頁
　　　　　四六九。
〔註149〕同註 131 書卷四十三〈抄書三首〉之一，頁一二八七。
〔註150〕同註 131 書卷十九〈以詩乞王麓臺給諫畫山水〉，頁五四四。

現行蘇詩之注，以此本居最。〔註151〕

查氏任職於翰林院時，曾參與《佩文韻府》等書的編纂，其學術著作則有《周易玩辭集解》等，可見他是一位腹笥豐富的人，而上引的這一段評論文字，則幾乎是鉅細靡遺的將他的學人形象描摩得真切無比。不僅讓人見到查氏本人考訂工夫的紮實細膩，也令人一窺清代學者考證典籍時錙銖必較的眞正精神。

循此精神而下，查愼行要求詩家作詩必須苦心經營，不能苟作，也就順理成章。在〈錢玉友有見寄長篇極論作詩之旨終以傳世相期許兼承不朽之託連日阻風虎丘舟中無事賦此奉酬〉中，他便說：

吾觀工畫人，胸本蘊丘壑。雲煙資變幻，山水赴脈絡。又聞國手棋，惜子不輕落。翻新布奇勢，全局如一著。良醫去成見，因病施方藥。巧匠先量材，運斤乃盤礴。羿射無譫遇，騶琴有醯攫。高僧厭苦空，八棒解拘縛。老仙出狡獪，九鎖啓槖籥。惟詩亦云然，眾美視斟酌。神功須力到，佳境豈意度。人皆信手成，孰肯苦心作。〔註152〕

在這首詩中，查氏連續用了畫人、棋手、良醫、巧匠、羿射、騶琴、高僧、老仙等八個博喻，說明創作詩歌時，必須胸有成竹，蘊藏豐富的詩材，纔能盡情使喚如「雲煙」、「山水」等繁複的各種意象。其中所謂的「力到」以及「苦心」等必備要素，其所指的，就是他所一貫其強調的「積學」的功夫而已。

但是，以查愼行如此典型的學者面目，落實在具體的詩歌創作上，卻與其嚴謹的考察證形象有所出入。其詩作不僅沒有艱深的典故，亦無豔麗的辭采，語語明白如話，樸素自然得有如白描。

對於這種詩風，查氏自己顯然是成竹在胸的。如〈東木與楚望疊魚字凡七章，連翩傳示。再拈二首，以答來意〉之二中，他便說：

插架徒然萬卷餘，只圖遮眼不繙書。詩成亦用白描法，免

〔註151〕同註108書卷一百五十四《補注東坡編年詩五十卷》條，頁八二九。

〔註152〕同註131書卷三十四〈錢玉友有見長篇極論作詩之旨終以傳世相期許兼承不朽之託連日阻風虎丘舟中無事賦此奉酬〉，頁九五一。

得人譏獺祭魚。〔註153〕

此詩雖爲游戲筆墨之作，卻也反映了查慎行既重視學問又不堆砌學問的創作原則。而與此相聯繫的，正是他反對作詩堆砌重疊的弊病。如〈雨中發常熟回望虞山〉即云：

> 錢生約看吾谷楓，輕裝短櫂來匆匆。夕陽城西嵐氣紫，正值萬樹交青紅。天工似嫌秋太濃，變態一洗歸空濛。湖波蒸雲作朝雨，用意不在丹黃中。大癡沒後無傳派，此段溪山誰復畫。老夫詩句亦平平，要與詩家除粉繪。〔註154〕

顯然，洗盡丹黃，雲霧蒸騰的空濛景象，纔是查氏個人認爲最是符合天工的審美標準。因此，人間的詩句也要如此的除盡彩繪，使用歸於平淡的白描手法，纔是詩家最應追求的藝術境界。朱庭珍在《筱園詩話》中即說：

> 查初白詩宗蘇、陸，以白描階主，氣求條暢，詞貴清新，工於比喻，善於形容，意婉而能曲達，筆超而能空行，入深出淺，時見巧妙，卓然成一家言。〔註155〕

袁枚在〈仿元遺山論詩三十八首〉之二中也評論說：

> 他山書史腹便便，每到吟詩盡棄捐。一味白描神活現，畫中誰似李龍眠。〔註156〕

查慎行的詩學提倡學問，卻又強調詩歌要從學問中變化出來，不雕琢，不彩繪，更不能呑剝經典章句，可說是詩人之詩與學人之詩結合的最佳示範。因此，《四庫全書總目》在《敬業堂集五十卷》條下，便如此說：

> 集首載王士禎原序，稱黃宗羲比其詩於陸游。士禎則謂：「奇創之才，慎行遜游；綿至之思，游遜慎行。」……核其淵

〔註153〕 同註131書《續集》卷三〈東木與楚望疊魚字凡七章，連翩傳示。再拈二首，以答來意〉之二，頁一六二七。

〔註154〕 同註131書卷二十〈雨中發常熟回望虞山〉，頁五七八。

〔註155〕 同註109，頁二三五八。

〔註156〕 袁枚：《袁枚全集》第一冊《小倉山房詩集》卷二十七〈仿元遺山論詩三十八首〉之二（南京：江蘇古籍出版社，無出版年月），頁五九四。

源，大抵得諸蘇軾爲多。觀其積一生之力，補注蘇詩，其
得力之處可見矣。明人喜稱唐詩，自國朝康熙初年窠臼漸
深，往往厭而學宋，然粗直之病亦生焉。得宋之長而不染
其弊，數十年來，固當爲慎行屈一指也。〔註157〕

便點出其詩作所以能得宋人之長，又能避免宋人的粗野，是完全得力
於學殖，又能不受學殖的拘束使然。查爲仁在《蓮坡詩話》中，對於
這種能變脫於學問的詩歌風格，亦有所回應說：

家伯初白老人嘗教余詩律謂，詩之厚在意不在辭，詩之雄
在氣不在直，詩之靈在空不在巧，詩之淡在脫不在易，須
辨毫髮于疑似之間，餘可類推。〔註158〕

在引文中，查爲仁所謂的「厚」與「雄」，其實是有賴於詩人平時累
積深厚的學力，纔能做到。但在創作詩歌之際，則又要注重意與氣的
灌注其中，而非僅是藻的堆積，及唯粗直的風格是尙而已。

第六節　厲鶚的未有能詩而不讀書說

一、好使宋以後事的用典聲明

厲鶚（一六九二～一七五二）字太鴻，號樊榭，浙江錢塘（今杭
州）人。康熙五十九年庚子（一七二〇）舉人，乾隆元年丙辰（一七
三六）薦舉博學鴻詞，報罷。工詩詞，著有《樊榭山房集》、《遼史拾
遺》、《宋詩紀事》。就厲氏個人的詩學淵源來看，朱庭珍在《筱園詩
話》中，曾謂：

浙派自西泠十子倡始，先開其端，至厲太鴻而自成一派，
後來多宗之。〔註159〕

將浙派的起始，溯自西泠十子，其實是有爭議的。蓋西泠十子論詩受
前後七子影響，以漢魏、盛唐以及明詩爲風雅正宗。各代詩歌均要放

〔註157〕　同註108書卷一百七十三《敬業堂集五十卷》條，頁九五一。
〔註158〕　查爲仁：《蓮坡詩話》三十六條，同註50丁福保所編書，頁四八二。
〔註159〕　同註109，頁二三六七。

到此一風雅傳統中作比較，符合者肯定之，否則，均予以排擯，可見其詩學價值系統是以擬古為主的復古系統。然而，指稱厲鶚在浙派的發展史上，是自成一派，而且點明他對後學的影響程度深遠，所謂的「後來多宗之」，則是中的之論。有關厲鶚的自成一派，朱庭珍於前揭文中接著說：

> 其清俊生新，圓潤秀媚之篇，佳處自不可沒。然病亦坐此，往往求妍麗姿態，遂失于神骨不俊，氣格不高，力量不厚，無雄渾闊大之局陳篇幅，諧時則易，去古則遠矣。樊榭集中，工于短章，拙于長篇，工于五言，拙于七言，七古猶劣。其宗派囿于宋人，唐風敗盡。好用說部，叢書中瑣屑生僻典故，尤好使宋以後事。不惟采冷峭字面及擬拾小有風趣諧語入詩，即一切別名、小名、替代字、方音、土諺之類，無不倚為詞料。殊不知大方家數非不能用此種故實字樣，大方手筆非不能為此種姿態風趣，乃不屑用並不屑為，不肯自貶氣格，自抑骨力，遁入此種冷徑別調耳。是小家賣弄狡獪伎倆，非名家之品也。〔註160〕

朱氏雖肯定厲鶚詩作的清新圓潤，是其不可抹滅的「佳處」所在。然而也點明其弊病所在，是因「囿于宋人，唐風敗盡」的派別之爭，故在篇中，不僅喜好以宋人說部使事用典，舉凡生僻的別名、替代字與土音、方言等，無不成為其創作的材料來源所在。並且認為這種創作取徑，只是小家所賣弄的冷徑別調罷了，絕非名家的規模。

同樣性質的評語，亦見於袁枚的著述中。袁枚《隨園詩話》即謂：

> 吾鄉詩有「浙派」，好用替代字，蓋始于宋人，而成于厲樊謝。宋人如「水泥行郭索，雲木叫鉤輈」，不過一蟹一鷓鴣耳。「歲暮蒼官能自保，日高青女尚橫陳。含風鴨綠鱗鱗起，弄日鵝黃裊裊垂。」不過松、霜、水、柳四物而已，廋詞謎語，了無餘味。樊榭在揚州馬秋玉家所見說部書多，好用僻典及及零碎故事，有類《庶物異名疏》、《清異錄》二

〔註160〕 同前註，頁二三六七、二三六八。

種，董竹枝云：「偷將冷字騙商人。」〔註161〕

隨園的評論，仍然是針對厲氏喜用僻典與代字的創作方式表達不滿，並將這種修辭特徵溯自宋人身上。但是，從清代宋詩運動的話語製作來看，樊榭的出現，其所象徵的意義，主要不在於他自身的成就或侷限上，而是他在這個遞變的過程中，所具備的獨特意義。

在傳統詩歌流派中，所謂的「浙派」一名，最早即是運用在厲氏身上。袁枚認爲他是此一修辭特徵的集成者，不僅準確的概括了樊榭在創作詩歌時，在有關使事用典上的典範作用。而且，也同時意味著他是讓此一詩歌運動在創作傾向上所具有的「學人之詩」的特徵，更加發揚光大的主要關鍵人物。因爲，自錢謙益提出「儒者之詩」，或是浙派初祖黃宗羲拈出「文人之詩」一詞以來，學問對於詩歌創作的重要性雖屢被強調，然而在創作之際，則每要求作者應該「捐書以爲詩」，始能達到學問化入詩歌於無形的境地。唯至厲氏時，由於其詩歌專學宋代小家，喜用僻典。若純從修辭手段而言，最足以在詩中見到學問的，便是作者的使典用事；而在這一點上，他幾乎是完全從這種修辭特徵將宗宋的創作取向，推展到深具典範意義的人。

事實上，以厲鶚爲首的浙派，其成員還包括與他齊名的杭世駿、金農、符曾、丁敬、全祖望與汪沆諸人。這些人與之前所提及的朱彝尊、查慎行，乃至更早的黃宗羲等居清代宋詩運動的階段性人物，都有著密切的交遊情誼。如查慎行就曾爲厲氏等人所作的《南宋雜事時》爲序，其中符曾本人還曾正式師事過查氏。至於厲氏本人在詞學上的成就，則與朱竹垞同爲浙西詞派的代表作家。此由全祖望在〈厲樊榭墓碣銘〉中謂：「深於言情，其擅長尤在詞，深入南宋諸家之勝」〔註163〕，可見一斑。

如前章論述「宗宋聲明」時所揭，在明末清初之際，有關宋詩運動的主要代表人物，如黃謙益、黃宗羲與呂留良等人，無論其詩歌創

〔註161〕同註156書第三冊《隨園詩話》卷九第八三條，頁三〇九。
〔註163〕同註81書〈厲樊謝墓碣銘〉，頁三六四。

作或論詩之作，每有表彰志節，好論興亡的宋調旨趣。歸究這種「聲明」的提出背景，應是錢氏等人受其個人「主體位置」的影響，而激發出來的結果。至於決定此一「主體位置」的條件，對宗宋的詩人而言，主要則有「時代」與「地理環境」等兩大因素。故全祖望在〈厲太鴻湖船錄序〉中，便從這兩項因素切入，對其詩風的形成加以探討說：

> 西湖爲唐宋以來帝王都邑，一舉目皆故跡。太鴻搜金石之遺，足以證史傳；訪池臺亭榭之舊事，足以補志乘；而獨拳拳于蘭槳桂棹之間，繁舉而屑數之，說者以爲是騷人之結習，學士之閒情也。雖然太鴻之志，則固有不盡于此者。江南佳麗，西湖實出廣陵、平江之上，至若高、呂妖亂，法雲、山光諸志爲墟；淮張割據，虎丘亦遭城築，獨西湖自開闢以來，並無血瀑魂風之警，畫舫笙歌，不震不動，是固浮家泛宅之徒所不能不視爲福地者。然而時值雍平，人民豐樂，相與徵歌選舞，窮極勝情，泛桃花者除不祥，投楝葉者觀競渡，妖姬操櫨，歌兒蕩楫，唱〈河女〉，和〈竹枝〉。當斯時也，鹿頭燕尾，亦共匆忙，而舟子聲價，俱爲雄長。若其運會稍涉陵夷，則冶游漸復闌散，敗艭蕭寥，聊備不時之需，即有行吟之客，憔悴來過，落日荒江，不覺減色。是以李文叔記洛陽名園，以驗中州之盛衰，而魏鶴山謂花竹和氣，足徵民生安樂者，其即太鴻之志也夫。〔註163〕

從此文內容來看，全氏的話對厲鶚本人而言，可說是讚美之中，有婉轉的諷勸。不過，這應是他將個人的史家情懷與民族氣節移情至其上的結果。其實就樊榭所輯的《湖船錄》一書來說，是與序中所謂的「騷人之結習，學士之閒情」的評論完全符合，而鮮有此前宗宋者好論盛衰，以見民生史實的意味。所以如此，則是時代加上地理環境的因素使然。蓋清朝的國運至康熙時，天下大勢已較之前平穩許多；且如全

〔註163〕　同註81書〈厲太鴻湖船錄序〉，頁一二四四。

氏所言，西湖自開闢以來，即是未曾遭逢腥風血雨的福地，就客觀局
勢而言，要期待康熙盛世的宗宋詩人，再如錢謙益等人一樣，於詩中
偏重發掘宋、明史實，表彰志節之士，已有些不切實際。故厲鶚的蒐
羅金石、訪遊臺榭，雖其意旨，仍在作爲證史傳、補志乘之用，但更
多的是他個人純粹審美品味的呈現。這種清雅風流的審美品味，其所
呈現出來的具體內涵，既無關華夷之辨的文化問題，亦不是人格節操
的道德問題，而是全然屬於詩歌審美本質的範疇。

　　職是之故，從清代宋詩運動的話語遞變來看，厲氏於詩中所呈現
的藝術特徵，自較全祖望本人所期待的，更具有詩歌史上的積極作用
與正面意義。因此對於樊榭與同郡的吳焯、符曾、沈嘉轍、陳芝光、
趙昱及趙信同等七人所合撰的《南宋雜事詩》一書，《四庫全書總目》
的館臣即說：

> 是書以其鄉爲南宋故都，故掇摭軼聞，每人各爲詩百首。
> 而以所引典故，註於每首之下。意主紀事，不在修詞。故
> 警句頗多，而牽綴填砌之處亦復不少。然採據浩博，所引
> 書及千種，一字一句，悉有根柢。萃說部之菁華，采詞家
> 之腴潤，一代故實，臣細兼該，頗爲有資於考證，蓋不徒
> 以文章論矣。〔註164〕

即反映出宋詩與地理環境之間的深刻連繫。此外，〈提要〉的後半文
字，更將焦點置於「採據浩博」的資料或特色上，則更一步凸顯浙派
有意以學問入詩，有資於考證的創作策略。

　　厲氏的弟子汪沆在〈樊榭山房文集序〉中，曾引樊榭自道之語
說：

> 先生曰：「吾本無宦情，今得遂幽懭之性，菽水以奉老親，
> 薄願畢矣。」自此亦不復謁選人。居傍南湖，結文酒之
> 社，與鄉閭諸老酬唱之作日益多。聞客遊揚州……又得
> 諸未見之遺文秘牒，朝夕漁獵，故其發爲詩文，削膚存
> 液，辭必己出，以清和爲聲響，以恬澹爲神味，考據故

〔註164〕同註108書卷一百九十《南宋雜事詩七卷》條，頁一〇八〇。

　　實之作，搜瑕剔隱，仍寓正論于敘事中，讀者咸斂手懾

　　服。〔註165〕

這段序文從作者的性情、學殖及其居住的地理位置等因素，探討厲氏詩作所以偏向超功利的原因所在，可謂最爲周全。同時，它也深刻的觸及到浙派宗宋的詩學取向，既是關係作者的性靈與學問，與地理環境的因素亦緊密結合一起。

　　厲鶚對於以詩歌承載時運的態度既處之淡然，自然會進一步質疑前人每將詩歌與作者身世的窮達聯想一起的合理性。在〈葉筠客疊翠詩編序〉中，他便就此議題說：

　　往時東南人士，幾以詩爲窮家具，遇有從事生韻者，父兄

　　師友必相戒以爲不可染指。不唯於舉場之文有所窒礙，而

　　轉喉刺舌，又若之大足爲人累。及見夫以詩獲遇者，方且

　　峨冠紆紳，迴翔於清切之地，則又群然曰：「詩不可不學！」

　　夫詩，性情中事也，而顧以窮與遇爲從違，即爲之而遇，

　　猶未足以自信，使其不遇，則必且曰「是果窮家具」，而棄

　　之惟恐不速。詩，果受人軒輊歟？〔註166〕

在此序中，厲氏藉由當時人們患得患失的功利心態，反證詩歌自有其純粹獨立的審美價值，與作者個人遭遇的得失之間，並無必然的因果關係。可見前引全祖望在〈厲太鴻湖船錄序〉中的評論，應是其個人主觀願望的移情作用罷了。

　　再者，針對厲氏詩作中所具有的非功利的藝術傾向，其好友汪師韓在〈樊榭山房集跋〉一文中，也有一番論述：

　　先生之詩，搜討精博，蹊徑幽微。取材新則有獨得之奇，

　　使事切則無寡情之采。自成情理之高，不關身世之感。至

　　若僻典而意若晦，藻密而氣爲偏，一邱一壑之勝，登臨少

　　助于江山；一觴一詠之情，懷抱勿觀于古今。以云追漢魏

　　而近風騷，豈其薄而不爲！夫所謂幽人之貞，獨行其願者

〔註165〕汪沆：〈樊榭山房文集序〉，收在厲鶚著《樊榭山房集》（上海：上
　　　　海古籍出版社，一九九二年六月第一版），頁七〇三。
〔註166〕同前註所引書〈葉筠客疊翠詩編序〉，頁七四三。

耶？然先生全集，要無一字一句不自讀書創獲，所以雄視
一時。後人效之者，不效其讀書，而惟其割綴詩詞內新異
之字，以供臨時之攢湊，望之眩目，按之栝腹。〔註167〕

汪氏的這段分析文字，有兩個方面的問題。首先他把厲氏詩歌的長短
處與其末學的流弊分開來看，將樊榭本人歸爲「幽人之貞，獨行其願
者」一類，在江山邱壑的幫助之下，其詩作纔會呈現出「蹊徑幽微」
的風貌，可謂是知厲鶚的人。至於末流的歸因，汪氏則認爲是他們缺
乏像厲氏那樣「搜討精博」的功夫所致，這就完全是讀書不力的結果。
如此一來，這個結論又凸顯出浙派積極主張以學問入詩的詩學特色。

二、合群作者之體而自有體

厲鶚的另一位好友杭世駿在〈詞科掌錄〉中，則認爲厲氏這種取
徑幽微所造成的孤澹風格，正是他可以在王士禎與朱彝尊兩大家之
外，別開生面的主要原因：

厲太鴻爲詩，精深華妙，截斷眾流，鄉前輩湯少宰西垠先
生最所激賞。自新城、長水盛行時，海內操奇觚者，莫不
乞靈于兩家，太鴻獨矯之以孤澹。用意既超，徵材尤博，
吾鄉稱詩于宋、元之後，未之或過也。〔註168〕

依據杭氏的說法，樊榭的出現，主要是爲了矯正「南朱北王」的流弊。
其詩中的孤澹超遠，正足以補救王漁洋的偏虛與朱竹垞的貪多之失。
對於當時沈德潛所領導的格調派，厲氏的態度，更是不以爲然。在作
於乾隆十六年的〈樊榭山房續集自序〉中，厲氏便說：

自念齒髮已衰，日力可惜，不認割棄，輒恕而存之。幸生
盛際，懶迂多疾，無所托以自見，惟此區區有韻之語，曾
謬役心腑，世有不以格調派別繩我者，或位置僕於詩人之
末，不識爲僕之桓譚者誰乎？〔註169〕

〔註167〕 汪師韓：〈樊榭山房集跋〉，錄自註111所引書，頁三五二四、三五
二五。

〔註168〕 杭世駿：〈詞科掌錄〉，錄自註111所引書，頁三五二五。

〔註169〕 同註165所引書〈樊榭山房續集自序〉，頁七六一。

樊榭在序中，特別希望世人不要將之歸屬於格調一派。這種有關宗宋與尊唐之爭的詩學問題，其實正是厲鶚在這場宋詩運動中所具有的獨特意義。以尊唐為詩學取向的王昶，在其《蒲褐山房詩話》中便說：

> （樊榭）所作幽新雋妙，刻琢研鍊。……瑩然而清，窅然而邃，擷宋詩之精詣，而去其疏蕪。時沈文慤公方以漢、魏盛唐倡吳下，莫能相掩也。〔註170〕

王氏的文字說明了當時厲鶚在詩壇上所引的風潮，即使如沈德潛者亦無法掩抑得住。

故袁枚在《隨園詩話補遺》中，便明白表示：「吾鄉厲太鴻與沈歸愚，同在浙江志館而詩派不合。余道：厲公七古氣弱，非其所長；然近體清妙，至今浙派者，誰能及之？」〔註171〕這番話已經道出當時詩壇上的唐宋之爭，而且是近體無人能出其右的厲鶚居在上風。在〈答沈大宗伯論詩書〉一文中，隨園則更直接說出沈德潛對厲鶚的斥責之語說：「先生誚浙詩，謂沿宋習，敗唐風者，自樊榭為厲階。」〔註172〕袁氏稱沈德潛為大宗伯，顯然這書信是寫于沈氏任禮部侍郎之後的事。沈德潛會在予晚輩的書信中，如此公開的指斥厲鶚，可見他與厲鶚兩人之間的衝突程度。而沈氏以禮部侍郎之權位，卻亦無以壓制厲鶚在詩壇的影響力量，更可見後者在當時詩壇所引領的風潮。而且，若說厲鶚是沿習宋詩的「厲階」，也正好點出他在這場宋詩運動的話語製作過程之中，其所具有的階段性意義。李慈銘在《越縵堂讀書記》中，描述厲鶚和以沈德潛為首的格調派之間的詩學路線之爭時，也採用了袁枚的這個看法。李氏說厲鶚本人：

〔註170〕　王昶：《蒲褐山房詩話》第五條（濟南：齊魯書社，一九八八年一月第一版），頁六。
〔註171〕　同註156書第三冊《隨園詩話補遺》，卷十第一三條，頁七九六。
〔註172〕　同註156書第二冊《小倉山房文集》第十七〈答沈大宗伯論詩書〉，頁二八三。

其詩詞皆窮力追新，字必獨造，遂開浙西纖哇割綴之習，世
之講求氣格者頗詆譏之，以爲浙派之壞，實其作俑。〔註173〕

汪沆在前引〈樊榭山房文集序〉中，也描述了厲鶚在當時舉足輕重的
詩壇地位說：

憶前此十餘年，大江南北，所至多爭設壇坫，皆以先生爲
主盟，一時往來通縞紵而聯車笠，韓江之《雅集》、沽上之
《題襟》，雖合群雅之長，而總持風雅，實先生之倡率也。
〔註174〕

從汪氏的話可知，厲鶚生前席捲詩壇的威力，達到了杭州的錢塘詩
社、揚州的邗江詩社與連天津水西莊的沽上詩社等在內的三個著名詩
社。這三地詩社的詩人群體，於創作詩歌時，都是以奉厲鶚詩學爲終
生職志的。因此，正如鄭方坤在《國朝名家詩鈔小傳》中所說的：

（歸愚）于詩學尤邃。是時江南盛詩社，又宗尚蘇、陸之
學，硬語粗詞，荊榛塞路。歸愚獨斤斤然，古體必宗漢魏，
近體必宗盛唐，元和以下，視爲別派。〔註175〕

除了揭示當時江南宗宋詩風的盛行之外，其中所謂的「江南盛詩社」
云云，應即指上述這些浙派的詩社而言。

如前所述，厲鶚在詩壇上的崛起，既是針對朱彝尊與王漁洋而
來，則厲氏所要矯正的具體內涵，便有進一步論述的必要。在〈宛雅
序〉中，他論及施愚山的詩作時，便將之以朱、王二人的詩風作番比
較說：

予嘗謂漁洋、長水過於傅采，朝華容有時謝，惟先生獨無
墜響。〔註176〕

則直接點出二人在詩中往往有太過追求辭藻的弊病發生。在〈懶園詩
鈔序〉中，厲鶚於檢討西泠十子及其後學的詩作時，除自謂心儀於陳

〔註173〕 李慈銘：《越縵堂讀書記》〈樊榭山房集〉條（上海：上海書店出版
社，二○○○年六月第一版），頁一○○五。
〔註174〕 同註165，頁七○三、七○四。
〔註175〕 鄭方坤：《國朝名家詩鈔小傳》，錄自註111所引書，頁三五二五。
〔註176〕 同註165所引書〈宛雅序〉，頁七二七。

懶園的詩作，是「歌行排奡，彷彿嘉州、東川，五七言近體，亦在錢、
劉之間」〔註177〕外，便對當時學唐者往往得貌遺神的情形，提出個
人看法說：

> 夫詩之道不可以有所窮也。諸君言爲唐詩，工矣；拙者爲
> 之，得貌遺神，而唐詩窮矣。於是能者參之蘇、黃、范、
> 陸，時出新意，末流遂瀾倒無復繩檢，而不爲唐詩者又窮。
> 物變則變，變則通。當繁哇噪聒之會，而得雲山《韶濩》
> 之，則懶園一編非膏肓之鍼石耶？〔註178〕

在樊榭來看，要拯救「拙者」的學習唐詩時所產生的困境，便要參酌
宋詩的大家們，如蘇軾、黃庭堅、范成大與陸游等人之作，才能夠時
創新意。但是，這並非表示厲鶚有主張開宗立派之意，他認爲宗唐者
所面臨的困境，亦會發生在宗宋者的末流身上，在「無復繩檢」的情
況之下，那些不爲唐詩的宗宋詩人，日後難免會重蹈學唐者的困境。
救濟之道，便祇有轉益多師一途而已。在〈查蓮坡蔗糖未定稿序〉中，
厲氏便揭櫫「詩不可以無體，而不當有派」的觀點說：

> 詩不可以無體，而不當有派。詩之有體，成於時代，關乎
> 性情，眞情之所存，非可以剽擬似，可以陶冶得也。是故
> 去卑而就高，避縟而趨潔，遠流俗而嚮雅正，少陵所云「多
> 師爲師」，荊公所謂「博觀取約」，皆於體是辨。眾製既明，
> 鑪備自我，吸攬前修，獨造意匠，又輔以積卷之富，而清
> 能靈解，即具其中。蓋合群作者之體而自有體，然後詩之
> 體可得而言也。〔註179〕

強調詩體是出自時代風會與作者一己性情而成，故要由博返約，即在
明白古今詩歌的體制後，意匠獨往，藉由豐旬的學問作爲去取的依
據，如此始能靈會超脫。可見所謂「合群作者之體而自有體」，即是
主張在繼前人的優點之後，還要獨成一家，絕非如一般的學唐者，只

〔註177〕　同註165所引書〈懶園詩鈔序〉，頁七三四。
〔註178〕　同前註。
〔註179〕　同註165所引書〈查蓮坡蔗糖未定稿序〉，頁七三五。

是襲取前人詩作的形貌而已。而這些會通式的學習，亦只在爲成就自我的獨造作準備而已，並非眞要建立起任何宗派。所以，他接著在同文中說：

> 自呂紫微作《江西詩派》，謝皋羽序《睦州詩派》，而詩於是乎有派。然猶後人瓣香所在，強爲臚列耳，在諸公當日未嘗斷斷然以派自居也。迨鐵雅濫觴，已開陋習。有明中葉、李、何揚波于前，王、李承流於後，動以派別，概天下之才俊，噉名者靡然從之，七子、五子，疊牀架屋。本朝詩教極盛，英傑挺生，綴學之徒，名心未忘，或祖北地、濟南之餘論，以錮其神明；或襲一二鉅公之遺貌，而未開生面。篇什雖繁，供人研玩者正自有限。〔註180〕

文中述及明代的詩風時，可見厲氏對於前、後七子及其追隨著的模擬成風，是深惡痛絕的。至於他自己所處的清朝詩壇，則在前一句中隱約的將矛頭指向沈德潛所代表的格調派，係祖述前、後七子的主張而來。而後一句的部分，則專就僅在形貌上襲取神韻與秀水兩派的末流而言。強調拘囿於派別，無法別開生面的詩作，即使卷帙浩繁，也仍然耐不住讀者的咀嚼把玩。眞正善於學習傳統的人，其實就要像〈趙谷林愛日堂詩集序〉中，他所讚美的趙谷林一樣：

> 綜論君之詩，大概格高思精，韻沉語鍊，昭宣備五色，鏘洋協六義，胚胎於韋、柳、韓、杜、蘇、黃諸大家，而能自出新意，不襲故常。〔註181〕

就像「合群作者之體而自有體」一樣，「自出新意，不襲故常」的意旨，仍在強調詩歌的創作，不僅要學習傳統，還要能超脫傳統，而最終則又要與傳統相合。在〈盤西紀遊集序〉中，厲氏即讚美學生汪沆的遊歷之作說：

> 三盤爲京東巨鎮，雄秀接乎關塞，西山綿亙如屏障之列，是曰幽燕奧區。……西顥游其間，前後發響，得詩凡四

〔註180〕 同前註。
〔註181〕 同註165所引書〈趙谷林愛日堂詩集序〉，頁七三一。

> 十餘首，以堅瘦爲其格，以華妙爲其詞，以清瑩爲其思。
> 山水五言，自康樂後體製不一，西顥此作，絕去切儗，
> 冥心獨造，而卒無不與古人合。僕性喜爲遊歷詩，搜奇
> 抉險，往往有得意句，讀之亦絕叫，以爲不如也。凡詩
> 之難，難於鍛鍊情景，而尤難於近理。卷中如：「託根莫
> 嫌孤，特立物所尚。」「詎識快心地，人生有蹋步。」「締
> 造綿一紀，役罷萬夫瘠。」「生年誰滿百？辛苦營臺榭。」
> 〔註182〕

在這篇序文中，樊榭除了自述性喜遊歷詩，往往爲了尋覓得意之句，
到處搜奇抉險外；還特別提及自己所以欣賞汪沆的遊歷詩，是因爲他
是繼謝靈運之後，能於絕去一切依傍，冥心獨造之際，又與古人之作
相合，將描摩情景的詩作提高到哲學層次的作者。值得注意的是，厲
氏所以予汪沆如此高的評價，是因爲後者將遊歷的詩作，由單純描繪
情景的藝術審美境界，提高到關係人生哲理的辯證之上。換言之，這
是以一人的情景寫古今眾人的情景。如此的詩作，已觸及到具有普遍
性意義的眞理。這對稍後的翁方綱在肌理說的內涵詮釋上，是有其積
極的啓示作用的。

　　從上述可知，厲鶚強調詩歌要寫好，作者就必須要「自出新意，
不襲故常」，纔能夠「合群作者之體而自有體」。而要臻於「絕去切儗，
冥心獨造」的藝術境界，就必須多讀書，將詩的材料了然於胸，於創
作之際，纔能得心應手。同樣的觀點，在〈綠杉野屋集序〉中，厲氏
亦將對之闡述無遺：

> 少陵之自述曰：「讀書破萬卷，下筆如有神。」詩至少陵止
> 矣，而其得力處，乃在讀書萬卷，且讀而能破致之。蓋即
> 陸天隨所云：「凌轢波濤，穿穴險固，囚鎖怪異，破碎陣敵，
> 辛造平淡而后已」者。前后作者若出一揆。故有讀書而不
> 能詩，未有能詩而不讀書。……夫杉，屋材也；書，詩材
> 也。屋材富，而亲瘤枅梠，施之無所不宜；詩材富，而意

〔註182〕　同註165所引書〈盤西紀遊集序〉，頁七五一。

以爲匠，神以爲斤，則大篇短章均擅其勝。〔註183〕

強調杜甫能夠下筆如有神，是因爲他讀書能夠破萬卷使然。這是主張作詩必須做到「化學爲才」的地步。創作的主體若能符合此一要求，則任何詩材都能轉化成好詩；而任何的詩體，作者也都能夠勝任無礙。

事實上，厲鶚的一生，亦是孜孜不倦於讀書之事。這從他以半生精力所編就的《宋詩紀事》一書來看，便可窺見一斑。在〈宋詩紀事序〉中，他即說：

> 宋承五季衰弊後，大興文教，雅道克振。其詩與唐在合離之間，而詩人之盛，視唐且過之。前明諸公剽擬唐人太甚，凡遇宋人集，概置不問，迄今流傳者，僅數百家。即名公鉅手，亦多散逸無存，江湖林藪之士，誰復發其幽光者，良可歎也。予自乙巳後，薄游邗溝，嘗與汪君袚江，欲效計有功搜刮而甄錄之。……因訪求積卷，兼之闤市借人，歷二十年之久。披覽既多，頗加汰擇。計所抄撮，凡三千八百一十二家，略具出處大概，綴以評論；本事咸著於編。其於有宋知人論世之學，不爲無小補矣。〔註184〕

從這段序文來看，厲氏自己所讀過的宋人集子，在當時之前，恐怕是無人能出其右的。當然，他所編輯的《宋詩紀事》一書，是繼黃宗羲、呂留良與吳之振等人刊行《宋詩鈔》之後，對清代宋詩運動的推動而言，是另一件深具影響力量的大事。無庸置疑的是，其編書的目的，即是對黃宗羲等人所開創的宋詩路線再給予發揚光大。從〈徵刻宋詩記事啓〉一文中，可知他視此爲一終生的心願：

> 東都南渡，萃兩宋之精英，暝寫晨書，緝一朝之《風雅》。有集者，存其本事之詩，更爲補逸；無集者，采厥散亡之什，如獲全篇。……爲西崑，爲江西，詩派之源流具在；曰元祐，曰慶元，黨人之述作靡遺。他如五季降王，讖成天水，百年遺老，淚盡冬青。莫不詞激風雲，感均頑豔。

〔註183〕 同註165所引書〈綠杉野屋集序〉，頁七四二。
〔註184〕 厲鶚：《宋詩紀事》卷首〈宋詩紀事序〉（上海：上海古籍出版社，一九八三年六月第一版），頁二。

> 亦有羈綫南冠，操土音於雪窖，江湖下士，備公案於梅
> 花。……苟片言之足採，雖隻字以兼收。此則宋詩記事知
> 大略也。稽其家數，三千有奇；惜此工夫，二十餘載。慮
> 鈔謄之難爲力，必授紫以廣其傳。頭白而佇望汗青，囊澀
> 而惟餘字飽。用告海內名流，共襄盛舉。捐十金而成一卷，
> 謹錄芳名；垂不朽以附古人，勝爲佛事。〔註185〕

從這段文字的敘述可知，爲了將宋詩的精英搜討殆盡，以供後代知人
論世之用；厲氏不僅耗費了二十餘年的光陰歲月；而且在搜討三千餘
家的本事逸聞之後，還因爲經濟拮据，面臨無法鈔謄付梓的窘境，所
以特周知同好，義捐十金，以共襄盛舉。文末並強調此事的功德，可
以勝過舉辦佛事法會。由此可見他對宋詩的推廣，是竭盡畢生之力而
不悔的。

　　像厲鶚這樣遍讀宋人集子的讀書經驗，當然也就會像前述的朱庭
珍以及袁枚等人所言一樣，在其詩作中，不得不多用宋人說部典故的
原因所在。

　　其實這種修辭特徵，在厲鶚等人所作的《南宋雜事詩》中，表現
得最具典型意義。因此，當《四庫全書總目》的館臣們評論此集時，
即說：

> 是書以其鄉爲南宋故都，故捃摭軼聞，每人各爲詩百首。
> 以所引典故注于每首之下，意主紀事，不在修詞。故警句
> 頗多，而牽綴填砌之處亦復不少。〔註186〕

厲氏等人將杭州的舊聞逸事，藉由詩歌的形式表現出來，並在每首之
下加注，這是以史料爲詩，將歷史材料和詩歌結合，其實即是將詩人
之詩與學人之詩融合一起的具體範例。此前的詩人並非沒有這樣的現
象，但至厲鶚以後，不僅有意爲之，而且是大量爲之。這種寫詩的特
色，至此則成爲以厲氏爲代表的浙派的標誌，後來的汪師韓與翁方綱
二人不僅加以效法，甚且變本加厲。汪氏的每於詩中加注，以及翁氏

〔註185〕　同註165所引書〈徵刻宋詩記事啓〉，頁八〇六。
〔註186〕　同108註書卷一九〇《南宋雜事詩》條，頁一〇八〇。

的句句皆有注，為其導夫先路的人，就是厲鶚。可見提倡讀書為詩材的這個主張，具體落實在詩歌創作時，便是「用典」的頻繁出現。此前的作者，每多以事抒情，以景抒情，至厲氏起，則多以「典故」抒情。這是他本人在清代宋詩運動的話語製作過程中所具有的階段性意義。

當然，四庫館臣們強調厲氏等人所以如此，是因為「意主紀事」使然。不過，在清人之中，也有認為用典是時代演進之下不得不然的結果。如趙翼《甌北詩話》即說：

> 詩寫性情，原不專恃數典。然古事已成典故，則一典已自有一意。作詩者借彼之意，寫我之情，自然倍覺渾厚。此後代詩人不得不用書卷也。〔註187〕

趙氏雖肯定在詩中用典，乃有其不得不然的正當性；但「不得不然」四字，也點出了運用此一修辭特徵的條件所在，是不刻意使用以免淪為不善使事之譏。王漁洋在《師友詩傳續錄》中，回答劉大勤請問如何活用典故的問題時，即說：「初以為常語，徐乃悟其用魏主『此水東流而挾西上』之語。嘆其用事之妙，此所謂活用也。」〔註188〕換言之，即使用典，也要讓人有不知用典的「即目」之感纔行。至於厲鶚不僅是有意為之，且多好用說部及叢書之中瑣屑生僻的典故。其中原因，恐怕就如前引厲氏本人的話說：「予生平不諧於俗，所為詩文亦不諧于俗，故不欲向不知我者而索序」一樣，是一種求己知的心理使然。

第七節 杭世駿的學人之詩說

一、為詩根本在於積冊

杭世駿（一六九五～一七七二），字大宗，號堇浦，晚號秦庭老民，浙江仁和（今杭州）人。雍正二年甲辰（一七二四）舉人，乾隆元年丙辰（一七三六）薦試博學鴻詞，授編修，改監察御史。著有《道

〔註187〕 趙翼：《甌北詩話》卷十，引自註43郭紹虞所編書，頁一三一四。
〔註188〕 王漁洋：《師友詩傳續錄》第二三條，收在註45丁福保所編書，頁一五三。

古堂集》。杭氏與厲鶚是好友。據王豫《群雅集》所載：「太史樸訥如鄉野間人，而文章秀美，為一時所宗，與厲樊榭齊名，稱『厲杭』。」〔註189〕應澧在〈杭大宗墓誌銘〉中，亦稱杭氏：「少時與同里厲鶚，汪大坤、交聞望、張熷、龔鑑、嚴燧諸名輩結讀書社。」〔註190〕因此，在厲鶚去世之後，他便也成為當時後進詩人請問的主要詩老。雖然，如法式善在《梧門詩話》中所言，杭氏曾自稱：

> 吾經學不如吳東壁，史學不如全謝山，詩學不如厲樊山。
> 〔註191〕

其實這是他個人在謙虛中的自負。法式善在前揭詩話中，即引黃璋的〈論詩絕句〉說：「安世胸中三篋書，贍詞捷給決瀾柴。當年緒論曾參座，經史詩皆說不如。」便鮮明地描述出杭氏不僅經綸滿腹，口舌便給，辯才無礙，而且所為詩篇亦往往具有令人瞠目咋舌的形象。

　　如前所述，浙派詩人本以學問有名於世，而杭世駿較之其他詩人而言，則又更以學問著稱詩壇。當時友人以及後來論者論及此時，無不稱道一番。龔鑑在〈橙花館集序〉中，即稱：

> 吾友杭子大宗言不純師，行不純德，絕類東方先生之為人。
> 平生勤於聚書，晨鈔晦寫者十有餘年，而畢方不來，騶牙
> 不至，無以證其蓄積之叢叢。〔註192〕

龔氏出之以形象用語，描述大宗類似東方朔的為人與行跡，並謂其平生孜孜於藏書而不輟，平生固定早晚鈔書，十餘年來未有中止，學者形象可謂呼之欲出。而張熷在〈赴召集序〉一文中，亦稱：

> 吾友杭君堇浦，少蘊清才，其于古若于水入水，浹而莫睹
> 其跡也。其于學一日千里，而猶慊慊也，怳不能至也。故
> 其為詩根本積冊，峻整有製度。〔註193〕

〔註189〕　王豫：《群雅集》，錄自註111所引書，頁四六八五。
〔註190〕　應澧：〈杭大宗墓誌銘〉，錄自註101所引書，頁四六八四。
〔註191〕　法式善：《梧門詩話》，錄自註111所引書，頁四六八五。
〔註192〕　龔鑑：〈橙花館集序〉，錄自註111所引書，頁四六八三。
〔註193〕　張熷：〈赴召集序〉及《杭州府志》〈文苑傳〉均錄自註111所引書，
　　　　　頁四六八一。

針對杭氏個人性情頗惬於古的部分，特予彰揚。所以，在《杭州府志》
〈文苑傳〉中，便專就其富有學者的形象部分，如博學與藏書等描述
說：

> 世駿少蘊清才，博遊宏覽，于學無所不貫。所藏書擁楯積
> 几，不下千萬卷，枕籍其中，目睇手纂，幾忘晷夕。〔註194〕

其實杭氏於乾隆元年應鴻博之試時，即以第一等及第，授編修。曾參
與武英殿《十三經》與《二十四史》的校勘，又纂修《三禮義》等書。
在乾隆八年考監察御史時，始因上時務策而得罪去職。從杭氏的這段
經歷來看，加上龔、張等人，都是當年與杭世駿同開讀書社的好友，
則上述的讚美之詞，並非只是應酬的門面語而已。因此，張維屏在《國
朝詩人徵略》中，也專就此點說：

> 先生博聞強記，口若懸河。時方靈皋侍郎以學問負重名，
> 先生獨侃侃與辯，靈皋亦遜避之。袁簡齋輓先生詩有云：「横
> 衝一世談天口，生就千秋數典才。」蓋紀實也。〔註195〕

可見杭氏的學者形象，一直是受到時人與後來論者的肯定與推崇的。
即使像朱庭珍在《筱園詩話》中，雖然認為杭世駿的「不工」，卻仍
然讚美其「經學考據之業，自足千秋」。〔註196〕

就像其他浙派詩人一樣，杭世駿的學人形象，亦深刻影響其詩學
的主張。龔鑑在前引文中，對於杭氏本人博遊宏覽的生活與讀書經
驗，則說：

> 于是形諸詩歌，一往不可罄控。嘗發言曰：「鏤金錯彩，論
> 者弗尚。然學不贍則詞不備，詞不備則氣不充。胸無安世
> 三篋書，目搦管作蒼蠅聲，奚可哉？公等已矣。〔註197〕

張塤在前引文中，說杭氏「為詩根本積冊，峻整有製度。」所謂「峻
整」，就是典雅。故袁枚記述杭氏教人作詩，要多作五排，並謂：「要

〔註194〕 同前註。
〔註195〕 張維屏：《國朝詩人徵略》，錄自註111所引書，頁四六八六。
〔註196〕 同註109書卷二，頁二三五一。
〔註197〕 同註192。

典雅，不得不觀書史。」〔註198〕可見讀書對於創作典雅的詩歌，具有一定的關鍵作用。

其實在這場宋詩運動中，尤其自朱彝尊以來，如查愼行與厲鶚等人，於詩均要求典雅，以避免傖俗，爲此莫不主張多讀經史，其用意正在於此。雖然，杭世駿亦如此強調，卻不在詩中掉書袋，賣弄僻典，這是他有別於其至友厲鶚的地方。今人論述杭世駿的詩論時，謂其文中每有不少新語彙，頗爲接近「現代概念」〔註199〕。若將杭世駿的詩作，與其好友厲鶚的相比，後者往往意密語澀，而杭氏之詩則頗爲輕快流利，如文如話，實亦適用「現代概念」這個評語。如其〈送五舍弟世瑞就昏黔陽〉一詩：

> 弟今去，弟勿章。黔陽去我那隔四千二百有餘里，……弟今去，弟勿違。若過洞庭手莫揮，洞庭君女乃是柳毅妃。風鬟霧鬢法不晰，傳聞遺像捏塑湖之碕。書生貌美百靈秘怪恐不戚，易以假面函光輝。神鴉啞啞蹲危桅，水神隱隱搖雲旗。船頭牲福釃美酒，波濤恬息神靈祈，汝雖崛彊未可非。……太凡佳山美水神所宅，妄語偶觸生危機。諄諄髦語爲汝誨，弟今去，弟勿違。暇時可過二酉洞，藏書千卷汝可充饑。善卷之墓馬援廟，縅書一一報我搦管流音徽。〔註200〕

從以上所引諸詩句來看，莫不有此明白俐落的修辭特色，讀之不免令人眼睛爲之一亮。如前所揭，龔橙謂杭世駿一生的行徑說：「絕類東方先生之爲人」，因此，論及此詩的光怪陸離時，便也認爲是他這種「玩世不恭」〔註201〕的處世態度的具體呈現。值得注意的是，此詩雖奇壯豪宕，詩中意象的鑄造，亦顯見得其學問之助，然卻不爲書所累。潘英、高岑在合著的《國朝詩萃初集》中，便特別就其詩不爲學問所累一事稱揚說：

〔註198〕 袁枚：《隨園詩話》，錄自註111所引書，頁四六八三。
〔註199〕 參註82書，頁二七一。
〔註200〕 杭世駿：〈送五舍弟世瑞就昏黔陽〉，錄自註111所引書，頁四六九〇。
〔註201〕 參前註附錄龔橙〈花館集序〉，頁四六九一。

> 董浦先生學富才高，爲兩浙冠冕。而詩格清老疏蒼，逸氣
> 橫流，不爲書卷所累，故爲先輩名流所推重。〔註202〕

事實上，杭世駿雖以博學善詩聞名於當時，卻深以淪爲「獺祭」式的作詩弊病爲戒。在〈李太白集輯注序〉中，他雖然強調學問對詩歌創作的積極作用，卻深知學問與詩歌之間的分際說：

> 作者以才爲主，而輔之以學，興到筆隨，第抽其平日之腹
> 筍，而縱橫曼衍，以極其所至，不必沾沾獺祭也。〔註203〕

顯然，杭氏在詩中運用學問的模氏，是將之視爲輔助的作用，嚴防反客爲主。他強調「興到筆隨」，纔是創作詩歌的主軸。學問一途，祇能當作是讓詩歌更能馳騁揮灑，邁往藝術境界的助力而已。至於獺祭式的創作，祇是作者個人沾沾自喜於材料的堆垛，根本無助於詩歌價值的提升。

　　杭世駿身爲浙人，既富學問，而其所往來交游的，又盡爲宗宋派的詩人，在這重群體作風的鼓蕩與浸染之下，其詩風與詩學取向便也不得不呈現出宗宋的趨向與旨趣。吳振棫在《國朝杭郡詩輯》中，記載乾隆於巡視邊塞之際，曾吟詠杭世駿的詩句一事時，便謂：

> 先生于詩用功深，嘗曰：吾遇韓、杜，當北面，東坡則兄
> 事之。每呼曰：「蘇大哥」。〔註204〕

將這則記載結合前引〈送五舍弟世瑞就昏黔陽〉一詩來看，便可見韓愈的奇險與蘇軾的流蕩，已融匯相參成爲杭世駿詩中豪放疏快的藝術風貌了。

二、風謠備而成經的詩經合一說

　　若從清代宋詩運動的作者功能來看，杭世駿對這場詩歌運動所做出的貢獻，主要還是在於他那幾篇論述學人之詩與詩人之學的文章上

〔註202〕　潘英、高岑：《國朝詩萃初集》，錄自註111所引書，頁四六八五。
〔註203〕　杭世駿：《道古堂文集》卷八〈李太白集輯注序〉（臺北：臺灣大學
　　　　　圖書館藏，清乾隆五十五年杭賓仁校刊本）。
〔註204〕　吳振棫：《國朝杭群詩輯》，錄自註111所引書，頁四六八七。

面。在〈鄭筠谷詩鈔序〉中，杭氏即從經學家與詩歌之間的微妙關係
作了一番論述：

> 自昔專于經者皆拙意累辭，不工爲藻繪之語。在〈儒林傳〉
> 者，西漢迄于南北，無慮三百餘人。核之《七略》之歌詩，
> 《七錄》之別集，概乎未有述也。崇聲律者唐爲最，孔、
> 陸、馬、賈、啖、趙諸儒迭生，其詩亦未嘗一參風雅之席。
> 宋詩理學鬱興，伊川《擊壤》，橫浦偈頌，欲以陶詠性天，
> 發揮理道，譬猶黃桴葦龠以爲樂，羹藜飯糗以爲食，操奇
> 觚者或迂而笑之。朱子超然一洗道之障，清詞麗句，矯訛
> 翻淺，暨後鶴山、西山，揚芳樹軌，左右采穫，始爲經術
> 中開設經遂。元趙子常、明王伯安等承其流，乃益閎以肆
> 矣。〔註205〕

在文中，杭氏檢閱了歷代經學家的詩歌成就。在他看來，自漢至唐，
經學家往往不擅長詩歌，即使對聲律探討最爲崇隆的唐代，亦未見著
名的經學家躋身於當時詩壇，並佔有一席之地。到了宋朝的邵雍與張
九成等人身上，雖有意藉由詩歌發明理學的旨趣，但仍舊無法免除迂
闊之譏，對於詩味來說，則更是一種損害。直至朱熹、魏了翁與眞德
秀三人的出現，在排除道學的理障之後，纔有清麗的詩作產生。至此
時，在經學家的行列之中，纔算得上有能爲詩的人。此後下及元代的
趙子常與明代的王守仁等人，也都是能夠將經學與詩歌會通的人。杭
氏的這番議論，旨在說明經學與詩歌兩者，彼此並非是站在對立的角
度的。

　　接著，杭氏考察了清代前期的一些詩人兼經學家，認爲如王世
禎、朱彝尊等人，在詩壇上堪稱巨擘；但是，他們有關經學的論著，
是用詩人的角度解說經義，並非經學家的本色。其他如黃宗羲與萬斯
同、李光地等人，雖也長於經學，又因視詩歌創作爲餘事，便免不了
有些寒酸的「傖楚」味。杭氏從西漢的〈儒林傳〉一路檢討下來，符

〔註205〕　同註203書卷九〈鄭筠谷詩鈔序〉。

合其心目中所謂的詩人兼經學家者，可謂寥寥無幾。其為此文的用意，當然是為了凸顯鄭筠谷穿梭在學術與詩歌之間的不凡成就，但也因此凸顯一人身上要兼具詩人與經學家的困難。

　　儘管如此，他還是從歷史上的創作經驗，看到《經》在形成之初，其實是與詩有著密不可分的關係的。接著，他就從經典中所謂「溫柔敦厚」的性理要求和「禮儀」的行為規範等切入，強調這些源頭，均是來自詩教說：

> 夫為詩者既以經術為委曲繁重之術，而不敢以嘗試，專經者又以詩為佻小纖薄之技而不屑以用心。《書》云：「詩言志，歌永言。」《記》云：「溫柔敦厚，詩之教也。」又曰：「不能詩，于禮繆。」古者風謠備而成經，其源本合，其末流益分，兩者遂若枘鑿異施之不可相入，是不知有四始六義之旨也。〔註206〕

在這段文字中，杭氏認為詩本應該是《經》的源頭所在，二者在起始之際，應該是合一的。只因後世的詩人頗嫌經術繁重，遂避而遠之。至於經學家們也因視詩歌為雕蟲小技，而不屑一為，詩與《經》便從此走上分道揚鑣的命運。

　　應該注意的是，杭氏此論的立足點，是將焦點擺在「風謠備而成經」的上面，是詩創於《經》之前，而後始被人提昇到《經》的層次。這就意味著在「詩」與「學」兩相對待的命題上，著重性情抒發，以形象思維為創作特徵的詩，仍是杭世駿亟欲凸顯的重點所在。《經》所代表的，依杭氏之意，應該就是這些形象思維的概念化，是詩人的性情被後代經學家禮儀化後的載體呈現。後人遂誤以為詩與《經》二者，彼此原本是不相及的。

　　由此可知，杭氏鼓勵詩人為學的用意，應該是超過學人為詩的。在〈沈沃田詩序〉中，他便以更嚴謹的論述理由闡述這一命題說：

> 詩緣情而易工，學徵實而難假。今天下稱詩者什之九，俯

〔註206〕　同前註。

> 首而孜孜于學者，什曾不得一焉。……《三百篇》之中，
> 有詩人之詩，有學人之詩。何謂學人？其在于商，則正考
> 父；其在于周，則周公、召康公、尹吉甫；其在于魯，則
> 史克、公子奚斯。之二聖四賢者，豈嘗以詩自見哉？學裕
> 于己，運逢其會，雍容揄揚，而雅頌以作，經緯萬端，和
> 會邦國，如此其嚴且重也。〔註207〕

杭氏在文章中，將學人之詩的起始，追溯到《詩經》一書。強調早在
其中，已有學人之詩的傳統。這是期望為這類詩作建立起理論上的正
當性。但是，他認為像正考父、周公、召康公、尹吉甫、史克與公子
奚等這些傳說中的作者，也並不是有意視詩歌為呈現個人學問的載
體，而是因為他們的學問已經蘊蓄充沛在個人的胸中，等到躬逢時代
風會之際，便能夠雍容自在的流露出來。而這也正是後人能在《雅》、
《頌》之中，見到這類詩作誕生的原因。可見在杭氏心中所亟欲強調
的，仍是詩人先要努力於學問的汲取與儲藏，一旦詩心受到外在環境
的觸動，自然就能將學問融匯在詩歌之中。而詩歌所呈現的藝術面
貌，也就必然有如《雅》、《頌》那樣的典雅之作了。

　　其實，若是順著杭世駿的這個思路往下推進，便可發現他個人所
要檢討的議題重點，就是後世作者往往率意為詩，胸無點墨，以致腹
笥枯絕。當然如此一來，抄襲模擬的墮落情形，也就會叢生不已了。
故他接著說：

> 后人漸昧斯義，勇于為詩，而憚于為學，思義單狹，辭語
> 陳因，不得不出于裨販剽竊之一途，前者方熾，后隨朽
> 落。……余特以「學」之一字立詩之幹，而正天下言詩者
> 之趨，而世莫宗也。〔註208〕

他所感歎的是，後人勇於為詩之際，卻又不思學，懼於學，以致思緒
單薄逼狹，命筆之際，自然無法馳騁揮灑。祇好墮落到剽竊抄襲，陳
因前人步伐的地步。

〔註207〕　同註203書卷十〈沈沃田詩序〉。
〔註208〕　同前註。

在〈鄭荔鄉蔗尾集序〉一文中，杭氏所諄諄提示後人的，仍是在於為學乃是為詩的中心命題所在：

> 古之為詩者由本以及末，今之為詩者務末而遺本，由本以及末，故朝夕經史，晝子夜集，優柔厭飫，無意于求工而詩益工。騖末以遺本，傭僦耳目，雕琢曼辭，實而按之，仍枵然無所有。〔註209〕

今人務求末技，忘卻本道，一味拘泥在耳目的見聞上動手腳，這仍是虛華無實的徒費曼辭罷了。其結果仍將是一無所得，不如朝夕孜孜不倦於經史，雖無意為詩，而詩則已蓄積胸中，風會一至，自然噴薄而出。

由前述可見，杭世駿的詩學焦點，係一再強調「學」對「詩」的正面作用上。問題是古來博學之士，多的是詩才拙劣的作者。其實這又回到嚴羽所謂「詩有別才，非關學」的傳統命題上了。故在前揭的〈沈沃田詩序〉中，杭氏便也自設一段問難之辭說：

> 或有詰余者曰：鴻儒碩學，代不乏人，漢之服（虔）、鄭（玄）、唐之賈（逵）、孔（穎達），未聞有名章秀句，流佈儒林。度其初亦必執管而為之，謇拙不悅于耳，遂輟而不為。則學適足為詩之累，詩人之不盡由于學審矣。余應之曰：固矣。自昌黎有于書無所不讀專以為詩之譏，而盧殷在唐，傳者十一詩，則子之說伸矣。少陵下筆有神而乃云：「讀書破萬卷」，則子之所云非篤論也。〔註210〕

問難者的話，與杭氏所欲強調的，其實並不算違背。學是否與詩相妨，其關鍵乃在作者如何處理詩材的問題上。而「詩人之不盡由於學」的質疑，正是「下筆如有神」所欲追究的原因。二者的議題焦點，其實都在「讀書破萬卷」的「破」字上面。「破」就是「化」，能「破」的話，能將學問從容的融匯在詩中，像鹽化於水中一樣，毫無痕跡可尋。否則，祇是生硬的堆垛材料，學問反而成為詩歌的障礙。換言之，詩

〔註209〕 同註203書卷九〈鄭荔鄉蔗尾集序〉。
〔註210〕 同註207。

材的豐富與否，直接關係到作者能否馳騁縱橫，抑是拘窒難行的必要
條件。但是，詩材應該如何轉換成詩歌的語言，則是形象思維與邏輯
思維如何對待的命題，並不關係到詩歌的審美價值。

　　杭世駿在前揭文章中，關於詩人之詩，他曾經舉例說明。如「楊
柳雨雪，便成瑰辭；一日三秋，動參妙諦。」〔註211〕這是景物與作
者個人性情的直接照面，是不加理智的思索，無待學問的幫助。至於
學人之詩，他則強調說：

> 若夫籥齒以紀風土，涉謂而述艱難，緝熙宥密，參性命之
> 精微，格廟餐親，通鬼神之嗜欲，斯時情窒而理不得伸，
> 意窮而辭不得騁，非夫官禮制作之手，大雅宏遠之才，純
> 懿顯爍，蜚英騰茂，固未易勝任而愉快也。〔註212〕

至於關乎社會風土人情，國家禮樂制度以及道德性命的義理之學，便
需要經過作者理智的一番思索。即使是雄才大略的人，也未必能夠駕
輕就熟。因此，杭氏所以鼓勵詩人為學，似乎有意提倡作者在處理詩
材上，不應該僅拘囿於個人的一己私情的抒發，而應該朝著更為寬闊
的題材格局，如《詩經》中的《雅》與《頌》所呈現的那樣發展纔是。

〔註211〕　同前註。
〔註212〕　同註210。

第五章　清代宋詩運動的定律功能

　　如本題第二章所言，宋詩在中國古典詩歌史上是個屬於「變」的異質傳統，而清代宋詩運動則在承繼這個傳統之後，爲了強調宋詩並未與整個古典詩歌的傳統背離，從錢謙益、黃宗羲以來，曾經歷過從求唐、宋之同到辨唐、宋之異，進而超越唐、宋的辯證過程。其目的即在企圖爲宋詩所具有的獨特性與正當性，找到理論上的根據。有關這些辯證的詳細過程，在第三章的部分，已有過論述。至於第四章的論述重點，係針對整個宋詩運動的詩學系統，在邏輯推演裡所形成的「以學爲詩」的概念規定，進行有關詩學文獻上的梳理。梳理的範圍，主要是針對在整個清代宋詩運動史上具有階段性意義的作者，包括有虞山派與浙派的詩人，如錢謙益、黃宗羲、朱彝尊、查愼行、厲鶚與杭世駿等人。但是，他們都未從理論上眞正確立起屬於清代宋詩運動的詩學原則，一直到翁方綱對宋詩的詩學特徵進行研究總結，屬於清代宋詩運動的詩學定律，纔在翁方綱所提出的肌理說裏正式形成。

第一節　不能執一以論的概念規定

一、對詩之言理的反省

　　如前所論，從詩學系統的次序來看，在清代宋詩運動的邏輯概念推演裡，所謂的唐宋之爭，其實即是「情與理」以及「才與學」等兩

組概念範疇的辯證過程。至於引爆這場概念範疇之爭的始作俑者，無論是明代或清初的論者，都指向宋末的嚴羽。但是，即使時至太平盛世的乾隆時代，翁方綱提出肌理說的背景因素，一般詩史論者無不認為是為了補救王漁洋神韻說的尚虛，於是便有尚實的肌理說的提出，這幾乎已是定論了。不過，若從邏輯推演的系統次序來看，翁方綱所採取的論述策略，仍然是溯源至嚴羽所引爆的這場著名的詩學論爭上面。

翁方綱（一七三三～一八一八），字正三，號覃溪，大興（今北京市）人，精于金石、考據學，善書法。主要著作有《復初齋集》、《經義考補正》、《兩漢金石記》、《蘭亭考》、《石洲詩話》、《蘇詩補注》與《小石帆亭著錄》等。翁氏早年的詩學主要是承自王漁洋而來。在《石洲詩話》中，仍然可見不少他以神韻、興象等詞語品詩歌的言論。如卷一的「蓋唐人之詩，但取興象超妙，至後人乃益研核情事耳。」「盛唐諸公之妙，自在氣體醇厚，興象超遠。」卷二的「王、孟諸公，雖極超詣，然其妙處，似猶可得以言語形容之。獨至韋蘇州，則其奇妙全在淡處，實無跡可求」等，可謂俯拾即是〔註1〕。在〈王文簡古詩平仄論〉的序文中，翁方綱自道學詩的歷程時，便說：

> 方綱束髮學為詩，得聞先生緒論於吾邑黃詹事，因得先生
> 所為《古詩聲調譜》者。〔註2〕

黃詹事即黃叔琳，受學於王漁洋。由此可見翁氏與王漁洋二人之間有著直接的師弟源流關係。也就是因為有了這層淵源，翁氏檢討起王漁洋的神韻說時，每見迴護之辭。在〈杜詩「熟精《文選》理」「理」字說〉一文中，翁氏論述王漁洋的神韻說時，便追根溯源自嚴羽的以禪喻詩之說：

〔註 1〕 見翁方綱：《石洲詩話》卷一、卷二，引自郭紹虞所編《清詩話續編》（臺北：木鐸出版社，一九八三年十二月初版），頁一三六八、一三七〇、一三八四。

〔註 2〕 見翁方綱：《王文簡古詩平仄論》卷首序文，引自訂福保所編《清詩話》（臺北：明倫出版社，一九七一年十二月初版），頁二二三。

> 自宋人嚴儀卿以禪喻詩，近日新城王氏宗之，於是有不涉
> 理路之說，而獨無以處夫少陵「熟精《文選》理」之理字，
> 且有以宋詩近於道學者爲宋詩病，因而上下古今之詩，以
> 其凡涉於理路者，皆爲詩之病，僅僅不敢以此爲少陵病耳。
> 〔註3〕

爲了證明王漁洋「神韻說」的偏頗與不足之處，翁氏特別從此說所自從來的根源處反省起。在他認爲，王氏因爲推尊嚴羽的以禪喻詩之說，也跟著主張詩歌不應涉及理路的觀點。因而古今上下凡是涉及理路的詩歌，一概在貶斥之列。甚至誤將宋詩中深具道學味的詩歌，視爲整個宋詩的代表。如此一來，往往不符神韻要求的宋詩，自然也就在其排擯的行列之中。

但是，翁氏認爲這樣的作法，在面對杜甫的自道之詞時，其中的矛盾立現。他特舉杜甫在〈宗武生日〉中的「詩是吾家事，人傳世上情。熟精《文選》理，休覓彩衣輕」〔註4〕爲論據，認爲自嚴羽以至王漁洋所宗的「不涉理路」之說，根本無法解釋「熟精《文選》理」中的「理」字。其實翁氏的說法，並不與嚴羽的主張相違背。嚴羽在《滄浪詩話》中，曾將杜甫的詩作推崇至無以復加的地步：

> 詩之極致有一，曰入神。詩而入神，至矣，盡矣，蔑以加
> 矣。惟李杜得之。他人得之蓋寡矣。〔註5〕

而且，他亦曾經就詩歌的本質及其與「學」及「理」之間的辯證關係加以闡釋說：

> 詩有別趣，非關理也。然非多讀書，多窮理，則不能極其
> 至。所謂不涉理路，不落言筌者，上也。〔註6〕

〔註3〕見翁方綱：《復初齋文集》卷十〈杜詩「熟精文選理」「理」字說〉，引自《中國歷代文論選》下冊（臺北：木鐸出版社，一九九一年四月再版），頁二二〇。

〔註4〕杜甫：〈宗武生日〉，引自仇兆鰲《杜詩詳註》卷十七（臺北：文史哲出版社，一九八六年九月再版），頁八六二。

〔註5〕參嚴羽著，郭紹虞校釋：《滄浪詩話校釋》〈詩辨〉（三）（臺北：河洛圖書出版社，一九七九年十二月一日再版），頁六。

〔註6〕同前註〈詩辨〉（五），頁二三、二四。

可見嚴羽只說「非關理」，並未說不要理，在分寸拿捏之間，是有所
區別的。因爲，理語比較容易走入具體言語詮釋的路徑，自然有跡可
循，便也容易成爲理障，損害了詩味。

再者，依據蕭統在〈文選序〉中，自言其選錄的標準，是「事出
於沉思，義歸乎翰藻」〔註7〕的講求形式與內容的統一來看，翁氏引
杜詩作爲批評的論據，其實反而與嚴氏所言一致。就如第三章所述，
嚴羽的強調「不涉理路」，主要係針對宋詩的流弊而發，所以纔要特
別凸顯形象思維對詩歌創作的重要性。但是，無可諱言的，他的標舉
「妙悟」一說，的確容易引起後學者走向偏鋒的弊端。故自此以後，
如明代前、後七子，乃至王漁洋等人，雖承繼嚴羽的「矯枉」以補救
宋詩的流弊，卻又造成「過正」的偏失；祇一味尚虛的淡遠之境，自
然會將尚實的宋詩排斥在外。由此可見，翁方綱所指的矛盾，其咎不
在嚴羽，而是在王漁洋身上。其實，翁氏自己也並非未見王氏標舉神
韻一說的偏頗，祇因師弟的淵源關係，不好明言罷了。

所以，在〈杜詩「熟精《文選》理」「理」字說〉一文中，翁氏
接著便援引杜甫的例證，以檢討宋代道學詩的不足之處：

> 然則孰是而孰非耶？曰皆是也。客曰：然則白沙、定山
> 之宗《擊壤》也，詩之正則耶？曰：非也。少陵所謂理
> 者，非夫《擊壤》之流爲白沙、定山者也。客曰：理有
> 二歟？曰：理安得有二哉？顧所見何如耳。杜之言理，
> 蓋根極於六經矣。曰「斯文憂患餘，聖哲垂象繫」。《易》
> 之理也。曰「舜舉十六相，身尊道何高」，《書》之理也。
> 曰「春官驗討論」，《禮》之理也。曰「天王狩太白」，《春
> 秋》之理也。其他推闡事變究極物則者，究極物則者，
> 蓋不可以指屈。則夫大輅椎輪之旨，沿波而討源者，非
> 杜莫能證明也。然則何以別夫《擊壤》之開陳莊者歟？
> 曰：理之中通也，而理不外露，故俟讀者而後知之云爾。

〔註7〕參蕭統編，李善註：《文選》卷首〈文選序〉（臺北：藝文印書館，
一九七九年二月九版），頁二。

若白沙、定山之爲擊壤派也，則直言理耳，非詩之言理
也。〔註8〕

在這一段文字中，翁氏除了認爲陳白沙等人「直言理」的道學詩，因
爲不符合「詩之言理」的審美要求，故不屬於詩歌的「正則」外；其
他論述杜甫的部分，簡直就是爲前所引的嚴羽那一段文字做最具體的
正面註腳。所謂的「多讀書，多窮理」，不就是「杜之言理，蓋根極於
六經」云云。至於所謂「不涉理路，不落言筌者」，不也即是「理之中
通也，而理不外露」嗎？若進一步將其中的「中通」二字，與嚴羽所
謂的「透徹玲瓏，不可湊泊，如空中之音，相中之色，水中之月，鏡
中之象」等對照來看，幾乎是殊途同歸，並無彼此扞格不入的矛盾問
題存在。祇是翁氏的用語，充滿著較濃的儒學氣息，而嚴羽則是徹頭
徹尾的使用禪家的空靈之語罷了。其實這種區分，單從翁氏所列舉的，
是有著「詩聖」之稱的杜甫爲論據來看，便也可以得知一二。如此說
來，他所說的「理安得有二哉」一語，是認爲儒家之理，不管是《六經》
之理，抑是道學家之理，基本上是並無二致的。甚至是與禪家之理，亦
可謂相通。這其中區別的關鍵點，便只是在於「所見何如」而已。

若就詩歌藝術表達「理」的修辭手段而言，「直言理」並不等於
就是「詩之言理」。這就是形象思維與邏輯思維的區別問題了。顯然，
翁氏是同意嚴羽對於詩與學及理之間的問題辯證的。甚至他是有意將
儒家所言之理與禪家所言之理熔鑄於一爐，並將後者收攝在前者之中
的。在他之前，如第四章第一節所言，從錢謙益、黃宗羲到朱彝尊等
宋詩運動的初期代表人物，無不有意誤解嚴羽這段話的文字，誤認
「書」字爲「學」字，進而大肆抨擊其所謂詩「非關書」與「非關理」
的主張。而翁氏本來援引杜甫論理的用意，亦在檢討嚴羽以及王漁洋
的詩不應涉及理路之說的不足之處，卻反而更落實後者的主張。這二
者之中，若有不同的地方，便是翁氏將理的性格與範疇擴展到無限大
的地步，可謂是無所不包，無所不攝。

〔註8〕同註3，頁二二一。

　　由此可，翁氏對嚴羽的以禪喻詩之說，其態度並不似錢謙益等人那樣充滿了敵意。他反而更能平心靜氣的面對這一論調，並從正面加以肯定。因此，嚴氏之說若有流弊產生，在他認爲，也應該是後學者的偏執行爲使然，不應該抹殺這學說本身的貢獻才是。所以，他接著又說：

> 天下未有舍理而言文者。且蕭氏之爲《選》也，首原夫孝敬之準式，人倫之師友，所謂「事出于沉思」者，惟杜詩之眞實，足以當之。而或僅以藻績目之，不亦誣乎？自王新城究論唐賢三昧之所以然，學者漸由是得詩之正脈，而未免歧視理與詞爲二途者，則不善學之過也。而矯之者，又或直以理路爲詩，遂蹈白沙、定山一派，致啓詩人之詈譬，則又不足以發明六義之奧，而徒事于紛爭疑惑，皆所謂泥者也。必知此義，然後見少陵之貫徹上下，無所不該，學者稍偏一隅，則皆不得其正。豈可以矜心躁氣求之哉，但憾不能熟精而已矣。〔註9〕

可見翁氏雖然肯定王漁洋論述唐賢三昧的貢獻，是在於能夠使後學者抓住詩歌係形象思維的創作「正脈」。但是，因爲王氏爲了張揚一己的「神韻」說，以便區別鍾嶸的「滋味」說、司空圖的「韻味」說、嚴羽的「興趣」說、徐禎卿的「眞情」說以及李攀龍的「格調」說，〔註10〕乃特別標舉盛唐詩中的王維與孟浩然的田園山水派，作爲其神韻說的專屬代表詩人。如此拘狹的論調，自然容易造成後學者將理與詩視爲不能相容的歧見。對於這種流弊的形成，翁氏認爲罪亦不在王氏身上。王氏祇是爲了區隔出詩學的特點，以有別於前人，始如此標舉而已。關鍵仍在後學者的不善學，纔有這樣的情形發生。這就像那些爲了矯正嚴羽不涉理路之說的人，往往直接以理路創作詩歌，同樣都是過於拘泥偏執所致，其結果亦徒增詩壇的紛擾而已。

〔註9〕同前註。

〔註10〕見劉世南：《清詩流派史》（臺北：文津出版社，一九九五年十一月初版），頁二○九。

　　至於解決的途徑，翁方綱認爲應該看清這種「偏於一隅」的現象，排除個人的矜心與躁氣，以杜甫爲師，效法詩聖那種無所不該，無所不洽，能夠貫徹古今上下事理的爲詩之道，纔能確實掌握住詩歌的「正則」所在。

　　因此，在〈神韻論上〉一文中，翁氏對於「詩」與「理」兩者如何彼此對待的命題，便也有所論證說：

> 自新城王氏一倡神韻之說，學者輒目此爲新城言詩之秘，而不知詩之所固有者，非自新城始言之也。且杜云「讀書破萬卷，下筆如有神」，此神字即神韻也。杜云「熟精《文選》理」，韓云「周詩三百篇，雅麗理訓誥」，杜牧謂「李賀詩使加之以理，奴僕命《騷》可矣」。此理字，即神韻也。神韻者徹上徹下，無所不該。〔註11〕

在這段文字中，翁氏除了強調神韻是詩歌本來即有，非王漁洋所能硬套得來，以合理化神韻說的正當性之外，且徵引杜甫等人於詩中提及理字的詩句，以合理化「詩可以言理」的命題，並進一步將此一理字所指涉的意義，界定爲「徹上徹下，無所不該」的神韻之說。如此一來，在翁氏的詩學策略中，理與神韻二者就也完全統一在詩歌之中了。

　　值得注意的是，從翁氏所徵引的杜甫與韓愈等人的詩句中，便可以觀察到他本人反省詩與理這組命題如何互相對待的態度。有關杜甫的「熟精《文選》理」已論述於前，這裡僅就韓愈詩中的「周詩三百篇，雅麗理訓誥」部分，作進一步說明。在〈詩雅麗訓誥理字說〉一文中，翁氏即說：

> 近有疑此篇理字者，故不得不爲之說。曰：理者，綜理也，經理也，條理也。《尚書》之文，直陳其事，而《詩》以理之也。直陳其事者，非直言之所能理，故必雅麗而後能理也。雅，正也；麗，葩也。韓子又謂：「《詩》正而葩」者是也。凡治國家者謂之理，治樂者謂之理，治玉者謂之理，

〔註11〕翁方綱：《復初齋文集》卷八《神韻論上》，引自《中國歷代文論選》下冊（臺北：木鐸出版社，一九九一年四月再版），頁六八。

治絲者謂之理。故曰「國史明乎得失者之跡」，得與失皆理
也。又曰「以一國之事繫一人之本謂之風，言天下之事形
四方之風謂之雅，頌者美盛得之形容」，形與繫皆理也。又
曰「風雅頌爲三經，賦比興爲三緯」，經與緯皆理也。理之
義備矣哉。然則訓詁者，聖王之作也。理則孰理之歟？⋯⋯
曰：理者，聖人理之而已矣。凡物之不得其理，則借議論
以發之，得其理則和矣。豈議論所能到哉？至于不涉議論，
而理字之渾然天成，不待言矣。非聖人孰能與于斯！〔註12〕

近人對韓愈此詩句中的「理」字既有疑惑，翁氏便認爲有說明的必要
性。其實，他的眞正用意，不外是爲自己的肌理說尋找到理論的正當
性而已。在他看來，這詩句中的「雅麗」二字，是專指《詩經》而言；
而「訓詁」一詞，則是特就《尙書》而言。因爲後者表達事情的語言
特徵，主要是採取「直言其事」的方式；而僅靠這種傳達手段，是不
能得出事物的秩序，故必須再借由《詩經》表達語言的方式加以綜理，
纔算大功告成。

　　具體而言，舉凡在《尙書》中所記載的事物內容，需要藉由像
《詩經》這樣的形象表達方式加以呈現，纔能見到事務眞正的秩序
之所在。這似乎也觸及到了像西哲所謂的「詩比歷史更眞實」的議
題。〔註13〕因此，凡是與詩歌創作過程有關的一切，也都可以稱之曰
「理」。這其中有各種形態的理。如對政治的得失作出價值判斷，固
然是理；凡是涉及表現形態與範圍的「形」與「繫」，亦是理。而將
一國之事繫於一人之本的風是理，言天下事以形四方之風的雅是理，
形容美盛的頌，又何嘗不是理？因此，所謂《詩經》的「六義」中，
屬於體裁的《風》、《雅》、《頌》都是理，而專指表現方式的賦、比、
興，亦何嘗不是理？可以說在創作詩歌的過程，即是整理描寫對象的
過程。至於這種整理的過程，翁氏雖認爲祇有聖人可以勝任；但這是

〔註12〕翁方綱：《復初齋文集》卷十〈韓詩雅麗訓詁理字說〉（臺北：臺灣
　　　　大學圖書館藏，清光緒丁丑年李以烜重校本），頁十五。
〔註13〕參亞里斯多德著，胡耀恆譯：《詩學》第九章〈戲劇眞象與歷史眞象〉，
　　　　《中外文學》第十六卷第四期，頁十四。

專就經過孔子所整理的《詩經》而言，而且以孔聖爲例，亦有以權威服人的用意在。更重要的是，翁氏強調未經整理的事物，若直接表達出來，便是議論。這種議論的方式，是無法使詩中的內容與形式達到和諧統一的境界的。換言之，內容要蘊涵於形式之中，便不可以直露的議論方式加以表達。如此的論述，則又與他自己在論述杜甫「熟精《文選》理」時，所強調的「理之中通也，而理不外露」的主張連成一線了。

　　值得注意的是，翁氏在檢討嚴羽與王漁洋的詩學時，是杜甫等人的無所不該，貫徹上下的「理」，救濟後學者總是「偏於一隅」的流弊與拘泥。這當然關係到詩學的具體內涵是否具足的問題，同時也關係到作者在擬定詩學時的策略選擇問題。若像王漁洋爲了與前人區隔而提出神韻說，並將「韻」視爲最高的審美標準，又將這標準的專屬權判給王維與孟浩然等一派的詩人，便容易造成翁氏所謂偏於一隅的流弊形成。職是之故，翁氏在其論著中，每討論前人詩學的得失時，幾乎也是謹守著「不能執一以論」的概念規定，審視所有的詩學主張。這個概念規定，自然也直接影響到他自己所標舉的肌理說的形成及其對具體內涵的規範。由於本章節討論的重點，係偏重翁氏在清代宋詩運動的發展過程中，其角色所具有的定律功能位置。因此，討論的重心，亦僅放在其擬定詩學時的策略選擇上面而已。

　　在《七言詩三昧舉隅》附錄〈方綱漁洋詩髓論〉中，翁氏便利用「不能執一以論」的概念規定，再一次反省嚴羽與王漁洋的詩學問題說：

> 予來山東亟與學人舉漁洋論詩精詣，而其間有不得不剖析者。蓋昔之推漁洋者太過，而今之譏漁洋者又太甚，二者相權，則無寧過推之矣。……詩者忠孝而已矣，溫柔敦厚而已矣，性情之事矣。……至於嚴滄浪之論詩上接王官遺意，先生蓋亦偶借拈之，非直以此概千載詩家也。而秋谷第援馮氏以爲辭者，豈非矜氣之過乎？二李言格調，而先生言神韻，格調化而爲神韻，則千彙萬狀，皆歸大冶，而豈傷於執一乎？……然則由漁洋之精詣，可以理性情，可

以窮經史，此正是讀書汲古之蘊味。而所謂不涉理路，不
落言詮者，乃專對貌爲唐賢之滯跡者言之。其鈔五、七言，
則《三百篇》之正路也，其選《萬首絕句》，則樂府之息壤
也。其《三昧十選》，則《十籤》之發凡也。學者及此時熟
復先生言詩之所以然，而加以精密考訂之功，從此充實涵
養，適於大道，殆庶幾矣。其僅執選本以爲學先生，與夫
執一端以議先生者，厥失均也。〔註14〕

在文中，翁氏仍然站在爲王漁洋迴護的立場，認爲衹要抓住王漁洋詩
說的精詣，再加以理性情，窮經史，充實考訂精密的功夫，一樣可以
走向詩歌的康莊大道。但是，一般學者不管推尊或貶抑王漁洋的人，
卻都衹是從「執一端」的偏見立場出發。推尊他的人，未見王氏衹是
借用嚴羽的說法，以張揚自己的詩說。不知王氏本人並無意以此概括
衡量千古以來所有的詩家。這樣的論點，在評論〈再和明妃曲〉一詩
時，翁氏便有所提及。他先引王漁洋的評論說：

先生《香祖筆記》以「耳目所及」二句，議論近腐，與高
季迪作同譏。而此篇卻鈔入《七言詩》者，何也？〔註15〕

接著，便自我答覆說：

自嚴儀卿以不落言詮爲詩家上乘，漁洋力宗其說，以爲三
昧在此。此其所見固超矣。而亦有未可概論者，須相其氣
體神理也。況此篇「耳目所及」二句，正是唱嘆節族耳，
何嘗是議論乎？此乃眞所謂「不著一字之妙」，而何以云近
腐耶？蓋漁洋先生豈無一二未定之論，而後人一概奉爲圭
臬，則失之矣。〔註16〕

所謂「耳目所及」二句，即指「耳目所及尚如此，萬里安能制夷狄」
的詩句，翁氏認爲只要詩中理與情二者能夠交融一起，又何嘗會有議
論的直露問題。因此，王漁洋的宗主嚴羽之說，衹是借此以印證理、

<hr />

〔註14〕翁方綱：《七言詩三昧舉隅》附錄部分〈方綱漁洋詩髓論〉（臺北：
明倫出版社，一九七一年十二月初版），頁三〇四、三〇五。
〔註15〕見前註書，頁二九四。
〔註16〕同前註。

情不二之後所能達到的「不著一字之妙」的境界，是不能將之視為王氏的定論的。故翁氏纜會說：「未有概論，須相其氣體神理也」，認為一味標舉妙悟，並不能算是詩學的究竟，還需要有「氣體神理」等其他因素加以輔助充實纜行。

　　至於貶抑王氏的人，翁氏則認為他們是未見所謂「不涉理路，不落言詮」之說，係針對後學者專在語言形式方面抄襲唐人，以致於太過拘泥格調的時弊而提出的。這當然是專就明代與清初主張格調者所形成的流弊而發的。因此，在《石洲詩話》中，翁方綱便也針對這種情形提出說明：

> 竊謂一人自有一人神理，須略存其本相，不必盡以一概論也。阮亭《三昧》之旨，則以盛唐諸家，全入一片空澄澹沇中，而諸家各指其所之之處，轉有不暇深究者。學人固當善會先生之意，而亦要細觀古人之分寸，乃為兩得耳。〔註17〕

在這段引文中，翁氏強調每一詩家自有其神理存在其詩學之中，後人對其本相衹需「略存」即可，不應該就此執守一端，用以概論全部。就像王漁洋的提倡神韻之旨一樣，雖然是以「空澄澹沇」的審美標準，將盛唐諸家完全收攝其中。然被收攝於其中的各家，其實亦有其各自的神理與歸趣在，仍然不可以王氏之說一概而論。在翁氏看來，王漁洋衹是「偶借拈之」而已。這是權宜之計，其目的仍是放在救弊之用上面，是有所為而為的。既是如此，後人便不可以太過膠著，以為王氏之說是針對所有問題而發。

　　在〈坳堂詩集序〉中，翁氏就曾明白的為王漁洋出辯護說：

> 獻縣戈芥舟〈坳堂詩集〉，不蹈格調之滯習，亦不必以神韻例之。顧其稿有任邱邊連寶一序，極口詆斥神韻之非，甚至目漁洋為神韻家，彼蓋未熟讀古人集，不知神韻之所以然，惟口熟漁洋詩，輒專目為神韻家而肆議之。〔註18〕

〔註17〕參翁方綱：《石洲詩話》卷一，收在郭紹虞所編《清詩話續編》中冊（臺北：木鐸出版社，一九八三年十二月初版），頁一三七〇。
〔註18〕翁方綱：〈坳堂詩集序〉，轉引自註11所引書，頁六七。

藉由爲他人詩集作序之際，翁氏認爲時人對王漁洋所提出的神韻說誤解頗深。在〈神韻論下〉一文中，翁氏則反省王漁洋未完全曉喻杜甫所謂「熟精《文選》理」的話說：

> 蓋漁洋未能喻「熟精《文選》理」理字之所以然，則必致後人誤會「詩有別才」之語，致墮於空寂，則亦當使人知神韻初不如此，而豈可反誤以神韻爲漁洋疚乎？若趙秋谷之議漁洋，謂其不切事境，則亦何嘗不中其弊乎？學者惟以讀書切己爲務，且從事於探討古人，考析古人，則正惟恐其不能徹悟於神韻矣。〔註19〕

在引文中，翁氏雖然承認王漁洋因未明瞭「理」的眞義，而且又標舉盛唐的空澄澹泞，很容易讓人誤入空寂的歧路，但不能因此而歸罪於王氏身上。所以，翁氏勸人讀書時，需要以切己爲務，不必盡以一概論，纔能眞正切合事境。

就如同在評論〈王右丞夷門歌〉一詩的按語裡，翁氏先是說：

> 所謂「羚羊挂角」、「不著一字」者，舉此一篇足矣。此乃萬法歸原處也。〔註20〕

接著在後一首〈隴頭吟〉條下的按語裡，他又說：

> 平實敘事者，三昧矣；空際振奇者，亦三昧矣；渾涵汪茫邊彙萬狀者，亦三昧矣；此乃謂之萬法歸源也。若必專舉寂寥沖淡者以爲三昧，則何萬法之有哉？漁洋之識力，無所不包；漁洋之心眼，抑別有在？〔註21〕

便是希望學者不要僅僅拘泥於寂寥沖淡一格，纔是作詩的三昧之所在。

其實像這一類的文字，在《七言詩三昧舉隅》一書中，可謂俯拾即是。如在〈鮑明遠代白紵舞歌辭〉一詩所附李翰林〈烏栖曲〉的評論中，翁氏即說：

〔註19〕同註11所引書《神韻論下》，頁七一。
〔註20〕同註14，頁二八七。
〔註21〕同前註。

> 大白此篇亦漁洋所鈔，而云附者，正不欲求備之意也。古
> 人各有極至，豈敢有所軒輊？然而言各有當，願吾學侶共
> 質之。〔註22〕

這是提醒學者們，雖然王漁洋本人無求完備之意，而且其所揭櫫的神韻之說，是有所爲而爲的。正因爲如此，故不可以拘泥於一端，並以此質問古人。又如在〈李翰林金陵城西樓月下吟〉的評論中，翁氏則說：

> 漁洋所謂三昧，其說出於嚴滄浪，雖以此義言李、杜，亦
> 無不可，而實未足以盡李、杜耳。〔註23〕

便也強調以王漁洋的三昧論述李、杜，雖無不可，但此二人自有其他面目，三昧仍不足以括得盡。在同一段評論中，翁氏則更一步說：

> 漁洋極不喜人作《騷》體，然如太白之〈遠別離〉，〈夢遊天
> 姥吟〉，亦未嘗不取之。此亦見先生之不滯於一見也。〔註24〕

則又以王漁洋本人亦往往不拘執一見的論詩態度，強調「不能執一以論」的重要性。總此所論，翁氏是在建議後學者要善於領略王氏的用心，要仔細審明古人所拿捏的分寸，纔能古今兩得，不拘於古人，又能不爲今人所矇蔽。

由此，翁氏在〈坳堂詩集序〉中，則進一步檢討明代李夢陽與何景明等人所代表的七子派，祇講求格調的詩學侷限說：

> 漁洋所以拈舉神韻者，特爲明朝李、何一輩之貌襲者言之，
> 此特舉其一端，而非神韻之全旨也。詩有於高古渾樸見神
> 韻者，亦有於風致見神韻者，不能執一以論也。〔註25〕

在這一段文字中，翁氏批評李、何等人僅從形式上的格調掌握盛唐諸公的神理，必定會走上臨摹字句的抄襲之路。只有不在乎格調，超越格調，不執一格以論，纔能有自己的完全面貌。

〔註22〕同註 14，頁二八六。
〔註23〕同註 14，頁二八九。
〔註24〕同前註。
〔註25〕同註 18，頁六七。

　　雖然如此說，卻也並非就要完全否定格調說的存在價值與正當性。在《七言詩三昧隅》的前言中，翁氏便就神韻與格調兩者之間的辯證問題，作了一番論述說：

> 漁洋於唐賢撰《三昧集》矣。其為《五七言詩鈔》則皆三昧也；皆三昧，則皆舉隅也，奚又擇諸？曰：擇其最易見者，擇其隅之最易反者而已。客曰：然則子所不舉者，其皆三昧乎？非乎？曰：請循其本。〔註26〕

文中強調王漁洋撰作《唐賢三昧集》的用意，是為了舉例說明而已。而且，是選擇最容易見到和最容易類推的加以例舉。這便證明翁氏在擬定詩學時，是先在策略的選擇上，作過一番思考的。再者，既然是舉例說明，學者便要懂得通變，不可以拘泥在所舉的例證上面，以為符合者纔是對的，否則，便是不對的。因此，他接著說：

> 夫漁洋先生，既不得不以杜、韓、蘇、黃為七言之正矣，因於初唐諸作，僅取數篇，曰：此其氣格高勢。夫所謂氣格高者，以神乎？以貌乎？說者必曰以神，非以貌也。然則有明李、何之徒，文必西漢，詩必盛唐，必杜者，亦曰以神，非以貌也。吾安能必執以為漁洋是而李、何非乎？吾故曰：神韻者，格調之別名耳。雖然，究竟言之，則格調實而神韻虛，格調呆而神韻活，格調有形而神韻無跡也。〔註27〕

由於詩歌的格調，是具形而實際的，對學者在實際的創作而言，自然較具操作意義。卻也因此容易有抄襲模仿的流弊產生，故必須救之以無跡而清虛的神韻，纔能發揮平衡的作用。

　　值得注意的是，翁氏在文中特別單獨列出一「神」字，強調它纔是「請循其本」的關鍵所在。認為像杜甫、韓愈、蘇軾、黃庭堅等人的詩作，乃是「七言之正」者。究其原因，「氣格高者」，自是理由所在；但是如此，即意味著杜甫等人的詩歌藝術，已臻於「神」的境界，

〔註26〕同註14，頁二八五。
〔註27〕同前註。

自然要被列爲「正者」。錢鍾書在《談藝錄》中，曾對「神」的定義
加以闡釋，認爲不論那一種風格的詩歌，祇要恰到好處，就是「入神」。
並且進一步作成結論說：「夫自運謀篇，倘成佳構，無不格調、詞藻、
情意、風神、兼具各備，雖輕重多寡配比之分量不同，而缺一不可焉。」
〔註28〕。無論是偏重在無跡的神韻，抑是偏重在有形的格調，祇要能
「神」，而不是徒具形貌而已，便是詩體的正格。職是之故，翁氏也
纔說王漁洋的神韻，其實即是格調的別名。接著，他便順著這樣的理
路往下推論說：

> 七言視五言，又開闊矣。是以學人才人，各有放筆騁氣處。
> 氣盛則言之短長聲之高下皆宜。先生又惡能執一以裁
> 之？……原先生之意，初不謂壯浪馳騁者，非三昧也；顧
> 其所以拈示微妙之處，則在此不在彼也。即先生述前人之
> 言曰：「不著一字，盡得風流。」此豈僅言短章乎？曰：「羚
> 羊挂角，無跡可求。」此豈僅言短章乎？知其不僅在此，
> 而姑舉此以爲一隅先也。〔註29〕

詩歌因體製的短長，自然予人有開闊與否的不同感受。但是，「入神」
與否，則是詩歌審美標準的判斷，是祇問能否恰到好處的問題而已。
如此一來，「不著一字，盡得風流」的審美標準，不僅可以用在短章
的形容上，也可以適用在長篇的判斷上。以此類推，所謂的「羚羊挂
角，無跡可求」的審美標準，又何嘗不可以如此引申呢？就像神韻也
可以是格調的別名一樣，翁氏在此又進一步將所有的審美標準，看成
是可以相互容通的。故無論體製的長短，或者是學人之詩與文人之詩
等，均適用於「羚羊挂角，無跡可求」的審美判斷。

二、對泥於格調的批評

在前一小節的引述中，翁氏雖然認爲王漁洋的神韻，其實亦可以

〔註28〕參錢鍾書：《新編談藝錄》第六條〈神韻〉部分（北京：中華書局，
　　　　一九八三年出版），頁四一。

〔註29〕同註26。

是格調的別名。但這並非意謂著神韻就是格調。在詩歌中，這兩者仍
是各有所偏重，並不是二而一的局面。就詩歌的審美標準而言，兩者
亦均有其各自的存在價值及其正當性。然而，其前提則是要「入神」。
唯有如此，才算是眞正的神韻與格調。若用此一審美標準，檢驗明代
前、後七子在詩中落實格調論的具體成果，便會發現其中是有些落差
的。在〈格調論上〉一文中，翁氏便針對此一現象評論說：

> 詩之壞於格調也，自明李、何輩誤之也。李、何、王、李
> 之徒，泥於格調而僞體出焉。非格調之病也，泥格調者病
> 之也。夫詩豈有不具格調者哉?《記》曰：「變成方，謂之
> 音，方者，音之應節也，其節即格調也。又曰：「聲成文，
> 謂之音。」文者，音之成章也，其章即格調也。是故噍殺、
> 嘽緩、直廉、和柔之別，由此出焉。是則格調云者，非一
> 家所能概，非一時一代所能專也。〔註30〕

翁氏先是爲格調叫屈，認爲詩的格調是自然生成的。祇要有聲音，就
會有章節；有章節，格調也就自然存在其中。由此，他確立了格調的
正當性。其次，他則是批判拘泥於格調的前、後七子，所提倡的是假
格調，是破壞眞正格調的主要詩人群體。他們破壞格調的具體行徑，
便是規定一家，乃至一時、一代，纔是格調。非此一家、一時、一代，
便不是格調。這種視格調爲個人禁臠的主張，便是泥於格調，不是格
調眞正的精神所在。至於翁氏自己心目中所謂的格調，他則進一步解
釋說：

> 古之爲詩者，皆具格調，皆不講格調。格調非可口講而筆
> 授也。唐人之詩，未有執漢、魏、六朝之詩以目爲格調者，
> 宋之詩，未有執唐詩爲格調者，即至金、元詩，亦未有執
> 唐、宋爲格調者。獨至明李、何輩，乃泥執《文選》體，
> 以爲漢、魏、六朝之格調焉；泥執盛唐諸家，以爲唐格調
> 焉。於是不求其端，不訊其末，惟格調之是泥；於是上下

<hr>

〔註30〕翁方綱：《復初齋文集》卷八〈格調論上〉，錄自註11所引書，頁二
一七、二一八。

> 古今，只有一格調而無遞變遞承之格調矣。〔註31〕

肯定一家、一時、一代的詩歌，皆自有其格調，必然會進一步肯定漢、魏、六朝、唐、宋、金、元等各代的詩歌，亦各有其自家的格調。我們若是剝離這些外在的審美形態，便可以發現他所要強調的，其實即是「遞變遞承」的通變概念。祇要能夠容許詩歌的變化，便能夠永遠保持詩歌本身的具足，如此也就不會走上拘泥固塞的死路。

因此，對於王漁洋在承繼格調說之後，所以要提出名為神韻說的詩論主張，翁氏便也設身處地的推論王氏的苦心說：

> 至於漁洋變格調曰神韻，其實即格調耳。而不欲復言格調者，漁洋不敢議李、何之失，又惟恐後人以李、何之名歸之，是以變而言神韻，則不比講格調者之滋弊矣。然而又慮後人執神韻為是，格調為非，則又不知格調本非誤，而全壞於李、何輩之泥格調者誤之，故不得不論。〔註32〕

在翁氏來看，神韻與格調二者本是詩歌所具有的。若有流弊形成，並非二者在本質上有任何缺失可言，而是拘泥於二者的詩人所造成的。因此，王漁洋所以要以神韻取格調而代之，是因為若再出之以格調之名，則連王氏自己恐怕也將被後人視為明代李夢陽、何景明一類破壞格調的人。蓋世人積弊已重，只能另闢蹊徑，開出神韻一途，纔能一新耳目。不過，卻又考慮到世人又將會重蹈李、何等人的覆轍，同樣拘泥在神韻身上，以神韻為是，攻擊格調之非。故翁氏覺得有必要將格調的真義說清楚，以免後人徒然競逐新說，忘卻詩歌的本質，原是格調嶼神韻二者，皆已具足其中的。

所以，在〈神韻論上〉中，翁氏亦特別解釋了神韻二字的開放性意義說：

> 神韻者，徹上徹下，無所不該。其謂「羚羊挂角，無跡可求」，其謂「鏡花水月，空中之像」，亦皆神韻之正旨也。非墮入空寂之謂也。然則神韻者，乃君形也。昔之言格調

〔註31〕同前註。

〔註32〕同註30。

> 者，吾謂新城變格調之說，而衷以神韻。其實格調即神韻
> 也。今人誤執神韻，似涉空言，是以鄙人之見，欲以肌理
> 之說實之。其實肌理亦即神韻也。……其新城之專舉空音
> 鏡像一邊，特專以針灸李、何一輩之癡肥貌襲者言之，非
> 神韻之全也。〔註33〕

在這段引文中，他明白指出王漁洋的神韻說，所以是專就空音鏡像的
一端立論，主要是針對明人的抄襲格調之風而發。但是，神韻其實是
無所不該的。它在詩歌中，是居在「君形」的超越位置上。祇是怕學
者誤認它是偏向空寂的一邊，纔要另以肌理一說取而代之。如此一
來，肌理也可以說就是神韻了。若再參照前面所說的格調即是神韻來
看，依翁氏之意，格調即是神韻，也即是肌理，三者可以說是彼此透
徹相通的。

在〈神韻論下〉中，亦見其同樣的論調說：

> 神韻者，非風致情韻之謂也。吾謂神韻即格調者，特就漁
> 洋之承接李、何、王、李言之耳。其實神韻無所不該，有
> 於格調見神韻者，有於音節見神韻者，亦有於字句見神韻
> 者，非可執一端以名之也。有於實際見神韻者，亦有於虛
> 處見神韻者，有於高古渾樸見神韻者，亦有於情致見神韻
> 者，非可執一端以名之也。〔註34〕

如此界定神韻所涵蓋的範圍，等於是視神韻為無所不在，無所不包審
美形態了。故在《神韻論中》一文裡，翁氏就乾脆以道是無邊無界的
性質定義神韻說：

> 道無邊際之可指，道無四隅之可竟，道無難易遠近之可言
> 也，然而其中其外，則人皆見之。……此即詩家神韻之說
> 也。〔註35〕

並且挾這個如道一般無所不包的定義，批評前人詩論往往拘泥一隅的
弊病。強調像這樣的結果，無可避免的要墮入偏於一隅的狹隘命運：

〔註33〕同註11。
〔註34〕同註11所引書〈神韻論下〉，頁七〇。
〔註35〕同註11，頁六九。

疾肥既不可，削枯又不可；似既非也，不似又非也。是以
李、何固謬，王、李又謬，抑湯若士、徐天池輩之矯變李、
何亦又非也；抑且公安、竟陵之矯變李、何，又無謬不出
也。然而新城以三昧標舉盛唐諸家，盛唐諸家，其體盛大
貌，其似者固不能傷之，徒自弊而已矣。矯其說者，一以
澄夐淡遠味之，亦不免墮一偏也。何者？盛唐元是眞詩，
橫看成嶺，側看成峰，隨其人自得之而已矣。〔註36〕

由於後人未見到體盛大貌的盛唐詩歌，是圓善具足的眞詩。其中的各
個作者，均是各自有各自的神理。若僅在似與不似上面作無謂的爭
辯，對體盛大貌的盛唐詩歌而言，不僅毫髮無傷，甚至祇會讓抄襲者
自己左支右絀，反而疲憊不堪而已。因此，若始終拘執於一端，以爲
可以牢籠盛唐詩歌的多種面貌，則當然有是淪爲墮於一偏的弊端了。

　　因此，在〈格調論中〉一文裡，翁氏開宗明義便強調王漁洋認爲
後人不必深入考究「熟精《文選》理」的「理」字之義，是因爲杜甫
所謂的「熟精《文選》理」一句，正點出詩聖對於《文選》的學習態
度，乃在於不必拘泥於《文選》之體。這話的眞正關鍵點，其實就是
對於《選》體是否熟精上面。所謂「熟精」，其前提便是不以仿效《選》
體爲要：

「熟精《文選》裡」，非謂效其體也。漁洋先生乃謂理字不
必深求其解。故李滄溟純用《選》體者，直謂唐無言古詩
矣。所謂唐五言古詩者，正謂其無《選》體之五言古詩也。
先生乃譏滄溟者不合其下句觀之，而但執唐無五古一句以
歸咎於滄溟，滄溟不受也。豈知滄溟之疾，正專在唐無言
古詩一句乎？彼謂唐之古詩，階不仿效《選》體耳，豈知
古詩正以不仿《選》體爲正，唐人尚以不仿《選》體爲正，
而後之爲詩者轉欲《選》體之仿耶？〔註37〕

〔註36〕同前註。
〔註37〕同註30〈格調論中〉，頁二一八。

就因為唐人不拘泥於《文選》的五言古詩體，故唐人始有專屬自己的五言古詩。如此纔是創作詩歌的正途。因此，翁氏特為李滄溟所謂的「唐無五言古詩」作正解，強調即使詩歌的體製也一樣，一代也應該有一代自己的時代精神。

在接著的文字中，翁氏仍然秉持著不能執一以論的概念規定，強調並無所謂的《文選》體，只有漢體、魏體，乃至齊體、梁體等，諸體各自有其各自的特色，不能一概而論。若欲將所有朝代視為一個朝代，不僅是輕蔑古人，亦將為古人所取笑：

> 且即以《選》體言之，《文選》自漢、魏迄齊、梁，非一體也。而概目曰《選》體可乎？如謂《文選》諸家之詩共合而目為《選體》，則祇一體，非眾體矣，中間何以復有擬古之作乎？即觀《選》詩中有擬古之篇，則知古之上復有古焉，何可泥執而混為一乎？泥而一之，則是蔑古而已。此則正受古人之憾，正受古人之笑而矣。〔註38〕

但是，如此一來，就要面臨如何看待繼承傳統的問題？換言之，既如前所言，則學習古人的必要性與正當性當如何建立？翁氏認為：

> 凡所以求古者，師其意也。師其意，則其跡不必求肖之也。
> 〔註39〕

學習古代，是要學習古代的真正精神所在。至於詩歌的章節、字句等有關格調的形跡部分，則不必太過拘泥，以為一定要達到形似的地步，纔算是學古。翁氏並以孔子以及唐、宋各大詩人為例證說：

> 孔子於《三百篇》皆弦而歌之，以合於韶武之音，豈《三百篇》篇篇皆具韶武節奏乎？抑且勿遠稽《三百篇》，即以唐音最盛之際，若李，若杜，若右丞、高、岑之屬，有一效建安之作，有一效謝、顏之作者乎？宋詩盛於熙、豐之際，蘇、黃集中，有一效盛唐之作者乎？直至明朝而李、何在前，王、李踵後，乃有文必西漢，詩必盛唐之說，因

〔註38〕同前註。
〔註39〕同註37，頁二一九。

> 而遂有五言必效《選》體之說，五言不效《選》體，則謂
> 之唐無五言古詩，然則七古亦將必以盛唐爲正矣，則何不
> 云宋無七言古詩？而彼不敢也。〔註40〕

從孔子的例子來看，顯然翁氏本人是承認「詩無達詁」的閱讀行爲的。
既然者可以有個人的解讀方式，則詩歌的創作，又爲何必須規規於搶人
所踏過的步伐？由此，他進而引道出肯定宋詩的議題，認爲蘇軾與黃庭
堅等人的詩歌，就因未曾拘泥仿效唐人之作，故都有各自的面目存在。

　　此外，翁氏則以杜甫爲例，反對後人以正變說的二元概念解讀詩
歌，認爲是不值得採信的讀詩方式。在前文中，他就說：

> 夫謂七律宜宗盛唐，則杜固居其正無疑也。然又謂五古宜
> 宗《選》體，《選》體之說不能旁通也。故又變格調爲神韻，
> 而以王、孟、韋、柳當其正，則杜之五古又居其變。同一
> 杜詩，而七言居其正，五言居其變，然則仰窺弦歌韶武之
> 音，其將必以〈清廟〉、〈思文〉之什爲正，而〈東山〉、〈鴟
> 鴞〉之音爲變乎？其將何以爲後學者之準式？吾故曰：作
> 詩勿泥《選》體。〔註41〕

將盛唐詩與杜詩分開，甚至將唐詩與杜詩分開，是明人普遍的看法。
這樣因爲杜詩往往被推尊盛唐的明人，視爲是唐詩的「變體」或「別
調」。而這種評斷的標準，便是以格調作爲其理論的立足點。因此，
翁方綱質疑既然在盛唐詩體中，以七律爲最盛，而杜甫又是七律作手
中的佼佼者，居在正體，殆無疑義。卻又爲何認爲五言古詩以無法旁
通類推的《文選》體製，作爲衡量的標準，反而視杜甫爲變體。同樣
都是出自杜甫一人之手，卻因五言與七言的格調不同而有正變之分。
豈不矛盾？翁氏所以認爲這樣的論詩方式有待釐清，是因爲太拘泥於
《文選》體製的標準所致。然如前面所論，翁氏自己既已辨明前人所
謂《文選》體的標準，是不足以採信的；據此，以正變說區分杜詩中
的七律與五古，便也因爲失去理論的正當性而站不住腳。

〔註40〕同前註。
〔註41〕同註39。

　　職是之故，在〈王文簡古詩平仄論序〉中，翁氏便就王漁洋論述古詩的方式提出看法說：

> 先生之論古詩，蓋爲失諧者言之也。紊亦失也，泥亦失也。紊斯理也，泥斯通也。言豈一端而已。……夫張、王、元、白之雅操，不可以例杜、韓，山谷之逆筆，不可以概歐、梅。〔註42〕

由於當時誤解王漁洋神韻說的情形日漸加劇。於詩稍有所得，便訕薄王氏的人，「漸且加甚」；而墨守王氏之說的，雖然「尙知聞聲欬而愛慕之」，卻又「得其片紙隻詞，以爲拱璧」。有鑑於此，翁氏不得不強調王漁洋所以有《古詩聲調譜》之作，純粹是針對後代學者往往泥混淆格調的眞義而發，是有所爲而爲。故他自覺有必要爲王氏論詩的本意，「剔抉原委」，使「讀者知其立言之所以然」。至於其本意所在，翁氏則進一步強調，無論是就詩的體製、格調或是神韻而言，王漁洋的分界標準，其實並非如時人所誤認的那樣分明。所謂：「其於甘辛丹素經緯浮沉之界，所關非細」〔註43〕，正是這個意思。

　　因此，在評論《趙秋谷所傳聲調譜》中，有關羊士諤〈息舟荊溪入陽羨南山遊善權寺呈李功曹〉一詩的按語時，翁氏既說：

> 五言之作，上自漢、魏，下及唐、宋，音節因乎格調，格調因乎家數，家數因乎風會，淵流品藻，萬有不同，烏可執一時之體製，賅萬世之繩墨乎？……，然黃初以降，陶、謝擅其精能，王、孟以還，杜陵屹爲砥柱，多師以爲師，言豈一端已也。〔註44〕

翁氏認爲詩歌的家數與時代的風會，都是決定格調的關鍵因素所在。但是，自古以來，家數流派，眾多不一，而時代風會的趨向，又會影響品藻與鑑賞詩歌時的標準，怎能夠以一時間的體製之作，作爲概括

〔註42〕同註2。

〔註43〕以上諸引句均同前註。

〔註44〕翁方綱：《趙秋谷所傳聲調譜・前譜》〈息舟荊溪入陽羨南山遊善權寺呈李功曹〉按語，錄自註2丁福保所編書，頁二四六。

萬世詩歌的唯一準繩？因此，在〈溪陂行〉一詩的按語中，評論趙秋谷所言：「轉韻格調，已盡於此」二語時，他便說：「古人轉韻之格，其變無方，豈可以一言概之。」〔註45〕而在〈劉越石重贈盧諶〉一詩的評述按語中，翁氏更是將性情、事景與聲調三者對舉說：

> 性情之愉戚，事景之舒慘，聲調之正變，蓋各有當也。阮
> 亭先生固亦云：「山水閒適宜王、韋，敘述鋪張宜老杜，原
> 非盡以楊夢山、皇甫兄弟概天下之作者。而今之論者或執
> 其一以爲先生云爾，不亦誤乎？〔註46〕

作者個人主觀的性情，往往千頭萬緒；而其所處的客觀環境之中，事物的景象又是紛紜多端。因此，有關詩歌聲調的正變標準，祇要作者能依據詩歌創作當時的情景各盡其當即可，其中並無優劣的分別。故不可以一人的性情，牢籠眾人的性情，以一人的事景，概括眾人的事景。若僅拘執於一端，以爲聲調應當有正變之分，便誤會了王漁洋立說的原意。在評論〈聖俞會飲時聖俞赴湖州〉一詩的按語中，翁氏乾脆就說：

> 文章千變萬化，如碧空之雲，無一同者，無一複者，而無
> 一處不自成章法，不可泥也。〔註47〕

值得注意的是，「碧空之雲」一詞的意象，正予人有種「羚羊挂角，無跡可求」的透徹之感。若專就審美的心理感受而言，其中仍然充滿著濃濃的神韻味道。

所以，在〈格調論下〉一文中，翁氏便下結論說：

> 化格調之見而後詞必己出也，化格調之見而後教人自爲
> 也，化格調之見而後可以言詩矣，化格調之見而後可以言
> 格調也。今且勿以意匠之獨運者言之，且勿以苦心孤詣戛
> 戛獨造者言之，今且以效古之作若規仿格調者之言。〔註48〕

〔註45〕同前註書《後譜》〈溪陂行〉按語，頁二五三。
〔註46〕翁方綱：《五言詩平仄舉隅》〈劉越石重贈盧諶〉案語，錄自註 2 丁福保所編書，頁二六四、二六五。
〔註47〕同註 2 書，頁二三○。
〔註48〕同註 30〈格調論下〉，頁二一九。

可見此說係專就後人抄襲模仿之積弊已至難返的地步而言。故要學者能化掉格調的成見，個人獨造的創見，纔有被凸顯出來的機會。唯有如此，詩中深具個人特色的格調，自然就能順勢生成。翁氏甚至進一步舉例說明：

> 古之擬樂府者，若〈行路難〉其初本以行旅閱歷言也，其後漸擴寫情事矣。若〈巫山高〉其初以雲雨十二峰言也，其後漸以曠望之懷言矣。如原題所指某事，而後來擬作變而推廣者，不可勝原也。惟其如此，所以賴有《樂府解題》也。若使其後來擬作，悉依原本爲之，則何爲而有解體之作乎？〔註49〕

在翁氏來看，《樂府解題》一類書籍的產生，是爲了解釋古今樂府題材的演變及其推廣等問題而成的，並非規定學者必須依循原本之作，加以效仿。以此類推，他強調說：「古調不盡可概施之徵驗而已矣」〔註50〕。所以，蘇子美的五言詩歌，自然不會規規於韋應物與孟浩然的五言之作。而蘇東坡的和陶詩，也不會等同於陶淵明的五言詩體。故他批評今人編刻詩集時，往往將徒具形貌的擬古之作置放卷端的不當作法說：

> 今編刻一集，其卷端必冠以擬古、感興諸題，而又徒貌其句勢，其中無所自主，其外無以自見，誰復從而誦之？夫其題內有擬古仿古者，尚且宜自爲格制，自爲機杼也，而況其題本出自爲，其境其事屬我自寫者，非古人之面而假古人之面，非古人之貌而襲古人之貌，此其爲頑鈍不靈，泥滯弗化也，可鄙可恥，莫甚於斯矣。〔註51〕

翁氏認爲即使擬古之作，也應該要求有作者自己的格調與機杼。何況詩題又是自己所定，詩中的事境，都是個人切身的遭遇，又怎能拘泥到以古人的形貌爲自己的形貌，而不敢跨越其藩籬一步？像這樣的詩

〔註49〕同前註，頁二一九、二二〇。
〔註50〕同前註，頁二二〇。
〔註51〕同前註。

歌，從裡面的情意到外面的體製格調，全無作者的個人風格存在其中，又怎能引起他人閱讀的興趣？

因此，在《石洲詩話》中，翁氏在〈王文簡戲仿元遺山論詩絕句三十五首〉第十一首的按語中，便以眞僞的二元對比方式，對明人僞詩充斥的情形，提出批判說：

> 愚竊謂唐宋已來皆眞詩，惟至明人始尚僞體，至李、何一輩出，而眞詩亡矣。〔註52〕

在第十五首的按語中，論及徐迪功詩集的文字時，翁氏則說：

> 夫迪功所少者，非化也，眞也。眞則積久能化矣，未有不眞而可言詩者。漁洋論詩所少者，亦正在眞也。〔註53〕

王漁洋所以拈出神韻一說，是爲了救濟明人盛行假格調的弊端，這在前面已經屢屢提及。但是，因爲王氏的神韻之旨，落實在具體的批評時，乃專屬於王維與孟浩然的山水田園一派。這是拘泥於古人一體，又要後人仿效古人之作。從這個角度來看，所謂的「師古」，若僅是針對外在的句勢而言，而缺少作者的「自主」與「自見」，仍然算不上是「化」。因爲眞正的「化」，是要以作者能夠「自主」與「自見」的「眞」作爲前提的。

值得一提的是，如前所言，從質疑以《文選》的體製作爲評斷詩歌標準的正當性，進而質疑明人以格調區分杜甫五、七言詩爲正變的合理性，翁氏所採取的評論原則，都是不能執一以論的概念規定。據此，他乃進一步反省詩教所謂溫柔敦厚的界定標準及其所指涉的意義。在《七言詩三昧舉隅》評論〈丹青引〉一詩的按語中，翁氏便說：

> 漁洋選《唐賢三昧集》不錄李、土、，自云仿王介甫《百家詩選》之例，此言非也。先生平日極不喜介甫《百家詩選》，以爲好惡拂人之性，焉有仿其例之理？以愚竊窺之，蓋先生之意，有難以語人者，故不得已爲此託詞云爾。先

〔註52〕同註 1 書卷八〈王文簡戲仿元遺山論詩絕句三十五首〉第十一首按語，頁一五〇九。

〔註53〕同前註第十五首按語，頁一五一一。

> 生於唐賢獨推右丞、少伯以下諸家得三昧之旨，蓋專以沖
> 和淡遠爲主，不欲以雄鷙奧博爲宗。若選李、杜而不取其
> 雄鷙奧博之作可乎？吾窺先生之意，固不得不以李、杜爲
> 詩家正軌也；而其沉思獨往者，則獨在沖和淡遠一派，此
> 固右丞之支裔，而非李、杜之嗣音矣。〔註54〕

翁氏在文中揣摩王漁洋自謂仿效王安石書例的矛盾所在，係因爲王
漁洋個人對詩歌的偏好，是擬在沖和淡遠的藝術風格上。因此，若
從李白與杜甫的角度入手，便無法逃避此二人所具有的雄鷙奧博的
藝術風貌。但這恰好又與《唐賢三昧集》所欲標榜的「不著一字，
盡得風流」的神韻之旨有所違背。故祇好對李、杜二人的詩作闕而
不錄了。因此，翁氏在接著的文字中，馬上以「其論某體格當用某
家」的規定說：「亂離敘述，宜用老杜」〔註55〕，以補足該集的不足
之處。接著，他又說：

> 然則先生意中，豈不竟以變風變雅視杜矣？杜雖生於兵燹
> 播遷之際，似竟一生言愁者，然此其面目耳，非其神髓也。
> 設若杜公當周、召之遭逢，則〈時邁〉、〈思文〉之《頌》，
> 〈皇矣〉、〈旱麓〉之《雅》，舍此其誰也？〔註56〕

在這一段文字中，翁氏認爲杜甫祇是因爲身逢離亂的動盪時代，他所
遭遇的事與所見聞的景，都不外乎此，一生自然愁緒盈滿胸懷。若是
躬逢盛世，杜甫所寫的，也一定是《雅》、《頌》裡像〈皇矣〉、〈時邁〉
等一類的作品。因此，僅看到杜詩中充滿亂離的敘述，便將之歸類爲
變《風》、變《雅》之作，便是膚淺之見，無法識得杜詩的神髓所在。
可見翁氏所要強調的，其實即是前所揭的「自爲格制，自爲機杼」的
創作要素。祇要符合此一要求的，便是詩歌的正體。也因此，翁氏本
人就非常反對「詩窮而後工」的傳統命題，在同文中，三致其意，強
烈反對這樣的偏頗論調：

〔註54〕同註14書，頁二九一。
〔註55〕同前註。
〔註56〕同註54。

> 歐陽子論詩，亦曰：「窮而易工。」吾最不許此言。若依漁
> 洋之論杜，準以歐陽子語，則必評杜曰，變而不失其正乎！
> 夫見時勢之艱，則以爲詩之窮；見其敘述之苦，則以爲詩
> 之變，此惡可與言詩也哉？經曰：「溫柔敦厚，詩教也。」
> 人之爲志有不必繁言以含蓄爲正者，亦有必以發抒詳實爲
> 正者；所謂言豈一端而已，達而已矣，各指其所之而已矣。
> 〔註57〕

傳統詩歌的正變說，是將評價詩歌的標準，與時代的盛衰情形結合一
起。時盛則詩正，否則，則將詩歸爲變。如此一來，時代盛衰的因素，
便成爲衡量詩歌價值的先驗法則。其中的不合理性，是忽視了作者個
人情志的多樣性與多變性。所以，翁氏便從「達」的角度，主張作者
祇要將個人的情志表達到恰到好處的地步即可。換言之，詩作本身的
審美價值，與作者所處時代的盛衰，甚至作者處境的窮達，其間不必
然有絕對的關聯。詩人在情志上的苦悶，也許仍使詩歌表現得更好，
但這還牽涉到藝術表現的形式問題。由此可見，翁氏是要將議題引到
與篇章有關的格調上，以凸顯出問題的焦點，其實是在於：「不必繁
言以含蓄爲正者 亦有必以發抒詳實爲正；所謂言豈一端而已，達而
已矣，各指其所之而已矣。」〔註58〕纔是他眞正的目的。

　　在〈花王閣剩稿序〉一文中，翁氏則重申這個審美原則說：

> 昔歐陽子序梅聖俞詩，有窮而後工之語，予竊非之。周末
> 〈板〉、〈蕩〉諸什，不能躋諸〈清廟〉、〈生民〉，而少陵稷、
> 契自語，豈必借彼〈羌村〉、〈巫峽〉之寄興哉？詩之工不
> 工，不繫乎窮達明矣。〔註59〕

他先以《詩經》作爲例證，認爲〈板〉、〈蕩〉一類的作品，雖自有其
價值，卻不能與〈清廟〉、〈生民〉之類的《雅》、《頌》之作相提並論。
因爲兩者所承載的情感形態，本身就有所不同。就像杜甫若要以稷、

〔註57〕同註54。
〔註58〕同註54。
〔註59〕同註12書卷三〈花王閣剩稿序〉，頁十六、十七。

契等良相自期，是不可能將個人理想寄託在〈羌村〉一類的作品之中
的。可見詩歌的工不工，不必然是以作者的窮達身世作為先決的條
件。在《石洲詩話》中，他以這樣的邏輯質疑這個傳統命題說：

> 詩人雖云「窮而益工」，然未有窮工而達轉不工者。若青蓮、
> 浣花，使其立於廟朝，製為雅頌，當復如何正大典雅，開
> 闢萬古。而使孟東野當之，其可以為訓乎？〔註60〕

他認為以李白等人的才氣，若處太平盛世的朝廷裡，他一樣可以創作
出正大典雅，足以開闢萬古的雅頌之作。何況從來就沒有人的詩歌，
是在窮時為工，到了通達時，反而轉成不工了。他甚至認為刻苦應該
要從「敷愉」中生出，纔值得深深咀嚼。在《石洲詩話》中，他便說：

> 都官詩天真蘊藉，自非郊寒可比，然自其直致處則相同，
> 亦不免微帶酸苦意。唐宋之有韓、歐，皆振起一代，而同
> 時心交者，乃俱以刻苦出之若此，亦界矣。〔註61〕

在後一條文字中，他亦說：

> 都官思筆皆從刻苦中逼極而出，所以得味反淺，不如歐公
> 之敷愉矣。讀此方識荊公之高不可及也。刻苦正須從敷愉
> 中出，然梅公之筆，殊於魚鳥洲渚有情，此則孟東野所不
> 能也。〔註62〕

翁氏頗不解於愈與歐陽修兩人的詩歌，都能振起一時的風氣，卻在「窮
工」的命題上，前後如出一轍，令他感到非常奇怪。因此，他便舉敖
器之論歐陽修時說：「歐公如四瑚八璉止可施之於宗廟」的話，似有
意諷刺韓、歐二人的酸苦氣太重，進而讚美梅堯臣所謂「關河放溜，
瞬息無聲」的詩句，認為是「比喻妙絕矣」〔註63〕。其實翁氏本人所
要強調的，是就創作詩歌詩的審美心理而言，作者應該完全擺脫與個
人利害有關的因素，從非功利的和悅心情出發，正面寫作，如此纔能

〔註60〕同註1書卷三，頁一四一一。
〔註61〕同註1書卷三，頁一四〇五。
〔註62〕同前註，頁一四〇六。
〔註63〕同註61。

詩味深切，耐人咀嚼。至於這種超功利的正面心佳，他就名之曰「敷愉」。翁氏從無功利的創作心理反駁這一傳統命題，其實是頗有見地的。

因此，在〈黃仲則悔存詩鈔序〉中，翁氏乃專從作者一己的身世遭遇，往往祇是其個人的偶然風會而已，不能就此得出詩歌必是「窮而益工」的普遍定律說：

> 予最不服歐陽子窮而益工之語，若杜陵之寫亂離，眉山之托仙佛，其偶然耳。使彼二子者，生于周、召之際，有不能爲雅頌者哉？世徒見才多困躓不遇，因益以其詩堅之，而彼才士之自堅也益盛，于是怨尤之習生，而蕩僻之志作矣。〔註64〕

翁氏身處乾隆盛世，又爲朝廷大臣，對於這樣怨尤蕩僻的衰世論調，當然期期以爲不可。純粹從詩歌創作的角度來看，他認爲作者祇要將個人的情意忠實傳達出來便可。該繁言時就繁言，該含蓄時就含蓄，該詳實就詳實，這就是「達」。能「達」，就是「正」，就是完全符合溫柔敦厚的詩教要求，根本不必拘泥於任何先驗的規定，以自我設限。若合理化這個創作的原則，就祇會見到詩篇中滿是詩人自艾自憐的身影而已。故在前揭〈丹青引〉的按語中，他接著說：

> 今漁洋之論詩，以漢魏五言無過十韻者，恨後人言之太盡，遂以崔德符語，疑〈八哀〉之蕪累。充此類也，則〈北征〉、〈奉先〉、〈詠懷〉與陶、謝、阮、陳，竟劃分界乎？其果孰爲溫柔敦厚之正？則必推陶、謝、阮、陳，而杜公不得與焉矣。愚嘗論文章之正變，初不盡以繁簡濃淡之外貌求之，如「於穆清廟」、「維清緝熙」，《周頌》也，而篇章極簡古。「小球大球」、「來享來王」，《商頌》也，而篇章極暢達。夫值其當含蓄之時，而徒直繁縛者，非也，值其不含蓄之時，而故爲斂抑者，亦非也，故曰：「行乎其所不得不行，止乎其所不得不止。」不求與古

〔註64〕同註12書卷四〈黃仲則悔存詩鈔序〉，頁三、四。

> 人離，而不能不離，不求與古人合，而不得不合，此古
> 今文之總括也。〔註65〕

他認爲詩歌的正變，無關乎體製與辭藻等外貌。不管是簡古，或者是
暢達，祇要恰到好處，便符合正的要求，這樣就屬溫柔敦厚的作品。
故他肯定古今詩作的標準，並不在於七言或五言的格調之分，而是在
乎詩作本身是否入神？是否恰當？如果是，便都是符合溫柔敦厚要求
的上乘之作：

> 不惟七言不能以此分界，即五言體尚質實，而〈北征〉、〈奉
> 先〉、〈詠懷〉實繼《二雅》而作，溫柔敦厚之旨，所必歸
> 之者也。七言則不但〈悲陳陶〉、〈哀江頭〉皆溫柔敦厚也，
> 即〈長恨歌〉、〈連昌宮〉、〈望雲騅〉亦皆溫柔敦厚之至者
> 也，香山樂府，亦皆溫柔敦厚之至者也。〔註66〕

由以上論述可知，翁方綱本人對於溫柔敦厚的重新詮釋，其實是可以
和黃宗羲對同一議題的辨析等量齊觀的。從第一章所揭〈黃宗羲以變
爲正觀〉的文字中，可知黃宗羲不但強調詩可以表達喜、樂之情，而
且也可以表達怨、怒之情。各種複雜深厚的感情抒寫，其實都是符合
溫柔敦厚的要求的。而翁氏則從格調的暢達或者含蓄，斂抑或者繁縟
的角度出發，認爲詩歌的篇章於當行則行，當止則止，即符合溫柔敦
厚之旨，又爲古今以來的注釋，另添新解。

第二節　人倫日用的宗宋聲明

　　由前述可知，翁方綱提出「不能執一以論」的概念規定，主要係
針對明朝前、後七子昌言「詩必盛唐」後所引起的拘泥格調之弊而發。
依翁氏個人之意，除了明人所抄襲仿效的假格調之外，若就體製而
言，不論五言、七言，或者是古詩、近體詩，他都認爲有其各自的審
美價値存在，不應該以單一詩體的體製限隔其他詩體。若就時代而

〔註65〕同註54。
〔註66〕同註54。

言，從漢、魏、六朝、唐、宋、金、元各代，他也認為都有其各個的格調與神韻在，不必專以其中一代的神韻與格調為準，而限制了其他時代的神韻與格調。若就作者而言，從《詩經》的作者以下，若六朝的謝、顏，若唐朝李、杜及王孟、高、岑，乃至宋朝的蘇、黃等人，對這些人的詩歌價值，他也無不加以肯定。認為都是詩人自為格制，自出機杼的精心之作，完全符合詩歌創作的正則。

誠如第二章敘述錢謙益與黃宗羲二人肯定宋詩時的詩學策略一樣，翁氏以不能執一以論的概念規定，既否定明人的假格調之說後，自然也就肯定包括屬於明詩對立面的宋詩在內的真格調之詩。不過，應該進一步說明的是，在翁氏的心目中，其所謂的宋詩，其實與之前同屬宋詩運動階段性人物之一的吳之振所推尊的宋詩，二者之間是有很大的不同點。

在翁氏的著作中，批評吳氏所編《宋詩鈔》的文字，可謂屢見不鮮，而且用語頗為嚴厲。對於這種看似矛盾的現象，我們若從「話語」的製作過程來看，就一點也不會覺的意外。如第一章《緒論》部分所提及的，「話語」本身雖然隱含著對其所屬成員的規範條例，但它又受制於該時代對外在世界的一種特定認知模式。當這種特定認知的模式已時過境遷之後，從不同作者的「主體位置」所發出的「聲明」，自然也就有所不同。具體而言，翁氏與吳之振二人雖然都是在建構專屬於清代的宋詩話語模式，但因彼此所處的「主體位置」有所不同，各自對宋詩的認知與接受模式，自然也就會有所出入。而兩人所以有這種差距的形成，從翁氏的詩學策略來看，依然是站在不能執一以論的概念規定裡，進一步質疑吳之振編選《宋詩鈔》的體例的。

一、對《宋詩鈔》專於硬直的批判

如在《石洲詩話》中，他就說：

> 吳序云：「萬曆間李蓘選宋詩，取其遠宋而近唐者。曹學佺亦云：「選始萊公，以其近唐調也。以此義選宋詩，其所謂

唐，終不可近也，而宋詩則已亡矣。」此對嘉、隆諸公吞
剝唐調者言之，殊爲痛快。但一時自有一時神理，一家自
有一家精液，吳選似專於硬直一路，而不知宋人之精腴，
固亦不可執一而論也。〔註67〕

翁氏在文中，雖然肯定吳之振編選《宋詩鈔》一事，對於明人吞剝
盛唐格調的粗魯作風，頗有振衰起弊的貢獻。但也質疑吳氏選詩的
標準，往往過分窄化宋詩的面目。祇側重在「硬直」一類的作品，
不知道宋詩各家自有各家的神髓，是不能執偏以概全而論的。其
實，這樣的論調，之前的黃宗羲亦曾論及。黃氏爲了建立起宋詩是
「以文爲詩，以理爲詩，以議論爲詩」的正當性，在〈姜山啓彭山
詩稿序〉一文中，就曾說：「善學唐者唯宋」。而宋所以善學唐，正
是因爲唐詩的體貌不一。但是，宋人卻不因個人有「鹹酸嗜好之不
同」，而能夠「心游萬仞，瀝液群言，上下於數千年之間，始成其
爲一家之學。」〔註68〕就如在第三章《清初的宗宋聲明》所言一樣，
黃、吳二人的編選《宋詩鈔》，其中是隱含著與民族文化有關的微
言大義於其中的。但是，這些亡國遺民的深切感受，對身處乾隆盛
世的翁氏而言，恐怕已祇是一種歷史文化上的客觀情懷而已。因
此，翁方綱雖然承繼黃宗羲「盛唐之平奇濃淡，亦未嘗歸一」的論
調，而前者考量的出發點，卻已因風會不一而有所轉變。在前揭文
中，翁方綱便接著說：

且如入宋之初，楊文公輩雖主西崑，然亦自有神致，何可
盡祧去之？而晏元獻、宋元憲、宋景文、胡文恭、王君玉、
文潞公，皆繼往開來，肇起歐、王、蘇、黃盛大之漸，必
以不取濃麗，專尚天然爲事，將明人之吞剝唐調以爲復古
者，轉有辭矣。古知平心易氣者難也。〔註69〕

〔註67〕同註一書卷三，頁一四〇二、一四〇三。
〔註68〕參黃宗羲：《黃宗羲全集》第十冊〈姜山啓彭山詩稿序〉（杭州：浙
　　　　江古籍出版社，一九九四年六月第一版），頁五七。
〔註69〕同註67，頁一四〇三。

從所謂「平心易氣者難」的話來看，翁氏應該是知道吳之振所以專尚硬直之詩的原因。然這與翁氏本人恐怕已無切身的關係。故他自然能夠較吳之振平心靜氣，純粹從詩歌遞承演變的角度出發，強調宋詩在歐、王、蘇、黃等大家身上所以能夠稱勝，是因爲已有濃麗如西崑體以及晏元獻、宋元憲等人導夫先路，擔負起繼往開來的責任。何況這些人的詩作，亦自有其神致！不管從詩歌本身審美價值的文體論，或者是詩歌演變的文藝發展論來看，這些詩歌其實仍然不能被排除在外。同樣的論調，亦見於詩話的其他條文中：

> 石門吳孟舉鈔宋詩，略西崑而首取元之，意則高矣。然宋初眞面目，自當存之。元之雖爲歐、蘇先聲，亦自接脈而已。至於林和靖之高逸，則猶之王無功在唐初，不得徑以陶、韋嫡派誣之。若夫柳、仲、穆、尹、學在師古，又不以詩擅長矣。〔註70〕

在文中，翁氏同樣是從文體論與文藝發展論的角度出發，正面肯定「西崑體」及林和靖的詩歌，是作者眞面目的呈現，在詩史上又兼具承繼的作用，應該予以存留，以見詩歌發展的眞相。

　　其次，翁氏認爲就因爲吳之振本人選評宋詩的目的，是爲了達到「別裁眾說，獨存眞際」的標準，反而會因此錯失古人詩歌的精采之處。即使作者本人有幸被選入其中，恐怕亦因吳氏本人的去取失當，該選的作品卻未見選入，而有遺珠之憾。在同卷詩話中，翁氏便針對吳選這方面的缺失，有所批評說：

> 《宋詩鈔》之選，意在別裁眾說，獨存眞際，而時有過於偏枯處，轉失古人之眞。如論蘇詩，以使事富縟爲嫌。夫蘇之妙處，固不在多使事，而使事亦即其妙側。奈何轉欲汰之，而必如梅宛陵之枯淡、蘇子美之鬆膚者，乃爲眞詩乎？且如開卷〈鳳翔八觀〉詩，尚欲加以芟削，何也？餘所去取，亦多未當。蘇爲宋一代詩人冠冕，而所鈔若此，則他更何論！〔註71〕

〔註70〕同註 1 書卷三，頁一四○二。
〔註71〕同註 1 書卷三，頁一四二○。

杜甫論詩，在「轉益多師」之際，往往僅「別裁僞體」而已，所以能貫徹上下，無所不該，各種面目兼具。而吳之振卻是別裁眾說，獨存其個人所堅信的「偏枯」標準。如此一來，堂廡自然狹窄，便也無法收納不同藝術風貌的詩歌。對於蘇軾詩中自有妙處的使事之美，當然也就無法欣賞。因爲吳氏嫌它過於富縟，是不符合「偏枯」的選詩標準的。再者，如此狹窄的審美標準，其實是有可能做出錯誤的藝術評價的。翁氏便以吳氏對於王逢原詩的品評高過王安石爲例說：

> 逢原詩學韓、孟，肌理亦粗，而吳鈔乃謂其高遠過於安石。
>
> 大抵吳鈔不避粗獷，不分雅俗，不擇淺深耳。〔註72〕

他批評吳之振執意粗直的結果，便唯此一美風格是尚，忘記「粗直」之外，尚有「雅俗」與「深淺」的基本審美標準。

此外，翁氏在《石洲詩話》中，亦曾例舉吳之振與後人審美差距過於懸殊的詩作批評說：

> 四靈皆晚唐體，大率不出姚合、賈島之緒餘，阮亭謂「如襪材窘于方幅」者也。吳鈔乃謂「唐詩由此復行」。〔註73〕

又在同書卷中，亦從時代風會與作者才性不一的角度批評說：

> 薛士龍七言，以南渡俚弱之質，而效盧玉川縱橫排突之體，豈復更有風雅？而吳鈔乃稱之。〔註74〕

詩歌的評價標準並非是一成不變的，它往往受到當時個人主觀與時代風會的左右。但有些仍是一體適用的普遍準則，如內容與形式的和諧等便是。所以，翁氏纔認爲南宋四靈的晚唐體，已屬賈島等人的餘緒。至於其題材的逼仄，更有甚於前人，其格局與眞唐詩相比，何止道里計？而吳氏卻讚揚他們是唐詩再起。至於薛士龍的七言詩，本有質弱之累，不具備七言體的開闊格局，在創作之際，卻又採用縱橫排空的體製。如此一來，其內容與形式二者之間的矛盾可想而見。但是，吳之振卻仍然大力加以稱許。這是翁氏認爲有必要站出來進一言的地方。

〔註72〕同註 1 書卷三，頁一四二二。

〔註73〕同註 1 書卷四，頁一四四○。

〔註74〕同前註。

　　職是之故，翁氏便進而將批評的矛頭，指向吳之振「別裁眾說，獨存眞際」的審美標準上面。他說：

> 石湖、誠齋皆非高格，獨以同時筆墨皆極酣恣，故遂得刺顏與放翁並稱。而誠齋較之石湖，更有敢作敢爲之色，頤指氣使，似乎無不如意，所以其名尤重。其實石湖雖只平淺，尚有近雅之處，不過體不高，神不遠耳。若誠齋以輕儇佻巧之音，作劍拔弩張之態，閱至十首以外，輒令人厭不欲觀。此眞詩家之魔障，而吳鈔鈔之獨多。〔註75〕

在引文中，所謂的「酣恣」、「頤指氣使」與「劍拔弩張」等用語，依翁氏之意，其實均與粗直的風格同路，而吳之振卻鈔選獨多。翁氏認爲這種選詩的行徑，已經接近走火入魔的狂態，完全背離體高神遠的雅正要求。在引文末，翁氏甚至有意將鼓動狂邪詩風的罪名，放在吳之振的頭上。認爲他「別裁眾說」的鈔選體例，反而是將杜甫所謂的「僞體」完全招攬入室：

> 「自有肺腸，俾民卒狂」，孟子所謂「放淫息邪」，少陵所謂「別裁僞體」，其指斯乎？〔註76〕

同樣的論調，又見於同書卷中：

> 吳孟舉之鈔宋詩，於大蘇則欲汰其富縟，於半山則病其議論，而以楊誠齋爲太白，以陳後山、簡齋爲少陵，以林君復之屬爲韋、柳。後來頹波日甚，至於祝枝山、唐伯虎之放肆，陳白沙、莊定山之流易，以及袁公安、鍾伯敬之佻薄，皆此一家之言浸淫灌注，而莫可復返，所謂率天下而禍仁義者。吳獨何心，乃習焉不察哉？〔註77〕

翁氏在此文中，則從流風所及的影響角度出發，指出吳之振錯誤的汰選標準，與其表面的不倫類比，都是蔽於拘泥粗直所致。不然，如前者是亟欲刪除尚有妙處的蘇軾的使事詩與王安石的議論之作。至於後者的錯誤類比，則是未見明代如唐伯虎等人的放肆、陳白沙等人的流

〔註75〕同註1書卷四，頁一四三七。
〔註76〕同前註。
〔註77〕同註1書卷四，頁一四四○。

易以及公安派與竟陵派等人的輕佻，都是楊誠齋者流所率先造成的風氣。對於這種明顯的錯誤，他認爲是因吳氏爲了矯正明代的假格調之失卻過了頭的結果。在同書卷中，翁氏就說：

> 《墨莊漫錄》稱：「唐子西詩多新意，不沿襲前人語。當時有小東坡之目，然格力雖新，而肌理粗疏，遜于蘇、黃遠矣。」吳鈔乃謂「後出固勝」，亦矯枉過正之言也。〔註78〕

他雖然讚美唐子西的詩作，是格力雖新，卻又肌理粗疏，遠不及蘇軾與黃庭堅，但吳之振卻褒之太過。這是因爲吳氏距離明人近，亟欲矯正明人之弊使然。故如吳氏這種以一例以牢籠全部的審美標準，其結果若不是矯枉過正，也將是掛一漏萬。

此外，翁氏會引朱子的詩作爲例，認爲從道中流露出來的詩歌，自有可取之處：

> 舊學商量加邃密，新知培養轉深沉。朱子次陸子靜韻詩也，朱子詩自以此種爲鄭脈，蓋從道中流露也，而吳鈔轉不之及。〔註79〕

又以顧秀野所選的《元百家詩》爲例，強調「各家各體，從其所長，而去其所短」的標準，纔是最爲通達：

> 顧秀野《元百家詩》體裁潔淨，勝于吳孟舉《宋詩鈔》遠矣，猶嫌未盡審別雅俗矣。如關係史事，及可備考證者，自不應概以文詞工拙相繩。若其言懷敍景之作，自當就各家各體，從其所長，而去其所短。一人有一人之精華，豈必以一例編載陳陳相因哉。〔註80〕

由前、後兩條引文可見，翁方綱認爲選詩的標準，各家各體之長，自應囊括其中。至於有補於史事，甚至可資考證的，亦不能因爲審美的理由而加以排斥。像翁氏這樣的說法，極易引起爭議。但其立足點，主要是站在爲後學者提供廣泛學習的角度上加以考量，自是標準極

〔註78〕同註 1 書卷四，頁一四三一。
〔註79〕同註 1 書卷四，頁一四三四。
〔註80〕同註 1 書卷五，頁一四五四。

寬。因為像吳之振如此過於偏執的選詩標準，根本無法提供後學者有
關前人可資汲取的完整詩歌面目。針對這方面的問題。翁氏就曾說：

> 情景脫化，亦俱從字句鍛鍊中出，古人到後來，只更無鍛鍊
> 之跡耳。而《宋詩鈔》則惟則其蒼直之氣，其於詞場祖述之
> 源流，概不之講，後人何自而含英咀華？勢必日襲成調，陳
> 陳相因耳。此乃所謂腐也。何足以服嘉、隆諸公哉？〔註81〕

詩選的體例，宜就古今詩歌的源流派別有所闡述，始能提供後人從中咀
嚼精華的機會。若僅像吳之振的《宋詩鈔》一樣，專取其中蒼直之作，
便容易讓後學者拘泥此一詩格，以為宋詩僅有此體可讀。如此一來，陳
陳相因之風，勢必再起，於重蹈明人覆轍之時，又豈令明人折服？

二、一切人倫日用的宗宋聲明

翁方綱既然以不能執一以論的概念規定，批評吳之振評選宋詩專
在硬直的標準，是偏執所致。至於宋詩的全部面目與精華所在，翁氏
本人在其相關論著中，勢必多所陳述。否則，何以令吳之振心服。在
《石洲詩話》的諸多條文中，翁氏即說：

> 唐詩妙境在虛處，宋詩妙境在實處。初唐之高者，如陳射
> 洪、張曲江，皆開啟盛唐者也。中、晚之高者，如韋蘇州、
> 柳柳州、韓文公、白香山、杜樊川，皆接武盛唐，變化盛
> 唐者也。是有唐之作者，總歸盛唐。而盛唐諸公，全在境
> 象超逸，所以司空表聖《二十四品》及嚴儀卿以禪喻詩之
> 說，誠為後人讀唐詩之準的。〔註82〕

這段文字中，他開宗明義既肯定唐詩的妙處在虛處，也肯定宋詩的妙
處在實處。像這樣將唐詩與宋詩對舉，一虛一實的對比，其用意無非
是要人將宋詩與唐詩等量齊觀。既不偏執於唐，亦不專意於宋。這種
開放的審美標準，使翁氏在暢論唐詩源流的繼往開來後，確認了盛唐
所以成為唐代作者總歸的正當性，進而亦肯定司空圖與嚴羽等人相關
詩論的合理性。翁氏肯定嚴羽的這種態度，顯然與此前宋詩運動的主

〔註81〕同註1書卷四，頁一四二三。
〔註82〕同註1書卷四，頁一四二八。

要人物大異其趣。所以如此，恐怕也該是他一貫堅持不能執一以論的概念規定，主導了整個辯證的思維過程使然。

至於妙境全在實處的宋詩，翁氏在接著的文字中，先提出天地山川風雲等物類，已被唐人說盡之詞，用以襯顯宋人必須別開生面的必要性：

> 若夫宋詩，則遲更二、三百年，天地之精英，風月之態度，
> 山川之氣象，物類之神致，俱已爲唐賢占盡，即有能者，不
> 過次第翻新，無中生有，而其精詣，則固別有在者。〔註83〕

翁氏認爲宋詩因爲晚了唐詩二、三百年，以致一切物類的神致，早被唐人寫盡。若想要翻出新意，另創精詣，本來亦祇有另作他想一途，始能突破困境。同樣的論調，亦見於同書卷的他條文字裡。如：

> 宋人精詣，全在刻抉入裏，而皆從各自讀書學古中來，所
> 以勿蹈襲唐人也。然此外亦更無留與後人再刻抉者，以故
> 元人祇剩一段丰致而已，明人直從格調爲之。然而元人之
> 丰致，非復唐人之丰致也；明人之格調，依然唐人之格調
> 也。孰是孰非，自有能辨之者，又不消痛貶何、李，始見
> 眞際矣。〔註84〕

在這段文字中，他比較了宋、元、明三代的詩歌價值。認爲宋人的精心所在，正是因爲從讀書學古中得來，所以在描寫事物時，自然能夠達到刻畫入微的地步，因此能自立門戶，自創格局，做到不蹈襲唐人的境界。但也就因爲宋人於描寫事物時，幾乎是極盡刻畫入微之能事，以致接踵而至的元人，同樣的沒了揮灑的餘地。祇能在唐詩與宋詩的夾縫中，創造出一點點屬於自己的丰致而已。至於在元人之後的明人，則是直接從模仿唐人的格調入手。翁氏如此論述，似乎在強調唐、宋兩代之後，在詩歌的領域之中，已不容許後人再有置喙的空間。這種論調，其實早見於清初如葉燮等人的文章中。然而，其眞正的用意，實是借由元詩雖僅存一點丰致，自然有其審美價值存在。至於明

〔註83〕同前註。
〔註84〕同註1書卷四，頁一四二七。

人的格調，則是唯唐人的格調是問，全無自己的面目，這就凸顯宋詩有異於唐詩的獨創性。而這種獨創性，是從讀書學古中得來。

　　值得注意的是，若將上引的前後兩段文字對照著看，所謂唐人的妙處，全在虛處的具體內容，即是指天地、風月、山川等一切物類而言。至於妙境全在實處的宋詩，此一實處的具體內容，則是全從讀書學古中得來。翁氏如此界定唐詩虛與宋詩實二者所指涉的意義，我們若從二元概念的對立來看，唐詩與宋詩在題材上的差異，其實即是「天地物類」與「人事道理」的對比。若再從修辭技巧來看，唐詩所講究的，是不著一字的純任自然，而宋詩對於情景的要求，則是如前引的「情景脫化，亦俱從字句鍛鍊中出，古人到後來，只更無鍛鍊之跡」所言，是極盡描寫鍛煉之能事，所以纔能「刻抉入裏」。

　　至於「人事道理」所涵蓋的範圍，翁氏亦不嫌辭冗的加以長篇說明。在前揭「唐詩妙境在虛處」云云以下的文字中，他就作了一番文字敘述：

> 宋人之學，全在研理日精，觀書日富，因而論事日密。如熙寧、元祐一切用人行政，往往有史傳所不及載，而于諸公贈答議論之章，略見其概。至如茶馬、鹽法、河渠、市貨，一一皆可推析。南渡而後，如武林之遺事，汴土之舊聞，故老名臣之言行，學術、師承之緒論、淵源，莫不借詩以資考據。而其言之是非得失，與其聲之貞淫正變，亦從可互按焉。〔註85〕

在這段文字中，他特別強調宋詩的特點，主要是體現在研理、觀書與論事上面。所以，宋詩不以描寫天地物類的境象見長，而是以義理、學問與論事見長。從宋詩中，自然可以見到有關宋代的政治、經濟、道德與學術諸多方面的內容。這些內容中，有許多是史傳所不及記載的，足堪作為考據的資料之用。接著，他又繼續抨擊吳之振的《宋詩鈔》一書，對宋詩的特徵有錯誤的理解與概括，無法讓人完全領略宋

〔註85〕同註82，頁一四二八、一四二九。

詩的真正精神所在：

> 今論者不察，而或以鋪寫實境者爲唐詩，吟詠性靈、掉弄
> 虛機者爲宋詩。所以吳孟舉之《宋詩鈔》舍其知人論世、
> 闡幽表微之處，略不加省，而惟是早起晚坐、風花雪月、
> 懷人對景之作，陳陳相因，如是以爲讀宋賢之詩，宋賢之
> 精神，其有存焉者乎？〔註86〕

針對吳之振在《宋詩鈔》中所選的詩作，多的是風花雪月、對人懷景
的作品，翁氏除認爲他是誤認宋詩爲虛之外，更建議吳氏說：

> 吳夢舉之鈔宋詩，若用其本領以鈔邵堯夫、陳白沙、莊定
> 山諸公之詩，或可成一片段耳。〔註87〕

認爲吳氏這種選詩的標準，祗能作爲道學詩的概括，完全不能符合宋
詩的特徵。在本章第一節論詩之言理時，對於詩與理的辯證關係已作
論述，可知在翁氏的詩學策略裡，並不排斥理，而是要像杜甫一樣從
《六經》出發，貫徹上下，無所不該，纔不會拘執於一隅，誤以爲陳
白沙等人以理路爲詩，纔是宋詩的特徵所在。

與前文相同的論調，亦見於《石洲詩話》的其他條文中。如：

> 談理至宋人而精，說部至宋人而富，詩則至宋而益加細密，
> 蓋刻抉入裏，實非唐人所能囿也。〔註88〕

在文中，翁氏不僅強調宋人亦說理，而且是說得精微深刻。再者，由
於小說這類體裁到了宋朝轉趨繁富，在小說中所記載的人倫日用，亦
往往可供一一推析。同樣的，詩歌到了宋朝則是更加的細密。在這裡，
翁方綱將理與說部以及詩歌並舉，似乎有意暗示宋詩便是在這種談理
精，而且說部所承載的人倫日用亦繁富非常的情形下，因爲精深透徹
的理味與人倫日用的事境兩相結合，便成就了宋詩「刻抉入裏」的風
格。這是宋詩最獨特的詩歌特點所在，自然不是唐詩所能牢籠限制
的。在另一條文中，翁氏亦說：

〔註86〕同註82，頁一四二九。

〔註87〕同註1書卷四，頁一四二七。

〔註88〕同註1書卷四，頁一四二六。

> 說部之書，至宋人而富，如姚令威、洪容齋、胡元任、葛
> 常之、劉後村之屬，不可枚舉。此渡宋人注宋詩也。不此
> 之取，而師心自用，庸有當乎？〔註89〕

便也說明說部裡頭，極其豐富的一切人倫日用，正是提供詩人寫詩最
好的素材及以資考證的資料來源所在。翁氏如此的強調，不是正與厲
鶚的「好用說部，叢書中瑣屑生僻典故，尤好使宋以後事」的創作旨
趣相通嗎？由此點來看，翁氏的詩學旨趣，正是有意承繼浙派而來，
並且加以深化。

　　值得注意的是，翁氏進一步指出黃庭堅的細密，是最足以代表宋
詩的這一特徵：

> 而其聰萃處，則黃文節爲之提挈，非僅江西派以之爲祖，
> 實乃南渡以後，筆虛筆實，俱從此導引而出。善夫劉後村
> 之言曰：「國初詩人如潘閬、魏野，規規晚唐格調；楊、劉
> 則又專爲崑體，蘇、梅二子，稍變以平澹豪俊，而和之者
> 尚寡；至六一、坡公，歸然爲大家，學者宗焉。然二公亦
> 各極其天才筆力之所至，非必鍛鍊勤苦而成也。豫章稍後
> 出，會粹百家句律之長，究極歷代體制之變，蒐討古書，
> 穿穴異聞，作爲古律，自成一家，雖隻字半句不輕出，遂
> 爲本朝詩家宗祖。」按此論不特深切豫章，抑且深切宋賢
> 三昧，不然而山谷自爲江西派之祖，何得謂宋人皆祖之？
> 且宋詩之大家無過東坡，而轉祧蘇祖黃者，正以蘇之大處，
> 不當以南北宋風會論之，舍元祐諸賢外，宋人概莫能望其
> 項背，其何從而祖之？呂居仁作《江西宗派圖》，其時若陳
> 後山、徐師川、韓子蒼輩，未必皆以爲銓定之公也。而山
> 谷之高之大，亦豈僅與厭原一刻爭勝毫釐！蓋繼往開來，
> 源遠流長，所自任者，非一時一地事矣。〔註90〕

在文中，他拿歐陽脩、蘇軾等人與黃庭堅作比較，認爲前二人基本上
是以才力專擅於詩壇，不是靠著勤苦鍛鍊而來的。而黃庭堅則是以學

〔註89〕同註 1 書卷三，頁一四二三。

〔註90〕同註88。

力稱勝，是屬於鍛鍊勤苦而成的詩人。因此，他認同劉克莊的話，認為這樣的說法，不但切合黃庭堅，也說出黃庭堅的特點，正是宋詩的特點所在。乃是總匯百家的長處，究極歷代的變化，對於一切古書異聞，無不極盡蒐討之能事，卻又鍛鍊勤苦，不肯輕易下筆。職是之故，宋詩當以黃庭堅爲宗祖，而不是蘇軾。因爲黃氏在詩史上所代表的意義，既是繼往，也兼有開來的貢獻。他不僅是江西派的開山祖而已，而且在南宋以後，一切詩派也都還是從他身上導引出來的。

接著，他仍不忘批評吳之振的《宋詩鈔》說：

> 論者不察，而于《宋詩鈔》品之曰「宋詩宗祖」，是殆必將全宋之詩境與後村立言之旨，一一研勘也。觀其所鈔，則又不然，專以平直豪放者爲宋詩，則山谷又何以爲之宗祖？蓋所鈔全集與其品山谷之言，初無照應，非知言之選也。〔註91〕

其實，在吳之振所處的清初之際，專從平直豪放的審美標準出發，是有助於解放明代七子派所形成的牢籠與積弊的。這種審美標準若有缺憾，就是選出來的詩作往往不夠細密，無法達到「刻抉入裡」的要求。在另一條文中，翁氏即說：

> 吳鈔云：「元祐文人之盛，大都材致橫闊，而氣魄剛直，故能振靡復古。」其論固是。然宋之元祐諸賢，正如唐之開元、天寶諸賢，自有精腴，非徒雄闊也。即東坡妙處，亦不在於豪橫。吳鈔大意，總取浩浩落落之氣，不踐唐跡，與宋人大局未嘗不合，而其細密精深處，則正未之別擇。即如論蘇詩，首在去梅溪之餖飣，而并欲汰蘇之富縟。夫梅溪之餖飣，本不知蘇，不必與之較也。而蘇豈以富縟勝者？此未免以目皮相。觀吳孟舉所作序，對針嘉、隆人一種吞剝唐人之習，立言頗爲有見。而及觀其中間所選，則是目空一切、不顧涵養之一莽夫所爲，於風雅之旨殊遠。〔註92〕

〔註91〕同註88。
〔註92〕同註1書卷三，頁一四二一。

他雖然肯定吳之振對於廓清明人吞剝唐人格調的積弊有功，唯認爲他刻意與唐人作出區隔，以示創新，則像宋人亟思有別於唐人的作法一樣，都是在精密處未加細分，這便是不足之處。即以對蘇軾的詩作爲例，翁氏認爲蘇詩的妙處，乃在「鍛鍊」上面，而非吳之振所說的「豪橫」。此前翁氏雖曾同意劉克莊論蘇詩「非必從勤苦鍛鍊而來」的觀點，但那是在與黃庭堅相較之下的話，用意在凸顯黃庭堅。由此可見翁氏的推尊黃庭堅，與專意於鍛鍊的形式技巧，正可以看出清代宋詩運動發展至他身上的特徵，是對於浙派詩學傾向的繼承與深化。

在《石洲詩話》中，論及王維〈吳道子畫〉一詩的文字中，翁氏則說：

> 看其王維一段，又是何等神理！有此鍛冶之功，所以貴乎學蘇詩也。若只取其排場開闊，以爲嗣響杜、韓，則蒙吏所訶「貽五石之瓠」者耳。〔註93〕

便是強調蘇東坡寫詩時，不能專從鋪陳排比的開闊筆法上著眼，應更注意詩歌自有在鍛鍊方面所得出的妙處。

有關翁氏對於浙派詩學的繼承與深化，最有力的直接證據，便是他比較王士禎與朱彝尊兩人的詩歌取徑時說：

> 漁洋先生則超明人而入唐者也，竹垞先生則由元人而入宋而入唐者也。然則二先生之路，今當奚從？曰吾敢議其甲乙耶？然而由竹垞之路實爲穩實耳。〔註94〕

翁氏曾謂王漁洋的神韻，其實即是有別於明人假格調的眞格調，此點在前面已有所論述。因此，所謂「超明人而入唐者」的取徑，不過是要重新返回格調的本來面目罷了。但是，像王漁洋這種由明跨越宋、元，直接取徑於唐的學詩步驟，從詩歌源流的接武與變化的角度來看，實不及先從元朝與宋朝切入，然後纔取徑於唐人來的踏實。如前所述，無論宋詩或元詩，在翁氏來看，都自有其各自的丰致。祇有明

〔註93〕同註1書卷三，頁一四〇七。
〔註94〕同註1書卷四，頁一四二七。

人是完全踵武唐人的格調，完全不敢有所造次。這就是他認爲若就詩的取徑而言，應當捨王漁洋而就朱彝尊的辯證過程。

依照前面的論述來看，翁方綱的詩學取徑，自然是要以宋詩爲其旨趣的依歸。在他看來，宋詩的出現，乃是繼唐詩而起的必然演變。在宋代以後的詩學，也應該沿著宋詩的理路往下走，纔是正確的途徑。但是，明人卻跳過宋詩，直接吞剝唐人的詩歌，完全違反詩歌的演變原則。故他自己所提出的肌理一說，正是爲了救濟明人這個弊病而來。

在〈神韻論下〉中，翁氏便強調學詩應該由宋、金、元切入，以接續唐人詩脈的途徑說：

> 詩自宋、金、元接唐人之脈，而稍變其音，此後接宋、金、元者，全恃眞才實學以濟之。乃有明一代，徒以貌襲格調爲事，無一人具眞才實學以副之者。〔註95〕

他從詩學的演變角度出發，肯定了宋、金、元等三代能接續唐詩的眞脈，又能從唐詩變化出來，不致有所拘泥。所以能如此，全是拜作者個人的眞才實學所賜。故宋、金、元以後，若要能有所變化於前代，也要靠著眞才實學始能做到。只是明人並無眞才學，祇好徒以模擬抄襲爲務。

職是之故，翁氏便將這個理想寄託在自己所處的清代。他說：「至我國朝，文治之光，乃全歸於經術。是則造物精微之祕，衷諸實際，於斯時發洩之。」〔註96〕清代自開國之初起，即學術風氣鼎盛，至他本人所處的乾隆盛世，更躬逢樸學大盛，而這正是清人靠著自己眞才實學創造嶄新詩歌的契機。

接著，翁氏又轉從王漁洋的提出神韻說，在詩學的演變上，是有其必然的階段性任務談起：

> 然當其發洩之初，必有人焉，先出而爲之伐毛洗髓，使斯
> 文元氣復還於沖淡淵粹之本然，而後徐徐以經術實之也，

〔註95〕同註34。
〔註96〕同註34。

> 所以賴有漁洋首倡神韻以滌蕩有明諸家之塵滓也。其援嚴
> 儀卿所云「鏡中之花，水中之月」者，正爲滌除明人塵滓
> 之滯習言之，即所謂「詩有別才非關學」之一語，亦是專
> 爲驚博滯跡者偶下砭藥之詞，而非謂詩可廢學也。須知此
> 正是爲善學者言，非爲不善學言也。司空表聖《詩品》亦
> 云「不著一字，盡得風流」，夫謂不著一字，正是謂函蓋萬
> 有也，豈以空寂言耶？〔註97〕

事實上，若按照翁氏之前推論宋、金、元所以承繼唐代而起的原因，
是這三代全是依恃一己的眞才實學，始能變化於唐。而明人既因不學
無術，唯抄襲盛唐是尚，其後繼起者，便應該是強調眞才實學，衷諸
實際的肌理說提出的時機纔是，卻爲神韻說所捷足先登。對於神韻說
的歧出，翁氏則認爲它的出現，其實是在爲自己的肌理說預作準備。
先將明人的積弊徹底清洗乾淨，使詩歌回到沖淡淵然的未發情況，然
後再慢慢以經術充實，便能扭轉整個詩壇衰頹已久的風氣。

　　由此可見，翁方綱每爲王漁洋的神韻說作補充說明時，其目的其
實正是要導引出自己的肌理主張。所以，他不僅肯定王漁洋對廓清明
人塵滓的貢獻，對於王氏所援引的理論依據，亦加以肯定。翁氏甚至
認爲嚴氏的提倡「詩有別才非關學」，正是專爲務博卻拘執於詩歌形
跡的人所提供的鍼砭藥方，而不是強調詩不用學問。至於司空圖的「不
著一字，盡得風流」，翁氏也從正面立說，認爲「不著一字」，正是涵
蓋一切，無所不包，並非從空寂的角度言詩。從這樣的論述，我們似
乎看到自清初以來，針對嚴羽的妙悟說所引起的一場唐宋詩之爭，在
翁方綱身上，儼然已經得到統合與會通的跡象。而其具體內涵，便完
全落實在強調一衷諸理的肌理說的詩學主張上面。

　　然而即使如此，翁方綱認爲王漁洋的理論與實際創作並未能兼
顧，其所創作的詩歌仍有未盡脫化滯習的地方：

> 漁洋之詩雖非李、何之滯習，而尚有未盡化滯習者，如詠
> 焦山鼎，只知鋪陳鐘鼎欵識之料，如詠漢碑，只知緒說漢

〔註97〕同註34。

> 末事，此皆習作套語，所以事境偶有常能深切者，則未知
> 鋪陳排比之即連城玉璞也。〔註98〕

在翁氏看來，王漁洋所以仍有滯習之病，是因未深切事境，亦未知鋪
陳排比的眞正妙處使然。至於此一缺失的源頭，翁氏則認爲是王漁洋
未明曉「理」的道理：

> 蓋漁洋未能喻「熟精文選理」理字之所以然，則必致後人
> 誤會「詩有別才」之語，致墮於空寂，則亦當使人知神韻
> 初不如此，而豈可反誤以神韻爲漁洋疚乎？若趙秋谷之議
> 漁洋，謂其不切事境，則亦何嘗不中其弊乎？學者惟以讀
> 書切己爲務，且從事於探討古人，考析古人，則正惟恐其
> 不能徹悟於神韻矣。〔註99〕

在〈仿同學一首爲樂生別〉中，翁氏就說：

> 昔李、何之徒，空言格調，至漁洋乃言神韻，格調、神韻
> 皆無可著手也。故予不得不近而指之曰肌理。少陵曰「肌
> 理細膩骨肉勻」，此概繫于骨與肉之間，而審乎人與天之
> 合，微乎艱者。〔註100〕

不管是明代七子的空言格調，或是王漁洋的昌言神韻，翁氏認爲這兩
者都有令人無從入手的窘境。故在情非得已的情況下，他乃纔提出言
近旨明的肌理之說，以救濟當時詩壇的流弊。可見像翁氏自己這樣繞
來繞去，其目的無非是要爲自己的肌理之說張目。在〈蛾術集序〉一
文中，他就明確的說：

> 士生今日經學昌明之際，皆知以通經學古爲本務，而考訂
> 詁訓之事與詞章之事未可判爲二途。〔註101〕

由此引文可知，翁氏在肯定朱彝尊的學取徑後，更有意變本加屬將考
訂與詞章融匯一起，期能開出詩歌的新貌。如此一來，也就爲宋詩運
動在詩歌的創作原則上，建構了極具規範性質的定律。

〔註98〕同註34。
〔註99〕同註34。
〔註100〕同註12書卷十五〈仿同學一首爲樂生別〉，頁十六、十七。
〔註101〕同註12書卷四〈蛾術集序〉，頁十七、十八。

第六章　清代宋詩運動的修辭功能

　　詩歌是語言的藝術。詩人對情感的抒發，一定要透過語言形式的具體傳達，纔能算是一首詩。如此一來，便牽涉到「修辭」的問題。所謂修辭，即是修飾文辭的藝術手法，使語言的表達產生美感效果的形式安排。同時，它也是使語言能夠最有效傳達訊息，進而感動讀者的策略。這種策略與形式，都是作者有意安排的結果。需注意的是，修辭的形式，亦可以傳達作者個人的意識形態及其價值觀念。尤其是具體的修辭格本身，往往帶有意識形態與價值觀的內涵於其中。

　　再者，若從上述的修辭觀來看，不僅詩人而已，所有的人都變成是一種語言所建構而成的東西。他對自我的體認，是源自於與別人的日常對應關係，其自我是與社會結合在一起的。由於其中的社會情境是變動不居的，故在日常生活裡，除了現實以外，再無其他更本質的東西。人借由語言進一步與別人以及社會接觸，他所用的語言和語言行為便也界定了他的角色，同時也建構了一個社會的現實。他的每個論述表現、言語行為，都成為其展現自己、界定自己和創造自己的方法。若用這樣的修辭觀，與講究君臣、父子、夫妻等人倫關係的中國傳統社會對照，便會發現上述的特點表現得更為鮮明與突出。〔註 1〕因此，本章以下的論述內容，將依循上述的修辭觀念，將之具體運用

〔註 1〕高辛男：《修辭學與文學閱讀》〈修辭與解構閱讀〉（北京：北京大學出版社，一九九七年五月第一版），頁三～十。

在清代宋詩運動的修辭形態上。這種將創作主體的意識形態與價值觀念，具現在詩歌語言的表達形式上，是任何一場詩歌運動的必然走向。

如第二章所述，此一運動的初期，乃處在明末清初的變動時期，其詩學觀念與現實的關係特別緊密，故其主要作家在宗宋聲明下所決定的修辭觀，往往帶著個人鮮明的意識形態與價值觀念。而這些意識形態與價值概念的形成，又是其遭逢風會的結果，並不全然是詩學本身的考量而已。如錢謙益、黃宗羲、乃至清代中期的翁方綱等人，對「溫柔敦厚」的重新界定，都可以體會到以上諸人的修辭觀的具體內涵，並非衹是修飾文辭的藝術手法而已。

第一節　標舉《雅》、《頌》之體

如前所述，清代宋詩運動在詩學概念的邏輯推演次序方面，主要是立足於嚴羽的「非關書」與「非關理」的反面命題上，標舉作詩應該多讀書與多窮理。這種強調創作主體的應著力於學問的論調，其結果自然是進而肯定「學人之詩」，標舉《雅》、《頌》之體。

在〈顧麟士詩集序〉一文中，錢謙益便曾強調儒者之詩在詩歌創作史上所具有的啟示作用。他認為：「世之論詩者，知有詩人之詩，而不知有儒者之詩。」因此，為了建立起儒者之詩的正當性，他即從《詩經》中援引論據，強調儒者之詩始終是詩歌的一支，並非後世論者的個人之見而已。在他來看，《風》衹是採自列國的塗歌巷謳而已，不若《雅》與《頌》二者，是源自典謨，本於經術，關係王政與讚美宗廟勝德的大道。至於其中有關描繪天地與人事之間的道理，更是精微淵深。若非博通大儒，又有誰能夠達到這樣的境界呢？這是錢氏本人含蓄表達他個人推尊《雅》、《頌》二體，而有意將《風》體邊緣化的想法。

事實上，自清代以來的宗宋者，為了有別於明人的尊唐，往往歸返於先秦之世，頻向《詩經》汲取理論的根據，以便能夠號令天下詩壇。加上宋詩有著以學問為詩，又喜發議論的性格傾向，凡尊宋者終

將如錢氏一樣，爲了將宋詩正當化，乃不得不走向推尊《雅》、《頌》而冷落《風》體的道路。但這並不意味著在他的心目中，唐詩就是歸屬於《風》體，進而推斷他有貶抑唐詩之意。如前所述，錢氏論詩時，屢次強調唐詩有著各種不同的面貌，甚至連明人所獨尊的盛唐詩亦復如此，並不能僅以一種藝術風格就要牢籠天下詩人。因此，他除強調荀子所謂的「天下不治，請陳佹詩」與漢代的儒者之詩，其旨趣均與《雅》、《頌》二體相同之外，更從古今以來均所認同的唐詩切入，主張在唐人中精於詩的，也無不博通經學。不管是韓愈、柳宗元的合於正雅之詩，或者是盧仝所爲的變雅之作，在他來看，後代若有如正考父者，在考校《商頌》之際，也必將有取於韓氏等人的作品。

依錢氏的邏輯推論來看，在唐人中有精於經學的儒者之詩，既無疑義；則在明末清初之際，若亦有人創作從唐詩變化而來的儒者之詩，順理成章的，也應該被當時的詩壇所接受纔是。不應該因爲它不合乎盛唐詩的格調，便將之擯棄在外。故錢氏強調即使作者託寄多端，激昂憤切，祇要其旨趣雍雅合則，自然是軌於經術的儒者之詩。所以，他稱頌顧麟士的詩作是儒者之詩，能夠重新歸經術於醇雅，更進而扶起隳壞已久的雅頌之制。

在〈尊拙齋詩集序〉一文中，錢氏討論性情與學問二者的對待關係時，甚至認爲如果僅取性情而遺棄學問，以爲僅靠著巷歌謳吟之流，或祇是咬文嚼字的雕琢工夫，即可以被之管弦，流播朝野，便是庸妄不學之徒的藉口。因此，在〈從游集序〉中，錢氏對於確庵子能夠「獨抱遺經，居今而稽古」的行徑大表讚揚。故其詩歌纔能具有著「佚而不偷，怨而不怒」的藝術風貌，足以讓「古學可以絕而復續，先王之詩可以變而克正。」可見錢氏認爲詩人祇有植根於經術的蘊奧，本於天理，揆諸人事，進而宣導志意，考論德業，再出之以詞章之作，自然滿紙皆是畏天悲人之情，即使有商羽之音，雖佚而怨，卻是不偷不怒，詩經完全符合《詩經》返變歸正的旨趣。〔註2〕

〔註 2〕詳細論證請參第四章第二節。

承繼錢氏詩學而起的黃宗羲，則亦提出「文人之詩」的觀點。在〈後葦碧軒詩序〉中，他也同錢氏一樣，強調詩歌當有「文人之詩」與「詩人之詩」的區分。所謂「文人之詩」，黃氏認爲是由學力累積而成。至於文人所爲的「大篇麗句」，因爲「矜奇鬥險」之故，往往使僻固狹陋的人，「茫然張口」，不知所措。雖然，黃氏爲此文的用意，係在讚美序主能爲即目之景的可貴，而非標舉文人之詩。然而，兩者並舉，並且強調能令人瞠目咋舌的大篇麗句，正是文人所以得力於學問之處來看，則他對於文人之詩的看法，已不言可喻。祇是黃氏的詩學主張，係立足在不立派別與家數的基礎之上，故對於任何體製的推崇與肯定，他總不似錢謙益那樣的立場鮮明，爲的是怕又重蹈明人以格調牢籠天下的覆轍。

在〈張心友詩序〉一文中，黃氏也將這種立場表露無遺。在文中，黃氏特別讚賞序主的詩作是「超然簡牘，永絕塵粃，流連光景，極詩家聲色之致。」既能飽含學問，又不爲學問所拘囿，能與天地間的聲色光景融而爲一。而張心友的詩作所以能夠有此境界，則是與他所採行的修辭特徵，乃是「以文字爲詩，以才學爲詩，以議論爲詩」有關。其實這三項修辭特徵，向來即是明人批評宋詩的焦點所在，而黃氏卻加以崇揚。由此可見，他即使未明白提倡這類詩作，但在明末清初的詩壇氣氛之下，能夠如此肯定深具文人特色的修辭特徵，對於扭轉詩壇轉而肯定這類詩作的風氣，應該是有所幫〔註3〕助的。

在錢、黃二人之後，明白點出學人之詩的，則是杭世駿。在〈鄭筠谷詩鈔序〉中，杭氏就點出經學家與詩歌之間的微妙關係。他在文中檢閱了歷代經學家的詩歌成就，認爲自漢至唐，經學家往往不擅長詩歌，即使對聲律探討最爲崇隆的唐代，亦未見著名的經學家躋身於當時詩壇，並佔有一席之地。到了宋朝的邵雍與張九成等人身上，雖然有意借由詩歌發明理學的旨趣，但仍舊無法免除迂闊之譏，對於詩

〔註 3〕詳細論證請參第四章第三節。

味來說，更是一大損害。直到朱熹、魏了翁與真德秀三人出現，在排除道學的理障之後，纔有清麗的詩作產生。到此時，在經學家的行列之中，纔算得上有能為詩的人。此後下及元代的趙子常與明代的王守仁等人，也都是能夠將經學與詩歌會通的人。杭氏的這番議論，旨在說明經學與詩歌兩者並非站在對立的角度上的。

其次，杭氏更考察了清代前期詩人兼經學家的詩作，認為如王世禎、朱彝尊等人，在詩壇上堪稱巨擘；但是，他們有經學的論著，是用詩人的角度解說經義，並非經學家的本色。其他如黃宗羲與萬斯同、李光地等人，雖也長於經學，又因視詩歌創作為餘事，便免不了有些寒酸的「傖楚」味。杭氏從西漢的〈儒林傳〉一路檢討下來，符合其心目中所謂詩人兼經學家者，可謂寥寥無幾。其為此文的用意，當然是為了凸顯鄭筠谷穿梭在學術與詩歌之間的不凡成就，但也因此凸顯出一人之身要兼具詩人與經學家的困難。

儘管如此，他還是從歷史上的創作經驗，看到《經》在形成之初，其實是與詩有著密不可分的關係的。他認為詩本身應該是《經》的源頭所在，二者在起始之際，應該是合一的。只因後世的詩人頗嫌經術繁重，遂避而遠之。至於經學家們也因視詩歌為雕蟲小技，而不屑為之，詩與《經》便從此走上分道揚鑣的命運。

應該注意的是，杭氏此論的立足點，是將焦點擺在「風謠備而成經」的上面，是詩創於《經》之前，而後始被人提昇到《經》的層次。這就意味著在「詩」與「學」兩相對待的命題上，著重性情抒發，以形象思維為創作特徵的詩歌，仍是杭世駿亟欲凸顯的重點所在。《經》所代表的，依杭氏之意，應該就是這些形象思維的概念化，是詩人的性情被後代經學家禮儀化後的載體呈現。後人遂誤以為詩與《經》二者，彼此原本是不相及的。由此可知，杭氏鼓勵詩人為學的用意，應該是超過學人為詩的。

在〈沈沃田詩序〉一文中，杭氏則以更嚴謹的論述理由闡述此一命題。他將學人之詩的起始，追溯到《詩經》一書。強調早在其中已

有學人之詩的傳統。這是期望爲這類詩作建立起理論上的正當性。但是，他認爲像正考父、周公、召康公、尹吉甫、史克與公子奚等這些傳說中的作者，也並不是有意視詩歌爲呈現個人學問的載體，而是因爲他們的學問已經蘊蓄充沛在胸中，一旦躬逢時代風會，便能夠雍容自在的流露出來。而這也正是後人能在《雅》、《頌》之中，見到這類詩作誕生的原因。可見在杭氏心中所亟欲強調的，仍是詩人先要努力於學問的汲取與儲藏，一旦詩心受到外在環境的觸動，自然就能將學問融匯在詩歌之中。而詩歌所呈現的藝術面貌，也就必然有如《雅》、《頌》那樣的典雅之作了。這是有意提倡作者在處理詩材時，不應該僅拘囿在個人私情的抒發上，而是應該朝著更爲寬闊的題材格局，如《雅》與《頌》所呈現的那樣纔是。〔註4〕

至於翁方綱本人，在清代宋詩運動中，可謂是標舉《雅》、《頌》之體最有力者。在《論王文簡戲仿元遺山論詩絕句三十五首》第十一首的按語中，他即說：

> 其云王風，亦不可解，豈以十五國風中王國之風，近於雅耶？不思〈黍離〉降爲《國風》，正以其不能列於《雅》耳。而〈中谷〉、〈大車〉諸篇，豈能超出〈千旄〉、〈淇澳〉諸篇上乎？〔註5〕

便明白指出在《詩經》三體中，《雅》的位階，其實是高於《風》體的。故在論述個人的詩學時，往往爲翁氏所搜引作爲論據的，自然也就《雅》、《頌》的事例超過《風》體許多。如在《七言詩三昧舉隅》評論〈丹青引〉一詩的按語中，翁氏便針對「亂離敘述，宜用老杜」的命題，提出他的反駁。強調杜甫袛是因爲身逢離亂的動蕩時代，他所遭遇的事與所見聞的景，都不外乎此，一生自然愁緒盈滿胸懷。若是躬逢盛世，杜甫所鋪寫的，也一定是像《雅》、《頌》裡的〈皇矣〉

〔註4〕 詳細論證請參第四章第七節。
〔註5〕 翁方綱：《石洲詩話》卷八《論王文簡戲仿元遺山論詩絕句三十五首》第十一首按語，引自郭紹虞所編《清詩話續編》（臺北：木鐸出版社，一九八三年十二月初版），頁一五〇九。

與〈時邁〉一樣始是。雖然，翁氏所要強調的，是「自爲格制，自爲機杼」的創作要素。祇要符合此一要求的，便是詩歌的正體。但相對的，他也進而凸顯出《雅》、《頌》諸作所具有的正面意義。

在〈花王閣剩稿序〉中，翁氏也再次重申這樣的審美原則。他先以《詩經》作爲例證，認爲〈板〉、〈蕩〉一類的作品，雖自有其價值，卻不能與〈清廟〉、〈生民〉之類的《雅》、《頌》之作相提並論。因爲兩者所承載的情感形態，本身就有所不同。就像杜甫若要以稷、契等良相自期，是不可能將個人理想寄託在〈羌村〉一類的作品之中的。可見詩歌的工不工，不必然是以作者的窮達身世作爲先決的條件。

在《石洲詩話》中，翁氏也以這樣的邏輯質疑這個傳統的命題。他認爲以李白等人的才氣，若處在太平盛世的朝廷裡，也一樣可以創作出正大典雅，足以媲美《雅》、《頌》的作品，而不是拘泥於一己身世的不遇而已。〔註6〕故在《七言詩三昧舉隅》〈丹青引〉的按語中，翁氏依然援引《雅》、《頌》的篇章爲例說：

> 愚嘗論文章之正變，初不盡以繁簡濃淡之外貌求之，如「於穆清廟」、「維清緝熙」，《周頌》也，而篇章極簡古。「小球大球」、「來享來王」，《商頌》也，而篇章極暢達。……不惟七言不能以此分界，即五言體尚質實，而〈北征〉、〈奉先〉、〈詠懷〉實繼《二雅》而作，溫柔敦厚之旨，所必歸之者也。〔註7〕

雖其意仍在強調詩歌的正變，無關乎體製與辭藻等外貌。但在文中，對《雅》、《頌》之體一再致意，並認爲杜甫的〈北征〉、〈詠懷〉諸作，實際上係承繼〈二雅〉詩旨而爲得。如此一來，則翁氏以此爲審美的標準所在，其用意亦溢於言表。

〔註6〕詳細論證請參第五章第二節。

〔註7〕翁方綱：《七言詩三昧舉隅》〈丹青引〉按語，引自丁福保所編《清詩話》（臺北：明倫出版社，一九七一年十二月初版），頁二九一、二九二。

第二節　推尊鋪陳排比之法

　　如前所述，錢謙益的詩學是以性情優先爲基礎的，按理各種形式風格本身對錢氏而言，應該是沒有獨立的價值。但在相關的論述中，他還是表現出個人的審美宗尚。在〈曾房仲詩序〉中，論及學杜的詩法時，他便認爲後代詩家的學詩之法，可謂集成於杜甫一人之身。其情形有如佛家的果位與分身一樣。分身雖各各不同，卻是無一不是佛。如用儒家的體用說來表述，杜詩可謂是體，而各家學杜者則是用。在用上縱有不同，乃至千變萬化，卻都是源自杜甫的體。〔註8〕

　　職是之故，對於杜詩所具有的語言特色，錢氏便也情有獨鍾。在《讀杜小箋》中，他雖肯定自宋以來學杜詩的，莫不善於黃庭堅。但他卻認爲對於杜甫的「眞脈絡」，黃氏仍有所隔閡。因爲黃氏只專注在「奇句硬語」的旁門小徑上著力，徒逞「綺麗」之能事而已。如此一來，詩歌的格局難免會受到拘限，而缺乏大開大闔的局面。

　　值得注意的是，錢氏在檢討黃庭堅學習杜詩所出現的偏差現象時，特別強調「飛騰」，纔是杜甫的眞脈絡所在。所謂「飛騰」，也即是他認爲劉辰翁評杜詩時所未見到「鋪陳排比」。不管是「飛騰」或者是「鋪陳排比」，依錢氏之見，兩者都能避免專在詞句上逞能所造成的偏失。在〈劉司空詩集序〉中，他便認爲杜甫的這種形式風格，適足以補救明代末年以來的詩歌流弊。元稹在〈唐故工部員外郎杜君墓係銘并序〉中，曾以「鋪陳終始，排比聲韻」等八字概括杜甫排律的特色，是非李白本人所能望其項背的。這一結論，應該是影響到錢氏對杜詩的看法。〔註9〕

　　但是，黃宗羲對於錢氏標舉杜甫的鋪陳排比卻頗有意見。蓋影響他詩學最深的是錢氏本人。而錢氏的詩學就如前所言，即是奉杜甫爲圭臬，一切唯杜甫是宗。他仍不得不對於錢氏這樣詩法取徑，有所批評。在〈靳雄封詩序〉中，他論述明、清百年之間，學唐詩者的風氣，

〔註8〕詳細論證請參第二章第三節。
〔註9〕詳細論證請參第四章第二節。

主要有三個轉折，其中就包括了錢氏的以排比爲波瀾。但他不僅認爲錢氏的獨尊鋪陳排比之法，是未見到杜詩的眞正脈絡。而且，若僅凸顯這一特點，恐怕又與七子派及公安派一樣，都是以某種特定的形式風格爲天下倡，使天下詩歌都爲一種形式風格所挾持。如此一來，還是又使後代詩人爲了屈從形式風格，進而犧牲了作者自己的性質。

故在〈姜山啓彭山詩稿序〉中，黃氏即認爲錢謙益的學唐，仍只是「形似」而已，和七子派、公安派等人一樣，都是「不善學唐」的人。故在〈後韋碧軒詩序〉中，他就說：

> 先生之詩於牢籠今古，排比諷諭，非其所長；而雕刻雲煙，
> 搜抉花鳥，時以一聯半句奪人目色，故流連於杯酒片景，
> 終身以之。〔註10〕

所謂排比諷諭，顯然即是針對錢氏的標舉此一形式風格而言。而黃氏的讚美「雕刻雲煙」之作，無疑即對此一形式風格有所不滿。

但到了翁方綱身上，他又同錢謙益一樣，主張詩歌創作的最高境界，應該就是杜詩所呈現的鋪陳終始之法。在《石洲詩話》中，他就說：

> 詩家之難，轉不難於妙悟，而實難於「鋪陳終始，排比聲
> 律」，此非有兼人之力，萬夫之勇者，弗能當也。但元、白
> 以下，何嘗非「鋪陳」、「排比」！杜公所以爲高曾規矩者，
> 又別有在耳。〔註11〕

翁氏將妙悟與鋪陳排比對舉，無疑有救弊之用。蓋前者從神韻說的角度來看，乃以盛唐詩爲代表，是主張「不著一字，盡得風流」的創作手法。這種手法，是對所要描寫的對象，不作正面的描寫，而是以側筆加以襯托點染。但翁氏認爲這不是最難的手法，最難的應該是鋪陳排比的正面寫作，將對象作直接的敘述描寫，纔是最困難的。這就將後者的位階置於前者之上。換言之，也即是將杜甫的位

〔註10〕黃宗羲：《黃宗羲全集》第十冊〈後韋碧軒詩序〉（杭州：浙江古籍
　　　出版社，一九九四年六月第一版），頁七。
〔註11〕同註5書卷一，頁一三七三。

置，擺在王維與孟浩然之上。故在《石洲詩話》一文中，翁氏又讚美杜甫說：

> 杜之魄力聲音，皆萬古所不再有。其魄力既大，故能于正位卓立鋪寫，而愈覺其超出。其聲音既大，故能於尋常言語，皆作金鐘大鏞之響。〔註11〕

翁氏認為杜甫本人因為魄力奇大，所以能夠用平常的語言，對於描寫的對象，作正面的鋪寫。而且即使如此，仍然如金鐘大鏞一樣，發出令人震撼的聲響。在宋詩之中，翁氏就以蘇軾作為鋪陳排比的代表。在《石洲詩話》中，論及蘇詩時，他就說：

> 蘇（軾）石鼓歌，鳳翔八觀之一也。……蘇詩此歌，魄力雄大，不讓韓公。然至此描寫正面處，以「古器」、「眾星」、「缺月」、「嘉禾」錯列於後，以「鬱律蛟蛇」、「指肚」、「箝口」渾舉於前，尤較韓為斟酌動宕矣。而韓則快劍斫蛟一連五句，撐空而出，其氣魄橫絕萬古，固非蘇所能及。方信鋪張實際，非易事也。〔註12〕

若從傳統的賦、比、興等表現手法來看，翁氏所謂正面實作，其實就是強調要用賦法。由此可知，翁氏似乎又將賦的位階擺在比、興之上。綜上所述，對翁氏而言，用賦法所寫成的《雅》、《頌》之作，纔是正大典雅，足以開闢萬古的不朽詩歌。

劉勰在《文心雕龍》〈詮賦篇〉中，曾對賦的性質作了說明：

> 賦者鋪也，鋪采摛文，體物寫志也。〔註13〕

郭紹虞認為劉氏的解釋，說明賦雖也有抒情的成分，但不及寫景的成分多。即使或有抒情，亦是即景生情，所以是體物寫志。因此，他引《漢書》〈藝文志〉對賦的說法謂：「傳曰：『……登高能賦，可以為大夫。』言感物造耑，材知深美，可與圖事，故可以列為大夫。」

〔註11〕同註 5 書卷一，頁一三七五。

〔註12〕同註 5 書卷三，頁一四〇七。

〔註13〕劉勰著，王利器校箋：《文心雕龍校證》〈詮賦〉第八（臺北：明文書局，一九八二年四月初版），頁四九。

由此，郭氏認爲賦更重在形象的描寫，並認爲依據賦在歷史上的演進情形推論，應該有一種接近散文對的白話賦出現纔對。〔註14〕

　　若前述郭氏的話是合理的，那麼清代宋詩運動演變到翁方綱時，對於詩體的審美標準，是溯回《雅》、《頌》之體。至於對於形式風格的追求，則是推尊杜甫的鋪陳排比之法，也即是賦的表達手法。而在歷史上的演變過程中，賦體的語言形式，又是呈現出從詩轉向文的趨向。這樣的語言演進現象，與清代宋詩運動所追求的語言風格，頗有異曲同工之妙。章學誠在《校讎通義》中論及賦體時曾說：

　　　　古之賦家者流，原本《詩》、《騷》，出入戰國諸子。假設問
　　　　對，莊、列寓言之遺也；恢廓聲勢，蘇、張縱橫之體也；
　　　　排比諧隱，韓非《儲說》之屬也；徵材聚事，《呂覽》敘輯
　　　　之義也。雖其文逐聲韻，旨存比興，而深探本原，實能自
　　　　成一子之學，與夫專門之書，初無差別。〔註15〕

賦體演變到與專門之書無有差別，便也說明賦體已到了高度散文化的地步。值得注意的是，若將章氏這番話，應用到宋詩運動中有關詩歌語言的變化，似乎又給人一種若合符節的感覺。茲略舉翁方綱、厲鶚以及杭世駿三人詩作各一首，以見一斑。

　　就「與夫專門之書，初無差別」而言，如翁方綱被收錄在清詩紀事中的〈四庫全書編輯紀事〉一首：

　　　　中天帝文四庫啓，秘館特遣儒臣披。尾曰侍郎臣拱上，院
　　　　體細楷沙畫錐。幅餘繭素燦如雪，紹給臣等供其私。歸來
　　　　作牋學減樣，試墨但愧無好辭。院齋去春宿旬月，篇目二
　　　　萬重尋思。借編崇文秘書錄，因思解繙劉季簏。歷城周聲
　　　　要我詠，六十卷第鈔已疲。莫生罣畫索小子，燈前絮語又

〔註14〕郭紹虞：《照隅室古典文學論集》〈賦在中國文學史上的位置〉（臺北：
　　　　丹青圖書有限公司，一九八五年十月臺一版），頁八一、八七。
〔註15〕章學誠：《校讎通義》（內編三）（臺北：華世出版社，一九八〇年九
　　　　月出版），頁六〇四。

及期。笑人裝潢熟紙葷，萬番堆案徒手胝。勿言文董但一
藝，贗語想像何由追。〔註16〕

此詩若用翁氏自己的話來說，可謂正是正面實作的手法具現。全詩以
幾近散文的方式，敘述自己苦心編纂《四庫全書》的梗概。銖錙必較，
苦心積慮。對於詩中人物的描述，不可謂不刻抉入微。翁氏曾在《石
洲詩話》中強調宋詩的特點，主要是體現在研理、觀書與論事上面。
所以，宋詩不以描寫天地物類的境象見長，而是以義理、學問與論事
見長。從宋詩中，自然可以見到有關宋代的政治、經濟、道德與學術
諸多方面的人倫日常內容。用翁氏自己的話來說，即是：「宋人精詣，
全在刻抉入裏。」但也由於翁氏認為宋詩皆從各自讀書學古中來，故
「考訂詁訓之事與詞章之事未可判為二途。」因此，若操之太偏，自
然就會如朱庭珍在《筱園詩話》中所說：

> 翁以考據為詩，餖飣書卷，死氣滿紙，了無性情，最為可
> 厭。〔註17〕

若就所謂「徵材聚事」而言，則屬鶚的詩作，最足以說明此一現象。
如〈義石謠〉一首曰：

> 武檐有石鏡，祇照妖魄啼。昭陵有石馬，但解中宵嘶。長
> 溪嶺下松揪地，石人將移寧隕墜。無數青螢照漆燈，憶君
> 長是垂鉛淚。溪風颯颯石人語，吁嗟得新毋捐故。

詩有自序謂：「慈谿縣長溪嶺下，有石翁仲，明故宦某墓上物也。後
嗣衰落，將鬻於他姓，夜夢翁仲告曰：吾事君先人久，義不可去。明
日集眾牽挽之，重不可移，強舁至數武，遂折焉。鄉人奇其事，為亭
覆之，顏曰『義石』。予過而作是謠。」〔註18〕如前所論，朱庭珍在
《筱園詩話》中曾說屬氏好用說部叢書中瑣屑生僻的典故，尤好使宋

〔註16〕翁方綱：〈四庫全書編輯紀事〉，收在錢仲聯編《清詩紀事》第五冊
　　　（南京：江蘇古籍出版社，一九八七年二月第一版），頁五四五九。
〔註17〕朱庭珍：《筱園詩話》卷二，收在註5郭紹虞所編書，頁二三六五。
〔註18〕屬鶚：《樊樹山房集》卷二〈義石謠并序〉（上海：上海古籍出版社，
　　　一九九二年六月第一版），頁一三一。

以後事。若將此詩的序文拿掉，其中部分詩句之義，便令人費解。袁枚在《隨園詩話》中說：

> 樊榭在揚州馬秋玉家，所見說部書多，好用僻典及零碎故事。〔註19〕

如〈義石謠〉幽新雋妙，刻琢研練，雖有僻典，輔以自序，便能通讀。然問題亦在此，若在詩中一味栽用冷字或僻典，雖可見作者材博，對讀者而言，則將如墜五里霧中。如此一來，爲詩之初衷何在？

　　再者，若就「排比諧隱」而言，則前引杭世駿〈送五舍弟世瑞就昏黔陽〉一詩，適足以略見一斑：

> 弟今云，弟勿違。黔陽去我那隔四千二百有餘里，……弟今去，弟勿違。若過洞庭手莫揮，洞庭君女乃是柳毅妃。風鬟霧鬢法不晞，傳聞遺像捏塑湖之碕。書生貌美百靈秘怪恐不威，易以假面函光輝。神鴉啞啞蹲危柁，水神隱隱搖雲旍。船頭牲福釃美酒，波濤恬息神靈祈，汝雖崛彊未可非。……大凡佳山美水神所宅，妄語偶觸生危機。諄諄髦語爲汝誨，弟今去，弟勿違。暇時可過二酉洞，藏書千卷汝可充饑。善卷之墓馬援廟，緘書一一報我搦管流音徽。〔註20〕

此詩設色瑰奇，詩義卻明快俐落，讀之令人眼睛爲之一亮。如前所述，龔橙謂杭氏一生的行徑：「絕類東方先生之爲人」，因此，論及詩作的光怪陸離時，便也可以想見其「玩世不恭」的處世態度。

〔註19〕袁枚：《袁枚全集》第三冊《隨園詩話》卷九第八三條（南京：江蘇古籍出版社，無出版年月），頁三〇九。
〔註20〕杭世駿：〈送五舍弟世瑞就昏黔陽〉，錄自註16錢仲聯所編書，頁四六九〇。

第七章　結　論

　　從以上各章論述可知，清代宋詩運動在承續以「變」爲本質的宋詩性格後，由於追求「變」所帶來的錯位效果，對其作爲一種詩學話語而言，原本係致力於偏勝的局面，卻反而因此逐漸走向全勝的綜合特色。就如第一章所舉黑格爾的「正題→反題→合題」的辯證公式一樣，清代宋詩運動在製作詩學話語的過程時，可謂完整的走了一遍。這個因「變」所帶來的錯位效果，幾乎反省了中國傳統詩學中的各個主要議題。這些議題，包括唐詩與宋詩在正變上的辯證、詩歌與國運在主從關係上的辯證、情理以及學才如何相待的辯證、性情與格調的辯證、詩歌形態上的雅俗辯證、溫柔敦厚與詩窮而工的辯證以及鋪陳排比在表現手段上的辯證。凡諸種辯證，最終都在這場詩學話語的演變過程中，得到理論上的統一。

第一節　正變功能中的本末之辨

　　在清代宋詩運動以前的正變觀念，尤其是明人的部分，簡單的說，即是將詩歌視爲中介物，用以判斷或反映時代的盛衰，時盛則詩正，時衰則詩變。這樣機械式的評價模式，必然忽略作者個人情志的主觀因素。作者在這種評價模式裡，祇被視爲忠實反映客觀現實的一面鏡子而已。故其可能形成的流弊，就是作者在創作詩歌時，唯時代是問。時代在此成爲判斷詩歌審美價值的唯一標準，合乎這時代審美

標準的詩歌，便是有價值的；反之，則否。如明人的宗唐黜宋，提倡格調，便是在這種思考模式下的籠罩下，進而將盛唐詩所代表的審美標準，視爲檢驗詩歌的唯一標準。

一、錢謙益的主變存正觀

面對明代詩壇因爲這種偏勝而到處霸氣充斥的情形，錢謙益便將學古與師心兩者統一起來，以學古而又自成一家的主變存正觀，在繼承傳統中，求取變化。這種正變觀，是杜甫式的轉益多師。其所強調的是多元化的融合，所追求的是變化，而不是形似，是創新，而不是怪異。在錢氏來看，文章既是天地與人心二者交相擊發的結果，而這兩者又都是變化無窮的，故文章也應是變化無窮纔是。事實上，也祇有保持不斷的變化與創新，纔能確保詩歌永遠的進步。

錢氏認爲詩才是上天所賦予的，而這種天才與作家的靈妙心智，均非一成不變，而是在歷史的演變過程中不斷的變化。因此，詩人的創造力，不僅因人而異，亦因時代而異。職是之故，各時代的詩歌也必然各不相同。這是錢氏對復古派限隔時代，支離格律的導正。是將明人以時代爲本，作者爲末的正變觀，扭轉成以作者爲本，祇視時代爲刺激作者表達個人情志的客觀因素而已。

對時代的迷思既已打破，依錢氏的說法，祇要是志在救世的，無論性情和平與否，便都是合於溫柔敦厚的詩教原則。再者，如此界定溫柔敦厚的意涵，亦可以在理論上解決爲何在《詩經》中，依然存有激憤之音的問題。當然，錢氏的提出新解，恐怕不祇是爲了解決詩教在定義上所隱含的矛盾而已。其更重要的作用，應是爲明、清之際的變風變雅之音，提供一個理論上的正當性。

二、黃宗羲的以變爲正觀

對黃氏而言，古人所謂的正變，雖是針對時代而言，卻無關作者詩作的價值判斷。換言之，詩作的優劣，本不在於時代的治亂，而是在於詩人是如何反映時代的治亂？所以，祇要不是屬於諂訐憤私之類

的情感，無論是治世抑是亂世，詩人能美其美，或刺其惡，都應該是屬於「正」的範疇。黃氏所持的理論根據，是他認爲用正變判斷詩作的優劣，應該是後來說詩者的一己之見，此前如季札與孔子等人論述《詩經》時，並未見正變的說法。黃氏既肯定亂世的作用於前，又以眞性情作爲衡量時代的前提於後，如此看重亂世，又推尊性情的動作，則其欲以變爲正的意向，便也不言可喻。

　　黃氏從古今詩歌的變遷事實證明，因爲自古以來亂世多而盛世少，是以盛世所能激發出來的情感形態，自然較亂世狹窄。因此，亂世的情感必較盛世的更爲感人。這是因爲作者在亂世中的遭遇與體會，必然比盛世來得深刻許多之故，情感自然也就較爲眞切深刻。這種論調，實際上，就凸顯出作者每有待於環境的觸發，纔能激盪出眞性情的流露。至於對環境的性質界定，在黃氏來看，亂世應該是比盛世更有助於情感的淬煉纔是。

　　再者，自宋代歐陽脩以來，「詩窮而後工」的命題已被後代論者所普遍接受。黃氏在繼承此說之後，更進一步昌言詩人的性情，一定要先嚐盡所有甘苦辛酸的變化之後，其中的感人力量，纔能被完全激發出來。否則，就算不上是徹底的「貞脆」。這種頗爲激切的言論，當然是黃氏受到自己所處的時代環境刺激的結果。

　　在黃氏看來，古今事物的變化既是無窮無盡，而聖人以興、觀、群、怨論詩，是爲了統攝歸納上的方便，並未強分專指特定的事項。何況詩歌的創作，本是以作者的性情爲體，性情到了不容已之時，便會自然流露出來，若眞像後儒那樣的強作分解，作者的創作人格恐怕就要四分五裂了。因此，即使是「排比雕蟲，都無意好，要皆刻薄者之所爲」的詩歌，黃氏依然讚美它是符合溫柔敦厚的詩教原則。

　　事實上，黃氏是從聖人論詩不專指強分功能與性情是融結一體的角度出發，反對將溫柔敦厚與哀怨之情對立起來的。其思考邏輯依然是根植於明末清初的時代經驗使然。唯有如此，黃氏始能爲自己詩文中，所涵括的亡國之痛找到理論的根據。

三、葉燮的變不失正觀

葉燮是以「理」與「勢」詮釋事物變化的正當性，主張詩歌的發展變化，不僅是必然的，也是合理的。這是從普遍的宇宙規律推論詩歌的變化道理，是將「變」的問題放在宇宙論的框架中論證的。

落實在詩學的具體運用上，葉氏的肯定變，便是將《詩經》的正變，與後代詩歌的正變區隔開來。前者是「以時言詩」，世運衰敗，雖有變風變雅，仍不失其正。因為《詩經》是本源，只有盛而無衰。至於後代的詩歌，則是「以詩言時」，是詩歌本身就有正變盛衰之分，而與時代政治的盛衰無關。葉氏以充分例證說明政治的隆污與否，其實是與詩歌的正變盛衰並無必然的關聯。而且，以時代的正變論時，也並非孔子的本意，故援之以解釋漢代以後的詩歌發展，便不足為據。因為盛世之詩未必正，而衰世之詩也未必變。如此一來，所謂的正變盛衰，便也祇是詩體本身的問題而已。

第二節　評論功能中的唐宋之辨

一、錢謙益的即看宋人也好說

錢氏所以推崇宋末詩作的原因之一，是因在這類的作品中，隱含著文化傳統與民族情感的微言大義。可見其論詩的側重點，應是詩作本身的情感特質，而非時代隸屬的因素。因此，詩歌本身的情感特質，正是決定「有詩」或「無詩」的關鍵所在。

既然錢氏認定詩歌的本質是言志抒情，決定詩與非詩的因素，便是性情，而不是形式風格了。詩歌所具現的妍媸巧拙等形式風格，必先看有無作者個人的性情遭遇，纔具有真正的意義。否則，徒具形貌，終究非詩。因此，一旦有詩，不論政治是詩，愛情亦是詩；歡娛是詩，悲痛亦是詩；士人的歌詠是詩，民間的勞動嘔歌，也同樣是詩。

錢氏從真性情必有真面目，論證每一詩人必變。而從作者創造力的不斷發展，論證每一時代必變的合理性，進而間接肯定宋、元詩歌

的存在價值。如此一來，各時代的詩歌既都有其存在的意義與價值，則各個詩人的存在價值與意義，便也應作如是觀，同樣予以肯定纔是。不過，錢氏雖然肯定自宋以來學杜詩的作者中，是以黃庭堅爲最；但卻又認爲對於杜詩的眞脈絡，黃氏本人的體會，仍然有所隔閡。因爲他祇專注在「奇句硬語」的旁門小徑上用力，格局未免受到拘限。錢氏的這種論調，其實是在爲他所鍾情的「鋪陳排比」之法張目。但也因此遭來黃宗羲的批評，認爲這種作法，又將造成另一種限隔與支離。

二、黃宗羲的善學唐者唯宋說

黃氏爲了和明人爭勝，首先強調性情是作詩之體，無所不蘊，無窮無盡，而從廣大無所不包的作者性情中所流出的詩歌，自然亦是無窮無盡的。但對於明人，他則認爲明代作者不僅寫性情，甚至根本無性情可寫。

再者，在黃氏來看，盛唐本身既已是繁花似錦，未定於一色；若要後人獨以盛唐爲宗，則盛唐諸家面目既已各自不同，則又當如何取捨？何況後代的各個作者才氣萬端，各有所長，亦各有所適，自難定一尊。因此，黃氏也就特別欣賞宋詩。因爲宋詩對於盛唐諸體都能有所學習，並未獨尊其中任何一體。他所以嚴詞批評錢謙益獨尊杜甫的鋪陳排比之法，亦是站在這個基準點上發論的。

黃氏所以欣賞宋詩，既是因爲宋詩能夠多面向的繼承唐詩繁複富麗的各種特色，能兼賅唐詩的各個體貌。因此，像楊萬里這種遍學諸家，又能盡棄諸家，然後有所自得的學徑，便也正是黃氏所謂「宋人善學唐」的最佳實例而大加肯定。原因是楊氏完全符合他所倡導的，即詩歌的要求，是性情與面目本身都要是自己的主張。

儘管黃氏強力爲宋詩翻案，其意卻也不在於標舉宋詩。他仍然像錢謙益不廢宋詩的態度一樣，是爲了打破明人限隔時代，支離格律的弊病。兩人在後來的清詩演變中，卻都被劃歸爲開啓清代宋詩運動的

先聲。尤其黃氏本人，除大聲呼籲要肯定宋詩的價值外，還參與蒐討勘訂《宋詩鈔》的工作。這部選集在康熙十年付梓後，隨即由吳之振攜入北京宣傳，將當時正欲燃起的一股宋詩熱潮推向高峰，甚至在後來的二十年間成爲風行全國的詩潮。但也因此，爲清代著名的唐宋詩之爭拉開序幕，終於形成一場持續兩百多年的宋詩運動。

三、宋詩鈔派的宋詩變化於唐說

吳之振是將《宋詩鈔》成功推銷給當時全國詩壇的主要功臣。從選錄的標準來看，他認爲此前如李蓘所編《宋藝圃集》及曹學佺所編《石倉歷代詩選》等書，乃視宋詩爲唐詩的附庸，都未給宋詩應有的獨立地位。因此，他在選錄的標準上，便極力強調宋詩雖然變化於唐詩，卻是一種「皮毛落盡，精神獨存」的獨立詩體。

吳氏認爲當時詩壇所以未能正視宋詩的審美價值，是因「尊唐」的緣故。然而，其所推尊的唐詩，亦祇是明人眼中的唐詩，並非唐、宋人的唐詩。這就從源流的考辨，否定明人尊唐的正當性。這種思考邏輯，仍與黃宗羲一樣。所不同的是，吳氏更從黃宗羲的「能唐」往前邁進一步，認爲宋人的學唐，不僅用力專精，而且已經達到不腐能化的神奇境界。所以，他與呂留良等人編選《宋詩鈔》的目的，正是要將宋詩從唐詩的附庸地位中獨立出來，讓世人正視宋詩所以爲宋詩的眞正面目，要將宋人的所有優點，全面發揮到極致，不立門戶，亦不以一家之說，掩蔽前人的觀點。

吳氏的詩說，既繼承了錢謙益與黃宗羲等人不標舉宗派的主張，對宋詩的宣揚，更完全拋開「尊宋於唐」的萎瑣心態，亟欲全力揭示宋詩的正當性與獨立性，此又超越了錢、黃二人的侷限。有關宋詩運動的推展，到此應該可謂已經完全拋開唐詩的陰影，賦予自己獨立的身分與地位。換言之，吳氏在《宋詩鈔》的序文中所言，實可視爲清代宋詩運動自立門戶的獨立宣言。

第三節 作者功能中的學才之辨

一、錢謙益等人對嚴羽詩說的抨擊

　　真正大肆抨擊嚴羽「妙悟」之說的，是錢謙益本人。由於明末清初正逢朝代更替的大動蕩，而推宗盛唐的詩風又流弊盡現，故錢氏認為始於嚴羽的「妙悟」謬說，又集成在高廷禮的身上，可謂是承偽踵謬三百年。這是將詩壇數百年來走上歧路的罪過，完全認定嚴氏本人是始作俑者。

　　至於嚴羽的偽謬之處，在錢氏來看，則是因為嚴氏論詩之際，往往出之以純粹主觀抽象的手法，是故作迷離恍惚之語，以自欺欺人。因此，他認為嚴羽的病根，正在於其標舉的「妙悟」之說，以禪道擬詩道，對於所謂「第一義」的盛唐，則祇取「不落議論、不設道理、不事發露指陳」的「玲瓏透徹之悟」。這仍然是停留在純藝術的理論之上，以攻擊宋詩純藝術的傾向，而不是從真實生活的體驗出發，不以真性情作詩。因此，即使他從盛唐詩中理解到詩歌不應該堆砌典實，賣弄學問，盡發議論。但是，仍祇侷限在藝術形式上著手，故發為迷離恍惚之言，亦祇能獨獨標舉透徹玲瓏的「妙悟」之說而已。

　　錢氏認為詩壇長期受到嚴羽之說的影響，心中唯嚴氏的審美標準是尚，即使以後學問與日俱增，亦祇能助長深植內心的邪根謬種，並無助於心靈與眼界的開拓。所以如此，係因錢氏認為嚴羽強分唐詩為四期，又將之作為審美標準的判斷，獨標舉盛唐為正宗，乃妙悟之所在使然。這種作法，將整個唐詩割裂得支離破碎，使後人無法看清唐詩的全貌，應該是各有其真髓，亦各自成其氣候的。因此，即使學殖再富，依舊無補於詩歌格局的開展。

　　至於黃宗羲的論點，亦在批駁嚴羽所謂的盛唐，並未窺見盛唐的全貌。他認為唐詩是不能歸一而論的。而後來的江西詩派，則因浸淫杜甫最深，最能極盛唐之變。因此，以文字為詩、以才學為詩和以議為詩都是唐音所在。像黃氏這樣的作法，無非是要為自己的宗宋張目。因此，黃氏認為王維、孟浩然的家數與李白、杜甫的海涵地負不

同，是因爲內容不同，自然造成風格不同。嚴羽雖亦極力推尊李、杜，但是不能瞭解他們的真髓所在。即使僅就藝術技巧而言，嚴羽之說仍未探得他們的真正面目。

但是，朱彝尊對於嚴羽的批判，便有別於錢、黃二人。後二者係從「通諷諭、盡忠孝、因美刺、寓勸戒」等方面著眼，以肯定在詩中落議論、設道理、發露指陳的正當性。而朱氏則一再強調學問在詩中的關鍵作用，他甚至將當時詩家的不學，完全歸咎於嚴羽一人身上。這就使得宋詩運動的方向，至此更明白的轉到強調學問的路徑上面。

其實，嚴羽被抨擊最嚴屬的是「詩有別材非關學」的話，其中的「學」字，本應作「書」。若從嚴羽當時所處的詩壇情形來看，他所以作「書」的原義，應是對江西詩人往往在詩中過分講求「來歷」與「出處」的流弊而發。至於朱氏易而爲「學」字，則是針對明末以來空疏不學的淺陋風氣而爲。可見朱氏有意誤引嚴羽的話，係爲糾正公安派以來不注重學問的時弊而來。因此，朱氏這種對嚴羽詩說的偏差解釋行爲，應該是他個人的期待視野影響其接受行爲的結果使然。若從整個大環境來看，自然也是自明末清初以來，整個時代對「博通群經」有所期待而反映在朱氏個人身上的縮影。

二、錢謙益的博學爲學詩之法說

學問在錢謙益的詩學思想中，其份量雖居在性情與世運二者之後，但要確保後者的不致流於偏枯與輕薄，則必有待於前者的積儲與沉澱。對於詩歌的創作而言，他強調性情與學問是互爲表裡的。性情是使學問得以致用的精神所在；而在學問的薰陶淬煉之下，性情也纔能夠如玉般晶瑩透徹。如果僅取性情而遺棄學問，以爲僅靠著巷歌謳吟之流，或祇是咬文嚼字的雕琢工夫，即可以被之管弦，流播朝野，便是庸妄不學之徒的藉口。顯然，錢氏之說是針對明末以來盡棄古學的膚淺率易之風而發。即使在行文時，往往性情與學問並舉，但亟以學問救性情之流弊的用心，是相當明顯的。

　　學問在錢氏的詩學體係中，既居著關鍵位置。就詩學的內在演進機制來看，由於對經史之學的提倡，必然引出對學人之詩的正視與肯定。錢氏為了建立儒者之詩的正當性，即從《詩經》中援引論據，強調學人之詩始終是詩的一支，並非後世論者的個人之見而已。在他看來，《風》祇是採自列國的塗歌巷謳而已，不若《雅》與《頌》二者，是源自典謨，本於經術，關係王政與讚美宗廟勝德的大道。其中有關描繪天地與人事之間的道理，可謂精微淵深。若非博通大儒，又有誰能夠達到這樣的境界？這是他個人推尊《雅》、《頌》，而將《風》邊緣化的用心所在。

　　事實上，自清代以來的尊宋詩者，為了有別於明人的尊唐詩，往往歸返於先秦之世，頻向《詩經》汲取理論的根據，以便能夠號令天下詩壇。加上宋詩有著以學問為詩，又喜發議論的性格傾向，凡尊宋者終將如錢氏一樣，為了將宋詩正當化，乃不得不走向正視，甚且推尊《雅》、《頌》而冷落《風》的道路。但這並不意味在他的心目中，唐詩便應歸屬於《風》的一類，進而推斷他有著貶抑唐詩的意思在。

　　雖然，通經博古可以如錢氏所言，致詩歌於《雅》、《頌》的境地。但是，詩歌畢竟是語言的藝術，它仍然要從語言本身判斷其價值之所在。換言之，儒者之詩當與詩人之詩合而為一，不能重蹈宋代道學家作詩的覆轍。學與詩之間的語言轉換，仍然是主要關鍵所在。至於如何學詩的問題，錢氏則強調「轉益多師」與「別裁偽體」兩種途徑，纔是根本之道，而不應斤斤計較於章句聲律本身的修辭技巧而已。

三、黃宗羲的多讀書則詩自工說

　　黃宗羲所強調的「有品藻而無折衷」之旨，即在辨識各家創作的風格特徵，揭示其各自存在的價值，以供後人借鑑，而不是以一己之私意，是此非彼，純依個人的主觀任意去取。換言之，黃氏是要任令各種風格的詩作並行，如此纔能擺脫明人一味模擬抄襲，墨守一家的弊病。

　　黃氏既提出詩人應該視野開闊與才識宏達的詩學取向，便不得不進而提出詩人應多讀書的主張。但是，轉益多師的要求，是要以學問為作詩的根本，而不是以學問作詩。這就凸顯詩人當努力資書以為詩，以豐富個人修養與胸襟的必要性。

　　至於有關學問的具體內涵，黃氏於文中並不泛用學問二字，而是將其內涵定義在經史百家之上。如此做的用意，亦在強調即連學問亦應「有品藻而無折衷」，廣泛儲存擷取，以為詩用。

四、查慎行的詩關學不學說

　　查慎行強調作詩的關鍵，根本不在「材不材」的問題上面，而是在於「學不學」。祇有作者勤學，纔能讓自己溯明源流，與一般專務依傍的俗學劃清界限。查氏強調讀書，纔是培根固本的唯一途徑，反對吞剝與捃撦的作詩方式。他對明代王、李、鍾、譚等人的批評，便是就其模擬與小家數而言，其用意乃在排斥傚效前後七子與鍾、譚等人的空疏不學。

　　查氏又主張祇有閉門讀書，飴食卷帙，讓耳目沉酣在萬卷之中，一窮涉獵典籍之極，對古今詩歌的源流正變，均能瞭若指掌，如此才能搜奇抉險，而這些正是取之不盡，用之不竭的豐富詩料所在。詩人到此地步，作起詩來，自然能如「光開飛電」一般，下筆便有千鈞之勢。

　　查氏這種重學而輕才的詩學主張，其所反映出來的，自然是重視學人之詩。因此，在評價時人與自己之時，查氏便也順理成章的提倡學人之詩。值得一提的是，查氏雖主張學問對作詩的關鍵作用，卻又強調詩要從學問中變化出來，不雕琢，不彩繪，纔是將詩人之詩與學人之詩結合一體的最佳示範。

五、厲鶚的未有能詩而不讀書說

　　厲鶚的詩作清新圓潤，自有其不可抹滅的「佳處」所在。然其詩作的弊病所在，則是因為「囿于宋人，唐風敗盡」的派別之爭，不僅

好以宋人說部使事用典，舉凡生僻的別名、替代字、土音與方言等，無不成為創作的材料來源。因此，厲氏的出現，意味著宋詩運動在理論與創作的取徑上，又往學問傾斜了一大步。

如第三章論述「宗宋聲明」時所言，在明末清初之際，宋詩運動的主要人物，如錢謙益、黃宗羲與呂留良等人，無論其詩作或詩論，每有表彰志節，好論興亡的宋調旨趣。歸究這種聲明的主因，應是錢氏等人受其個人「主體位置」影響而激發出來的結果。

至於決定作者「主體位置」的條件，對宗宋詩人而言，主要有時代與地理環境兩項。因此，全祖望在為厲氏所作的〈湖船錄序〉中，便從此二項因素切入，對於厲氏的詩風加以探討。然就厲氏所處的客觀時勢而言，要期待康熙盛世的宗宋詩人，再如錢謙益等人一樣，於詩中偏重發掘宋、明史實，表彰志節之士，已有些不切實際。因此，厲氏的蒐金石、訪臺樹，雖其意旨仍在作為證史傳、補志乘之用；但更多是他個人審美品味的呈現。這種清雅風流的審美品味，其所呈現出來的具體內涵，既無關華夷之辨的文化問題，也不是人格節操的道德問題，而是純粹詩歌審美本質的問題。若從清代宋詩運動的話語遞變來看，厲氏所代表的獨特作用，自較全祖望所期待於他的，更具有詩歌史上的意義與價值。

再者，厲氏在詩壇上的崛起，既是針對朱彝尊與王漁洋而來，則其所欲矯正的，便是針對二人的詩作往往過於追求辭藻的情形而發。因此，厲氏認為要補救學習唐詩時所產生的困境，便要參酌宋詩的大家，如蘇軾、黃庭堅、范成大與陸游等人之作，纔能夠時出新意。但這並不表示厲氏有意開宗立派。他認為宗唐者所面臨的困境，亦會發生在宗宋者的末流身上。所以，他便強調「詩不可以無體，而不當有派」的觀點。所謂「合群作者之體而自有體」，即是主張在繼承前人的優點之後，還要獨成一家，絕非如學唐者一樣，祇襲取前人的形貌而已。而這些對於傳統的學習，亦祇在為成就自我的獨造作準備而已，並非真要建立一個宗派。因此，厲氏的強調下筆如有神，是因為

讀書能破萬卷的結果。這是主張作詩必須做到化學爲才的地步。創作的主體若能符合此一要求,則任何詩材都能轉化成爲好詩,而任何的詩體,作者也都能夠勝任。

厲氏等人將杭州的逸聞舊事,以詩歌的形式表現出來,並在每首詩作之下加注,這是以史料爲詩,將歷史材料與詩歌結合,其實即是將詩人之詩與學人之詩融合一起的具體範例。此前的詩人並非沒有這樣的情形,但至厲氏以後,不僅有意爲之,而且是大量爲之。這便成爲以厲氏爲代表的浙派標誌。其影響所及,如汪師韓與翁方綱均起而效尤。如汪氏的每於詩中加注,翁氏的句句均有注等,其導夫先路者,就是厲氏本人。可見厲氏提倡讀書爲詩材的這個主張,具現在詩歌創作時,便是用典的頻繁出現。此前的作者,多以事抒情,以景抒情,至厲氏起,則多以典故抒情,以學問抒情。這是他本人在清代宋詩運動的話語製作中所具有的階段性意義。

六、杭世駿的學人之詩說

浙派詩人自朱彝尊以來,如查愼行與厲鶚等人,於詩作均要求典雅,以避免僒俗。爲此莫不主張多讀經史,其用意正在於此。雖然,杭世駿亦如此強調,卻不在詩中掉書袋,賣弄僻典,這是他有別於其至友厲鶚的地方。

杭氏在詩中運用學問的模式,是將之視爲輔助的作用,嚴防反客爲主。他強調「興到筆隨」,纔是創作詩歌的主軸。至於學問,祇能當作是讓詩歌更能馳騁揮灑,邁往極致境界的助力而已。那些獺祭魚式的創作,在杭氏來看,祇是作者個人沾沾自喜的堆垛,是無助於詩歌境界的提昇。

此外,杭氏還從歷史上的創作經驗,看到經書在形成之初,其實是與詩歌有著密不可分的關係。他認爲經典中所謂「溫柔敦厚」的性理要求和種種的禮儀規範,其源頭都源自於詩之教。因此,詩歌本應是經書的源頭所在,二者在起始之際,應該是合一的。祇因後世詩人

頗嫌經術繁重，便不敢碰觸；而經學家也視詩歌爲雕蟲小技而不屑一爲，詩歌與經書便從此分道揚鑣。

應注意的是，杭氏此論的立足點，是「風謠備而成經」，是詩歌創於前，而後始被提昇到經書的層次。這就意味著在「詩」與「學」兩相對待的命題上，著重性情抒發，以形象思維爲創作特徵的詩歌，仍是杭氏訴求的重點所在。而經書所代表的，其實應該是這些形象思維的概念化，是詩人的性情被後代經學家禮儀化後的載體呈現，後人遂誤以爲詩歌與經書二者此並不相涉。由此可見杭氏鼓勵詩人爲學的用意，應該是超過學人爲詩的。

第四節　定律功能中的情理之辨

一、對詩之言理的反省

翁氏除認爲陳白沙等人「直言理」的道學詩，並不符合「詩之言理」的要求，故不是詩的正則外，杜甫「熟精文選理」的詩句，則是爲嚴羽「妙悟」說中的文字做了最具體的正面註腳。所謂「多讀書，多窮理」，不就是「杜之言理，蓋根極於六經」云云；而所謂「不涉理路，不落言筌者」，不即是「理之中通也，而理不外露」？其中「中通」二字，與嚴氏所謂「透徹玲瓏，不可湊泊，如空中之音，相中之色，水中之月，鏡中之象」等文句兩相對照，幾可謂殊途同歸。祇是翁氏用語充滿濃厚的儒學氣，而嚴羽本人則是徹頭徹尾的禪家味罷了。其實這種區分，單看前者例舉詩聖杜甫爲論據，便可知其中分野。由此可見翁氏所謂「理安得有二哉」，是強調儒家之理，不管是《六經》之理或道學家之理，基本上並無二致，甚至與禪家之理亦可相通。而其關鍵的分別點，則祇在「所見何如」而已。

若就詩歌藝術表達理的手段而言，「直言理」並非「詩之言理」，這就是有關形象思維與邏輯思維的問題了。顯然翁氏是同意嚴羽對於詩與學及理之間的辯證問題的，甚至他是有意將儒家所言之理與禪家

所言之理熔鑄於一爐的，並順勢將後者收攝在前者之中。在翁氏之前，從錢謙益、黃宗羲到朱彝尊等人，無不有意誤解嚴羽的文字，誤認「書字」爲「學」字，進而大肆抨擊嚴氏所謂「詩非關書」與「詩非關理」的命題。而翁氏本來援引杜甫論理的用意，亦在檢討嚴羽及王漁洋的詩歌不應涉及理路之說的不足，卻反而更落實這樣的主張。然而，其中亦有不同之處，即翁氏將理的性格與範疇擴展到無限的地步，可謂無所不包，無所不攝。

二、對泥於格調的批評

翁氏一邊大喊格調無罪，因爲詩的格調是自然生成的。衹要有聲音，就會有章節；有章節，即是格調的所在。翁氏即由此確立格調存在的正當性。另一邊則批判拘泥於格調的前、後七子，是假格調，是破壞格調的主要詩人群體。他們破壞格調的具體行徑，是強行規定一家，乃至一時、一代，纔是格調，非符合此一家、一時、一代的，便不是格調。這種視格調爲禁臠的詩歌主張，便是泥於格調，並非格調的眞正精神所在。其實，作者的性情往往千頭萬緒，而外在環境的事景則是紛紜多端，故聲調正變，亦在各盡其當即可，本無優劣之分。因此，不可以一人的性情牢籠眾人的性情，以一人的事景規範眾人的事景。若僅拘執於一端，以爲聲調當有正變之分，便誤會王漁洋的原意。翁氏爲王漁洋的迴護，其實是在爲自己的肌理一說張目。

其次，有關溫柔敦厚的命題，翁氏則認爲傳統詩歌的正變之說，是將評價詩歌的標準與時代的盛衰結合一起，時盛則詩正，時衰則詩變。如此的說法，將時代的盛衰因素，視爲衡量詩歌價值的先驗法則。其中的不合理處，是忽視作者情志的多樣性與多變性。所以，翁氏便從「達」的角度出發，強調作者衹要將一己的情志表達到恰到好處即可。換言之，詩歌本身的審美價值，與作者所處時代的盛衰，乃至作者個人身世的窮達，其間不必然有絕對的關聯。詩人在情志上的苦悶，也許會使詩歌表現得更好，但其中還牽涉到藝術表現的形式問

題。其實翁氏所要強調的，若就創作詩歌的審美心理而言，應該是要
完全擺脫與個人利害有關的因素，從非功利的和悅心情出發，採取正
面寫作的方式，如此纔能使詩味深切，耐人咀嚼。對於這種超功利的
正面創作心理，翁氏名之為「敷愉」，這是頗為進步的觀點。翁氏所
以如此強調，自然是與他身處乾隆盛世，對於充滿怨尤蕩僻的衰世論
調，當然期期以為不可。

　　但若純從詩歌的創作角度來看，翁氏則又認為作者祇要忠實表現
出自己的心志即可，該繁言時即繁言，該含蓄時就含蓄，該詳實就詳
實，便是「達」。而能「達」，即是「正」，即完全符合溫柔敦厚的詩
教原則，根本不必拘泥於任何先驗的規定，以自我設限。

　　翁氏對於溫柔敦厚的重新詮釋，其實是可以和黃宗羲對同一命題
的辨析等量齊觀的。後者在此命題上，不僅強調詩可以表達喜樂之
情，亦可以表達怨怒之情。在黃氏而言，各種複雜深厚的感情抒寫，
都是符合溫柔敦厚的詩教原則的。至於翁方綱則從格調的暢達或含
蓄，斂抑或繁縟的角度出發，主張詩歌的篇章於當行則行，當止則止，
即符合溫柔敦厚之旨，則又為詩教添一新解。

三、一切人倫日用的宗宋聲明

　　翁氏雖然肯定吳之振編選《宋詩鈔》一事，對於明人吞剝盛唐格
調的粗魯作風，頗有振衰起弊的貢獻，但也質疑吳氏選詩的標準，顯
然過分窄化宋詩的真正面目，祇側重「硬直」之作，不知道宋詩各家
自有各家的神髓所在，是不能執偏以概全而論的。

　　因此，翁氏既肯定唐詩的妙處在虛，亦肯定宋詩的妙處在實，將
唐詩與宋詩對舉，一虛一實的對比，其用意無非要將宋詩與唐詩等量
齊觀，既不偏執於唐詩，亦不專意於宋詩。這種開放的審美標準，使
翁氏於暢論唐詩源流的繼往開來之後，確認盛唐所以是唐代一切作者
的總歸的正當性後，進而肯定司空圖與嚴羽二人相關詩論的合理性。
值得注意的是，翁氏肯定嚴羽時所持的論據，與此前宋詩運動的主要

人物大相逕庭；所以如此，是因翁氏一貫堅持不能執一以論的概念規定，主導整個詩學的邏輯辯證使然。

再者，翁氏認爲宋詩在時間上既已較唐詩遲了兩、三百年之久，一切物類的神致，已被唐人寫盡，若想要翻出新意，在比較宋、元、明三代的詩歌取徑後，他強調祇有從讀書學古中得來，纔是宋人的精心所在。也正因此，宋人在描寫事物時，往往能夠達到刻畫入微的地步，故能自立門戶，自創格局，做到不蹈襲唐人的境界。不像元人僅能在唐詩與宋詩的夾縫中，創造出一點點屬於自己的丰致而已，更不像明人直接從模倣唐人的格調入手。翁氏對宋、元、明三代做出如此的評價，似乎認爲唐、宋以後，詩壇已不容後人有置喙的餘地，實則他的眞正用意，乃在借由元詩僅存的一點丰致以及明人的唯唐人格調是從，全無自己的面目兩點，凸顯出宋詩有異於唐詩的獨創性。而這種獨創性，則是全從讀書學古中得來。

需注意的是，翁氏所謂唐人的妙處，全在虛處的具體內容，即指天地、風月、山川等一切物類而言；而妙境全在實處的宋詩，其具體內容則是指人倫日用以及讀書學古而言。翁氏如此界定唐詩與宋詩二者乃虛實之分的指涉意義，若從二元對立的概念來看，在題材上的差異，其實即是「天地物類」與「人事道理」的對比；而在修辭手段上的差異，則是不著一字的「純任天然」與極盡鍛煉的「刻抉入裏」的對比。這便爲宋詩深具瑣屑的人間味找到理論的根據。

四、一揆諸理的提出

對於宋詩的「刻抉入裏」，翁氏則認爲主要體現在研理、觀書與論事上面。因此，宋詩不以描寫天地類的境象見長，而是以義理、學問以及議論見長。故從宋詩中，自然觸目所見，都是有關宋代的政治、經濟、道德與學術等方面的內容。這些內容，有許多是史傳所不及記載，足堪作爲考據之用的資料。翁氏此說，不僅強調宋詩有說理的特色，而且是說得精微透徹。

　　此外，翁氏不祇認爲詩至有宋一代更趨細密，即如小說等體裁至此亦轉趨繁富，其中所記載的人倫日用，亦如詩般，可供後人推析當時的政經與社會環境之用。像翁氏這樣將說部與詩歌並舉，似乎有意暗示宋詩便是在這種精深透徹的理味與人倫日用的事境兩相結合下，纔成就自己的「刻抉入裏」的。這是宋詩最具特色的部分，自然不是唐詩所能夠牢籠限制得了的。

　　其次，翁氏將歐陽脩、蘇軾等人與黃庭堅作比較，認爲前二人是以才力專擅於詩壇，而後者則是以學力稱勝，是靠勤苦鍛煉而成的詩人。故翁氏同意劉克莊所謂黃庭堅的特點，是總匯百家長處，究極歷代的變化，對於一切古書異聞，無不極盡蒐討之能事，卻又鍛煉勤苦，不肯輕易下筆，而且這也正是宋詩的特點所在。所以，宋詩當以黃庭堅爲宗祖，而非蘇軾。因爲黃氏在詩史所代表的意義，既是繼往，又兼有開來的貢獻。他不但是江西詩派的開山祖師而已，甚且在南宋以後的一切詩派，亦是從其身上導引而出的。

　　由此便也說明說部與古書異聞中極其豐富的人倫日用，正是提供詩人創作的最佳素材及以資考證的資料來源所在。翁氏的這番論述，其實正與厲鶚的「好用說部」及「尤好使宋以後事」的創作取徑相同。就此點而言，正可見翁氏的詩學取徑是有意承繼浙派而來，並且進一步加以深化。

主要徵引參考書目

一、古籍專書（依著者時代先後排序）

1. 南朝・梁蕭統編，李善注，《文選》，臺北：藝文印書館，一九七九年三月。

2. 南朝・梁劉勰著，王利器校證，《文心雕龍校證》，臺北：明文書局，一九八二年四月。

3. 唐・孔穎達疏，《尚書注疏》，臺北：東昇出版事業公司，一九八二年九月，《十三經注疏》本。

4. 唐・孔穎達疏，《周易注疏》，臺北：東昇出版事業公司，一九八二年九月，《十三經注疏》本。

5. 唐・孔穎達疏，《左傳注疏》，臺北：東昇出版事業公司，一九八二年九月，《十三經注疏》本。

6. 唐・杜甫著，《杜甫全集》，臺北：河洛圖書出版社，一九七五年八月。

7. 唐・元稹著，《元稹集》，臺北：漢京文化事業有限公司，一九八三年十月。

8. 宋・洪興祖著，《楚辭補注》，臺北：漢京文化事業有限公司，一九八一年四月。

9. 宋・嚴羽著，郭紹虞校釋，《滄浪詩話校釋》，臺北：河洛圖書出版社，一九七九年十二月。

10. 明・李東陽著，《麓堂詩話》，臺北：木鐸出版社，一九八三年九月，《歷代詩話續編》本。

11. 明・李東陽著，《懷麓堂集》，臺北：世界書局，一九八六年九月。

12. 明‧王廷相著，《王廷相集》，北京：中華書局，一九八九年九月。

13. 明‧徐禎卿著，《談藝錄》，臺北：漢京文化事業有限公司，一九八二年一月，《歷代詩話》本。

14. 明‧楊慎著，《升庵詩話》，臺北：木鐸出版社，一九八三年九月，《歷代詩話續編》本。

15. 明‧王世貞著，《藝苑巵言》，臺北：木鐸出版社，一九八三年九月，《歷代詩話續編》本。

16. 明‧王世懋著，《藝圃擷餘》，臺北：漢京文化事業有限公司，一九八二年一月，《歷代詩話》本。

17. 明‧陸時雍著，《詩鏡總論》，臺北：木鐸出版社，一九八三年九月，《歷代詩話續編》本。

18. 明‧袁宏道著，《袁中郎全集》，臺北：世界書局，一九九○年十一月。

19. 明‧鍾惺著，《隱秀軒集》，上海：上海古籍出版社，一九九二年九月。

20. 清‧傅山著，《傅山全集》，太原：山西人民出版社，一九九一年十二月。

21. 清‧錢謙益著，《列朝詩集小傳》，上海：上海古籍出版社，一九八三年九月。

22. 清‧錢謙益著，《牧齋初學集》，上海：上海古籍出版社，一九八五年九月。

23. 清‧錢謙益著，《牧齋有學集》，上海：上海古籍出版社，一九九六年九月。

24. 清‧吳喬著，《答萬季埜詩問》，臺北：明倫出版社，一九七一年十二月，《清詩話》本。

25. 清‧黃宗羲著，《黃宗羲全集》，杭州：浙江古籍出版社，一九八六年五月。

26. 清‧葉燮著，《原詩》，臺北：明倫出版社，一九七一年十二月，《詩詩話》本。

27. 清‧葉燮著，《已畦集》，臺南：莊嚴文化出版社，一九七九年十月。

28. 清‧張廷玉著，《明史》，臺北：鼎文書局，一九七九年十二月。

29. 清‧吳之振著，《宋詩鈔》，北京：中華書局，一九九六年十二月。

30. 清‧吳之振著，《黃葉村莊詩集》，臺北：臺灣大學圖書館藏，清康熙年間刻本。

31. 清‧呂留良著，《呂晚村文集》，臺北：臺灣商務印書館，一九七七年三月。

32. 清‧呂留良著，《呂晚村雜著》，臺北：臺灣商務印書館，一九七七年三月。

33. 清‧施閏章著，《施愚山集》，合肥：黃山書社，一九九二年十一月。

34. 清‧孫枝蔚著，《溉堂集》，上海，上海古籍出版社，一九七九年十二月。

35. 清‧仇兆鰲注，《杜詩詳註》，臺北：文史哲出版社，一九八六年九月。

36. 清‧朱彝尊著，《靜志居詩話》，北京：人民出版社，一九九〇年十月。

37. 清‧朱彝尊著，《曝書亭集》，臺北：世界書局，一九八九年四月。

38. 清‧查慎行著，《敬業堂詩集》，上海：上海古籍出版社，一九八六年十二月。

39. 清‧全祖望撰，朱鑄禹校注，《全祖望集彙校集注》，上海：上海古籍出版社，二〇〇〇年十二月。

40. 清‧厲鶚著，《樊榭山房集》，上海：上海古籍出版社，一九九二年六月。

41. 清‧杭世駿著，《道古堂文集》，臺北：臺灣大學圖書館藏，清乾隆五十五年杭賓仁校刊本。

42. 清‧紀昀撰，《四庫全書總目》，臺北：漢京文化事業有限公司，一九八一年十二月。

43. 清‧王士禛著，《漁洋詩話》，臺北：木鐸出版社，一九七一年十二月，《清詩話》本。

44. 清‧翁方綱著，《復初齋文集》，臺北：臺灣大學圖書館藏，清光緒丁丑年李以炬重校本。

45. 清‧翁方綱著，《王文簡古詩平仄論》，臺北：明倫出版社，一九七一年十二月，《清詩話》本。

46. 清‧翁方綱著，《趙秋谷所傳聲調譜》，臺北：明倫出版社，一九七一年十二月，《清詩話》本。

47. 清‧翁方綱著，《五言詩平仄舉隅》，臺北：明倫出版社，一九七一年十二月，《清詩話》本。

48. 清‧翁方綱著，《七言詩平仄舉隅》，臺北：明倫出版社，一九七一年十二月，《清詩話》本。

49. 清・翁方綱著,《七言詩三昧舉隅》,臺北:明倫出版社,一九七一年十二月,《清詩話》本。

50. 清・翁方綱著,《石洲詩話》,臺北:木鐸出版社,一九八三年十二月,《清詩話續編》本。

51. 清・宋犖著,《而庵詩話》,臺北:明倫出版社,一九七一年十二月,《清詩話》本。

52. 清・汪師韓著,《詩學纂聞》,臺北:明倫出版社,一九七一年十二月,《清詩話》本。

53. 清・查為仁著,《蓮坡詩話》,臺北:明倫出版社,一九七一年十二月,《清詩話》本。

54. 清・周容著,《春酒堂詩話》,臺北:木鐸出版社,一九八三年十二月,《清詩話續編》本。

55. 清・田雯著,《古歡堂詩話》,臺北:木鐸出版社,一九八三年十二月,《清詩話續編》本。

56. 清・喬億著,《劍溪說詩》,臺北:木鐸出版社,一九八三年十二月,《清詩話續編》本。

57. 清・袁枚著,《袁枚全集》,南京:江蘇古籍出版社,一九九三年九月。

58. 清・方苞著,《方苞集》,上海:上海古籍出版社,一九八三年五月。

59. 清・姚鼐著,《惜抱軒全集》,臺北:世界書局,一九八四年七月。

60. 清・龔自珍著,《龔自珍全集類編》,臺北:世界書局,一九七三年五月。

61. 清・朱庭珍著,《筱園詩話》,臺北:木鐸出版社,一九八三年十二月,《清詩話續編》本。

62. 清・王昶著,《蒲褐山房詩話》,濟南:齊魯書社,一九八八年一月。

63. 清・徐庶昌編,《晚晴簃詩匯》,北京:中華書局,一九九〇年十月。

64. 清・李慈銘著,《越縵堂讀書記》,上海:上海書店出版社,二〇〇〇年六月。

65. 清・陳衍著,《陳衍詩論合集》,福州:福建人民出版社,一九九九年九月。

66. 清・梁啟超著,《飲冰室合集》,北京:中華書局,一九八九年三月。

67. 清・黃遵憲著,錢仲聯箋注,《人境廬詩草箋注》,上海:上海古籍出版社,一九八一年六月。

二、今人論著（依著者筆劃排序）

1. 木鐸編委會，《中國歷代文論選》，臺北：木鐸出版社，一九八五年四月。

2. 托・斯・艾略特（Thomas Stearns Eliot）著，《艾略特文學論文集》，南昌：百花洲文藝出版社，一九九四年九月。

3. 朱則傑著，《清詩史》，南京：江蘇古籍出版社，一九九二年二月。

4. 朱自清著，《朱自清古典文學論文集》，臺北：源流出版社，一九八二年五月。

5. 米歇・傅柯（Michel Foucault）著，王德威譯，《知識的考掘》，臺北：麥田出版社，一九九八年四月。

6. 彼得・伯克（Peter Burke）著，姚朋等譯，《歷史學與社會學理論》，上海：上海古籍出版社，二○○一年一月。

7. 艾爾曼（Benjamin A Elman）著，趙剛譯，《從理學到樸學》，南京：江蘇人民出版社，一九九五年九月。

8. 李從軍著，《唐代文學史》，北京：人民文學出版社，一九九三年十月。

9. 李世英、陳水雲合著，《清代詩學》，長沙：湖南人民出版社，二○○○年十一月。

10. 吳宏一著，《清代詩學初探》，臺北：牧童出版社，一九七七年二月。

11. 吳世常輯注，《論詩絕句二十種輯注》，西安：陝西人民出版社，一九八四年十一月。

12. 吳淑鈿著，《近代宋詩派詩論研究》，臺北：文津出版社，一九九六年九月。

13. 胡適著，《胡適文存》，臺北：春風出版社，無出版年月。

14. 孫立著，《明末清初詩論研究》，廣洲：廣東高等教育出版社，一九九九年三月。

15. 查屏球著，《唐學與唐詩》，北京：商務印書館，二○○○年五月。

16. 徐中玉著，《通變編》，北京：中國社會科學出版社，一九九二年九月。

17. 馬積高著，《清代學術思想的變遷與文學》，長沙：湖南出版社，一九九六年一月。

18. 時萌著，《中國近代文學論稿》，上海：上海古籍出版社，一九八六年十一月。

19. 許總著，《杜詩學通論》，臺北：聖環圖書股份有限公司，一九九七年二月。

20. 許炳呈著，《黃宗羲年譜》，北京：中華書局，一九九三年十二月。

21. 章培恆、駱玉明合著，《中國文學史》，上海：復旦大學出版社，一九九六年三月。

22. 張健著，《清代詩學研究》，北京：北京大學出版社，一九九九年十一月。

23. 張之淦著，《遯園書評彙稿》，臺北：臺灣商務印書館，一九八六年一月。

24. 張仲謀著，《清代文化與浙派詩》，北京：東方出版社，一九九七年八月。

25. 程千帆、程章燦合著，《程氏漢語文學通史》，瀋陽：遼海出版社，一九九九年九月。

26. 傅璇琮編，《黃庭堅和江西詩卷》，高雄：麗文文化事業股份有限公司，一九九三年十月。

27. 廖可斌著，《明代文學復古運動研究》，上海：上海古籍出版社，一九九四年十二月。

28. 黃霖著，《近代文學批評史》，上海：上海古籍出版社，一九九三年二月。

29. 黃保真、蔡翔、成復旺合著，《中國文學理論史》，北京：北京出版社，一九九一年十月。

30. 黃麗貞著，《中國文學概論》，臺北：三民書局，二〇〇一年一月。

31. 聞一多著，《聞一多全集》，武漢：湖北人民出版社，一九九三年十二月。

32. 葛林虎著，《中國詩歌源流史》，北京：中國社會科學出版社，二〇〇一年二月。

33. 陳良運著，《中國詩學批評史》，南昌：江西人民出版社，一九九五年七月。

34. 陳書錄著，《明代詩文的演變》，南京：江蘇教育出版社，一九九六年十一月。

35. 陳居湖著，《清代朴學與中國文學》，南昌：百花洲文藝出版社，二〇〇〇年六月。

36. 謝國楨著，《明末清初的學風》，臺北：仲信出版社，一九八四年三月。

37. 葉朗著，《中國美學史大綱》，臺北：滄浪出版社，一九八六年九月。

38. 漆永祥著，《乾嘉考據學研究》，北京：中國社會科學出版社，一九九八年十二月。

39. 霍有朋著，《清代詩歌發展史》，西安：陝西人民出版社，一九九三年六月。

40. 錢仲聯選，《清詩三百首》，長沙：岳麓書社，一九八五年五月。

41. 錢仲聯編，《清詩紀事》，南京：江蘇古籍出版社，一九八七年七月。

42. 錢仲聯著，《夢苕庵清代文學論集》，濟南：齊魯書社，一九八三年九月。

43. 錢基博著，《現代中國文學史》，臺北：文學出版社，一九六五年九月。

44. 錢鍾書著，《談藝錄》，北京：中華書局，一九八三年。

45. 蔡鎮楚著，《中國詩話史》，長沙：湖南文藝出版社，一九八八年五月。

46. 蔡鎮楚著，《詩話學》，長沙：湖南教育出版社，一九九〇年十月。

47. 葛紅兵、溫潘亞合著，《文學史形態學》，上海：上海大學出版社，二〇〇一年二月。

48. 劉世南著，《清詩流派史》，臺北：文津出版社，一九九五年十一月。

49. 劉明今著，《方法論》，上海：復旦大學出版社，二〇〇〇年二月。

50. 郭紹虞著，《中國文學批評史》，臺北：盤庚出版社，一九七八年九月。

51. 郭紹虞著，《中國文學批評史新編》，臺北：宏政出版社，無出版年月。

52. 郭紹虞著，《中國詩的神韻格調及性靈說》，臺北：河洛圖書出版社，一九八〇年八月。

53. 郭紹虞著，《照隅室古典文學論集》，臺北：丹青圖書有限公司，一九八五年十月。

54. 郭延禮著，《近代中國文學發展史》，濟南：山東教育出版社，一九九〇年三月。

55. 羅根澤著，《中國文學批評史》，臺北：龍泉書屋，一九七九年五月。

56. 蕭榮華著，《中國詩學思想史》，上海：華東師範大學出版社，一九九六年四月。

57. 鄔國平、王鎮遠合著，《清代文學批評史》，上海：上海古籍出版社，一九九五年十一月。

58. 嚴迪昌著,《清詩史》,臺北:五南圖書出版公司,一九九八年十月。

59. 龔鵬程著,《江西詩社宗派研究》,臺北:文史哲出版社,一九八三年十月。

60. 龔鵬程著,《詩史本色與妙悟》,臺北:學生書局,一九八六年四月。